Butze
Verlag

C. R. Forster

Bittersüßes Vermächtnis

Roman

Butze Verlag

Bibliografische Information der Deutschen Nationalbibliothek
Die Deutsche Nationalbibliothek verzeichnet diese Publikation in der Deutschen Nationalbibliografie; detaillierte bibliografische Daten sind im Internet über http://dnb.d-nb.de abrufbar.

Impressum

© 2014 Butze Verlag, Tanja Gerstel
Lerchenweg 11, 25436 Uetersen
info@butze-verlag.de
www.butze-verlag.de

Umschlaggestaltung:
luxmedia | Agentur für Medien & Design | http://www.luxmedia.at

Druck & Bindung: Bookpress, Olsztyn, Polen

2. Auflage
ISBN 978-3-940611-35-2

Sylvia

Cosúil le réalta,
ar thit tú ón Neamh i mo chroí
a rinne dearmad cad a bhfuil grá ar aon nós.
Cad eile a bhfuil á iarraidh?

Einer Sternschnuppe gleich
bist du vom Himmel in mein Herz gefallen
welches vergessen hatte, was Liebe ist.
Was kann ich mir noch mehr wünschen?

C.R.

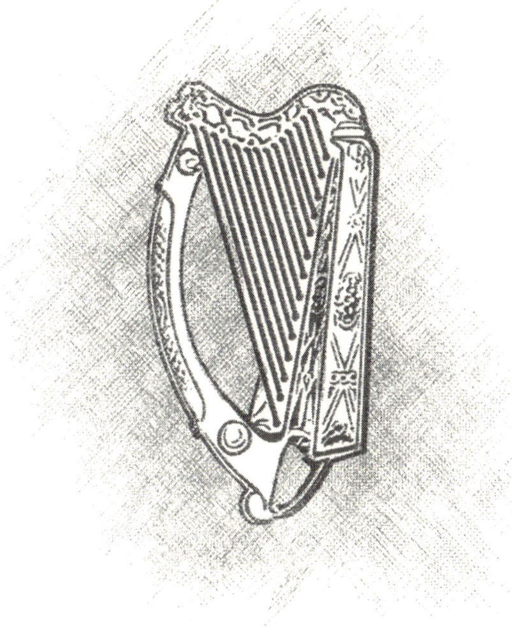

PROLOG

IRLAND

OKTOBER 1814

Fast zwei Jahrzehnte nachdem das irische Königreich fiel, focht das Volk der grünen Insel noch immer einen unermüdlichen Kampf für ihre Unabhängigkeit gegen die britische Herrscherschicht. Doch trotz des Jochs jahrhundertelanger Unterdrückung gab Irlands Volk nicht auf. Die Kluft zwischen den Iren und dem zugezogenen, englischen Adel war kaum mehr zu überbrücken. In dieser Welt voller Feindschaft, inmitten nie enden wollender Religionskriege und rebellischen Bauernaufständen, wurde aber noch eine andere Schlacht ausgetragen: Zwei verbundene Grafschaften – eine dunkle Vergangenheit.

Und der stetige Kampf um eine Liebe in den Wirren politischer Intrigen. Ein leidenschaftliches Gefecht, nicht nur um der Freiheit Willen, sondern auch um Akzeptanz und den Platz in dieser Welt.

1

AUFBRUCH

DER LETZTE BLICK ZURÜCK

Müde bin ich geworden. Vom Suchen, vom Jagen, vom Umherirren im Heckengewirr der Sehnsüchte, dessen spitze Dornen mir bitter ins Gesicht schlagen. Ich möchte nur einen Augenblick rasten, meine erschöpften Glieder auf einer Bank ausstrecken und meine Wunden lecken. Aber ich laufe tapfer weiter. Doch jeder Schritt, den meine Beine machen, bringt mich weitere Schritte zurück. Meine Sehnsüchte – unerreichbar für mich. Wie lange kann man seinen Träumen hinterher laufen, bevor man vor Erschöpfung zusammenbricht?

Ein leises Kratzen ertönte, als die Spitze des Federkiels mit einer schnellen Handbewegung über das Papier huschte. Mit einem Tuch wischte sie zufrieden die restliche Tinte von der Federspitze. Das Löschkissen presste sie liebevoll auf das glatte Papier, um die noch nicht gänzlich aufgesogene Farbe zu trocknen. Und mit einem tiefen Atemzug sog die junge Frau die schwache Duftnote der schwarzen Flüssigkeit in sich auf. Wie sehr sie diesen Duft liebte, der eine Vielzahl an Geschichten zu erzählen vermochte. Seufzend erhob sie sich, stützte sich an der Tischplatte ab und betrachtete zerstreut ihr gleichmäßiges Schriftbild auf dem Papier. Vielleicht noch ein oder zwei Seiten mehr, dann wäre das Kapitel endlich vollendet. Geistesabwesend ging sie im Raum umher und zog unsichtbare Kreise. Vor dem polierten, mannshohen Spiegel blieb sie für einen Moment stehen. Ihr aristokratisches Antlitz sah ihr würdevoll entgegen. Und für einen Moment versank sie in ihren himmelblauen Augen, die von hellen Sprenkeln durchzogen und von dichten Wimpern umsäumt waren. Ihr kritischer Blick wanderte von ihrem kurz geschnittenen, sonnenfarbenen Haar, zu ihrer zierlichen Nase, weiter zu ihren schmalen Lippen und ruhte letztendlich auf ihrem schlanken, athletischen Körper, der in eine Art prachtvolle Uniform gehüllt war.

Davon überzeugt, gut auszusehen, wand sie sich vom Spiegel ab und zog erneut ihre ungeduldigen Kreise. Schließlich verharrte sie an der Fensterfront des komfortablen Gemaches. Fasziniert beobachtete sie den leidenschaftlichen Tanz des bunt verfärbten Herbstlaubes in der Abenddämmerung, das sich ungestüm vor ihrem Fenster im Wind treiben ließ. Selbst das leise Klopfen an der Tür und das anschließende, verhaltene Hüsteln konnte sie nicht dazu bringen ihren Blick von dieser unbändigen, wilden Schönheit zu lösen. Ohne sich zu dem Gast umzudrehen, hob sie ihre rechte Hand und befahl mit einer kurzen, winkenden Geste, näher zu treten. Lautlos durchquerte die Person den großzügigen Raum.

»Endlich kommst du.«

»Ja, M'Lady.« Die jüngere Frau, in dem unscheinbaren Gewand einer Dienstmagd gekleidet, machte einen demütigen Knicks und senkte dann erwartend ihren Blick.

»Warum so förmlich, Sofie?« Mit einer geschickten Bewegung drehte sich die junge Lady zu ihrer Besucherin um, nahm das vor Verlegenheit gerötete Gesicht in ihre Hände und begann es leidenschaftlich zu küssen.

»Rhona ... Rhona ... Rhona.« Die Zofe hauchte so oft den Namen ihrer vornehmen Geliebten, wie diese ihre Lippen wieder freigab. Doch so sehr Sofie die leidenschaftlichen Küsse und das sanfte Umwerben auch zu genießen versuchte, war sie zu sehr in ihrer Angst gefangen, um sich vollends den Berührungen ihrer Herrin hinzugeben. Lady Rhona bemerkte die verkrampfte Körperspannung ihrer Gespielin und versuchte sie mit einem sanften Streicheln über deren Wangen zu beruhigen. »Hab keine Angst, es wird niemand kommen. Vater ist im Rat beschäftigt und Mutter bei ihren Freundinnen in der Stadt. Vor morgen Mittag wird uns niemand stören.«

Sofie nickte sichtlich beruhigt und ließ die junge Lady erneut gewähren, die nun quälend langsam die vorderen Knöpfe ihres Dienstkleides öffnete. Mit einer Spur von Ungeduld seufzte die Magd leise auf. »Heilige Mutter Gottes ...«

»Komm und führe mich in Versuchung«, erwiderte Lady Rhona leise kichernd, als sie den oberen Teil des Kleides über Sofies Schultern zog.

»M'Lady«, bemerkte die Magd mit gespielter Bestürzung »das ist Blasphemie.«

»Hmm«, murmelte Rhona geistesabwesend, sog den lieblichen Duft der Erregung tief in sich ein und musterte die Zofe mit langen Blicken. »Du bist so hübsch, Sofie. Weißt du das eigentlich?« Geschickt wechselte sie das Thema. Der Sinn stand ihr nach etwas ganz anderem, als über Religion zu philosophieren.

»Nur in Euren Augen, Lady Rhona. Niemand sieht mich so an wie Ihr«, erwiderte Sofie leise und strich sich verlegen eine Strähne aus ihrem Gesicht, die sich durch Rhonas wilde Küsse dorthin verirrt hatte. Liebevoll schnappte Rhona Sofies Hand und zog sie vor den mannshohen Spiegel, in dem sie sich einige Momente zuvor selber betrachtet hatte. Zärtlich fuhr sie mit ihren Fingern durch Sofies langes, nussbraunes Haar, das wie ein glattes Vlies über ihre Schulter fiel, wanderte langsam weiter zu ihrem Hals, umfasste ihr Kinn und zwang Sofie, sich selbst anzusehen. »Sieh dich an! Und dann sag mir, dass du nicht schön bist«, forderte Rhona leise auf. »Diese rehbraunen Augen, die mich zu umgarnen wissen. Dieses winzige Muttermal neben deinem linken Auge. Diese sinnlichen Lippen, die mir den Atem rauben. Und dieser reizende Körper, der mich zu entzücken weiß.«

Mit verführerischen, kreisenden Bewegungen glitten Rhonas Hände von den Schultern nach vorn zu Sofies Dekolleté und umfassten sanft die kleinen, festen Brüste. Weich und anschmiegsam pressten sie sich gegen ihre warmen Handflächen. Es schien, als wäre Sofies Busen für Rhonas Hände geschaffen. Von dem halbnacktem Spiegelbild der Magd berauscht, biss sich Rhona auf ihre Lippen und schenkte Sofie sodann ein schelmisches Lächeln.

»Ich kenne diesen koketten Blick von Euch. Und er wird nichts Gutes für mich verheißen«, stöhnte die Zofe erregt unter den rhythmischen Berührungen. Und ohne ein Wort der Vorwarnung ließ Rhona von ihren Annäherungen ab, umfasste dann das Gewand an Sofies zierlicher Hüfte und riss den Stoff mit einem heftigen Ruck auseinander.

Mit einem zufriedenen Lächeln ließ Rhona das zerrissene Gewand zu Boden gleiten, packte die nackte Zofe an den Händen, und zog sie vom Spiegel fort, zu ihrem Himmelbett. Sanft stieß sie die Magd, die vor Schreck leise aufquietschte, in das Kissenparadies und legte sich lachend neben sie.

»Ihr seid ein Kindskopf, Lady Rhona.« Sofies Stimme bebte noch immer, aber ihre braunen Augen glänzten vor verräterischer Freude.

»Ja, das bin ich wohl, Sofie – und genau das liebst du ja so an mir, nicht wahr?« erwiderte die Lady ein wenig überheblich und strich dann mit ihren Fingerspitzen zärtlich über Sofies feuchte Lippen.

Rhona liebte dieses Spiel, diese neckische Tändelei, welche den Anfang eines schönen Zeitvertreibs in ihrem eintönigen, gut behüteten Leben versprach.

                                                                      ങ്ജ

Abrupt schreckte Rhona auf, als die Kutsche unsanft über ein kleines Hindernis fuhr, einen Moment in der Luft schwebte und die Räder mit einem hölzernen Rumpeln wieder Kontakt zum Boden gewannen. Noch etwas verschlafen blinzelnd sah sie sich um. Sie war eingenickt. Und für einen Augenblick war ihr, als läge sie noch immer träumend neben Sofie. Eingehüllt in den betörenden Duft ihrer Leidenschaft und der Hitze ihrer beiden Körper. Aber dieser lieblichen Wärme waren beide längst entrissen. *Was wohl jetzt aus Sofie werden wird?*

Mit einem leisen Seufzen drückte Rhona sich tief in die weichen, rotsamtenen Sitze des Zweispänners. Benommen fuhr sie mit ihren Fingern die tiefen Kerben des eingeschnitzten Familienwappens im schwarz lackierten Holz nach: ein Gebirge mit einer Höhle und ein stilisierter Stern. Die Erinnerungen an ihre Mutter, die entrüstet ihre Tochter und die Zofe nackt in einem Bett schlafend vorgefunden hatte, ihre wütenden Szenarien und das Schweigen ihres Vaters lagen noch schwer auf Rhonas Brust.

Noch am selben Morgen war die kleine Reisekutsche mit den zwei schnellsten Pferden von Kilkenny Manor reisefertig bespannt worden. Sofie hatte genauso viel Zeit wie Rhona gehabt, ihr weniges Hab und Gut zu packen, bevor die Baroness sie voller Wut des kleinen Herrenhauses verwiesen hatte. Die Tränen der Zofe hatte Rhona nicht stillen dürfen. Und Sofies Flehen war auf taube Ohren gestoßen. Stumm und bewegungslos hatte Rhona mit ansehen müssen, wie Sofie das Anwesen der McLeods hatte verlassen müssen. Ihre sonst so gerade Körperhaltung war gebeugt. Wie ein Häufchen Elend war Sofie durch das äußere Portal geschritten, welches das Anwesen nach außen hin abtrennte. Sofies letzter Blick hatte ihr allein gegolten. Der sonst so glänzende Blick war von stummer Trauer getrübt gewesen. Die Erinnerung an diesen Anblick ließ Rhonas Herz schwerer werden. *Aber was hätte ich denn schon tun können? Gegen meine Familie aufbegehren? Mit Sofie gehen? Was für eine Zukunft hätten wir denn schon gehabt?*

Sie musste sich jetzt um ihre eigene Zukunft sorgen und sich Gedanken machen, wie sie aus dem Dilemma wieder heraus kommen könnte. Sofie tat ihr von Herzen leid. Trotzdem konnte Rhona nicht bedauern, was in der Nacht zuvor passiert war. Nicht diese wundervolle Nacht, wohl aber die Weise, wie sie geendet hatte. Wenn sie doch nur ein wenig früher aufgewacht wären …

Stillschweigend hatte sich die ganze Familie am Haupttor vor dem Herrenhaus versammelt. Der Aufbruch folgte nur wenig später. »Irgendwann wirst du deine Mutter verstehen«, hatte ihr Vater ihr leise beim Abschiedskuss zugeflüstert. Wohin die Reise nun ging, lag für Rhona jedoch noch im Verborgenen.

Langsam und bedächtig fuhr die Kutsche durch die nächtliche Landschaft. Und mit jeder Meile mehr, mit der sie ihr Zuhause hinter sich ließen, wuchs die Unruhe zu einem kalten Knoten in ihrem Bauch heran. Es war alles so schnell gegangen und den tieferen Sinn ihrer Reise konnte sie nicht nachvollziehen. Warum konnte sie nicht in ihrem Zuhause bleiben? Sie fühlte sich hilflos im Netz der Unwissenheit. »Irgendwann«, flüsterte sie in die Stille hinein, sich an die Worte ihres Vaters erinnernd. Welche Bedeutung sie wohl hatten?

»Du trägst selber Schuld an dieser Situation.« Die leise Stimme der Baroness unterbrach den eintönigen, dennoch beruhigenden Klang des Hufgetrappels.

Rhona musterte die adrett gekleidete Frau, die ihr gegenüber entgegen der Fahrtrichtung saß und sich ohne aufzublicken emsig ihrer Stickarbeit widmete. Die kleinen Leuchtgläser warfen lange Schatten auf das grimmige Gesicht ihrer Mutter. Das glatte, lange, helle Haar war zu einer kunstvollen, jedoch strengen Frisur hochgesteckt; der rosige Teint der Baroness mit blassem Puder abgemildert, so wie es der aktuellen Mode des Adels entsprach. Und passend zu ihrem moosgrünen, seidenen Rüschenkleid mit goldfarbener Brokatborte trug ihre Mutter ein goldenes Kollier, reich bestückt mit kostbaren Jadesteinen, welches ihrer hellen Augenfarbe schmeichelte. Ihre Mutter war eine imposante Schönheit, doch zugleich kühl und unnahbar.

»Es hätte niemals soweit kommen dürfen. Aber so warst du ja schon immer. Du hast dich nie darum gekümmert, welche Schande du mit deinem Handeln über die Familie bringen könntest.«

»Verzeih, Mutter«, seufzte Rhona widerstandslos. Sie hatte es längst aufgegeben, der Baroness von Kilkenny zu widersprechen.

»Du wirst noch alle Pläne durch dein eigensinniges Verhalten zunichte machen.« Wut spiegelte sich in der Stimme der Baroness wieder. »Während ich mich um deine abgesicherte Zukunft sorge, vergnügst du dich hinter unserem Rücken. So dankst du es mir. Wie sollen wir dem jungen Lord erklären, dass seine Zukünftige lieber ein Tête-à-Tête mit Dienstmädchen bevorzugt?«

»Ich will ihn ohnehin nicht heiraten«, erwiderte Rhona trotzig, »ich kenne ihn ja noch nicht einmal.« Doch kaum hatte sie ihre Gedanken laut ausgesprochen, spürte sie den stechenden Schmerz einer schallenden Ohrfeige auf ihrer linken Wange.

»Wegen deiner Unbesonnenheit wird dein Vater sein Gesicht verlieren.« Die eisblauen Augen ihrer Mutter funkelten erzürnt, während sie sich ihre rechte Hand rieb. Rhona strich sich über ihre Wange, die wie Feuer brannte. Trotzig versuchte sie die Tränen herunter zu schlucken und dem Drang zu widerstehen, laut zu erklären, dass sie kein Stück Vieh wäre, das man an den bestbietenden Lord versteigern konnte. Es war letztendlich ihre Pflicht als Tochter aus aristokratischem Hause, in ausgewählte Kreise einzuheiraten und Erben zu gebären. Ihre Zukunft war unabwendbar.

»Im Frühjahr wirst du den Lord heiraten. Er ist ein ehrenwerter Mann, der über gute politische Verbindungen verfügt. Und du bist längst aus dem besten Heiratsalter heraus.«

Rhona schnappte empört nach Luft. Sie war doch erst dreiundzwanzig.

»Du kannst von Glück sprechen, dass ein so junger und hübscher Mann Interesse an dir hegt. In deinem Alter war ich bereits Mutter von zwei Kindern«, fuhr die Baroness unbeirrt fort. Und resolut, wie sie war, ließ sie keinen Widerspruch gelten. Sie war es gewohnt, ihren Willen durchzusetzen.

Die Situation wurde Rhona immer unbehaglicher. Wenn sie doch nur flüchten könnte. Resigniert zog sie den Vorhang ein Stück weit zur Seite, um aus dem Fenster zu schauen. Zeitweise konnte sie kleine Lichter der Bauernhöfe und Gutshäuser in der Ferne erkennen. Und manchmal erklang leise der Ruf einer Eule, die sich in der Dämmerung auf der Jagd befand. Vielleicht noch eine halbe Stunde, dann würden sie ihre erste Unterkunft erreichen, um dort die Nacht zu verbringen. Aber davon ahnte Rhona nichts.

಺಻

Passend zu ihrer Stimmung, kleidete sich der Himmel in bedrohlichen Tönen. Es war, als würde sich die schwache Mittagssonne hinter der dunklen Trauer verstecken, die Sofies Gemüt ergriffen hatte. Mit langsamen Schritten verließ sie das Anwesen der McLeods, in dem sie so viele Jahre gute Arbeit geleistet hatte. Dass es das Schicksal so schlecht mit ihr meinte, hätte sie sich nie vorstellen können. Mit Schimpf und Schande davon gejagt zu werden, wie eine unehrenhafte Diebin. Dabei hatte Sofie doch nichts Schlimmes getan – außer zu lieben. Und das auch nur im Geheimen, obwohl sie der ganzen Welt hätte verkünden wollen, wie es um ihre Gefühle bestellt war.

Auch wenn sie es sich nicht ausgesucht hatte, sich ausgerechnet in ihre langjährige Freundin und Herrin zu verlieben. *War es denn wirklich so falsch, was wir getan haben?*, fragte sich Sofie voller Verzweiflung. Sie dachte an all ihre Versuche, Rhona aus dem Weg zu gehen, das vergebliche Bemühen, diesen einen, ersten Kuss ihrer Herrin zu vergessen.

Wie viele Nächte hatte sie schlaflos dagelegen, getrieben von dem verbotenen Verlangen, verdammt von dem eigenen Gewissen. Irgendwann hatte sie es einfach nicht mehr ausgehalten. Sie hatte sich der geliebten Freundin hingegeben. Die Erinnerung an diese erste und so wundervolle Nacht ließen Sofies Augen feucht werden. *Rhona ... Rhona... wie konnte das Ganze nur so enden?*

Die Tränen liefen ihr jetzt ungehemmt über das Gesicht, während sie sich mit mühsamen Schritten weiter quälte ... weiter ... einfach nur immer weiter. Nein, im Grunde ihres Herzens hatte sie immer gewusst, dass ihre Beziehung zum Scheitern verdammt war. In den Augen des Adels war solch eine Liebe, falls sie das Wort Liebe in diesem Zusammenhang je aussprechen würden, nicht mehr als eine Farce. Kein Adeliger, der auch nur etwas auf sich hielt, würde offen zugeben, etwas für das Dienstpersonal zu empfinden. Geschweige denn, es zu lieben. Das wäre genauso verpönt, als wenn man ein edles Rassepferd mit einem dahergelaufenen Gaul kreuzen würde. Daraus könnte nichts Gutes entstehen. Und Sofie hatte die Aristokratie lange genug beobachten können, um diese These zu bestätigen. Sie war eben nur jenes bedeutungslose Arbeitspferd gewesen. Und wenn die Baroness ihre Drohung wahr machte, dann würde sie keine Möglichkeit mehr haben, in einem guten Haus eine Anstellung zu finden. Das würde ihren sicheren Tod bedeuten. Von den Münzen, die sie erwirtschaftet hatte, könnte sie vielleicht drei Monate überleben. Aber was würde danach kommen, wenn sie keine Anstellung finden würde? Und sie wusste, die stolze Lady machte keine leeren Versprechungen. Die Empörung und Verachtung ihr gegenüber hatte Sofie sofort gespürt, als die Baroness sie in dieser prekären Situation erwischt hatte. Ihr Schicksal war besiegelt. Endgültig.

Noch immer stand Sofie unter Schock und sie konnte die Tragödie, die sich in den letzten Stunden abgespielt hatte, gar nicht wirklich fassen. Beinahe kam es ihr wie ein schlechter Traum vor, aus dem sie bald zu erwachen hoffte. Doch mit jeder Sekunde, die verstrich, zeigte die Wirklichkeit ihr gnadenloses Gesicht. *Was soll ich jetzt nur tun? Wohin soll ich denn jetzt gehen?*

Ratlos blieb sie am Tor des hiesigen Anwesens stehen, als die dunkle Kutsche von Kilkenny Manor mit schnellem Tempo an ihr vorbei fuhr. Sofie zuckte ängstlich zusammen und klammerte sich erschrocken an ihre kleine Tasche, die sie eng an ihre Brust presste. Sie sah wie der Kutscher, Nolann, bedauernd den Kopf schüttelte. Und Rhonas Blick, der für einen Augenblick traurig auf ihr ruhte. Dann waren sie fort. Aus ihrem Leben gestrichen; ausradiert, wie ein falsch geschriebenes Wort auf einem Blatt Papier. Einfach nicht mehr existent. Wäre sie doch nur nicht über Nacht geblieben. Hätte sie doch einfach auf ihr Gefühl gehört. Wäre sie einfach nur aufgestanden und gegangen, trotz Rhonas eindringlichen Bitten. Dann wäre ihre heile Welt noch intakt. Dann wäre die junge Lady noch immer an ihrer Seite. Wenn auch nur in Heimlichkeit. Dann hätte sie noch eine Arbeit und ein Dach über dem Kopf. Eine Sicherheit in ihrem Leben. Alles kam ihr so unwirklich vor. Selbst der Staub, den die schweren Kutschenräder aufwirbelten, legte sich schon wieder. Als wäre die Kutsche nie hier lang gefahren. Doch die Spuren auf dem Weg spotteten still und leise über Sofies Gedanken. Als würden sie höhnisch flüstern: *Sieh genau hin. Das sind die Spuren, die deine Liebste fort von dir führen. Das ist die Wirklichkeit. Und daran wirst du auch nichts ändern können!*

Sofie ließ ihre Schultern sinken und schluckte die Tränen hinunter. Seufzend wischte sie sich den feinen Staub, den die Kutsche aufgewirbelt hatte, aus dem Gesicht und setzte einen Fuß vor den anderen. So ging sie die staubige Straße entlang, die für sie ins Nirgendwo führte. Zu ihrem Unglück fing es auch noch an, in Strömen zu regnen.

                                              ೞ෨

Seit zwei Tagen waren sie nun schon unterwegs. Gelangweilt starrte Rhona aus dem großen Seitenfenster, aber die Szenerie vor ihrem Auge veränderte sich nur selten. Tagsüber ewig nur die monotone, grüne Hügellandschaft, durchschnitten von braunen, abgeernteten Feldern oder kleinen Wäldchen und den vielen weißen Punkten, die gemächlich die letzten Halme abgrasten und vor sich hin blökten. Die einzige kurze Abwechslung zwischen all den Grün-, Braun- und Grautönen war der Barrow River gewesen, der Grenzfluss der Grafschaft Kilkenny, und den hatten sie schon vor Stunden überschritten.

Als der späte Nachmittag langsam dahindämmerte, fing die Baroness wieder an, ihren Unmut zu äußern. Resigniert legte sie ihr Stickzeug in den Korb und musterte Rhonas gesamte Erscheinung. »Du benimmst dich nicht, wie es deinem Geschlecht und Stand gebührt. Schau dich an! Selbst jetzt trägst du lieber Rhyans Uniform, anstelle eines schönen Kleides. Und erst deine Haare, Mädchen. Man könnte meinen, ich hätte zwei Söhne geboren.« Während der letzten Worte hatte ihre Stimme einen verächtlichen Ton angenommen. Rhona biss sich auf ihre Unterlippe, doch nicht vor Verlegenheit, sondern damit keine falsche Äußerung ihre Lippen verließ. Zu oft schon war sie in diese Falle getappt, aus der es kein Entrinnen mehr gab. Also lieber nichts sagen, sondern schweigen zum Wohle ihres Seelenheils. Warum konnte ihre Mutter einfach nicht verstehen, dass sie sich in den leichten Beinkleidern und Hemden wohler fühlte als in engen, gerafften Seidenkleidern. Zärtlich strich sie über den dunkelblauen feinen Baumwollstoff ihres Gehrockes und spürte die erhabene Musterung der Silberborten. Sie liebte dieses Gewand, das sie erst letzten Monat von ihrem Bruder bekommen hatte.

Rhona seufzte leise auf und streckte vorsichtig ihre verspannten Muskeln. Ihre Glieder kribbelten nervös und der Rücken schmerzte schon seit Stunden von der holprigen Kutschfahrt. Außerdem war sie es nicht gewohnt, so lange am Stück ruhig sitzen zu müssen. Ihr schlanker Körper schrie innerlich nach Bewegung. Wenn sie doch nur etwas tun könnte. Am liebsten würde Rhona auf den Kutschbock zu Nolann klettern, um den Anklagen ihrer Mutter zu entgehen und sich wieder fühlen zu können. Aufwachen aus dieser anhaltenden Starre. Regen, Wind, Dunkelheit, alles wäre ihr lieber, als immer wieder denselben monotonen Vorwürfen ihrer Mutter ausgeliefert zu sein. Sie sehnte sich nach Freiheit und Stille.

Der junge Kutscher war schon immer angenehm schweigsam gewesen, und doch hatte er für jeden ein freundliches Lächeln übrig. Außerdem hatte er ein wunderbares Gespür für die Pferde ihres Gestüts. Sie vertrauten ihm blindlings und folgten ihm auf Schritt und Tritt. Rhona mochte ihn. Er würde ihr erlauben, die Zügel der Kutsche selbst zu übernehmen. Aber sie war hier gefangen. Und die Baroness fuhr fort, ihrem Unmut laut Luft zu machen, als Rhona bemerkte, dass die Kutsche langsam an Tempo verlor, während sie in ein kleines Waldstück hinein fuhren. Neugierig lugte sie durch das Seitenfenster und erspähte in direkter Nähe drei schmutzige und ärmlich gekleidete Männer. Der Jüngste schwenkte eine flammende Fackel in der Hand.

»Macht den Weg frei! Aus dem Weg!«, hörte Rhona Nolann laut schreien, doch die Gestalten blieben unbeirrt mitten auf dem Weg stehen. Sie wusste, dass er gezwungen war zu halten, wenn er die Männer nicht überfahren wollte.

Mit Müh' und Not kam die Kutsche mit einem Ruck zum Stehen, so dass Rhona fast vom Sitz auf ihre Mutter gefallen wäre, wenn sie sich nicht rechtzeitig festgehalten hätte. Angespannt erhob sich Rhona von ihrem Sitz und kniete sich neben ihre Mutter auf die weiche Bank. Besorgt schob sie die dunklen Vorhänge des winzigen Frontfensters zur Seite. Diese Aussparung glich eher einer kleinen Luke, die der Kommunikation mit dem Kutscher dienen sollte, als einem wirklichen Fenster. Daher hatte Rhona keine gute Sicht auf das Geschehen. Aber das, was sie sah, reichte vollkommen aus, um sich einen groben Überblick zu verschaffen: Durch Nolanns Knie hindurch konnte Rhona entdecken, dass die zwei älteren Männer mit behäbigen Schritten auf die Kutsche zuschlenderten und mit einem verächtlichen Grinsen Dolche aus den ledernen Unterarmschonern ihrer weiten Leinenhemden zogen. Ihre Kleidung war dürftig geflickt und wies unzählige Risse in den fleckigen Stoffen auf. Das laute Fluchen des Kutschers war bis in die Kabine zu hören, und Rhona wünschte sich insgeheim, dass Nolann doch skrupellos weitergefahren wäre.

»Ihr müsst Wegezoll begleichen, wenn ihr weiterfahren wollt. Habt ihr das etwa nicht gewusst?«

Mit zusammengekniffenen Augen konnte Rhona erkennen, dass einer der Männer Nolann grinsend einen zerschlissenen Sack zuwarf, während der Jüngling die vorderen Zügel der Pferde übernahm und die Kutsche somit an der Weiterfahrt hinderte. »Wenn der Sack voll ist, werden wir euch nicht weiter aufhalten und ihr könnt euren Weg fortsetzen.«

»Was zum ...?«, aufgebracht erhob sich die Baroness und war kurz davor hinaus ins Freie zu stürmen, als Rhona sie bestimmt in die Sitze zurückschob. Sie sah ihrer Mutter eindringlich in die Augen und hob ihren Zeigefinger vor ihre Lippen. Kein Ton! »Wegelagerer«, wisperte Rhona. Die Baroness nickte erschrocken. Als Rhona sich wieder der Luke zu wand, bemerkte sie, wie Nolann vorsichtig unter den Sitz nach seiner langen Peitsche und einem Dolch griff. Der Älteste von den Dreien machte einen Schritt auf den Kutschbock zu und bleckte seine ungepflegten Zähne. Er schien der Anführer der Bande zu sein. Doch Nolann ließ sich nicht davon beirren. Beherzt klammerte er sich an seine Waffen und richtete sich imposant auf, was Rhona stark beeindruckte. Aber gleichzeitig wurde ihr klar, dass er sie niemals allein beschützen könnte. Es war töricht gewesen, ohne weiteren Schutz aufzubrechen. Ängstlich starrte Rhona weiter gebannt durch die Luke – der einzigen Möglichkeit dem Geschehen zu folgen, ohne planlos eine Angriffsfläche zu bieten.

»Heyho Kutscher, mach keinen Unsinn. Wir wollen nur etwas Gold, Geschmeide oder andere Kostbarkeiten, die ihr bei euch tragt. Sieh es als Almosen. Die Herrschaften haben doch mehr als genug für alle!« Mit geheuchelter Beschwichtigungsabsicht trat er noch näher an Nolann heran und war kaum mehr ein Schritt von der Kutsche entfernt, während der Jüngste, der die Pferde hielt, sich keinen Fußbreit fortbewegte. Der Dritte näherte sich derweilen gemütlich schlendernd der Kabinentür.

Rhona sprang von der Bank zurück auf den Boden, entledigte sich schnell ihres Gehrockes, strich noch einmal über den feinen Stoff und legte ihn auf die Sitzgarnitur. Dann kniete sie sich zur Verwunderung ihrer Mutter auf den Boden nieder. Sie bemerkte, wie laut ihr Herz mit einem Mal zu klopfen begann. Vorsichtig tastete ihre feingliedrige Hand unter den Sitz und zog den Degen ihres Bruders hervor. Sie war dankbar für die Waffe. Er hatte den Degen heimlich versteckt und es ihr bei der Verabschiedung zugeflüstert. Doch würde sie gegen die Männer bestehen können?

Die beiden Älteren schienen in etwa im Alter ihres Vaters zu sein. Doch der Jüngste hatte seinen sechzehnten Jahrestag wahrscheinlich noch nicht erlebt. Er galt hier zu Lande noch nicht einmal als ein Mann. Er war nichts weiter als ein Jüngling, der sich erst behaupten musste. War das seine Prüfung?

Rhona leckte sich nervös über ihre Lippen und schluckte das mulmige Gefühl herunter, das sich stetig in ihrem Körper ausbreitete. Sie bedeutete ihrer Mutter, sich nicht zu rühren, und stieß gerade in dem Augenblick mit voller Kraft die Kabinentür auf, als der Fremde nach dem Türknauf greifen wollte. Mit einem ärgerlichen Aufschrei fiel der Angreifer nach hinten, kam jedoch schnell wieder auf die Beine und taxierte Rhona mit einem gehässigen Grinsen, als diese aus der Kutsche sprang. »Na, junge Lady, bringt Ihr schon freiwillig den Obolus zur Weiterfahrt?« Er umkreiste Rhona vorsichtig und fuchtelte nervös mit der Klinge seines Dolches.

»Verschwindet, wenn euch euer Leben lieb ist! Sofort!« Rhonas Stimme klang jetzt leise, hatte jedoch einen bedrohlichen Unterton. Jetzt endlich kam die Stunde, in der sich ihr heimlicher Fechtunterricht bezahlt machen würde. Die Furcht war der Wut gewichen und Adrenalin strömte durch ihren Körper. Rhona sammelte all ihre innere Kraft, begab sich in Kampfposition, sicherte ihre Deckung und wartete auf den Moment, in dem ihr Gegenüber angreifen würde. Und sie musste nicht lange warten.

»Ach, M'Lady möchte spielen?« Seine Stimme klang siegessicher, doch seine Augen sprachen Bände. Er zog ein zweites Messer aus seinem Unterarmschutz und ging zum Angriff über. Doch Rhona konnte jede Attacke geschickt abblocken.

»In unseren Kreisen bekommen aufsässige junge Damen eine gescheite Tracht Prügel, damit sie sich zu benehmen wissen.« Er zog laut die Nase hoch und spuckte ihr vor die Füße.

»Zum Glück bin ich nicht in deinen Kreisen geboren. Und es ist nicht mein Benehmen, das hier zu wünschen übrig lässt«, konterte Rhona selbstsicher, während sie weiterhin die Bewegungen des Gegenübers abschätzte. Mit ihrem langen Degen konnte sie den Angreifer auf Distanz halten. Sie musste nur warten, bis der schmierige Kerl einen Fehler machte. Und den würde er machen – früher oder später, da war sie sich sicher. Rhona genoss das Gefühl der Überlegenheit.

»Bin der M'Lady wohl nicht fein genug, hmm? Dann wollen wir sie mal von ihrem hohen Ross herunter holen.«

»Willst du weiterhin Reden schwingen oder endlich kämpfen? Oder ist deine dreiste Zunge die einzige Stärke, die du hast?« Rhona provozierte ihn mit Absicht, in der Hoffnung ihn zu einem falschen Schritt zu verleiten. Doch ihre Taktik schien nicht aufzugehen. Er blieb weiterhin ruhig. Fast schien es, als würde er den Kampf genießen. Nur sein schneller Atem verriet, dass er Kraft benötigte, um Rhonas Schnelligkeit auszugleichen. Plötzlich ertönte ein tiefer Schrei. Überrascht fuhr Rhona herum und sah Nolann stürzen. Sie starrte in seine schmerzverzerrten Augen, bevor er sie schloss, auf dem Boden aufschlug und reglos liegen blieb. Ein Dolch ragte triumphierend glitzernd aus seiner Schulter. In diesem Augenblick spürte sie einen kurzen Stich in ihrem linken Oberarm. Und in Sekundenschnelle folgte der brennende Schmerz. Der Fehler, auf den sie gehofft hatte, war nun der ihre geworden. *Unterschätze keinen deiner Gegner!* Die mahnende Stimme ihres Bruders hallte durch ihren Kopf. *Halte dei-*

nen Gegner stets auf Distanz! Versuche seine nächsten Schritte vorauszuahnen. Und kämpf' nie mit Wut, sie blendet dich!

Jedes Mal, wenn Rhyan Rhona mit dem Holzschwert getroffen hatte, konnte sie sein helles, freundliches Lachen hören. Unzählige blaue Flecke hatte sie von den geheimen Übungskämpfen davon getragen. Aber das hier war kein Spiel.

Mit kalter Berechnung stürzte sie sich auf den Angreifer. Sie griff mit Stoßattacken an, drehte sich geschickt aus der geraden Angriffslinie heraus und ließ den grobschlächtigen Kerl direkt in ihren Degen laufen. Mit einem Ruck zog sie ihre Waffe aus seiner Brust und sah, wie er röchelnd zu Boden stürzte. Im nächsten Augenblick wandte sich Rhona ihrer Mutter zu, um die vor Schock bleiche Baroness in Sicherheit wissen zu können. Nachdem sie sich davon überzeugt hatte, eilte sie die wenigen Meter zu Nolann, und kniete sich neben ihn. Zitternd legte sie ihre Hand auf seine Brust. Mit Erleichterung spürte sie, wie diese sich hob und senkte, wenn auch in einem unnatürlich schnellem Rhythmus.

Der Jüngste der Bande ließ derweilen die Zügel der Pferde los, zog sein Messer aus der Hüftschlaufe und rannte ihr wutentbrannt entgegen. »Für Vater!«, hörte Rhona ihn schreien. Die noch kindliche Stimme brach sich in seiner Raserei. Doch dieser Kampf währte kürzer als ein Atemzug. Rhona täuschte eine Attacke von rechts an und wich dann nach links aus. Der Angriff des jungen Mannes ging ins Leere. Er stolperte ungelenk und kassierte einen Tritt in seine Rippen. Erschrocken rappelte er sich auf und flüchtete mit weit aufgerissenen Augen. Er war kein Kämpfer. Anstatt ihn zu verfolgen und der gerechten Bestrafung auszusetzen, ließ Rhona ihn laufen.

Das Gesicht zu einer schmerzverzerrten Grimasse verzogen, hielt sie sich ihren linken Arm. Warmes Blut sickerte langsam durch den zerschnittenen Stoff ihres Hemdes, als sie das Wimmern ihrer Mutter vernahm. Erschrocken erinnerte sie sich an den dritten Mann. Offensichtlich war dieser inzwischen zu ihrer Mutter in die Kutsche eingedrungen. Auf leisen Sohlen schlich sie Richtung Kabinentür, wo sie den Räuber im Blick hätte. Als seine raue Stimme ertönte, hielt Rhona einen Moment inne und erstarrte in ihrer Bewegung.

»Während Ihr von reichgefüllten Tellern esst, müssen wir ums nackte Überleben kämpfen. Tagein, tagaus derselbe Kampf, der uns dahinrafft wie vergiftete Ratten. Und Ihr heult um diesen Klunker, mit dem ich das Überleben meiner Familie für mindestens sechs Monate sichern kann. Ist das Gerechtigkeit?«

Rhona konnte ihre Mutter benommen aufstöhnen hören. Zu keiner Handlung fähig, saß sie eingekeilt zwischen ihrem Sitz und dem Eindringling. Die Tränen liefen ihr über die glühende, anschwellende Wange, während der Kerl die kleine Kutsche nach weiteren Schätzen durchsuchte. Ohne ein einziges Geräusch zu machen, zog Rhona ihren Degen und legte den schmalen, kalten Stahl von hinten an seine Halsschlagader. »Raus ...« Ihre Stimme war nur ein Flüstern, doch eisig wie der Winterwind. Mit der Waffe an der Kehle ließ der Störenfried seine reiche Beute fallen und ergab sich sofort. Rhona warf einen schnellen Blick auf ihre Mutter, die ein Stoßgebet für ihre Rettung gen Himmel sandte und deren Leib wie Espenlaub zitterte.

Ohne den Mann auch nur für einen Moment aus den Augen zu lassen, führte Rhona ihn wenige Schritte von der Kutsche fort, in den toten Winkel hinein, den ihre Mutter nicht mehr einsehen konnte. Angewidert betrachtete sie seine Rückenpartie, seine kräftigen Oberarme und behielt seine Hände im Blick. Trotz seiner prekären Lage drehte sich der Kerl blitzschnell herum, griff gekonnt nach seiner Waffe und stob auf Rhona zu. Doch diese reagierte geistesgegenwärtig, glitt in seine Bewegung hinein und versenkte die Spitze ihres Stiefels in den Weichteilen des Angreifers. Schnaufend und mit schmerzverzerrtem Gesicht ließ sie ihn am Boden liegen. Rhona wollte ihn nicht töten. Wenn er ruhig liegen bleiben würde, bekäme er seine Chance, weiter zu leben. Sie war des Kämpfens und des Blutvergießens müde. Doch in dem Moment, als sich Rhona umdrehen wollte, packte der Kerl sie mit festem Griff an ihren Waden und zog, sodass sie rücklings zu Boden fiel, sich aber instinktiv nach hinten abrollen konnte. Wie eine lauernde Katze vor dem Sprung kniete sie nun vor ihm, die Hände im Dreck, von Angesicht zu Angesicht.

Ihre im Schreck fallen gelassene Waffe befand sich nur wenige Zentimeter vor ihr am Boden. Bedächtig hielt Rhona kurz ihren Atem an, während die Anspannung weiter durch ihren Körper pulsierte. Wie in Zeitlupe sah sie den Arm des Angreifers auf sich zu kommen. Kontrolliert schnaubte Rhona die Luft wieder aus. Mit einer blitzschnellen Bewegung ergriff sie den vor ihr liegenden Degen und beschrieb einen weiten Bogen. Der scharfe Stahl durchschnitt mit einem Zug die Kehle des Mannes. Mit weit aufgerissenem Mund griff er sich an den Hals und kippte röchelnd nach hinten. Seine muskulösen Glieder zuckten noch kurz, während seine Augen schon den Glanz verloren und dann stumm gen Himmel starrten. Zeitgleich erklang ein unterdrückter Aufschrei aus ihrer eigenen Kehle, der ihr fern in den Ohren widerhallte.

Mit einer fahrigen Handbewegung wischte sich Rhona die Blutspritzer aus dem Gesicht und bekämpfte das aufsteigende Schwindelgefühl in ihr. Wie im Delirium setzte sie einen Schritt nach dem anderen und ging abwesend zur Kutsche zurück. Ein kurzer Blick in die offene Kabine ließ sie erkennen, dass ihre Mutter ausgestiegen sein musste. Rhona fand sie schließlich einige Meter neben der Kutsche bei Nolann kniend und zitternd seine Hand haltend. Gemeinsam hievten sie schweigend den bewusstlosen Kutscher auf die weiche Bank. Gequält stöhnte Nolann auf.

»Und? Ist es noch immer dein Wunsch, ich würde ein Kleid tragen – Mutter?« Rhonas Stimme klang erschöpft und traurig. Beide sahen sich eine kurze Zeit lang in die Augen, in denen sich der Schock spiegelte. Die Baroness schluchzte auf, aber kein Wort kam über ihre bebenden Lippen. Ihre sonst so stolze und majestätische Körperhaltung war dahin. Gebeugt und in sich zusammengefallen, stieg sie die zwei Stufen zur Kabine hoch und setzte sich dann auf ihren Platz. Entsetzt lehnte sie sich vor und nahm das am Boden liegende, kaputte Kollier in ihre Hände. Rhona beobachtete die Baroness für einen kurzen Augenblick und schluckte schwer. Ihre Mutter schien in wenigen Augenblicken um Jahre gealtert zu sein. Doch nach all dem Schrecken der letzten Stunden, der Wut in ihrem Bauch und den ungerechten Vorwürfen kam es ihr so vor, als wäre eine eiserne Mauer um ihr Herz gebaut worden, welche sämtliche Gefühle abzublocken schien. Leise schloss Rhona die Tür, ging zu den beiden Pferden und kraulte zärtlich die warmen Nüstern, bevor sie auf den Kutschbock kletterte. Mit einem letzten Blick zurück versicherte sie sich, dass niemand mehr heimtückisch von hinten angreifen konnte. Die Toten ließ sie einfach am Boden liegen. Die Krähen würden sich schon um die starren Leiber sorgen. Rasch setzte sie die Kutsche in Bewegung, darauf bedacht die Fahrt nicht allzu unangenehm für den verletzten Nolann und ihre bestürzte Mutter zu gestalten.

Der kleine Wald und die Bäume verschwanden aus ihrem Blickfeld und wichen Feldern, die schwer nach nasser Erde rochen. Doch dafür hatte Rhona keinen Sinn mehr. Denn immer wieder zogen die Bilder der sterbenden Männer vor ihrem inneren Auge vorbei, bildeten eine grausame Endlosschleife in ihren Erinnerungen. Bis heute hatte sie nie jemanden ernsthaft verletzt, geschweige denn getötet. Alle Kämpfe, die sie mit ihrem Bruder ausgetragen hatte, waren letztendlich nur spielerischer Natur gewesen. Rhona schüttelte ihren Kopf, um ihre

Gedanken zu verdrängen und schnaufte erleichtert durch. Sie war froh, den Angriff überlebt zu haben. Unbewusst trieb sie die Pferde zu Höchstleistungen an, auch wenn sie nicht genau wusste, wohin der Weg sie führen würde. Sie hatte nur mehr einen Wunsch: Den Ort des Schreckens so schnell wie möglich hinter sich zu lassen.

Die Schmerzen in ihrem Arm und die Kälte der rauen Herbstnacht spürte sie kaum. Die Aufregung ließ sie jede Unannehmlichkeit vergessen und schärfte ihre Sinne. Aufmerksam hielt sie nach ungewöhnlichen Regsamkeiten in der Dunkelheit Ausschau, um nicht noch einmal in einen Hinterhalt zu geraten. Doch die nächtliche Umgebung zog fliehend und ohne weitere Vorkommnisse an ihr vorbei. Auch den feinen gewohnten Regen, der sich nun langsam, doch stetig vom Firmament auf die schweigende Erde ergoss, nahm Rhona mit einer kalten Gleichgültigkeit hin. Es schien, als wolle der Himmel selbst das Blut von ihrer Kleidung waschen. Und als der Morgen endlich zu dämmern begann, erkannte Rhona die wehenden Flaggen des Anwesens der Countess O'Callahan nahe der Stadt Wexford: Sie zeigten ein steigendes, weißes Pferd auf moosgrünem Untergrund. Erschöpft und kraftlos sank sie am Kutschbock zusammen.

2

ZUFLUCHT

EIN HAUCH VON MENSCHLICHKEIT?

»Keine tragische Wunde. Wird problemlos verheilen.« Die raue Stimme, die leise vor sich hinbrummte, weckte Rhona aus ihrem Schlaf. Doch sie vermochte ihre Augen nicht zu öffnen. Zu sehr steckten ihr die jüngsten Ereignisse noch in den Gliedern. Sie fühlte sich ausgelaugt von der überstürzten Abreise, den ständigen Vorwürfen ihrer Mutter und dem Überfall.

Rhona spürte, wie jemand vorsichtig ihren Oberarm berührte, ihren Ärmel raffte. Und dann das schmerzvolle Brennen, bevor eine kalte, nasse Paste den bissigen Schmerz linderte. Ihre Wunde pulsierte im Takt ihres Herzschlages. Schmale, weiche Hände wickelten Stoffleinen zu einem straffen Verband. In der Ferne konnte sie ein leises Flüstern hören. Rhona glaubte, die Stimme ihrer Mutter zu erkennen. Jedoch war es zu leise, als dass sie den Sinn der Worte hätte verstehen können.

»Erschöpfungszustand«, brummte die raue, männliche Stimme gedämpft und wortkarg. Und wieder berührte sie eine weiche, kleine Hand. Sie ruhte für einen Moment auf ihrer Stirn und strich dann liebevoll einzelne Strähnen aus ihrem Gesicht.

Rhona stöhnte benommen auf. Wer das wohl war? Ihre Mutter vielleicht? Dann wurde es wieder still um sie herum und sie fiel in einen tiefen, traumlosen Schlaf.

Als sie endlich erwachte, war das Tageslicht gänzlich der Abenddämmerung gewichen. Kerzen ließen den Raum in einem angenehmen, diffusen Licht erstrahlen. Etwas knisterte in ihrer Nähe und strömte eine behagliche Wärme aus. Noch immer geschwächt, ließ sie ihren Blick schweifen. Über ihrem Bett wölbte sich ein fließendes Tuch aus rubinrotem Samt, der an den seitlichen Bettpfosten von goldenen, geflochtenen Kordeln gehalten wurde. Rhona spürte den wallenden Stoff der dicken Decke, der sie warm einhüllte. Und den Hauch von einem seidenen Hemd, das ihren erschöpften Körper umschmeichelte. Ganz in ihrer Nähe konnte sie ein kleines Gefäß erkennen, in dem ein Kohlestück munter vor sich hin glühte und eine Mischung aus Beifuss, Fenchel und Salbei verräucherte. Der erdigharzige Duft lag schwer in der Luft. Rhonas Kopf schmerzte. Es fühlte sich an, als wäre eine ganze Herde wilder Pferde über sie hinweg galoppiert. Langsam versuchte sie sich zu erinnern, was passiert war. Wie war sie hier her gekommen? Die wehenden Flaggen von Wexcastle waren das Letzte, an das sie sich erinnern konnte: Das steigende, weiße Pferd auf moosgrünem Untergrund. Das leise Flüstern ihrer Mutter riss Rhona aus ihren Gedanken. Die Baroness schluchzte. Verstohlen blinzelte Rhona in Richtung der Stimme und konnte dann erkennen, dass eine fremde Frau die Baroness behutsam in die Arme nahm.

»Lorraine, wir werden sie finden. Evan ist heute Morgen los geritten. Er wird sich darum kümmern«, versicherte die leicht rauchige, aber dennoch angenehme Stimme. Rhona neigte ihren Kopf etwas zur Seite, um besser sehen zu können und wunderte sich über ihre Mutter, die sich zitternd in die Arme der anderen Frau schmiegte. Es war ein merkwürdiges Gefühl, ihre sonst so distanzierte Mutter in einer solch vertraulichen Umarmung zu sehen. *Ist das die Herrin des Hauses? Countess Elizabeth? Ich kann mich kaum an sie erinnern ...*

»Deren Leben wird keinen halben Penny mehr wert sein. Ich werde veranlassen, dass sie umgehend gehängt werden. Das verspreche ich dir«, kam drohend über Lady Elizabeths Lippen. Und ihr Wort war Gesetz. Die Wut in der Stimme konnte man förmlich mit allen Sinnen greifen. Rhona kam es wie eine kleine Ewigkeit vor, wie sie so dastanden, versunken in der Stille des Augenblicks.

»Wie geht es deiner Wange, schmerzt es noch sehr? Soll ich Dr. Sullivan zurück rufen lassen?«

Die Baroness schüttelte ihren Kopf und starrte auf einen unbestimmten Punkt vor ihr. »In dem Moment, als der Mann zum Schlag ausholte. Sein Gesicht hassverzerrt. Ich habe geglaubt, ich müsste sterben.« Lady Lorraine sprach stockend. Bis auf die dunkle Verfärbung ihrer Wange war ihr Teint leichenblass. Rhona überlegte kurz, auf sich aufmerksam zu machen, doch noch mehr wollte sie wissen, was ihre Mutter erlebt hatte. Schweigend beobachtete sie, wie die Countess diese bei den Händen nahm und sie zu den zwei Sesseln zog, die direkt vor dem Kamin standen. »Setz dich und dann erzähl mir alles.«

Die Baroness setzte sich geistesabwesend, fuhr sich mit ihrer Hand durch das zerzauste Haar, und plötzlich brach der Damm. Ihre vertraute Selbstbeherrschung zerbarst in unzählige Splitter aufgestauter Anspannung. »Ich habe Nolann fallen gesehen. Sein Schrei hatte mich bis ins Mark erschüttert.« Tränen liefen unaufhaltsam über ihre Wangen und malten kleine Rinnsale auf die gepuderte Haut. »Mein kleines Mädchen war nirgends mehr zu sehen. Und dann ... dann stand er vor mir. Panik und Machtlosigkeit brachen über mich herein, sodass ich mich nicht rühren konnte. Sein Gesicht zu einer fürchterlichen Fratze verzerrt, und sein Blick gierig auf mein Dekolleté gerichtet. Mit seiner dreckigen Hand näherte er sich meinem Kollier und riss es mir mit einem kräftigen Ruck vom Hals.«

Rhona sah, wie sich ihre Mutter an den Hals griff und vorsichtig über jene Stelle rieb, an dem der Kerl sie berührt hatte, bevor sie weiter sprach: »Mit größenwahnsinnigem Blick hatte er das Gold in seinen Händen betrachtet – und ich dachte bei mir, wenn das Kollier verloren geht, dann verliere ich noch etwas …«

»Noch etwas?«, hakte die Countess fragend nach.

»Ach Elizabeth«, sagte sie leise, »der materielle Wert des Kolliers ist unbedeutend. Ich kann so viele Kolliers dieser Art mein Eigen nennen. Doch dieses Eine ist mir wertvoller als alles andere auf der Welt. Mein Gatte, Dorrien, schenkte es mir zu Rhonas Geburt. Es erinnert mich an jeden einzelnen Moment, als sie das Licht der Welt erblickte und ihren ersten Atemzug machte. Du kannst dir nicht vorstellen, wie glücklich wir damals waren. Ich musste es mir zurückholen. Um jeden Preis.«

Lady Elizabeth nickte verständlich, während Rhona am liebsten zu ihrer Mutter gestürmt wäre, um sie in den Arm zu nehmen. Diese Geschichte hatte sie noch nie gehört und sie berührte sie tief in ihrem Inneren. Doch anstatt aufzustehen, zwang sich Rhona liegen zu bleiben, und weiterhin die stumme Zuhörerin zu mimen.

»Ohne Furcht rettete Rhona mich aus den Fängen des Widerlings. Und führte ihn fort von mir. Viel zu lange musste ich auf ihre Rückkehr warten. Bis sie plötzlich vor mir stand. Ihr Gewand und ihr Gesicht waren blutverschmiert. Die Verachtung stand ihr ins Gesicht geschrieben. Du hättest sie sehen sollen.«

Zu Rhonas grenzenloser Überraschung begann ihre Mutter plötzlich zu weinen. Die Baroness schlug ihre Hände vors Gesicht und ein Krampf durchzuckte ihren Körper. »Und überall dieses Blut an ihr.

Meine schmerzende Wange ist das geringste Übel.« Noch nie hatte die Baroness in Gegenwart ihrer Tochter derart die Haltung verloren. Die Countess erhob sich aus ihrem Sessel, kniete vor Lorraine nieder und zog sie erneut in ihre Arme.
»Elizabeth, sie hätte sterben können. Mein Mädchen. Mein kleines Mädchen. Sie ist mir so schon aus den Händen entglitten. Aber was wäre, wenn ich sie endgültig verloren hätte?«
»Lorraine, du hast eine wundervolle Tochter großgezogen. Sie ist stärker, als du es ihr zutraust. Du kannst wahrlich stolz auf sie sein.«
Rhona bemerkte, wie die Countess der schwermütigen Frau vor ihr ein warmes Lächeln schenkte.
»Sie hat Ähnlichkeit mit deiner ...« Doch bevor sie auch nur ein einziges Wort weitersprechen konnte, löste sich die Baroness prompt aus der Umarmung und legte ihren Finger auf Elizabeths Lippen. »Bitte, Elizabeth, sprich es nicht aus. Rhona ist nicht wie sie. Caîthlin ist ..., war ..., etwas, was ich jetzt mit allen Mitteln zu verhindern weiß. Dass du ...« Die Baroness stieß einen tiefen, langgezogenen Seufzer aus und massierte sich dann angespannt ihre Schläfen. »Dass du dich noch an sie erinnerst? Du warst so jung. Du bist noch immer so jung. Du solltest alles vergessen und dich angenehmeren Dingen widmen.«
»Lorraine, verzeih, aber ich weiß mit meinen dreißig Lenzen sehr wohl selber zu entscheiden, was ich vergessen oder an was ich mich erinnern möchte.«
»Trotzdem, du darfst diesen Namen nie wieder erwähnen. Vor allem nicht vor meiner Tochter. Sie muss von alledem nichts wissen. Versprich es mir!« Und da war sie wieder. Die kühle Selbstbeherrschung, welche die Baroness wie einen schützenden Mantel um sich selbst und ihr Inneres legte. Rhona blinzelte die einzelne Träne im Augenwinkel fort. Sie war berührt von den Gefühlen ihrer Mutter, die ihr gegenüber in den letzten Jahren unerklärlicherweise immer verschlos-

sener und gefühlskälter geworden war. Wie sehr Rhona dieses Verhalten verletzte, hatte sie immer für sich behalten. Doch diese Worte laut ausgesprochen zu hören, waren wie ein Geschenk für sie. Sie wurde geliebt. Nichts bedeutete ihr mehr. Und doch fragte sie sich, wie früher auch, was diese Veränderung bewirkt hatte. *Habe ich etwas falsch gemacht? Und wer war diese Caîthlin?*

Rhona räusperte sich kurz, dann versuchte sie sich langsam aufzurichten. Doch der Schmerz ließ sie zurück fallen und laut aufstöhnen. Ein Blick auf ihren linken Oberarm bestätigte die Vermutung, dass der Schnitt wohl doch etwas tiefer ging, als sie anfangs geglaubt hatte. *Es war also doch kein Traum gewesen.* Kaum merklich schüttelte sie den Kopf.

Erschrocken erhob sich Lorraine aus ihrem Sessel. Ihr Blick traf einen Moment auf Rhonas, bevor sie sich von ihr abwandte und zum Fenster trat. Mit verschränkten Armen und den Blick in die Ferne gerichtet, stand sie wortlos da. Nur ein tiefes Schnaufen war zu hören. Die Countess kam langsam auf das Bett zu, blieb jedoch zaghaft am Fußende stehen. Abwartend lehnte sie sich an den Bettpfosten und sah neugierig zu Rhona herab. »Möchtest du etwas trinken? Wasser?«

Rhona nickte dankbar und einen Augenblick später trat die Countess neben Rhona, um ihr ein kristallenes Glas mit kaltem, klarem Wasser zu reichen. Es war köstlich, das kühle Nass ihre Kehle hinab rinnen zu spüren und den bitteren Geschmack der Erinnerung fortzuspülen. »Es ist nur einer. Die anderen beiden, sind ...« Rhona zögerte, ihre Gedanken laut auszusprechen. Sie hoffte noch immer, dass dies alles nur ein schlechter Traum war, als sich ihre Mutter plötzlich vom Fenster wegdrehte und auf sie zukam. Es war, als wäre die Baroness aus ihrer Starre erwacht. Kurz vor dem Bett blieb sie abrupt stehen und schüttelte voller Unverständnis ihren Kopf. »Du hättest tot sein können, ist dir das bewusst, Kind? Wie hätte ich das deinem Vater erklären sollen?« Erwartungsvoll und düster sah sie direkt in Rhonas Augen. Doch was sollte Rhona erwidern? Sie war über den heftigen Gefühlsausbruch ihrer Mutter überrascht. Das warme Gefühl in ihrem Herzen wurde von dem eisigen Wind der ewigen Vorwürfe wieder zunichte gemacht. Hätte sie es nicht mit eigenen Ohren gehört, sie hätte an all den Worten ihrer Mutter gezweifelt. *Warum war sie nur so wütend?*

»Lorraine, ihr seid beide am Leben. Das ist das Wichtigste.«

Die Countess sah beschwichtigend zu der Baroness und legte sanft ihre Hand auf Rhonas Schulter. »Sei nicht so streng. Dank Rhona ist nichts weiter passiert.«

Die Baroness nickte schweigend und setzte sich dann auf den Sessel neben Rhonas Bett.

»Und Nolann«, fügte Rhona flüsternd hinzu. »Wie geht es ihm? Ist er ...?« Rhonas Stimme versagte, doch die Countess nickte freundlich. »Es geht ihm den Umständen entsprechend gut. Doktor Sullivan meint, er wird bald wieder gesunden. Aber er braucht Ruhe.«

Rhona atmete vor Erleichterung laut aus. Sie hatte gar nicht bemerkt, dass sie vor Sorge die Luft angehalten hatte. Zeitgleich mit ihrer Verlegenheit begann ihr Magen laut zu knurren. Die Countess blickte schmunzelnd zu Rhona hinab und klatschte in ihre Hände. »Verzeih meine Unaufmerksamkeit, du musst hungrig sein. Ich werde dir ein Mahl zukommen lassen. Und zusätzlich ein Zimmer für dich, Lorraine. Bleibt, solange es euch beliebt und fühlt euch wie zuhause.«

»Elizabeth«, die Baroness erhob sich von ihrem Sessel, »ich danke dir für dein gütiges Angebot. Aber wir werden gleich morgen Früh wieder abreisen. Mein Bruder erwartet uns. Er wird sich sicherlich schon um uns sorgen.«

»Wie du wünschst.« Eine Spur der Enttäuschung lag in der Stimme der Countess. »Joanne wird sich um dein Gemach und ein heißes Bad kümmern. Ein wenig Entspannung wird dir Zerstreuung schenken. Zusätzlich werde ich es mir erlauben, euch für morgen zwei meiner Diener zur Verfügung zu stellen. Ihr solltet die restliche Reise nicht ohne weiteren Schutz antreten. Auch wenn die Dauer eurer weiteren Reise nur wenige Meilen beträgt. Nolann wird selbstverständlich bis zu seiner Genesung auf dem Gut bleiben. Evan wird euch an seiner Stelle nach Cromwellsfort geleiten.«

»Vielen Dank, Elizabeth. Diese freundliche Offerte werde ich natürlich gerne annehmen.«

»Noch heute werde ich einen Boten zu Mr. Maguire entsenden, der den Verzug eurer Reise bekannt geben wird.«

Die Baroness nickte erleichtert über die Verbundenheit ihrer Freundin und sah dann zu Rhona. Leise flüsterte sie ihrer Tochter ein paar kaum verständliche Dankesworte zu und verließ dann Rhonas kurzfristig hergerichtetes Gemach. Kaum hatte sich die Tür geschlossen, wandte sich die Countess wieder Rhona zu. Mit einer zarten Bewegung ließ sie ihre warme Hand über Rhonas Wange gleiten, die dort für einen längeren Atemzug verweilte. Die Berührung kam Rhona vertraut vor.

»Hab eine erholsame Nacht und versäume nicht zu rufen, wenn es dir an etwas fehlen sollte.«

Rhona lächelte der Countess dankbar zu und schloss dann erschöpft ihre Augen. Das leise Geräusch der sich schließenden Tür versicherte Rhona, dass sie nun allein war, und nachdenklich schmiegte sie sich in die weichen Kissen, zog die Decke enger um ihre Schultern und dachte an die so unterschiedlichen Wesenszüge ihrer Mutter, die sie nicht nachvollziehen konnte. Aber auch das fast schon liebevolle Verhalten der Countess schürte ihre neugierige Verwunderung.

ೞ෨

Eine gewisse Zeit lang war Sofie den Spuren der Kutsche gefolgt, bis diese sich irgendwann verliefen. Hungrig und müde setzte sie einen Schritt vor den anderen, ohne darauf zu achten, wohin sie der Weg führen sollte. Das erste Dorf, das sie nach einer langen Strecke erreichte, sollte ihre Hoffnungen zutiefst erschüttern. Kein Haus- und kein Hofbesitzer war gewillt, sie über Nacht aufzunehmen. Die Bewohner verschwanden eiligst in ihren armseligen Hütten, als sie die kleine Siedlung betrat. *Wo sind nur all die freundlichen Menschen hin?*

Sofie verstand das Misstrauen nicht. Hatte sich die Welt in den wenigen Jahren so sehr gewandelt? Wie konnte es sein, dass sie so blind den Veränderungen gegenüber gewesen war? Nun gut, sie hatte das Anwesen der McLeods so gut wie nie verlassen. Nahe Verwandte, die sie hätte besuchen können, gab es nicht mehr. Und die Freundschaft zu der adeligen Lady hatte ihre ganze Freizeit in Anspruch genommen. War es da ein Wunder, dass sie die Welt nun mit neuen Augen sah? Der Argwohn ihr gegenüber, als sie zaghaft an verschiedene Türen klopfte und um ein Nachtlager bat, war erschreckend. Sofie erntete entweder nur ein stummes Kopfschütteln oder ein erbarmungsloses Murren: »Geh weiter, wir haben genug hungrige Mäuler zu stopfen.«

Selbst die Münzen konnten niemanden dazu überreden ihr zu helfen und jedes Mal wurde sie unhöflich abgewiesen.

So war Sofie gezwungen, in der Dunkelheit weiter zu laufen, bis sie irgendwann vor Erschöpfung einfach nicht mehr konnte. Um sich vor der nächtlichen Kälte zu schützen, legte Sofie ihr ganzes Gewand, das sie mit sich trug, Schicht für Schicht an. Mit letzter Kraft schob sie das leicht feuchte Laub fort und deckte sich vorsichtig mit dem trockenen Unterholz zu. Dann rollte sie sich zitternd zusammen und blies ihren warmen Atem auf ihre klammen Fingerspitzen. Das welke Gehölz verströmte einen erdigen Geruch, doch es hielt ihren Körper warm. Traurig schloss Sofie ihre Augen und betete einen Moment lang, die Nacht gut zu überstehen und nicht eines plötzlichen Kältetods zu sterben. *Aber es würde keinen kümmern, wenn ich nicht mehr erwachen würde,* dachte sie resigniert, bevor sie in einen unruhigen Schlaf fiel.

Am folgenden Morgen wurde sie durch das Gezwitscher der Vögel geweckt. Die Sonne löste gerade die Morgendämmerung ab und begann mit ersten Kräften den Tau auf den Grashalmen zu erwärmen, so dass ein leichter Nebel über den Wiesen aufstieg. Sobald sich der Nebel gelichtet hätte, würde es ein klarer und sonniger Herbsttag werden. Sofie streckte sich kurz und schlug dann ihre Augen auf. Einen Atemzug lang wunderte sie sich, wo sie sich befand, als ihr dann der vergangene Tag wieder einfiel.

Seufzend erhob sie sich aus ihrer Blätterhöhle, strich sich ihre dunklen Haare aus dem Gesicht und befreite ihre Kleidung von Gras und Gehölz, das hartnäckig an den Stoffen haftete. Hungrig griff sie nach ihrer Tasche und holte ihren letzten Proviant heraus: Etwas trockenes Brot, ein Stück Käse und zwei runzelige Äpfel. Vorsorglich teilte Sofie die kärglichen Reste in zwei Hälften. Sie wusste nicht, wann sie das nächste Dorf erreichte und ob sie sich dort etwas zu Essen kaufen könnte.

Doch tapfer ging sie, sobald sie mit ihrem kümmerlichen Frühstück fertig war, weiter Richtung Süden. Eisern folgte sie der Route zu ihrem Elternhaus, wo doch niemand auf sie warten würde. Seit dem Tod ihrer Mutter hatte Sofie ihr Dorf nie wieder besucht. »Mutter ...«, flüsterte Sofie schmerzerfüllt. Und dann rauschten die Bilder der Vergangenheit wie ein reißender Fluss an ihr vorbei: »Versprich mir, liebes Kind, dass du deinem Verstand folgen wirst«, hatte ihre Mutter am Sterbebett gesagt. »Such dir einen Mann, der gut für dich und deine Kinder sorgen kann. Mach nicht den Fehler, einzig nur aus Liebe zu heiraten. Liebe allein wird dich nicht nähren können. Versprich es mir!«

Sofie hatte weinend zugestimmt, als ihre Mutter für immer die Augen schloss. Sie erinnerte sich an den Moment, als sie ihre Mutter geküsst hatte, und hoffnungsvoll einer neuen Zukunft entgegensah. Wenn sie erstmal bei den McLeods arbeitete, würde ihr Leben besser werden. Die ersten Wochen jedoch war sie einsamer gewesen als je zuvor. Doch die gleichaltrige Tochter vom Hausherrn, Lord Dorrien, hatte sich ihrer angenommen. Rhona musste wohl gespürt haben, dass Sofie sich genauso unglücklich und verlassen fühlte wie sie selbst. Wenn auch nicht in einem goldenen Käfig gefangen, so war sie doch abhängig von dem Wohlwollen ihrer Dienstgeber. Sieben Jahre hatte sie nun auf dem Anwesen gelebt und gearbeitet. Entgegen ihrer Vernunft hatte Sofie sich verliebt. Und sie hatte sich verbotenerweise auf das wunderbare Gefühl eingelassen, das ihr nun zum Verhängnis geworden war.

Mit neuem Ziel vor Augen, straffte Sofie ihren Rücken und setzte ihren Weg fort. Sie würde sich nicht unterkriegen lassen. Vielleicht würde ihr Geburtshaus noch leer stehen. Und vielleicht hatte der Sheriff Erbarmen mit ihr, sodass sie sich dort ein neues Leben aufbauen konnte. Im Stillen fragte sie sich, ob es Callen war, der das Amt des Sheriffs ausübte. Er war ein ehrenwerter junger Herr geworden. So hieß es jedenfalls. Und es war schon damals sein Traum gewesen, als Sheriff für Recht und Ordnung zu sorgen. Sofie war nicht nur mit ihm aufgewachsen, sondern sogar weit entfernt verwandt. Der Sohn vom Halbbruder ihres längst verstorbenen Vaters, oder so in der Art, hatte ihre Mutter ihr einmal erklärt. So gesehen war er ihr Vetter. Als sie noch Kinder gewesen waren, hatten sie jede freie Minute miteinander verbracht. Sie waren durch Wald und Flur gelaufen, hatten gemeinsam am Fluss Fische gefangen und kleinere Wildtiere erlegt. Er war ihr Beschützer gewesen. Und ihr bester Freund. Er würde ihr sicherlich helfen. Die Familie hielt doch immer zusammen. »Blut ist dicker als Wasser«, hatte ihr Vater immer gesagt. Und sie hoffte, dass sich auch der alte Freund an dieses Sprichwort erinnern würde. Beherzt schnappte sie sich den letzten Apfel und biss hungrig hinein.

Sofie hatte bereits zwei weitere Dörfer hinter sich gelassen, ohne jedoch Erfolg gehabt zu haben, eine Unterkunft zu finden oder ihre wenigen Münzen gegen etwas Essbares eintauschen zu können. Die Vorbehalte, die ihr entgegenschlugen, konnte sie noch immer nicht begreifen. *Kann das alles das Werk der Baroness sein?*, fragte sie sich in Gedanken und konnte es kaum fassen, auf solchen Hass zu treffen. Anders konnte sie sich die Feindseligkeiten der Dörfler aber nicht erklären. Wussten sie etwa Bescheid über sie, und verachteten sie deswegen? Sofie zweifelte jedoch daran, dass die Landleute sich darum kümmern würden. Klatsch und Tratsch vom Adel stieß zumeist auf taube Ohren. Sie hatten ja genug eigene Sorgen damit, wie sie ihr Überleben sichern konnten. *Oder die Baroness hatte ihnen gedroht*, kam es ihr plötzlich in den Sinn. Ja, genauso muss es gewesen sein.

Vergeblich versuchte Sofie, ihr lautes Magenknurren zu überhören und kämpfte gegen den unerbittlichen Durst an. Sie versuchte den Speichel in ihrem Mund zu sammeln, um ihre Kehle feucht zu halten, doch sie wusste, dass das niemals genug wäre, um überleben zu können. Und sie wusste auch, dass es hier in der Nähe keinen Bach oder Fluss gab, der ihren Durst stillen könnte. Die Beeren, die sie im Gestrüpp der Wälder gefunden hatte, waren so süß, dass sie davon nur noch mehr Durst bekam. Und vor allem größeren Hunger! Solch schmerzhaftes Hungergefühl hatte sie noch nie erlebt. Auch wenn sie noch nie an der großen Tafel ihrer ehemaligen Arbeitgeber gespeist hatte, wurde das Dienstpersonal doch bestens verpflegt. Mindestens einmal in der Woche hatte es ein gutes Stück Fleisch gegeben. War die Arbeit auch anstrengend gewesen, sie hatte niemals hungern müssen.

Gerade als sie sich entschlossen hatte, weitere Beeren und Wurzelwerk im Wald zu suchen, tauchte der Schemen einer kleinen Bauernkate vor ihr auf. Vorsichtig schlich sie sich an das Häuschen heran, konnte sie doch keine Menschenseele ausfindig machen. Dafür aber ein kleines Gärtchen, das zwar etwas verwildert war, aber dennoch einen letzten Rest an Krautköpfen, Karotten, Tomaten und einige Obstbäumchen aufwies. Die Bäume trugen keine Früchte. Sie waren noch zu jung. Die Stämme waren nicht breiter als Sofies geschlossene Faust. Vielleicht in ein oder zwei Jahren. Sie entschloss sich, dieses verwaiste Häuschen für eine Nacht als Zuflucht zu nutzen. Das würde ihr zum Ausruhen genügen. Eine Nacht in einer warmen Hütte, in einem weichen Strohbett, an einem knisternden Kamin, mit einer kleinen Mahlzeit, die ihren Hunger stillen würde und genügend Wasser zum Trinken.

Bei dem Gedanken an Wasser konnte Sofie die Trockenheit in ihrem Mund spüren. Das Kratzen in ihrem Hals und das dringende Gefühl, ihre Kehle mit etwas Flüssigkeit befeuchten zu müssen. Und zu ihrem Glück konnte sie neben dem Gatter ein kleines Fass mit Regenwasser entdecken. Erleichtert stieß Sofie einen Seufzer aus, blickte sich noch einmal um und prüfte, ob niemand zugegen war. Dann lief sie flink und geduckt, im Schutze des Dickichts, auf den kleinen Garten zu. Nie zuvor hatte sie den schalen Geschmack des abgestandenen Wassers mehr wertgeschätzt als in diesem Augenblick. Und nachdem ihr Durst gelöscht war, ging sie in den Garten hinein und nahm sich ein wenig von dem Gemüse. Nur so wenig, dass es nicht sonderlich auffiel und gerade soviel, dass es ihren Hunger stillen sollte. Doch in dem Augenblick, als Sofie ihre Beute in die Tasche stopfte, spürte sie einen stechenden Schmerz auf ihrem Hinterteil und fiel vornüber in den Dreck.

»Was haben wir denn hier?«, ertönte eine krächzende Stimme.

Und noch bevor Sofie empört etwas sagen konnte, wurde sie von kräftigen Händen am Genick gepackt und tiefer in die Erde gedrückt.

൚൙

Ein leises Klopfen unterbrach Rhonas Gedanken, und das Grübeln musste sie sich für einsamere Stunden aufheben. Mühsam öffnete sie ihre Augen und sah eine junge, schlanke Frau eintreten. Ihre langen, rotblonden Haare hatte sie zu einem Zopf geflochten, der vorwitzig unter ihrer weißen Haube hervorlugte. Rhona schätzte sie auf siebzehn oder achtzehn Jahre. Ruhig und mit gesenktem Blick drapierte das Mädchen geschickt die köstlich duftende Suppe auf dem kleinen, hölzernen Beistelltisch. Dazu die kristallene Karaffe mit frischem Wasser und ein kleines geflochtenes Weidenkörbchen voll mit frisch geschnittenen Brotscheiben. Rhona lief das Wasser im Mund zusammen und wieder begann ihr Magen laut zu knurren, was sie selber mit einem verlegenen Grinsen quittierte. Zu ihrer Verwunderung lächelte die Magd sie mit einem neugierigen Blick an.

Vorsichtig setzte sich Rhona auf und nahm die Schüssel, stets darauf bedacht, nichts von der Suppe zu verschütten und richtete sich die helle Leinenserviette. Genüsslich begann sie, das Brot in den heißen, duftenden Eintopf zu tauchen. Das Essen war einfach, aber köstlich. Der Kartoffeleintopf mit klein geschnittenem Rindfleisch und Gemüse war liebevoll mit wohlschmeckenden Kräutern verfeinert. Nach dem ungewollten Abenteuer fühlte sich Rhona wie ausgehungert.

Während sie aß, beobachtete sie interessiert die Kammerzofe, die leise und flink wie ein Wiesel im Zimmer herumschwirrte. Fenster öffnen, lüften, schließen. Vorhänge richten. Das Feuer im Kamin wurde schnell und geschickt wieder geschürt, die vielen Holzscheite emsig neu gestapelt.

»Joanne? Du bist doch Joanne?« fragte Rhona neugierig, nur um etwas zu sagen, während sie sich ein weiteres Stück Brot in den Mund schob. Das Mädchen hielt in ihrer Arbeit inne und nickte aufmerksam. »Ja M'Lady.«

»Kannst du mir etwas über Countess O'Callahan erzählen?«

Rhona wollte mehr über diese mysteriöse Frau und diesen Ort erfahren, der nicht einmal anderthalb Meilen von dem kleinen Haus ihres Oheims entfernt lag. Sie konnte sich dunkel daran erinnern, die Countess gemeinsam mit ihrer Mutter besucht zu haben. Aber das war in ihrer Kindheit und lag so weit zurück, dass jegliche Erinnerungen nicht mehr greifbar waren.

»Die Countess ist eine freundliche und gerechte Herrin«, erwiderte sie, ohne lange zu überlegen. »Sie hat sich meines Vaters und meiner angenommen, als unser Hof vor drei Jahren niedergebrannt wurde.«

Rhona nickte erstaunt. »Ja, das ist wirklich sehr nobel. Welche Stellung bekleidet dein Vater? Und wer ist der Herr dieses Hauses?«

»Mein Vater ist Schmied hier.« Joanne zögerte kurz, bevor sie weiter sprach: »M'Lady ich bitte darum, mich nicht in Verlegenheit zu bringen. Ich kann nicht über Angelegenheiten der Herrschaften sprechen. Und ich bin niemand, der für Klatsch und Tratsch zu empfehlen wäre. Werden meine Dienste noch benötigt?«

Überrascht von der Geradlinigkeit ihrer Antwort, entließ Rhona die junge Kammerzofe mit einem Wink. Hastig machte diese einen Knicks und ließ Rhona in ihrem Gemach zurück.

ෆ෩

Am nächsten Morgen, noch bevor die ersten Sonnenstrahlen die Gemächer erhellen konnten, ging Joanne schon gewissenhaft ihrer Arbeit nach. Leise klopfte sie an die Tür des Zimmers, in dem die junge Lady untergebracht war und holte einmal tief Luft. Im Stillen fragte Joanne sich, was sie heute wohl erwarten würde …

Sie befüllte das angrenzende Boudoir mit frischen Handtüchern, goss heißes Wasser in die tiefe Porzellanschüssel und gab noch einige aromatische Essenzen hinzu.

Die junge Lady lag noch immer im Bett und räkelte sich wie eine junge Katze nach dem Aufwachen. Auf dem Tischchen neben ihr stand das benutzte Frühstücksgeschirr. Joanne hörte die junge Frau aufseufzen, bevor diese schließlich aufstand. Ihr seidenes Nachthemd ließ sie einfach schamlos zu Boden gleiten. Ohne ein Wort zu verlieren, trottete sie nackt vom Schlafraum zum Boudoir, hinüber zum Waschtisch und tauchte ihren Kopf in das duftende Wasser. Prustend holte sie tief Luft und das Wasser lief ungehemmt ihren trainierten Körper hinab.

Joanne verfolgte, wie Rhona mit geschlossenen Augen nach dem kleinen, festen Leintuch tastete, es sich dann übers Gesicht rieb und sich ausgiebig zu waschen begann. »Guten Morgen, M'Lady. Ich hoffe, Ihr hattet eine angenehme Nachtruhe.« Sorgfältig legte sie das frisch gewaschene, bereits getrocknete Gewand auf den Sessel neben der Waschschüssel. »Euer Gewand ist gereinigt und geglättet.«

»Guten Morgen Joanne,« grüßte Rhona wohl gelaunt. »Trotz der Anstrengungen des vergangenen Tages habe ich die Nacht ausgesprochen gut geschlafen und das heiße Wasser weckt die Lebensgeister.«

Joanne nickte der Lady wortlos zu und reichte ihr ein frisches Leintuch für ihren Arm. »Soll ich Euch beim Säubern der Wunde helfen?«

Die Lady grinste breit, lehnte sich splitterfasernackt an den Waschtisch und hielt Joanne ihren linken Arm hin. Diese machte einen Schritt auf Rhona zu und löste vorsichtig den Verband ab. Unter den neugierigen Blicken der jungen Frau tauchte Joanne das Leintuch ins warme Wasser und wusch die eingetrocknete Paste von Rhonas Arm. Der Schnitt schien gut zu verheilen und obwohl erst anderthalb Tage vergangen waren, erwiesen sich die Wundränder als sauber und gerade. Nichts deutete auf eine Entzündung hin. Joanne nickte zufrieden, als sie die Wunde erneut mit einer Arnikapaste einrieb und zum Schutz einen neuen Verband anlegte.

»Du hast sehr weiche Hände. Hat kaum wehgetan«, hörte Joanne Rhona schelmisch sagen. Doch Joanne verzog flüchtig ihre Miene. »M'Lady, Ihr könnt Euch Euren Atem sparen. Ich bin Eurem Charme gegenüber nicht empfänglich.« Um ihre Worte zu unterstreichen, zog sie fester an dem Verband, als sie diesen verknotete.

»Au! – Gestern noch so wortkarg und heute so resolut. Welch Wandel in so kurzer Zeit. Womit habe ich das nur verdient?«

»Gestern habe ich mich zurückgenommen, um Euch zu schonen. Aber wie es scheint, seid Ihr heute wieder vollkommen genesen. Euer Ruf eilt Euch voraus, M'Lady.« Joanne wusste nicht, woher sie den Mut nahm, so mit der edlen Lady zu sprechen. Aber sie hatte auch nicht das Gefühl, auf Missbilligung zu treffen.

»Ah – und ist dieser Ruf so schlecht? Schade, dass ich nicht so lange auf dem Gut verweilen werde, um mein Ansehen wiederherzustellen.«

»Gut, dass Ihr nicht solange verweilen werdet, um Euren Ruf vollends zu ruinieren. Außerdem wäre es sicherlich der Steigerung Eures Ansehens nicht förderlich, einen Korb zu bekommen.«

»Du würdest also meine sanfte Umwerbung mit einem Korb beantworten?« Rhona flüsterte mit verführerischer Stimme.

Doch Joanne schüttelte nur ungläubig den Kopf. Das war doch absurd. Nichts weiter als ein Spiel. Sie war jung, aber nicht so naiv zu glauben, dass das Interesse der Lady aufrichtig wäre. »Ihr solltet Euch ankleiden, bevor Ihr euch noch erkältet oder jemand anderes Euren Raum betritt und euch unverhüllt entdeckt.«

Rhona dankte ihr lachend ob ihrer gespielten Sorge und schlüpfte schnell in die weißen Leinensocken und in ihre feste Stoffhose. Aus ihrer hölzernen Kleidertruhe, die vor dem Bett stand, holte sie ein sauberes, weißes Seidenhemd hervor. »Wo ist eigentlich mein Hemd, das ich während der Reise trug?« Suchend sah sie sich in dem großen Zimmer um, doch konnte sie ihr Hemd nirgendwo entdecken.

»Es ist noch in der Waschküche. Der Riss wird soeben geflickt. Ich werde es holen gehen, M'Lady.«

Schon wand sich Joanne ab, um das Ankleidezimmer zu verlassen, als sie von Rhona sanft an der Hand gepackt wurde.

»Bleib! Der Weg ist umsonst. Das Hemd werde ich entsorgen müssen. Wenn Mutter mich damit sieht, bekommt sie wieder Schreikrämpfe. Es ist schon schlimm genug, dass ich mich nicht – wie gewünscht – ihrem Kleiderstil anpasse. Aber mich dann auch noch im Flickenhemd zu zeigen ...«

Joanne hörte Rhona kichern, die sich gerade das frische Hemd über den nackten Oberkörper zog und die Verschnürungen fester zurrte. Der jungen Lady tat es sichtlich gut, ungezwungen scherzen zu können. Die unterschwellige Anspannung, die Joanne bei ihrer ersten Begegnung noch verspürt hatte, schien vollständig verschwunden. Aber auch sie musste über Rhonas Worte schmunzeln. Ihr war noch keine adelige Frau in Hemd und Hosen untergekommen. Eigentlich hatte sie noch nie eine Frau in Männerbekleidung gesehen. Und sie musste sich eingestehen, dass es sehr elegant an Rhona aussah, wenn auch auf eine ungewohnte Art und Weise. Joanne sah an sich selbst herab. Sie musterte ihr aschgraues, knöchellanges Leinenkleid. Ein einfacher

Schnitt und, abgesehen von der weißen Borte am Saum, ohne weitere Verzierungen. Um die Hüfte hatte sie feinsäuberlich eine helle Schürze gebunden. Ihre zierlichen Füße steckten in ebenso einfachen, hellen Leinenschuhen. Mit verschränkten Armen und einem Finger an ihren Lippen, versuchte Joanne sich krampfhaft vorzustellen, wie sie wohl aussehen würde, wenn ihr schlanker Leib von Hemd und Beinkleid umhüllt wäre. So ganz in Gedanken versunken, bemerkte sie nicht, dass die junge Lady sich von hinten an sie herangeschlichen hatte und ihr nun leise ins Ohr raunte: »Stellst du dir gerade vor, wie du in meinem Gewand aussehen würdest? Behalt mein Hemd. Kleide dich damit, wenn du dich alleine wähnst und dann denke an mich.«

Erschrocken drehte sich Joanne um und sah direkt in Rhonas feixendes Gesicht. »M'Lady – ihr seid wirklich unverbesserlich. Was werde ich froh sein, wenn hier auf dem Gut wieder Ruhe einkehrt.« Eiligst begab sie sich zur Schlafstätte, um die Polster kräftig aufzuschütteln. Einen Augenblick später, ihre Herrin war nun vollends angekleidet und deren Lederstiefel bis unters Knie gerafft, klopfte es an der Tür. Auf ihren Befehl hin einzutreten, öffnete ein junger Mann die Tür und verbeugte sich knapp vor der Lady. »M'Lady, die Countess und Eure Mutter erwarten euch. Euer Gepäck werde ich zur Kutsche bringen und sicher verstauen.«

Joanne beobachtete, wie die Lady höflich nickte und wortlos auf die Holztruhe vor dem Bett wies. Erneut verbeugte sich der junge Diener und verschwand, angestrengt die Truhe tragend, aus dem Raum. Mit sehnsüchtigem Blick verfolgte Joanne den Mann, bis er nicht mehr zu sehen war.

»Joanne!«

Erschrocken erwachte Joanne aus ihrer Schwärmerei und fühlte die Hitze der Verlegenheit in sich aufsteigen. Schnell strich sie sich ihre Strähnchen aus dem Gesicht, erinnerte sich an ihre guten Manieren und blickte dann beschämt zu Boden. Als kein weiteres Wort der Lady ihr Ohr erreichte, wagte sie einen schnellen Blick zu ihrer Herrin, die amüsiert eine Augenbraue in die Höhe gezogen hatte und nun breit grinste. »Vielen Dank für die unbeschwerten, wenn auch kurzen Momente. Sie waren Balsam auf meiner Seele.«

Joanne machte einen freundlichen Knicks und sah der jungen Lady nach, die stürmisch aus dem Zimmer rauschte. Verwundert schüttelte sie ihren Kopf. Eine Adlige, die freundlich zur gemeinen Dienerschaft war – obgleich es selten in den höheren Kreisen vorkam, war sie es bereits von der Countess gewohnt. Aber eine Blaublütige, die vergessen ließ, dass sie nicht mehr und weniger als eine Dienstmagd war, sondern mit ihr scherzte, als seien sie einander gleichgestellt, war ihr vollkommen neu. Sie konnte nicht leugnen, dass sie die junge Lady mochte.

CB&O

»Lady Elizabeth, ich danke für Eure Gastfreundschaft. Und für alles, was Ihr für Mutter und mich getan habt.« Die Countess lächelte sanftmütig, dankte Rhona ob ihres galanten Verhaltens und strich ihr dann sanft über das helle Haar. Mit einem unterdrückten Schmunzeln registrierte sie den verwirrten Blick der jüngeren Lady, bevor diese sich dann elegant verbeugte und in die Kutsche stieg, die Elizabeths Hauswappen trug. Ihre langjährige Freundin, die Baroness von Kilkenny, nahm entgegen der Fahrtrichtung Platz, glättete sich die wallenden Wogen ihres seidenen Kleides und lächelte Lady Elizabeth freundlich zu, die gerade ihren Wiedersehenswunsch gegenüber der Baroness geäußert hatte: »In zwei Tagen zur Mittagsstunde.« Zufrieden trat die Countess einen Schritt zur Seite und bedeutete einem der Diener, die Tür zu schließen. Nur einen Atemzug später ertönte ein schnalzendes

Geräusch und die Kutsche setzte sich in Bewegung. Ohne große Mühe lenkte Evan, der Kutscher, den Wagen geschickt aus dem großzügigen Vorplatz des Herrenhauses, vorbei an den weiten Flächen des Parks, dessen Bäume ihr schönes Herbstkleid an diesem sonnigen Novembermorgen bereits abgeworfen hatten.

3

FAMILIENBANDE

DIE HOFFNUNG STIRBT ZULETZT

»Beeilt euch doch. Sie kommen. Ist der Salon hergerichtet?« Ohne eine Antwort abzuwarten, stürmte Mr. Maguire aus dem Haus zur Kutsche hin, die soeben zum Stehen kam. Impulsiv riss er die Kabinentür auf und grinste über sein ganzes Gesicht. Auch Rhona, die als erstes aussteigen wollte, konnte man die Freude deutlich ansehen, den jüngeren Bruder ihrer Mutter endlich wieder zu sehen. Zuvorkommend reichte er Rhona seine Hand, um ihr aus dem Gefährt zu helfen. Doch kaum erreichte ihr Fuß den Boden, zog er Rhona in seine Arme, die überrascht laut auflachte. Behutsam setzte Mr. Maguire sie wieder auf den Boden und zwinkerte ihr aufmunternd zu.

Auch der Baroness reichte er der Etikette halber seine Hand. »Laney …«, seine Augen glänzten vor Freude, »wie lange ist es her? Zwei Jahre? Drei …?« Mr. Maguire verstummte inmitten seiner Frage, als er das Gesicht seiner Schwester sah. Sein aufrichtiges Lächeln erstarb und wurde zu einer ernsthaften Miene. »Heilige Mutter Gottes. Lorraine, was ist passiert?« Erschrocken fuhr er mit seinem Finger vorsichtig über die verfärbte Wange der Baroness, die unter seiner Berührung zusammenzuckte.

Sein Blick wechselte fragend zwischen seiner Schwester und seiner Nichte hin und her.

»Nur ein kleiner Zwischenfall, Geoffrey. Kein Grund zur Sorge. Und seit unserer letzten Zusammenkunft sind bereits fünf Jahre ins Land gezogen«, hörte er seine Schwester sachlich erwidern. Mr. Maguire spürte, wie die Baroness sich aus seinen Armen löste und dann liebevoll zu ihm aufsah. Obwohl er der Jüngere war, überragte er sie fast um eine Haupteslänge. Sein langes rotblondes Haar hatte er fest im Nacken zusammengebunden und kleine Falten um die Augen zeugten von seiner fröhlichen Natur. Sein drahtiger Körper steckte in einer livreeartigen, schwarzen Uniform. Nur der dezente weiße Kragen ließ auf Geoffreys Stand als höherer Priester der Grafschaft Wexford schließen.

»Du siehst gut aus, Bruder. Und lebhaft wie eh und je. Du hast dich nicht verändert.«

Geoffrey nickte zustimmend. »Meine Frau ist trotz meiner Impulsivität bei mir geblieben, Margaret macht mir auch keinen Kummer und Lady Elizabeth ist eine wohlwollende Gönnerin. Einzig das Amt eines Geistlichen färbt mir das Silber ins Haar. Aber lasst uns nicht davon reden und ins Haus gehen, Isabelle und Mag erwarten euch schon sehnlichst.«

Nach den ganzen Jahren fiel das Wiedersehen warm und herzlich aus. Mr. Maguire, seine Frau Isabelle und die Baroness fanden sehr schnell wieder zu einander. Und auch Rhona und Margaret verstanden sich auf Anhieb, obwohl etliche Jahre vergangen waren. Nach der schnellen Hausbesichtigung verblieben sie im kleinen Salon, um alte Geschichten aufzuwärmen und neue auszutauschen.

Rhona fühlte die angenehme Wärme von Margarets Hand, die sie aus dem Salon hinaus auf den kleinen Flur zog, der in das oberste Stockwerk zu den Schlafräumen führte. Schweigend folgte Rhona ihr

in den kleinen Raum, in den ihre Cousine sie hineingeführt hatte.
»Das ist dein neues Zimmer, Rhona. Es liegt neben dem meinen.«
Rhona sah sich in dem Raum um, der nun für die nächste Zeit zu ihrem neuen Zuhause werden sollte. Das Zimmer war kleiner und weniger luxuriös, als sie es von ihrem Gemach in Kilkenny Manor gewohnt war, aber nicht minder komfortabel. Das Haus ihres Oheims war nur einen Bruchteil so groß wie das geräumige Anwesen ihrer Eltern, aber dennoch gutbürgerlich eingerichtet. Jeder Raum war mit einem fein gewebten Teppich ausgelegt. Gleich rechts neben ihrem Bett stand ein mittelgroßer Kleiderkasten; auf der linken Seite ein kleiner Tisch mit dazugehörigem Sessel. Vier Schritt vor dem Bett flackerte ein kleines Feuer im Kamin und hüllte den Raum in eine angenehme Wärme. Einen Kamin in mehreren Räumen zu haben, zeugte von einem gewissen Wohlstand. Rhona setzte sich aufs Bett, strich mit ihren Händen über den weichen Stoff der Tagesdecke und ließ die Atmosphäre auf sich wirken. Ihr Blick fiel auf den Tisch, auf dem säuberlich Feder, Tintenfass und dutzende Papiere hinterlegt waren. An der Wand prangte ein kleines hölzernes Kreuz, an dem Jesus Christus stumm mahnte. Rhonas Blick wanderte weiter resigniert durch den Raum.
»Der Raum war Vaters Arbeitszimmer. Hier schrieb er immer seine Predigten«, rechtfertigte Margaret entschuldigend, die dem Blick ihrer Cousine gefolgt war. Rhona nickte nur. Sie fühlte sich deplatziert und fremd, obwohl sie sich doch bei ihrer nahen Verwandtschaft befand. Und schmerzlich wurde ihr bewusst, wie sehr ihr eigener Vater und ihr Bruder ihr fehlten. Sie vermisste das schwere Parfum ihres Vaters; sein herzliches Lachen und seine liebevollen Blicke, die jeden Streich seiner einzigen Tochter zu verzeihen wussten. Auch das neckische Scherzen von Rhyan hatte sie schon viel zu lange nicht mehr gehört. Und Rhona fragte sich, wie lange sie ausharren müsste, bis sie ihre

Familie wieder sehen konnte. Sie vermisste sogar Sofie, der sie die letzten Tage keinen einzigen Gedanken geschenkt hatte, obwohl sie doch der Grund dafür war, das Rhona jetzt hier weilte. Sie schüttelte ihren Kopf, um den Gedankengang zu verdrängen. Nein, es war ganz allein ihre Schuld. Trotzig schluckte sie die aufkommende Schwermut herunter. Dann konnte Rhona die angenehme Wärme von Margarets liebevoller Umarmung spüren. »Weißt du, Rhona, ich freue mich wirklich, dass du hier bist. Hier gibt es nur wenig, was eine junge Frau wirklich erfreuen könnte. Die Arbeit meiner Eltern ist ehrlich und gut. Doch wohl auch sehr beschäftigend. Gleichaltrige gibt es wenige im Dorf. Das Leben kann hier sehr einsam sein.«

Rhona schluckte und lächelte ihre Cousine wehmütig an. »Dann werden wir schauen, dass wir den Flecken Erde hier für uns ein bisschen interessanter gestalten, nicht wahr, Mag?«

Margaret lachte leise, als sie Rhona überschwänglich umarmte. »Ja. So machen wir es.«

Dann kicherte sie leise und zog Rhona weiter zu den Truhen und Kisten, die im Zimmer kreuz und quer verteilt waren. »Komm, lass uns gemeinsam auspacken. Bis zum Abendessen werden wir genügend Zeit haben. Wenn Vater erstmal das Wort ergriffen hat, hört er so schnell nicht wieder auf, seine Reden zu schwingen.« Verschwörerisch zwinkerte sie Rhona zu. Und wie Margaret vorausgesagt hatte, verflog die Zeit, ohne dass sich jemand bei ihnen blicken ließ.

સ્જી

Draußen dämmerte der Abend schon vor sich hin. Isabelle kam gerade aus der Küche, als sie hörte, wie Geoffrey die Mädchen auch schon zum gemeinsamen Abendmahl in den Salon rief. Zum ersten Mal seit langem hatte sie die Tafel wieder mit dem guten Geschirr aus ihrer

Aussteuer gedeckt. Es sah so schön aus, so gediegen. Isabelle lächelte. Wie glücklich sie bei ihrer Hochzeit doch gewesen war. Wie glücklich sie nach über zweiundzwanzig Jahren noch immer war. In diesem Augenblick allerdings kamen die Mädchen herab und unterbrachen Isabelles Träumerei. Sie alle setzten sich zu Tisch, als Geoffrey auch schon das Wort zum Gebet ergriff. Andächtig lauschten sie der kurzen Bittpredigt, in der er inbrünstig um den Segen für das Essen und alle Beteiligten bat.

Laute Stimmen ließen den gesamten Raum sehr lebendig wirken und auch nach dem Essen ging ihnen der Gesprächsstoff nicht aus. Zulange waren die Geschwister getrennt gewesen, und viele Geschichten hatte das Leben im Laufe der Zeit geschrieben, die es zu erzählen galt.

Während Margaret auf dem Klavier angenehme Begleitmusik spielte, saß Rhona auf einem weichen Sessel und gab vor, in den gebundenen Predigten ihres Oheims zu lesen. Aber Isabelle hatte ihre Nichte schon längst durchschaut. Rhonas Aufmerksamkeit galt ihrer Mutter, die neben ihr auf dem Kanapee saß und interessiert den Plänen ihres Bruders lauschte, der in den nächsten Jahren eine Schule in der Nähe gründen wollte. »Margaret, die ich zur Lehrerin ausgebildet habe, soll die unteren Klassen in Allgemeinwissen und Erziehung übernehmen, während Isabelle den Hand- und Hausarbeitsunterricht der älteren Semester leiten soll.«

Mit Freude konnte Isabelle sehen, wie ihre Schwägerin den Plänen wohlwollend zustimmte und versprach, gleich morgen Mittag mit der Countess über dieses Vorhaben zu sprechen. Ihr Mann derweilen sah die Baroness zuerst mit großen, dann mit dankbaren Augen an. Augen, in denen Isabelle sehr viel Wärme für seine ältere Schwester lesen konnte. Und für diese Warmherzigkeit liebte sie Geoffrey über alles.

»Ich danke dir für deine Überlegung, Laney. Doch ist es ein Jammer, dass du schon wieder abreisen musst. Wir sehen uns viel zu selten. Und auch, wenn uns deine Briefe die Stimmung erhellen, ist es doch bei weitem angenehmer, von Angesicht zu Angesicht zu sitzen und zu reden. Ist es nicht so, Isabelle?«

Isabelle bestätigte die Aussage ihres Mannes mit einem ihm zugewandten Kopfnicken. Auch wenn ihre Schwägerin auf eine gewisse Art und Weise anstrengend sein konnte, freuten sie sich jedes Mal, wenn sie ihnen einen Besuch in ihrem bescheidenen Heim abstattete. Doch dieses Mal sollte der Besuch nur eine kurze Dauer währen und war durch das jüngste Verhalten ihrer starrköpfigen Nichte getrübt.

»Das ist wohl wahr, lieber Bruder, aber wir alle haben unsere Pflichten. Auch du kannst dich hier kaum entbehren. Und obwohl mein Herz bei dem Gedanken frohlockt, wir wären zur Erholung bei euch, so vergesse ich doch den wahren Grund unseres Aufenthaltes nicht.«

Isabelle spürte den bebenden Unterton in Lorraines Stimme, die ihre Lippen dann fest zusammenpresste, und einen finsteren Blick zu ihrer Tochter warf. Diese versteckte ihr Gesicht noch immer hinter den Predigten und schien ihren eigenen Gedanken nachzugehen.

»Am Ende muss ich mich also bei Rhona bedanken?«

Isabelle hörte ihren Gatten hell auflachen, der aber sofort verstummte, als seine Schwester sich abrupt erhob und scheinbar verdrossen den Raum verließ.

»Lorraine, warte! Es war doch nur ein Scherz.« Isabelle, die den aufbrausenden Abgang ihrer Schwägerin stumm verfolgt hatte, beobachtete, wie ihr Mann verwirrt seinen Blick zwischen Rhona und ihr pendeln ließ und dabei unsicher mit den Schultern zuckte. Dann schnaufte sie leise durch und berührte ihren Mann sanft an seiner Brust. »Geh hinterher und kläre es! Und ihr, Kinder – es ist Zeit!«

Isabelle schob Geoffrey aus dem Raum, wandte sich Margaret und

Rhona zu und schickte sie sanft, wenn auch mit fester Stimme aus dem Salon in ihre Kammern. Sie konnte den Groll ihrer Schwägerin verstehen. Geoffrey war ein gutmütiger und lieber Mann. Sie war dankbar für seine lebenslustige Art. Er behandelte jeden Menschen mit Güte und Respekt. Doch so gut er auch predigen konnte, überschritt er doch manchmal den schmalen Grat zwischen Feingefühl und unbewusster Taktlosigkeit, die immens zu verletzen wusste. Im Stillen hoffte sie, dass Geoffrey die richtigen Worte finden würde, um seine aufgebrachte Schwester zu beruhigen. Dann begann sie den Salon aufzuräumen. Akribisch richtete sie die weichen Kissen auf dem Kanapee, ordnete die gebundenen Predigten und klappte den Klavierdeckel zu. Wenn sie etwas zu tun hatte, fiel ihr das Warten leichter, als wenn sie nur rumsitzen müsste. Zum Glück gab es in diesem Haus immer etwas zu tun.

ෆ෮

Zerknirscht zog die Baroness kleine Kreise in dem komfortablen Gästezimmer. Sie konnte es einfach nicht fassen, wie ihr Bruder so etwas sagen konnte. Wusste er denn nicht, wie sehr er sie damit verletzte? Dieser stille Vorwurf hatte sie getroffen. Natürlich hatte er Recht gehabt. Sie sahen sich einfach zu selten. Früher, als sie noch jünger waren, konnte sie nichts auseinander bringen. Lorraine hatte ihren kleinen Bruder abgöttisch geliebt, ihn beschützt und keine Sekunde aus den Augen gelassen. Sämtliche Dummheiten hatte sie auf ihre Schultern geladen, so dass er keinen Ärger bekam.

Doch irgendwann hatten sie ihre eigenen Familien gegründet und sich nicht nur räumlich voneinander entfernt. *So ist eben der Lauf des Lebens*, dachte die Baroness nüchtern. Noch heute liebte sie ihren Bruder über alles, aber dennoch konnte er sie auch mit wenigen Worten zur Weißglut bringen. Und ihre Tochter war nun mal der wunde Punkt in ihrer Seele. Wenn sie doch nur nicht so wild wäre. So unzähmbar. Und wenn sie doch nur einmal auf ihre Mutter hören würde. *Sie hat schon immer gemacht, was sie wollte. Ich hätte viel früher eingreifen müssen. Ich hätte dieselbe Strenge, die ich Rhyan angedeihen lassen habe, auch bei Rhona anwenden sollen. Nun schlägt die Milde, die ich habe walten lassen, doppelt zurück.*

Wenn Rhona doch zu ihr gekommen wäre, um mit ihr zu reden. Natürlich hätte sie die Liebschaft niemals gutheißen können. Aber auf diese Art davon zu erfahren, war für sie ein Schlag ins Gesicht gewesen. Ein leises Klopfen unterbrach ihre Gedanken, und ohne auf eine Antwort zu warten, öffnete sich die Tür. Wie ein Häufchen Elend stand Geoffrey vor ihr und suchte hilflos nach Worten. »Lorraine, es ...« Er verstummte.

Dieser dumme Junge! Mit einem Mal preschte Lorraine auf ihren jüngeren Bruder zu, umklammerte seinen Hemdkragen und sah ihn fest in seine Augen, bevor sie das Wort an ihn richtete: »Geoffrey, hast du es denn noch immer nicht verstanden? Du, der du solchen Weitblick und Scharfsinn hast. Du, der du von Tugend und Vernunft predigst. Siehst du denn nicht, was ich längst gesehen habe? Hast du es am Ende etwa doch vergessen?« *Bitte lass es ihn nicht vergessen haben. DAS würde mir das Herz brechen. All die Jahre schon trage ich den Schmerz in mir.*

Die Stimme der Baroness wurde immer leiser. Erschöpft legte sie ihre Stirn an seine Brust. Ihre Wut war unendlicher Traurigkeit gewichen. Sie spürte, wie Geoffrey behutsam seine Hände auf ihre Schultern legte und über ihren Rücken strich. Dann zog er Lorraine näher zu sich heran. Er drückte sie so fest, dass ihr fast der Atem genommen wurde. Und doch tat ihr dieser Halt unendlich gut.

»Laney, es tut mir leid«, hörte sie ihren Bruder flüstern. »Ich habe nichts vergessen. Mein Lebtag werde ich mich daran erinnern. Aber Zeiten ändern sich. Es ist nicht mehr so wie früher.«

Doch die Baroness schüttelte verständnislos den Kopf. »Nichts wird sich ändern, Geoffrey. Niemals! Hörst du?«

»Aber ...«

»Nein, Geoffrey«, unterbrach die Baroness harsch und fuhr dann sanfter fort: »Bitte lass mich allein. Der Abend ist weit fortgeschritten und der Tag fordert seinen Tribut. Geh zu Isabelle. Sie wartet sicherlich schon auf dich. Gute Nacht und schlaf wohl.«

Schweigend umarmte Lorraine Geoffrey ein letztes Mal und küsste seine Stirn. Und ohne ein weiteres Wort zu verlieren, verließ er den Raum.

ങ്ഞ

In eine wollene Decke gehüllt, schlich sich Margaret in Rhonas Zimmer und schloss so leise wie möglich die Tür hinter sich. »Schläfst du schon?«, flüsterte sie in die Dunkelheit. Als Rhona verneinte, entzündete sie behände ein paar der Kerzen am Nachttisch und setzte sich zu ihr ans Bett. »Ich habe gelauscht.«

»Du hast was? Gelauscht?«, wiederholte Rhona ungläubig, jedoch mit einem süffisanten Unterton. Margaret nickte beschämt und presste ihre Lippen zusammen. »Ich bin noch mal zurück in den Salon. Und auf dem Rückweg hörte ich Vaters Stimme. Ich konnte nicht viel verstehen. Er hätte mich fast erwischt.« Sie hielt einen Moment inne und zog sich die Decke fester um ihren Leib. »Ich hörte Vater etwas über *nie vergessen* und *sich verändernde Zeiten* sagen.«

Überrascht horchte Rhona auf. »Irgendetwas muss passiert sein. Aber wann und mit wem?« Aufgeregt wandte sie sich ihrer Cousine zu. »Bitte Mag, erzähle mir alles, was du weißt.«

Margaret lächelte rätselhaft. »Es wird unser Geheimnis bleiben, nicht wahr?«

»Ja doch, aber nun spann mich nicht länger auf die Folter. Was weißt du?«

Margaret legte ihren Finger auf die Lippen, schlich wieder zur Tür und lauschte in die Nacht hinein. Sie wollte ganz sicher gehen, dass niemand in der Nähe war. Zu ihrer Zufriedenheit war im ganzen Haus kein auffälliges Geräusch zu vernehmen. Rhona jedoch wurde mit jedem Moment der verstrich, immer unruhiger.

»Vor ein paar Wochen erreichte uns ein Brief. Vater hat ihn hier offen am Tisch liegen lassen. Ich nahm ihn kurz an mich, weil ich das Siegel von Tante Lorraine erkannte.« Im Flüsterton erzählte sie Rhona von den Verdächtigungen der Baroness, dass ihre Tochter sich mit ihrer Zofe vergnügte. Und gewissen Ähnlichkeiten zu Caîthlin. Aber es fehlten ihr noch die Beweise für ihren Verdacht. Und dann berichtete Margarete von dem Entschluss der Baroness, Rhona bis zum kommenden Sommer auf der weit entfernten Klosterschule in Greystone unterzubringen. Mit diesem halben Jahr hätte sie Zeit gewonnen, um die Hochzeit ihrer einzigen Tochter zu arrangieren. Zusätzlich sollte das strenge Leben der Ordensschwestern sie wieder zur Vernunft bringen und den rechten Weg weisen.

Doch die Unruhen im Land machten ihre Pläne zunichte. Eine achttägige Reise in den Norden Irlands wäre zu gefährlich gewesen. »Ich habe Mutter und Vater angefleht, dass du zu uns kommst. Und beide stimmten meiner Bitte zu. Das wäre der beste Weg, meinte Vater, um das verirrte Schäfchen wieder zurück zur Herde zu geleiten, wie er es zu sagen pflegt.«

Rhona schluckte den Kloß in ihrem Hals herunter und versuchte, ihre Gedanken zu ordnen, die sich nun überschlugen. Solange hatte ihre Mutter schon davon gewusst. Solange – trotz aller Vorsicht, die Rhona und Sofie hatten walten lassen. Solange – und doch hatte sie ihr gegenüber kein Wort gesagt. »Caîthlin. Den Namen höre ich nun schon zum zweiten Mal«, sagte sie nachdenklich. »Wer diese Frau wohl ist?«

Margaret zuckte ratlos mit ihren Schultern. »Wir sollten Vater fragen, wenn sich alles wieder beruhigt hat.«

»Mag – nein!« Sie griff enthusiastisch nach Margarets Hand. »Es muss unser Geheimnis bleiben. Versprich ... es!« Die letzten beiden Worte betonte Rhona eindringlich und hielt ihr den kleinen Finger hin. Wie in längst vergangenen Kindertagen, hakten sie ihre kleinen Finger ineinander und schworen sich beide bei ihrem Leben, niemanden etwas zu verraten.

»Aber sag mir, ist das wahr? Du und diese Sofie?«

Rhona bestätigte den Verdacht ihrer Mutter mit einem stummen Kopfnicken. »Und? Was denkst du nun über mich? Bin ich dir nun zuwider?«

Margaret zog sie in ihre Arme und schalt sie liebevoll. »Ach Rhona, was für eine Närrin du doch bist. Warum solltest du mir zuwider sein? Ich liebe dich noch immer. Du bist die große Schwester, die ich nie hatte.«

Rhona seufzte, gerührt von Margarets aufrichtigen Worten. All die Jahre der Abwesenheit hatte das Band der Zuneigung nicht schmälern können.

»Weißt du, ein bisschen beneide ich dich um die Gefühle, die sie in dir geweckt hat. Die Liebe muss so wundervoll sein.«

»Beneiden? Margaret, du weißt nicht, wovon du sprichst.«

»Rhona, versteh doch! Für mich gibt es nur Mutter, Vater und die Arbeit. Wie gerne würde ich das fühlen, was du fühlst. Doch für mich heißt es warten, bis Vater einen Mann für mich gefunden hat. Schau mich doch an, ich bin einundzwanzig Jahre und gelte bald als alte

Jungfer.« Margaret ließ ihre Schultern nach unten sinken. Ihr Vater ließ ihr alle Freiheiten. Doch was ihre Zukunft bezüglich Ehe betraf, fühlte sie sich ein wenig zu gut behütet. »Und du? Sag schon, liebst du sie?«

Rhona zuckte unsicher mit ihren Schultern. Sie mochte Sofie sehr. Und die Stunden zu zweit hatte sie mehr als nur genossen. Sofie hatte ihr Wärme und Vergessenheit schenken können. Und sie hatte Rhona immer wieder zum Lachen gebracht. Aber war es wirklich schon Liebe? Sie konnte es nicht sagen.

ೞ

»Weißt du, was man mit kleinen Dieben macht?«

Die raue Stimme drang gedämpft an Sofies Ohren. Schützend hatte sie sich ihre Hände um den Kopf gelegt, doch noch immer hielt die fremde Hand ihr Genick fest im Griff. Ohne ein Wort der Vorwarnung wurde ihr Körper in die Höhe gezogen und Sofie sah endlich das Gesicht zu der unfreundlichen Stimme. *Wie könnte die Person auch freundlich sein, dachte Sofie bitter, wenn diese einen Augenblick zuvor eine Diebin gestellt hatte, die seine Existenz damit bedrohte, seine einzigen Nahrungsmittel zu stehlen?* Beschämt sah Sofie in das eingefallene Antlitz des älteren Mannes vor ihr und versuchte sich zu erklären. Doch der Mann wollte nichts davon hören. »Sie werden am nächsten Baum aufgeknüpft.«

Erschrocken riss Sofie die Augen auf. Sie war vollkommen entsetzt. »Nein! Nein! Bitte nicht!«

Das konnte doch nicht ihr Ende sein. Nicht, nachdem sie so viel durchgemacht hatte. Nicht, nachdem sie so weit gekommen war. Hatte denn das Leben nur noch Pech für sie übrig?

»Bitte«, kam es erneut über Sofies Lippen. Vor lauter Angst konnte sie nur noch flüstern. »Ich wollte nicht stehlen. Ich kann dafür zahlen. Ich hatte ... Ich habe doch nur Hunger.«

Der Bauer wurde hellhörig, als er das Mädchen von Bezahlen reden hörte. Als Sofie seine fragende Miene erkannte, schöpfte sie für einen Moment Hoffnung.

»Bezahlen? Wie?«

Anzüglich glitten seine Blicke über ihren schlanken Körper und ein lüsternes Lächeln machte sich auf seinen Lippen breit. Dann zuckte er mit seinen Schultern und tätschelte ihr auf eine grobe Art ihre Hüften und ihren Hintern. »Ein bisschen zu dünn, aber besser als nichts. Los, nun mach schon. Heb deine Röcke und wir können beide bei diesem Geschäft übereinkommen.«

Angewidert verstand Sofie erst jetzt, was der Bauer von ihr wollte und Entsetzen spiegelte sich in ihrem Gesicht wider. Abwehrend versuchte sie den Mann mit einer Hand auf Abstand zu halten, während sie mit der anderen an ihrer Tasche nestelte, um ein paar Münzen hervorzuholen. Niemals im Leben würde sie ihre Röcke für den Widerling raffen.

»Was ist jetzt? Bück dich!«, blaffte er mit rauer Stimme und positionierte Sofie grob über das hölzerne Gatter, ohne auf ihr Geschrei zu achten. Mit aller Kraft versuchte sie, sich aus den Griffen des Fremden zu winden. Auch wenn sie keine Jungfer mehr war, hatte sie noch nie bei einem Mann gelegen. *Und das soll sich auch nicht ändern*, dachte sie wild entschlossen. Aber da Sofie mit ihrem Oberkörper über den Zaun gedrückt wurde, und der Kerl sie so festhielt, dass sie nicht an ihn heran kam, konnte sie mit ihren Händen nichts ausrichten. Ein paar Mal versuchte sie, wie ein Pferd, mit ihren Füßen nach hinten auszutreten, doch jedes Mal trat sie in die Luft, ohne ihr Ziel zu erreichen.

»Wild und ungezähmt, hmm, so ist es mir am liebsten«, murmelte der Bauer leise in sich hinein und öffnete den verschlissenen Latz seiner verdreckten Arbeitshose. Doch zu Sofies Glück, kam just in dem Augenblick eine jüngere Frau um die Hausecke gebogen, als der Alte seine Hose hinunterlassen wollte. Erschrocken ließ der Bauer Sofie los, die sogleich ein paar Schritte von dem Mann weg sprang und sich die Röcke richtete. Erleichtert schnappte sie nach Luft. Diesmal hatte das Schicksal wahrlich auf ihrer Seite gestanden.

»Vater – bist du verrückt geworden?«

Mit einem Knurren schloss er seinen Hosenbund und stapfte Richtung Haus, jedoch nicht, ohne vorher noch leise zu murren, dass er sie doch lieber hätte gleich aufknüpfen sollen.

»Entschuldige bitte«, sagte die fremde Frau betroffen. »Aber seit Mutters Tod ... ist er absonderlich geworden. Ich hoffe, ich kam nicht all zu spät?« Dunkle Augen starrten Sofie neugierig an und auf dem Gesicht der jungen Frau zeigte sich ein beschämtes Lächeln. Noch immer verstört, schüttelte Sofie ihren Kopf, bevor sie ihre Worte wieder fand: »Ich muss mich entschuldigen. Vor Hunger habe ich euren Garten geplündert, als dein Vater mich fand. Aber ich wollte dafür bezahlen.« In kurzen Worten erklärte Sofie ihre Situation und hoffte auf etwas mehr Verständnis. Dann endlich holte sie ein paar Münzen aus der Tasche und hielt diese dem Mädchen hin. Die junge Frau machte große Augen und schwenkte ihre Hand einladend Richtung Garten. »Nimm dir, was du brauchst.«

Sofie nickte dankbar, überreichte ihr ein paar Münzen und steckte sich nicht mehr als die paar Karotten und Tomaten in die Tasche, die sie zuvor gepflückt, aber vor Schreck fallen gelassen hatte.

»Halte dich etwas mehr westlich. Dann wirst du in weniger als einer Stunde auf eine kleine Siedlung stoßen, die man Glenmore nennt. Die Bewohner sind dort nicht ganz so unfreundlich.«

Sofie nickte wiederholt und machte sich auf den Weg.

»Viel Glück«, hörte sie die junge Frau noch sagen, bevor diese im Haus verschwand.

Am frühen Abend zeichneten sich vor ihr endlich die Umrisse von Glenmore ab und hoffnungsvoll seufzte sie ein Stoßgebet gen Himmel. Mühsam schritt Sofie schwankend voran. Ihre Füße schmerzten und waren wund gelaufen, doch sie biss die Zähne zusammen und ging tapfer weiter. Gleich beim ersten Haus versuchte Sofie ihr Glück und klopfte laut an die alte Holztür. Einen Augenblick später öffnete eine alte Frau und steckte neugierig den Kopf durch den offenen Spalt. Ihre weißen Haare waren größtenteils durch ein verschlissenes Tuch bedeckt, doch die, die darunter hervorlugten, standen wirr in alle Richtungen. Die kleinen grauen Augen aber sahen sie freundlich an.

»Verzeihung«, stammelte Sofie leise, »darf ich Sie um eine Mahlzeit und einen Platz für heute Nacht bitten? Ich kann auch zahlen.« Mit klammen Fingern zog sie ein paar Münzen aus ihrer Tasche und hielt sie der Frau vor die Nase. Mitleidig musterte diese Sofie, die in einem erbärmlichen Zustand war, und zog sie in die warme Stube hinein, ohne die Münzen auch nur anzusehen. Es gab ihn also doch noch, jenen Hauch von Menschlichkeit, den Sofie in den Dörfern zuvor vermisst hatte.

»Komm rein, Kind. Setz dich ans Feuer und wärm dich auf.« Trotz ihres Alters, schlurfte die Frau emsig in der Wohnküche von einem Fleck zum anderen, nahm schließlich einen sauberen Holzbecher und goss den frisch gebrühten Tee hinein. »Hier trink!«

Dankend nahm Sofie die Tasse an sich und blies vorsichtig hinein, bevor sie an der Flüssigkeit nippte, die heiß ihre Kehle hinunter floss und sie von innen wärmte.

»Mein jüngster Sohn, Sean, wird bald nachhause kommen. Er wird dir eine Schlafmöglichkeit am Kamin richten.« Mit ihrer Hand wies die alte Frau auf eine kleine Stelle im Raum, wo Sofie schlafen könnte. Diese nickte selig, während sie mit dem Rücken zum Feuer saß und die Wärme genoss. »Meine alten Knochen, weißt du, da geht's nicht mehr so, wie man gerne möchte. Das ist die Bürde des Altwerdens.« Resigniert zuckte die freundliche Alte mit ihren Schultern, zog ein Messer aus der Tasche und setzte sich dann neben Sofie auf einen hölzernen Schemel. »So Kind, und jetzt erzähle, was passiert ist. Hier geschieht nicht viel Neues, weißt du. Jeder kümmert sich mehr oder weniger nur noch um sich selber. Also erzähl, wie du hier her gekommen bist.«

Nervös blinzelte Sofie zu dem kleinen Messer in der Hand der Alten und schluckte beklommen, während die alte Frau sich vorbeugte und einen unscheinbaren, zerschlissenen Sack zu sich zerrte. Erleichtert atmete Sofie auf, als sie die kleinen, braunen Knollen in dem Sack erkannte, welche das Mütterchen nun hervor holte und schnell zu schälen begann. »Wenn Sean kommt, wird es Eintopf geben. Er ist der Einzige, der mir noch geblieben ist. Er mag Eintopf sehr. Hmm.« Ein wenig wunderlich schüttelte die Alte ihren Kopf und starrte auf die Kartoffelschalen vor ihr, die sich zusehends vermehrten.

»Kann ich dir helfen?«, fragte Sofie unvermittelt und hatte die Hoffnung, dass die Alte etwas vergesslich war und nicht weiter nach ihrer Geschichte fragen würde. Die Frau nickte erfreut und deutete auf das heillose Durcheinander auf dem Küchentisch. »Der Lauch gehört geschnitten. Der darf in keinem Eintopf fehlen. Du kannst doch Lauch schneiden?«

Sofie nickte lachend, suchte sich ihre Utensilien zusammen und schnitt zuerst den Lauch, danach die Kartoffeln und letztendlich die Karotten, die sie mitgebracht hatte. Die handvoll Tomaten schnitt Sofie noch in dünne Scheiben, gab ein paar Kräuter hinzu und zauberte einen köstlichen Salat. Zum Schluss warf sie noch ein paar Brocken getrocknetes Rindfleisch in die Brühe. Vorsichtig rührte sie den Eintopf in dem gusseisernen Kessel um und passte auf, dass dieser nicht anbrannte. Die Alte summte ein Lied vor sich hin, während sie ab und zu mit einem hölzernen Löffel von dem Eintopf kostete und zufrieden nickte. Ein köstlicher Duft zog durch den ganzen Raum, während Sofie den Tisch säuberte und für drei Personen aufdeckte. Mit einem Messer schnitt sie das altbackene Brot in Scheiben, das ihr die gute Frau gegeben hatte und legte es in die Mitte des Tisches. Mit knurrendem Magen arrangierte sie das Besteck neben den Holzschüsselchen und ging schnell hinaus, um frisches Wasser zu holen. Und keinen Moment zu spät, denn kaum waren sie mit allen Vorbereitungen fertig geworden, erschien ein junger Mann in der Wohnküche. Verwundert ließ er seinen Blick zwischen Sofie und seiner Mutter pendeln, aber kein Wort drang über seine Lippen.

»Du bist spät, Sean. Geh dich draußen waschen, und komm essen!«, befahl die Alte rigoros und schlurfte an den gedeckten Tisch.

☙❦☙

»Die Gaben des Lebens sind oft ungerecht verteilt. Wer kennt nicht dieses Gefühl, das tief in der Brust wohnt? Wer von uns hat nicht selber schon Neid empfunden und gegen das Schicksal im Leben aufbegehrt? Wenn man selber um das nächste Mahl kämpfen muss, während der Nächste am reich gedeckten Tische sitzt. In der Nähe eines wohligen Feuers, während man selber zitternd und bebend der Kälte ausgesetzt ist?« Geoffrey hielt kurz inne, um seinen Worten mehr Bedeutung zu schenken. Schweigend sah er von der Kanzel hinunter ins vollgefüllte Kirchschiff. Rhona folgte seinem Blick und sah neugierig in die fremden Gesichter, die sich zur Siebentagspredigt eingefunden hatten. Eingemummt saßen die Einheimischen auf den hölzernen Bänken der kleinen Kirche, wärmten sich gegenseitig mit ihrer Nähe und lauschten den Worten ihres Oheims. In den vielen unterschiedlichen, vom Leben geprägten Gesichtern spiegelte sich Wut, Trauer oder Zustimmung wieder. Manchmal glaubte sie, die Blicke der Bürger auf sich zu spüren. Als ob sie sagen würden: *Ihr, der Adel, seid an allem Schuld. Nur wegen euch geht es uns so schlecht.*

Rhona rutschte nervös auf der Holzbank hin und her und machte sich kleiner. Am liebsten würde sie verschwinden, denn auch sie gehörte zu jener Aristokratie. Vorsichtig wanderte ihr Blick nach links zu ihrer Mutter hin, die stolz und aufrecht auf der Bank saß und unnahbar wirkte.

»Hinter vorgehaltener Hand wird von Rache gesprochen. Und von Vergeltung. Ein Flüstern, wie ein Lauffeuer, das sich in die Herzen frisst und das Dunkle in uns erweckt. Dunkle Gedanken, die zu dunklen Taten werden. Ein Feldzug müsse geführt werden, um der Ungerechtigkeit Einhalt zu bieten.« Geoffreys Stimme wurde mit jedem Wort lauter und bestimmter. »Die Sprache des Krieges wird gesprochen. Der Tod Unschuldiger soll durch den Tod anderer Unschuldiger gerächt werden.« Ungläubig schüttelte er den Kopf. »Ich frage euch, meine Kinder, sollen wir dieselbe Sprache sprechen und unser Herz der Verbitterung aussetzen?« Er straffte sich, leckte sich über die Lippen und hob seine Hände. »Wir müssen uns gegenseitig stützen und helfen. Nicht angreifen und rauben, was einem zuvor geraubt wurde. Zum Leben bedürfen wir immer der Anderen. Und die Anderen bedürfen der Unseren. Ich kenne jedes Herz, jede Seele, jedes Gesicht hier im Raum. Menschen geprägt von Armut oder Wohlstand. Und doch herrscht Frieden in Cromwellsfort. Weil wir alle wissen, dass es ein ewiger Kreislauf ist. Ohne den anderen Menschen um uns herum sind wir ungeschützt.«

Langsam stieg Geoffrey von seiner Kanzel, trat mit sicheren Schritten die Stufen in die Menge hinab und reichte dem Ersten vor ihm seine Hand. »Nehmt euch an den Händen und bedenkt, erst durch den Zusammenhalt sind wir zivilisierte Menschen.« Nach und nach fasste sich ein Jeder an den Händen und der Glanz der Hoffnung strahlte in den Augen der Einheimischen. »Und wir alle bedürfen des Glaubens an Gott, der uns durch schwere Zeiten leitet und der uns durch die Dunkelheit ins Licht führt. Auch wenn seine Taten oft unverstanden bleiben – am Ende werden alle Hoffnungen erfüllt.«

Rhona glaubte an und für sich nicht an diesen Gott. Weder daran, dass ihre Wege vorherbestimmt waren, noch an den Himmel oder das Fegefeuer, mit dem die Geistlichen drohten, um ungebührlichem Verhalten vorzubeugen. Sie konnte nicht daran glauben, dass eben jener bestimmte Gott seine schützende Hand über alle Menschen hielt. Dann dürfte es, ihrer Meinung nach, nicht soviel Ungerechtigkeiten und Elend im Leben geben. Nicht soviel Schindluder im Namen des Herren getrieben werden. Und vor allem dürfte ihre Faszination vom eigenen Geschlecht doch kein Verbrechen sein?

Im Stillen fragte sie sich, was das nur für ein Gott sein kann, wenn er die Liebe, die er den Menschenkindern gegeben hat, für so sündhaft hält, dass alle Menschen sich für eben jene Liebe Gottes verbogen und selbst verrieten? Warum sollte dieser eine Gott nur die Liebe zwischen Mann und Frau erlauben? Was war so schändlich daran, einen Menschen desselben Geschlechtes zu lieben? Und warum würde Gott es zulassen, so zu fühlen, wenn er es für eine Freveltat hielt, die mit dem Höllenfeuer bestraft werden würde? Nein, Rhona schüttelte unmerkbar ihren Kopf, *an diesen Gott kann ich nicht glauben. Denn dann wäre mein ganzes Sein eine Nichtachtung des Willens Gottes. Dann wäre ich nichts anderes als ein arger Fehler in seiner Schöpfung. Aber es gibt eben nicht nur schwarz und weiß. Die Liebe sucht nicht nach Stand und Geschlecht. Die Liebe ist einfach da.*

Und auch wenn ihr Oheim mit seinen Worten, mit seiner Religion des Herzens zu begeistern wusste, für Rhona gab es einen anderen Glauben. Etwas, mit dem sie sich voll und ganz identifizieren konnte. Mit einem warmen Gefühl im Bauch erinnerte Rhona sich an die Worte ihrer *Nonna*, der Mutter ihres Vaters, wie sie in dunklen Nächten die alten irischen Märchen der Sídhe – den Elfen, den Kobolden und den Naturgeistern - erzählte. Rhona war verrückt danach gewesen, immer mehr von den alten Sagen zu erfahren, die ihre Mutter immer als Unfug abgetan hatte. Für Rhona ergaben die Legenden mehr Sinn als das aufgezwungene Dogma der christlichen Lehre. Aber sie war klug genug, diesen Glauben für sich zu behalten. Ein Glauben, der sie zu faszinieren wusste und die Tiefe ihrer Seele berühren konnte.

Rhona unterdrückte ein kindliches Glucksen und erntete dafür einen bösen Blick von ihrer Mutter. Beschwichtigend nahm Rhona die Hand ihrer Mutter und die von Margaret, die zu ihrer Rechten saß, und drückte fest zu. Auch wenn sie nicht an Gott glaubte, hatte die Rede ihres Oheims sie tief bewegt. Geoffrey hatte genau die Worte gewählt, die sanft zu ermahnen und zu erinnern vermochten. Alle Menschen in der kleinen Halle standen auf und gaben sich die Hände oder zogen sich in die Arme. Das Schweigen war verflogen, und ein Summen in verschiedenen Stimmlagen erfüllte den Raum.

Rhona sah zu ihrem Onkel und wippte ungeduldig mit ihrem Fuß. Ihre Gedanken überschlugen sich vor lauter Fragen und Vermutungen. Sie musste unbedingt mit ihm reden. Doch Geoffrey war von den Menschen umringt. Jeder wollte ihm ein paar Worte zukommen lassen. Und die Kinder, die zuerst unruhig auf den Bänken herumgerutscht waren, tobten nun lachend durch den Kirchenraum. Keiner schien an dem Verhalten Anstoß zu nehmen.

»Mutter«, meinte Rhona schließlich, »war die Rede nicht wundervoll? Unglaublich, wie viel Hoffnung er, allein durch seine Worte, verschenken konnte.« Solange Rhona sich erinnern konnte, hatte ihre Familie nie einen Gottesdienst in Kilkenny besucht. Rhona wunderte sich etwas, hatte sie ihre Mutter doch heimlich sehr oft beten gesehen. Zwar ganz im Stillen für sich allein, doch inbrünstig und ganz in sich vertieft. Die Baroness nickte sanft und ihre Mundwinkel deuteten ein seichtes Lächeln an. Margaret, die schweigend neben Rhona und ihrer Tante stand, lächelte stolz und frei heraus.

»Ja, dein Oheim hatte schon immer die Gabe, die Herzen mit Worten zu berühren. Leider bewahrt auch der tiefste Glaube nicht vor harten Schicksalsschlägen. Letzten Endes sind Worte doch nur Worte. Und Taten sind Taten. Und beide sind mit verschiedenem Maß zu messen.«

Rhona sah ihre Mutter an und biss sich nachdenklich auf ihre Unterlippe. Die Botschaft, die ihr die Baroness zukommen lassen wollte, war ihr nicht ganz schlüssig. »Aber Mutter, kann man mit Worten nicht die Taten beeinflussen? Der Glauben bewirkt doch all die guten Taten?«

»Nein, Rhona, die guten Taten kommen von hier«, sanft tippte sie ihrer Tochter an die Brust. Genau an die Stelle, wo ihr Herz schlug. »Wie du siehst, gibt es immer zwei Seiten des Glaubens. Nur weil du glaubst, dass du das Richtige tust, heißt es nicht, dass das der richtige Weg ist. Man kann auch falsche Wege gehen, wenn man einem Irrglauben unterlegen ist.«

»Das mag sein. Aber ...«

»Rhona«, unterbrach die Baroness den Gedankengang ihrer Tochter, »jetzt und heute ist nicht der richtige Zeitpunkt für lange Philosophien über Richtig und Falsch und Glauben.« Lady Lorraine schob Margaret und ihre Tochter durch das kleine Portal ins Freie und deutete auf die schwarze Kutsche, die während der Messe vorgefahren war. Evan saß auf dem Kutschbock, fest eingewickelt in seinen dicken Umhang und schärfte mit einem Schleifstein gedankenlos seinen kleinen Dolch. Als er die Baroness und die beiden jungen Damen auf die Kutsche zugehen sah, verstaute er den Dolch in seinem Stiefel und sprang behände vom Kutschbock. Aufrecht und steif wartete er vor der Kabinentür und verbeugte sich knapp, als die Frauen die Kutsche erreichten. Einen kurzen Moment später gesellten sich Isabelle und Geoffrey, der sich endlich von seiner treuen Anhängerschaft hatte trennen können, dazu. Geoffrey unterbrach als erster das unangenehme Schweigen. Wehmütig trat er auf seine Schwester zu und nahm sie fest in den Arm. »Besuch uns bald wieder. Und entsende meinem Schwager die herzlichsten Grüße von uns. Rhona wird bei uns in bester Gesellschaft sein.«

Die Baroness löste sich aus der Umarmung, lächelte Geoffrey bittersüß an und küsste dann ihren Bruder auf die Stirn. »Schreib uns weiterhin fleißig. Dorrien wird sich über deine Briefe sehr freuen. Und versäume nicht, über Rhonas Fortschritte zu berichten.«

Geoffrey lachte verlegen, während Margaret betreten zu ihrer Mutter sah und Rhonas Gemüt sich mit jeder Sekunde verdunkelte. Auch Isabelle und Margaret nahmen die Baroness in die Arme und murmelten ihre Abschiedsworte. Als letztes richtete Lady Lorraine ihr Wort an ihre Tochter, die angespannt auf ihrer Unterlippe kaute. »Lass das, Rhona. Ein solches Verhalten ist für eine Dame von Stand nicht angemessen. Denke immer daran, wer du bist!«

Trotzig rollte Rhona mit ihren Augen. Sie war doch kein Kind mehr.

»Komm her.« Die Baroness nahm Rhonas Kinn und sah ihr fest in die Augen. »Bleib anständig und mach uns keine weitere Schande. Hörst du? Im Frühjahr werden wir dich abholen. Dann sollst du deine Hochzeit feiern.«

»Aber ...« Rhona verschränkte die Arme vor ihrer Brust und wollte gegen die Hochzeit aufbegehren, doch wieder einmal erstickte ihre

Mutter die Antwort im Keim. »Keine Widerrede, Kind!« Der strenge Tonfall der Baroness ließ alle zusammenzucken. Sogar Geoffrey, dem die herrischen Charakterzüge seiner Schwester schon von früher Kindheit an vertraut waren. Und obwohl ein Teil von Rhonas Seele durch die gefühlte Grausamkeit ihrer Mutter erstarb, hütete sie sich davor, ihr mit noch mehr Widerstand entgegenzutreten. Mit welcher Überzeugung sie auch argumentieren würde, ihre Mutter hatte sich ein Ziel gesetzt, welches zu zerstreuen unmöglich erschien. Die Baroness nahm Rhonas Kopf in beide Hände und drückte nun auch ihr einen Kuss auf die Stirn, bevor sie sich zu Evan umwand und in die Kutsche stieg. Nicht einmal einen Atemzug später ertönte sein schnalzendes Geräusch, und die Kutsche setzte sich in Bewegung. Rhona und Margaret verharrten noch einige Zeit schweigend am selben Fleck, obgleich sich die Kälte schon bis unter die Haut fraß. *Kehr um. Kehr um ...*, bettelte Rhona immer wieder in ihren Gedanken. *Lass mich nicht zurück. Bitte ... Kehr um. Nimm mich mit!*

Eine zarte Hoffnung, zuerst flehentlich, dann enttäuscht monoton, bis sie gänzlich verstummte. Die Kutsche war am Horizont schon längst nicht mehr zu sehen.

»Komm, Rhona. Sie wird nicht umkehren.« Margaret wischte sanft mit ihrem Daumen die Tränen aus Rhonas Gesicht, nahm einfühlsam ihre Hand und zog sie in Richtung Pfarrhaus, das von nun an auch Rhonas neues Zuhause sein würde.

4

WENDEPUNKT

NICHTS BLEIBT, WIE ES WAR

Das Schicksal ist zynisch. Und grausam. Es trägt die Masken derer, die einem vertraut oder verfeindet erscheinen. Es versteckt sich hinter deinem Rücken und wartet seelenruhig auf den besten Moment, mit seinem Messer zuzustechen.
Und wenn die Zeit die Wunden zu heilen scheint, dann bricht das Schicksal sie mit Freuden erneut auf. Wieder und wieder. So muss man durchs Leben gehen; halb ohnmächtig, mit dem nie endenden Schmerz für viel zu kurze Augenblicke der Glückseligkeit. Wie oft kann man die Kraft aufbringen, vom Boden aufzustehen, um dem Schicksal ins Gesicht zu lachen - bevor man endgültig aufgibt?

Ohne, wie gewohnt, ihre Schreibutensilien zu säubern und zu verstauen, klappte Rhona ihr Buch zu. Ungeachtet, ob die Tinte Flecke auf dem hellen Papier hinterlassen könnte. Es war ihr egal. Auch, wenn es ihr zu einem späteren Zeitpunkt vermutlich Leid tun würde, ihre Skripten so unpfleglich behandelt zu haben. Sie war wütend. Rhona war so aufgebracht, dass sie noch nicht einmal das Schreiben beruhigen konnte. Nur ein paar Stunden waren seit der Abreise vergangen, und noch immer wühlten sie die letzten Worte der Baroness auf.

Energisch schnappte sich Rhona ihren Degen, zog ihren warmen Mantel an und lief auf die kleine Wiese in der Nähe des Hauses. Die kalte Luft brannte in ihren Lungen und ihr warmer Atem hinterließ kleine Nebelwolken in der Luft. Innerhalb des letzten Tages war das Thermometer um einige Grade gefallen und der bevorstehende Winter machte sich bemerkbar. Am frühen Morgen hatte der erste Raureif das letzte, seichte Gelbgrün der Wiesen in ein starres Silberweiß verwandelt und selbst jetzt am Nachmittag funkelten und glänzten hauchfeine Eiskristalle im schwachen Sonnenlicht.

Doch Rhona kümmerte sich weder um die Kälte noch um die schöne Landschaft. Ihre anhaltende Entrüstung über das Verhalten und die Worte ihrer Mutter entfachte ein Feuer in ihr, das sie von innen her zu verglühen drohte. Auch ignorierte sie den leicht ziehenden Schmerz ihrer frischen Narbe am Oberarm, der nun wieder rege beansprucht wurde. Angestrengt wischte sie sich den leichten Schweißfilm von ihrer Stirn und begab sich wieder in Ausgangsposition.

Geschickt und schnell ließ Rhona die Klinge ihres Degens durch die Luft zischen, machte Ausfallschritte, verteidigte sich gegen ihren imaginären Gegner und führte immer wieder ausgeklügelte Riposten aus, indem sie Attacken aufnahm und unmittelbar mit einem Konter beantwortete. Ihre Muskeln wechselten zwischen Entspannung und berstender Anspannung, ihre Bewegungen waren geschmeidig und schnell; anmutig wie die einer lauernden Raubkatze, die nur zum Spaß die Beute jagte. Der innere Kampf, den sie focht, wirkte, von außen betrachtet, wie ein Tanz mit einem unsichtbaren Feind. Ein Tanz auf brüchigem Eis, der ihr jederzeit zum Verhängnis werden konnte. Ein Tanz, ein Kampf, um den Sieg über sich selbst. Und mit jedem Hieb und Stich fühlte Rhona, wie sie ihre Wut besiegte und ihre innere Ruhe zurückkehrte. Sie liebte es, allein mit ihrem Degen zu trainieren; liebte das Geräusch, wenn die harte Klinge schnell durch die Luft schnitt und nur ein pfeifendes Geräusch zurückließ. Ihre Umgebung blendete sie vollends aus. Es gab nur noch sie und den harten, kalten Stahl in ihrer rechten Hand. Sie wurde eins mit der Waffe. Der Degen schien mit ihrem Arm, ihren Fingern, mit jedem einzelnen ihrer Muskeln vollkommen zu verschmelzen.

Sie war sowohl der Angreifer als auch der eigene Feind. Zeitweise konnte Rhona nicht mehr unterscheiden, ob sie für sich oder gegen sich focht. Doch noch mehr liebte sie das Gefühl von Freiheit, das durch ihre Adern floss; das laute Hämmern ihres Herzens, das durch ihren Kopf dröhnte und sie zu berauschen schien. Wenn sie fechten konnte, fühlte sie sich frei. Frei von allen Pflichten und Zwängen, die ihr auferlegt wurden. Frei von den eisernen Fesseln der bevorstehenden Vernunfthochzeit, die ihr die Luft zum Atmen nahm. Doch ihr würde schon eine Lösung ihres Dilemmas einfallen. Davon war Rhona felsenfest überzeugt.

❧

»Rhona, Rhooona.« Margarets Stimme riss Rhona aus ihrer Träumerei und verwundert sah sie zu ihrer Cousine. Aufgeregt kam diese aus dem Haus gelaufen, sprang mit schnellen Schritten von der Veranda und eilte zu ihr auf die Wiese. »Ein Bote ...« Keuchend wedelte sie mit einem Stück Papier vor sich her, unfähig ein weiteres Wort zu sprechen. Die Kälte und der kurze Lauf pressten ihr die Luft aus den Lungen. Sie stützte sich auf Rhona, um wieder zu Atem zu kommen. »Himmel, ist das kalt«, erklärte sie schnaufend, »wie kannst du nur die ganze Zeit hier draußen sein?«

Ungeduldig tippte Rhona mit ihrem Fuß auf den Boden auf. »Mag – komm schon. Was willst du mir sagen?« Sie versuchte, den Brief aus Margarets Hand zu nehmen, doch geschickt drehte diese sich aus Rhonas Griff und schwenkte das Papier triumphierend hinter ihrem Rücken. »Rate! Rhona, rate wer geschrieben hat!«, lachte sie vergnügt.

»Miss Margaret Allison Maguire«, Rhona stellte sich verstimmt in Position und zog spielerisch ihren Degen, »fordern Sie mich nicht heraus. Welche Botschaft haben Sie mir zu übermitteln?«

Margaret hob überrascht ihre Augenbrauen, unterdrückte jedoch ein leises Kichern und stieg auf das Spiel ihrer Cousine ein. Sie räusperte sich übertrieben und hielt den Brief sauber auseinander gefaltet vor ihr Gesicht. »An Lady Rhona McLeod und die gesamte Familie Maguire«, begann sie mit gekünstelter Gouvernantenstimme und vornehm gerümpfter Nase vorzulesen. »Fühlen Sie sich herzlich zu einem Dinner am kommenden Mittwoch in drei Tagen eingeladen. Ich erwarte Sie alle zur siebenten Stunde im Herrenhaus Wexcastle. Eine Kutsche wird zu Ihrer Überfahrt rechtzeitig entsendet. Ihr Kommen wird freudig erwartet. Unterzeichnet von Countess Lady Elizabeth Grace O'Callahan am Sonntag, den 14. November 1814.«

»Sie hat ihn heute geschrieben, Margaret.« Skeptisch sah Rhona zu ihrer Cousine und biss sich wieder auf ihre Unterlippe; eine Angewohnheit die stets zu Tage trat, wenn sie entweder aufgeregt oder aber nachdenklich war. »Kommt es dir nicht merkwürdig vor? Ob Mutter zum Dinner noch da sein wird?« Rhona verspürte nur wenig Lust auf eine erneute, viel zu frühe, Begegnung mit ihrer Mutter. Sie konnte sich in allen Farben ausmalen, welche Gesprächsthemen den Abend dominieren würden. Und diese Farben würden düster für sie sein. Doch Margaret zuckte nur mit den Schultern. Mit verklärtem Blick war sie in Gedanken längst im Herrenhaus und stellte sich vor, wie es sein müsste, mit so hohem Adel zu speisen und vornehme Konversation zu betreiben. Für sie war es die erhoffte Abwechslung in ihrem gutbürgerlichen Leben.

Rhona schnappte sich den Brief aus Margarets Hand und las ihn sich noch einmal in Ruhe durch. Lady Elizabeth hatte eine sehr grazile Handschrift, nobel und weich geschwungen. Und unten auf dem Papier war das Wappen der Countess geprägt. Rhona hatte das steigende Pferd sofort erkannt, als Margaret den Brief gegen das Licht gehalten hatte. Es war ein schönes Wappen. Schlicht, aber dennoch edel. Sie erinnerte sich an die Stimme ihres Vaters, der ihr erklärt hatte, dass die Countess ein großes Gestüt besaß, in dem sie Pferde züchtete.

Lady Elizabeth hat irische Draughtstuten mit englischen Vollbluthengsten gekreuzt, um einen vollkommenen Begleiter für die Jagd zu erschaffen. Jeder, der etwas auf sich hält, bestellt seine Reittiere bei der Countess. Selbst am englischen Königshof genießt sie einen guten Ruf für ihre exzellenten Züchtungen.

»Elizabeth Grace, welch edler Name«, unterbrach Margaret Rhonas Gedankengang. Aufgeregt plapperte Margaret vor sich hin, ohne auf ihre Freundin zu achten, die noch immer vor ihr stand und abwechselnd ihren Mund öffnete, um ihn dann doch wieder zu schließen, ohne ein Wort gesagt zu haben. Schmunzelnd rollte Rhona mit den Augen, steckte den Brief in ihre Tasche und befestigte ihren Degen an der vorgesehenen Halterung an ihrem Hosenbund. Dann schnappte sie Margarets Hand und zog sie wortlos in Richtung Pfarrhaus. Insgeheim spürte sie, dass ihr eine lange Nacht bevorstand: Rhona fürchtete um ihren Schlaf, da Margaret nach diesem Brief sicherlich nicht so schnell einschlafen würde ...

☙❧

Sofie kniff ihre Augen zusammen und blinzelte dann angestrengt. Sie hatte es wirklich geschafft. Vor ihr konnte sie deutlich die Umrisse von Flemingstown erkennen. Die Siedlung hatte den Begriff *Town* bei weitem nicht verdient. Die wenigen Häuser konnte sie an beiden Händen abzählen. Obwohl sie inzwischen über eine Woche unterwegs war, hatte Sofie ihr Ziel schneller erreicht, als sie gehofft hatte. Das hatte sie vor allem der guten Alten zu verdanken. Der Abend in ihrer Hütte war noch angenehm verlaufen. Sie hatte viel mit der alten Frau geredet und Sofie hatte mehr als einmal den Gedanken gehegt, dass die Alte sie und ihren Sohn verkuppeln wollte.

Und als die Morgensonne durch die Nebelfelder gebrochen war, hatte die Frau Sean befohlen, Sofie die nächsten drei Dörfer mitzunehmen. Dort lebte ein Gerber, der das abgezogene Fell eines ihrer Rinder bearbeiten sollte. Während der Fahrt hatte Sofie die ganze Zeit Seans interessierte Blicke gespürt, und nicht das erste Mal dachte sie darüber nach, sich einfach umzudrehen und zu ihm zurückzugehen. Seine Mutter war zwar alt und bestimmend, aber auf eine raue Art sehr freundlich. Und Sean sah nicht schlecht aus. Er hatte zwar nur wenig gesprochen, schien aber nett zu sein. Sie hatten ein Haus und eine kleine Rinderherde, was Sofies Überleben sichern könnte. Aber ein Gefühl in ihr hatte sie immer weiter vorwärtsgetrieben. Und ohne sich auch nur einmal umzublicken, war sie die sechs Meilen nach Flemingstown einfach weiter gelaufen.

Wachsam versteckte Sofie sich hinter dem ersten Baum vor dem Dorfeingang und richtete ihren Blick auf den offenen Dorfplatz. Viel schien sich in all den Jahren nicht verändert zu haben. Sie erkannte einige der alten Häuser. Doch zu ihrer Verwunderung war der Platz wie leer gefegt und sie fragte sich, wo die ganzen Leute wohl wären. Langsam um sich blickend, betrat sie das Dorf und ging zu dem Haus, in dem der frühere Sheriff seiner Arbeit nachgegangen war. Sofie klopfte dreimal an die Holztüre und wartete einen Moment. Doch als niemand öffnete oder sie herein rief, drückte sie die metallene Klinke herunter und ging in die warme Stube hinein. Müde ließ sie sich auf dem Sessel nieder, der neben dem schweren Tisch stand und schloss ihre Augen. *Nur einen Moment rasten, bevor ich mich all den Fragen stellen muss, die nun sicherlich auf mich zukommen werden*, dachte Sofie, bevor sie vor Erschöpfung in den Schlaf glitt.

Sofie erwachte durch das lustvolle Gickeln vor der Tür und richtete sich verschlafen auf. Ihr Rücken und ihr Nacken schmerzten unangenehm. Ein Blick aus dem Fenster verriet ihr, dass sie wohl mehrere Stunden geschlafen haben müsste. Das erklärte auch ihre verspannte Muskulatur. Die Sonne stand tief am Horizont. Just in diesem Augenblick betrat ein junger Mann die Stube. In seinen Armen hielt er eine ältere Frau und griff ihr ungeniert an den Busen.

»Welch Glück, dass die alte Murphy endlich das Zeitliche gesegnet hat. Jetzt hat ihr Gejammer ein Ende. Unzucht. Überall Unzucht im Dorf«, äffte die Frau lachend nach und half dem Mann geschwind ihre Röcke in die Höhe zu raffen. Inmitten ihrer Bewegung hielt sie inne und starrte entsetzt auf Sofie, die rot vor Scham zu Boden sah.

»Callen ...«, hüstelte die Frau leise. Doch der junge Mann hatte seine Besucherin noch gar nicht bemerkt und nestelte mit einer Hand ungeduldig an seiner Hose, als er spürte, wie die Frau in seinem Arm wie versteinert auf einen Punkt hinter ihm sah. »Was ist los?«, brummte er leise und wandte den Kopf, um zu sehen, was ihre Aufmerksamkeit so sehr anzog, dass sie offensichtlich zu keiner Handlung mehr fähig war, für die er sie schließlich bezahlt hatte. Als er Sofie sah, fluchte er leise und schob die Dirne von sich fort. Doch als sie sich keinen Millimeter bewegte, blaffte er laut »Raus!« und schubste sie grob aus dem Haus heraus. »Morgen kannst du deine Schuld abarbeiten«, setzte er noch brummend nach und schloss energisch die Tür. Noch durch die geschlossene Tür konnte Sofie das verächtliche Fluchen der Frau hören. Ärgerlich richtete Callen sein Gewand. Er mochte es gar nicht, wenn seine Pläne durchkreuzt wurden. Er war der Sheriff und hatte nicht nur die gesamte Ortschaft unter Kontrolle. »Verzeihung – wie kann ich helfen?« fragte er mit rauem Ton in seiner Stimme und sah Sofie desinteressiert an.

Sie stand noch immer bewegungslos am selben Fleck und für einen Moment überlegte Sofie einfach davon zu laufen, riss sich dann jedoch zusammen und fragte: »Callen? Du bist es wirklich?« Sie konnte den Jungen, mit dem sie aufgewachsen war, beim besten Willen nicht in ihm wieder erkennen. Sein Körper war noch immer drahtig und athletisch. Und sein rotblondes, lockiges Haar, dass er früher länger und wirr getragen hatten, war nun kürzer und ordentlich zurückgekämmt. Obwohl er nur fünf Jahre älter als sie selber war, konnte Sofie die ersten grauen Strähnen an seinen Schläfen entdecken. Die Sommersprossen, die ihm als Kind keck auf Nase und Wange prangten, waren mit der Zeit verblasst.

Er sah unverschämt gut aus. Trotz seines verstimmten Blickes konnte Sofie winzige Lachfalten entdecken. Schon als Junge hatte ihm der Schalk aus den grünen Augen geschaut. Nun, als erwachsener Mann, gesellte sich neben seinem rauen Charme seiner Kindheit auch noch der dunkle, funkelnde Blick der Macht und der gewohnten Autorität hinzu. In seinem kantigen Gesicht zeichnete sich der dunkle Schatten eines Dreitagebarts ab, der dringend rasiert gehörte. Die tiefen Kerben um die Mundwinkel, passten nicht zu seinen Lachfältchen und deuteten auf Verbitterung hin. Und Sofie fragte sich im Stillen, was in all den Jahren wohl passiert sein mochte, dass er solche Falten bekam.

Skeptisch kniff Lord Callen seine Augen zusammen, bevor er sich an seinen Tisch setzte und Sofie knapp bat, sich ebenfalls zu setzen.

Schnaufend goss er sich Wasser in ein Glas und schob ein zweites zu Sofie, die es dankbar annahm. Er hatte sich seinen Abend anders vorgestellt. Gezwungen höflich wartete Callen, bis Sofie ihren Durst gestillt hatte, bevor er sich neugierig zu ihr vorbeugte. »Es heißt Lord Callen. Kennen wir uns?«

»Sofie. Sofie Collins«, stellte sie sich vor. »Wir sind miteinander verwandt und haben als Kinder zusammen gespielt. Erkennst du mich nicht wieder?« Sofie beobachtete, wie der Mann vor ihr seine Stirn in Falten zog und einen Moment lang überlegte, bis sich endlich die Erkenntnis auf seinem Gesicht abzeichnete.

»Ah, die kleine Sofie. Du bist doch damals fort gegangen, als deine Mutter starb. Wie lange ist Tante Avas Beerdigung her? Sechs Jahre? Oder doch schon sieben? Egal. Was führt dich zurück nach Flemingstown? Ich hatte gehört, du hast eine großzügige Stellung annehmen können.«

Wieder nickte Sofie und schluckte ihre Furcht herunter. Er schien sich, trotz der peinlichen Situation zuvor, nicht viel verändert zu haben. Seine Stimme klang gewohnt dunkel, wie in Kindertagen. »Ja, ich hatte eine gute Stellung, die ich leider durch ein ...«, Sofie zögerte einen Moment und suchte nach den richtigen Worten, bevor sie weiter sprach. Ein einziges falsches Wort hätte all ihre Hoffnung zunichte machen können. »... durch ein Missverständnis verlor. Ich habe gehofft, in Mutters Haus zurückkehren zu können. Wenn es noch leer steht?«

Callen beugte sich vor und sah Sofie eindringlich an. »Durch ein Missverständnis? Das musst du mir genauer erklären. Schätze mich nicht falsch ein, aber ich bin hier der Ordnungshüter. Ich muss dir diese Fragen stellen ...«

Sofie nickte ängstlich und begann, mit leisen Worten die ganze Geschichte zu erzählen, die ihr widerfahren war. Angefangen von der

Einstellung als Zofe, bis zu ihrem letzten Tag im Anwesen der McLeods. Ihr vertrautes Verhältnis zu der einzigen Tochter des Hauses, hatte sie mit *freundschaftlich* umschrieben, und dass es am Ende falsch ausgelegt worden sei. Sie brachte es einfach nicht über ihre Lippen, die intime Beziehung zu gestehen. Auch wenn sie wusste, dass ihr Geheimnis eines Tages gelüftet werden würde. Aber bis dahin wollte sie sich nicht ihre ohnehin schon kärglichen Möglichkeiten für ihr weiteres Leben verbauen. Die Liebe zwischen zwei Frauen stieß in dieser Welt zumeist nur auf Unverständnis. Und die eine, kleine Lüge würde sie schon nicht Kopf und Kragen kosten.

Dann und wann warf der Sheriff ein »Das ist ja interessant!« in den Raum, hörte aber weiterhin gespannt zu und unterbrach sie nur selten, um nähere Informationen zu erfragen. Mit einem Blitzen in den Augen stand Callen auf und wanderte grübelnd im Raum umher. »Sofie – du hast Glück«, säuselte er gespielt lieblich. »Mrs. Murphy, die dein Elternhaus nach deinem Fortgehen bezogen hatte, ist vorgestern verstorben. Ich könnte dir das Haus umgehend zur Verfügung stellen.«

Sofies Augen leuchteten für einen Augenblick hoffnungsvoll auf. Meinte das Schicksal es endlich gut mit ihr? Doch der plötzliche Umbruch seiner mürrisch-rauen Stimme, ließ sie hellhörig werden: »Was muss ich dafür tun?«

つきひ

Rhona war überwältigt. Selbst Margarets überschwängliche Begeisterung der letzten Tage, die anfangs noch jeden angesteckt hatte, war einem ehrfürchtigem Staunen gewichen. Mit roten Wangen ließ sie, wie Rhona, ihren Blick durch den kleinen Saal schweifen. Der Raum erstrahlte von unzähligen, kleinen Gaslampen erhellt in einem warmen Licht. Ein älterer Herr spielte im Hintergrund leise Begleitmusik auf dem schwarz lackierten Flügel. Die Tafel war festlich und reichlich gedeckt. Das Essen war aufs Köstlichste zubereitet und umschmeichelte den feinen Gaumen. Nach und nach brachten Joanne und eine zweite Dienerin weitere Speisen und eine Vielzahl an Getränken an die Tafel. Neben dem blank geputzten Silberbesteck, den funkelnden Kristallschüsselchen, gefüllt mit mundgerecht geschnittenen Obststückchen und den Silberplatten voller köstlicher Süßspeisen, erfreuten kleine Blumen, die von der Countess eigens im angrenzenden Glashaus gezogen wurden, das genießerische Auge.

Lady Elizabeth behielt sich das Recht vor, am Kopf des Tisches zu dinieren; Geoffrey zu ihrer Rechten, während Rhona den Platz zu ihrer Linken zugewiesen bekommen hatte. Isabelle saß lächelnd neben ihren Mann, der nach dem Hauptgang nun ausführlich über seine Zukunftspläne berichtete, eine Schule, die unabhängig von gesellschaftlichem Stand und der Religionszugehörigkeit sei, zu eröffnen. Irland verlöre durch die derzeitigen Umstände zu viele Bürger und schien auszudünnen.

Die Kluft zwischen dem verarmten irischen Volk und dem zugezogenen englischen Adel klaffte enorm auf. Er sinnierte darüber, dass nicht in allzu weiter Zukunft die Reichen noch reicher und die Armen noch ärmer werden würden. Die Unzufriedenheit und das Leid unter dem Volk würden viele Blutschlachten hervorrufen. »Armut gepaart mit Unwissenheit sind der Keim, durch den ein Land erstirbt. Aber wenn eine neue Bildungsschicht entstehen würde, gäbe es vielleicht mehr Möglichkeiten, das Land wieder zu beleben und erblühen zu lassen«, sprach Geoffrey erregt und mit wild gestikulierenden Händen.

Verstohlen beobachtete Rhona die Countess, die viel von seinen Visionen zu halten schien, denn mit einem warmen Lächeln verfolgte sie gespannt seine Ausführungen. Hier und da warf sie gut überlegte

Einwände ins Gespräch ein oder vervollständigte Geoffreys Visionen mit ergänzenden Möglichkeiten. Rhona versuchte derweilen krampfhaft, sich auf das Gespräch zu konzentrieren, doch konnte sie den Worten kaum folgen. Ihr fiel es unsagbar schwer, ihre Augen von der Countess abzuwenden. In ihrem blassblauen und taillierten Seidenkleid, welches ihrer schlanken Figur aufs Höchste schmeichelte, bot die Countess einen äußerst beeindruckenden Anblick.

Im Gegensatz zu Rhonas Mutter hatte sie kein Puder im Gesicht aufgetragen, um ihren natürlichen Teint abzumildern, wie es gerade in ganz Europa gekünstelte Mode war. Rhona gefiel die natürliche Art ihrer Gastgeberin sehr. Sie selbst konnte sich auch nicht mit dem modischen Tamtam anfreunden. *Wer nichts zu verbergen hat, muss sich nicht hinter Puder und Rouge verstecken.* Das war jedenfalls ihre Devise.

Dann fuhr sie fort, die anmutige Lady heimlich zu mustern. Das lockige, dunkle Haar hatte sich die Countess elegant hochstecken lassen und unzählige winzige Perlen schimmerten darin, wie glänzender Tau an einem warmen Frühlingsmorgen. Eine dezente und feine Silberkette mit einem tropfenförmigen Saphir in ihrem Dekolleté verliehen der gesamten Erscheinung einen Hauch von entzückender Perfektion. Neben ihrer Schönheit schien das Aussehen eines jeden Anderen zu verblassen.

Rhona griff nach ihrem Glas, ohne ihren Blick von Lady Elizabeths Dekolleté abzuwenden, und ließ sich genussvoll den runden, lieblichen Geschmack des Rotweines auf der Zunge zergehen, als sie plötzlich Margarets Fuß an ihrem Schienbein spürte, der sie sanft, aber dennoch bestimmend antippte. Rhonas Blick glitt zu Margaret, dann zu ihrer Familie, und zu ihrer Verwunderung hüllten sich alle Anwesenden wohl seit einigen Momenten in ein verlegenes Schweigen. Rhona wagte einen flüchtigen Blick in Lady Elizabeths Gesicht.

Mit unverhohlenem Amüsement sah sie tief in Rhonas Augen, welche nervös eine flüchtige Entschuldigung vorzubringen versuchte und dabei ins Stottern geriet.

»Ich fragte, wie es mit deinen Zukunftsplänen aussieht?«, wiederholte die Countess geduldig ihre Frage. Doch bevor Rhona eine Antwort geben konnte, fiel Geoffrey ihr ins Wort: »Ich habe mir gedacht, ich schicke Rhona und Margaret für ein paar Stunden am Tag ins nahe Hospiz, um den Heilschwestern zur Hand zu gehen. Ein paar Stunden zu helfen, hat noch niemanden geschadet. Oder?«

Lady Elizabeth stimmte dem höflichkeitshalber zu, wandte sich dann aber wieder Rhona zu. »Was möchtest du mit deinem Leben anfangen?«

Rhona brauchte nicht lange zu überlegen. Tief in ihrem Inneren wusste sie genau, wonach sie sich sehnte. »Ich möchte lesen. Zuhause habe ich ein Studium über die Literatur begonnen. Außerdem würde ich gerne wieder schreiben. Auch habe ich angefangen, die französische Sprache zu studieren.« Rhona seufzte bedrückt. »Aber mir fehlt eine Vielzahl an Büchern.« Verlegen sah sie zur Countess, die ihr wohlwollend zunickte. »Ah, c'est une bonne idée. Le savoir est une force et rien ne sort de rien!«[1] Daraufhin klatschte sie kurz in die Hände. »So soll es sein. Die Bibliothek soll dir jederzeit zur Verfügung stehen. Ein Studium sollte man nicht allzu lange unterbrechen, nicht wahr?«

Interessiert wandte sie sich an Geoffrey, der ihr betreten zustimmte und nicht zu widersprechen wagte.

»Jedoch erwarte ich Fortschritte deiner Studien, die jeden zweiten Freitagabend bei einem Dinner mit mir besprochen werden. Evan wird dich dann selbstverständlich sicher zurück geleiten.«

Rhona zog ihre Augenbrauen hoch und ihre Mundwinkel zuckten vor Freude.

---

[1] Das ist eine gute Idee. Wissen ist Macht und von nichts kommt nichts.

»Natürlich unterstütze ich jedoch auch den Gedanken deines Oheims. Ein paar Stunden pro Tag im Hospiz zu arbeiten, ist ein sinnvoller Zeitvertreib.« Versöhnlich sah Lady Elizabeth zu Geoffrey, der ihr vollen Herzens mit einem Lächeln dankte, und suchte dann wieder den Blickkontakt zu Rhona, die nun schmollend ihre Lippen schürzte. Viel lieber würde sie ihre Zeit ausschließlich damit verbringen, in den Büchern zu studieren, aber der Spatz in der Hand war bekanntlich besser als die Taube auf dem Dach.

»Gibt es an dem Vorschlag etwas auszusetzen?« Die Countess zog ihre Augenbraue in die Höhe und wartete gespannt auf Rhonas Reaktion. Rhona sah überrascht zur Countess, biss sich auf ihre Unterlippe und schüttelte kaum merklich ihren Kopf. »Nein, M'Lady.«

Zufrieden erhob Lady Elizabeth ihr Glas, besiegelte die zukünftigen Pläne der jungen Lady und schickte Joanne, die derweilen mit den anderen Bediensteten den Tisch von dem benutzten Geschirr befreit hatte, nach Evan, um die Kutsche bereitstellen zu lassen. Keine zwanzig Minuten später begleitete die Countess ihre Gäste in den Vorhof, in dem Evan mit der zur Abfahrt bereiten Kutsche wartete. Rhona übte sich in Geduld, bis alle anderen vor ihr eingestiegen waren. Dann verbeugte sie sich höflichst vor der Countess: »M'Lady. Und wieder danke ich Euch für den sehr angenehmen Aufenthalt in Eurem Haus. Und ich kann auch meine Freude über den Zugang zu Eurer Bibliothek nicht verbergen.«

»Du bist mir immer willkommen und ich freue mich über deine Aufwartung kommenden Freitag. Ich muss gestehen, ich bin sehr neugierig auf deine Studien.«

Rhona biss sich wieder auf ihre Unterlippe und grinste verlegen, als sie bemerkte, dass Lady Elizabeth kaum sichtbar zitterte. Mit einem Mal schlüpfte Rhona aus ihrem warmen, gefütterten Herbstmantel und schwang diesen um die Schultern der Countess. »Es ist kalt. Verkühlt Euch nicht«, hauchte Rhona in die Nacht, als sie die oberen zwei Knöpfe ihres Mantels schloss, in den sich die Countess nun fröstelnd schmiegte. Rhona deutete eine seichte Verbeugung an und stieg die erste Stufe zur Kabine hoch, als sie die weiche und warme Hand Lady Elizabeths spürte, welche zitternd die ihre umfasste. Und einen Moment länger als nötig strichen ihre zarten Fingerkuppen über Rhonas Handfläche zu ihren Fingerspitzen hin.

Blitzschnell drehte Rhona ihren Kopf, um Lady Elizabeth anzusehen, doch diese wandte ihr bereits den Rücken zu. Würdevoll kehrte sie ins Herrenhaus zurück. Rhona warf einen letzten Blick auf die Countess. Ihr Blick wanderte von ihrem kunstvoll arrangierten Haar, den Mantel hinunter zu den schlanken Fesseln, die sich immer wieder kurz entblößten, wenn sie einen weiteren Schritt machte und wieder hinauf zu ihrem verführerischen Nacken.

Evans ungeduldiges Räuspern riss sie aus ihren Gedanken und mit einem Seufzen nahm Rhona endlich in der Kutsche Platz. Der Abend hatte einen anderen Verlauf genommen, als sie sich je hatte vorstellen können. Erschöpft und zufrieden kuschelte sie sich in die weichen Ledersitze, als sie Margarets verschmitztes *ich weiß etwas* Gesicht im Dunkellicht der angenehm gedimmten Gaslampen bemerkte. Rhona rollte gespielt genervt ihre Augen und wie ein paar Tage zuvor, war sie felsenfest davon überzeugt, dass eine lange Nacht folgen würde.

❦

»Ah, du glaubst gar nicht, wie erschöpft ich bin«, stöhnte Rhona leise auf, als sie sich langsam in dem eisernen Zuber zurücklehnte und das heiße, mit Kräutern versetzte Wasser auf ihrer Haut genoss. Sie winkelte ihre Beine so an, dass sie tiefer ins Wasser rutschte und ihr Kopf gerade noch so über der Wasseroberfläche war. Versonnen spielten ihre Hände mit dem Schaum und malten Kreise in die Wasseroberfläche. Ein zusammengerolltes Handtuch diente ihr als Nackenstütze. Auch Margaret, deren Badewanne gleich neben ihrer stand, machte es sich so gemütlich, wie es nur ging. Um ihren Kopf hatte sie turbanartig ein Handtuch geschwungen, um ihre Haare trocken zu halten.

Zufrieden schloss Mag ihre Augen. Es ging doch nichts über ein heißes Bad, um sich den Schweiß und Staub nach einem langen Arbeitstag abzuwaschen. »Mir geht es nicht anders als dir. Doch nie zuvor habe ich mich so lebendig gefühlt.«

Seit zwei Wochen halfen die beiden den Schwestern auf der Heilstation. Ohne zu zögern packten sie mit an, wo ihre Hilfe gebraucht wurde, und ernteten Lob und Beistand von den Schwestern. Ein wunderbares Gefühl, welches Rhona nie zuvor gekannt hatte und genauso das Herz erwärmte wie eine liebevolle Umarmung. Heute durften beide bei einer Geburt helfen. Und was konnte es Schöneres geben, als dabei zu sein, wenn ein neues Leben die Welt erblickt?

»Weißt du, Mag, zuerst habe ich geglaubt, ich müsste sterben. All das Blut und das Wehgeschrei.« Rhona griff nach dem Stück Seife auf dem Hocker neben ihr und begann sich ausgiebig einzuseifen. »Aber als das Kind endlich da war; so klein und zerbrechlich, da begriff ich zum ersten Mal das Wunder des Lebens.«

Margaret öffnete die Augen und sah Rhona verwundert an. »Ah, Rhona. Ich kann es kaum erwarten, dass ich mein erstes Baby in den Armen halten werde. Ein kleines Wunder, dass all meine Liebe bekommen wird. Wenn es ein Mädchen wird, würde ich es Jayne nennen. Und Rory, wenn es ein Junge wäre.«

»Ja, aber zuerst brauchst du einen Mann dafür«, kicherte Rhona leise vor sich hin und stupste Margaret neckisch mit ihren Zehenspitzen an die Schulter. »Und wenn Onkel Geoffrey weiterhin so wählerisch ist, werde ich alt und grau sein, bevor ich dein Kind zum ersten Mal im Arm halten werde.«

Entrüstet setzte sich Margaret auf und starrte Rhona ungläubig an. Hatte sie das jetzt wirklich gesagt? Beleidigt fischte sie im Wasser nach ihrem Stück Leintuch und warf es mit voller Wucht nach Rhona, so dass es triefend nass in ihren Haaren landete.

»Es tut mir leid, Mag.« Versöhnlich nahm Rhona den Waschlappen in beide Hände, stieg aus ihrer Wanne und kletterte zu Margaret in den Zuber. »Komm, ich wasche dir den Rücken!«

Schmollend rutschte Margaret ein Stück vorwärts, so dass Rhona Platz fand, um sich hinter sie zu knien. »Sei nicht traurig, wir werden einen guten Ehemann für dich finden, dem kannst du dann ganz viele kleine Babys schenken.«

Margaret nickte besänftigt und seufzte leise auf. »Und was ist mit dir?«

»Wie mit mir?«, fragte Rhona überrascht.

»Willst du denn keine Kinder haben? Hast du noch nie darüber nachgedacht?«

Rhona hielt kurz inne und holte Luft, bevor sie unsicher mit den Schultern zuckte; wissend, dass Margaret es doch nicht sehen konnte. »Ich weiß nicht. Um Kinder zu bekommen, müsste ich einem Mann haben. Ein Gedanke, der mir nicht sehr behagt. Also werde ich einen anderen Sinn in meinem Leben finden müssen.«

Margaret drehte sich so um, dass sie in Rhonas Gesicht sehen konnte, und schenkte ihr einen mitfühlenden Blick. »Jetzt bist du dran. Dreh dich um.« Ohne zu zögern tauschten beide ihre Plätze. »Erscheint es dir denn so unmöglich, bei einem Mann zu liegen? Was, wenn dein Verlobter recht ansehnlich wäre, und du ihm wirklich etwas bedeuten würdest?«

»Margaret«, Rhona zögerte und rang verzweifelt nach Worten.

»Selbst wenn er hübsch und nett wäre; selbst wenn er mir die Welt zu Füßen legen würde, wovon eine jede Frau nur träumt – ich könnte ihm nicht geben, was er sich wünschte. Und ich würde mich selber verraten. Ich fürchte mich vor dem Tag, an dem Mutter mich vor den Traualtar zerren wird. Diese Hochzeit wird mich meine Seele kosten.« Margaret ließ das Stück Leinen ins Wasser sinken und umarmte ihre Cousine von hinten. »Wenn es dir so sehr missfällt, dann werden wir eine Lösung finden, um die Hochzeit zu verhindern.«

»Du willst mir wirklich helfen, Mag?« Rhonas leise Stimme versagte fast, als sie die letzten Worte vor sich hin flüsterte.

»Natürlich, wir sind doch Freundinnen. Weißt du das noch immer nicht?« Lächelnd wandte sich Rhona um und küsste behutsam Margarets Stirn, bevor sie aufstand und zurück in ihren Zuber stieg. »Danke, Mag.« Berührt wischte sie sich die Tränen aus den Augenwinkeln und tauchte ihren ganzen Körper samt dem Kopf in das warme Wasser. Als sie Luft schnappend wieder auftauchte, stand Margaret mit einem Handtuch vor ihr und lächelte sie an. »Komm, Vater wird sich bestimmt schon fragen, warum wir solange in der Waschstube verweilen.«

⊃⊂

»Margaret. Rhona. Wartet kurz.« Geoffrey sah den beiden jungen Frauen in ihren Schlafroben hinterher, die gerade die Stufen ins obere Stockwerk hinaufstiegen, um in ihre Schlafgemächer zu gehen. Noch immer thronte das Handtuch wie ein Turban auf Margarets Haupt, während Rhonas klammes Haar wild in alle Richtungen abstand. Verwundert blieben beide zeitgleich stehen und sahen auf Geoffrey herab, der sich unschlüssig am Hinterkopf kratzte. »Rhona, es tut mir leid, aber ich brauche dringend meine Schreibkammer zurück. Ich kann im Salon keinen klaren Gedanken fassen, um meine Predigten zu schreiben.« Er hielt inne und versuchte unbeholfen sich weiter zu erklären. »Ich weiß, du bist etwas anderes gewohnt, aber ich hoffe, es wird dir nichts ausmachen. Ich habe dein Bett in Margarets Kammer aufgebaut, während ihr in der Waschstube wart.«

Rhona zuckte mit ihren Schultern, während Margaret ein breites Grinsen zu unterdrücken versuchte. »Onkel, ich bin dankbar für das liebevolle Heim, das ihr mir gebt. Ich möchte dir und Tante Isabelle nicht zur Last fallen.«

Er schnaufte erleichtert auf, nickte freudig und stieg die wenigen Stufen der Treppe hinauf. »Macht keinen Unsinn, ihr Beiden.« Seine Stimme war sanft, doch auch maßregelnd. Besonders Rhona spürte den Unterton seiner stillen Mahnung. Sie schüttelte beschwichtigend den Kopf. Und fassungslos fragte sie sich, ob ihr Oheim im Stillen daran glaubte, ob er wirklich davon überzeugt war, dass sie ihre Cousine verführen würde. Margaret war ihr wie eine Schwester. Setzte er denn gar kein Vertrauen in seine Nichte?

»Schlaft wohl, meine Mädchen. Gottes Auge soll in der Nacht über euch wachen.«

Schweigend eilten Rhona und Margaret in die Kammer. Und als die Tür endlich geschlossen war, griffen sich beide an den Händen und begannen, leise zu hüpfen und zu lachen.

»Nun, dann brauche ich wohl nachts nicht mehr durch den Flur zu schleichen«, kicherte Margaret, während sie sich auf ihr Bett fallen ließ. Sie konnte ihre Freude kaum verbergen. Margarets Zimmer war nun durch Rhonas Zusatzbett, das nicht einmal einen vollen Meter von dem ihrigen entfernt stand, um einiges kleiner und enger, aber nicht weniger gemütlich. Nach und nach blies Rhona eine Kerze nach der anderen aus, bis nur noch eine Einzige am Nachtkästchen einen sanften Schein spendete. »Nein, Margaret. Es scheint der Wille Gottes zu sein, dass wir nun all unsere Geheimnisse unbesorgt austauschen können.« Mit einer geschickten Bewegung griff Rhona nach Margarets Handtuch, welches sie ordentlich über die Stuhllehne gehängt hatte, und begann sich ausgiebig die kurzen Haare trocken zu reiben, bevor auch sie sich ins Bett fallen ließ und unter die warme Decke schlüpfte. Margaret blies die letzte Kerze aus und der Raum hüllte sich in die sanften Farben der Dunkelheit.

»Heute Nacht werde ich schlafen wie ein Bär.« Müde schmiegte sich Rhona in die weichen Daunenkissen, zog die dicke Decke enger um ihren Leib und schloss ihre Augen. Wie liebte sie doch diesen kurzen Dämmerzustand zwischen wachen und einschlafen; wenn der Körper langsam die kalte Umgebung erwärmte und die Sinne sich langsam zur Ruhe betteten; die Gedanken noch mal zum vergangenen Tag zurückblickten, um dann vollends in das Reich der Träume zu gleiten. Rhona spürte, wie ihr Atem gleichmäßiger wurde und sich ihre Muskeln langsam entspannten, als sie ein leises Wispern aus dem geliebten Dämmerzustand riss.

»Rhona?« Es war mehr ein Hauchen, das von Margarets Seite kam.

»Hmm?«

»Gehst du morgen wieder ins Herrenhaus?«

»Hmm.«

»Dann wirst du die Countess wieder sehen? Sie ist atemberaubend schön, nicht wahr? Aber irgendetwas stimmt nicht mit ihr.«

Rhona stöhnte leise auf. »Was meinst du damit, Mag?«

»Überleg doch mal. Sie ist eine gute Freundin deiner Mutter, obwohl der Altersunterschied viele Jahre beträgt.«

Verwirrt starrte Rhona in die Dunkelheit. Sie war so erschöpft, dass sie Margarets Gedankengang nicht wirklich folgen konnte.

»Woher kennen sie sich?«, fuhr Margaret unbeirrt fort. »Die Grafschaften liegen nicht so eng beieinander, dass beide viel mit einander verbinden würde. Dieses enge Band, von dem du erzählt hast, wie ist es wohl zustande gekommen?« Margaret hielt kurz inne, um auf Rhonas Antwort zu warten. Doch die einzige Entgegnung, die sie bekam, war der leise Widerhall von Rhonas gleichmäßigem Atem.

5

FUNDSTÜCKE

AUSFLUG IN DIE VERGANGENHEIT

»Seid willkommen, Lady Rhona.« Joanne bat Rhona mit einem herzlichen Lächeln ins Vestibül[2] des Herrenhauses und schloss sogleich die Tür des Portals hinter sich, um keine Kälte ins Haus zu lassen. Der Dezemberanfang kam gleich mit einer ungnädigen Kälte daher. Emsig rieb sich Rhona ihre frostigen Hände und blies ihren warmen Atem auf die gefrorenen Fingerspitzen. »Ich habe das Gefühl, dass es bald schneien wird.«

Joanne nickte zustimmend. Aufmerksam nahm sie den warmen Mantel, den Rhona ausgezogen hatte, und hängte ihn ordentlich in den Garderobenraum, der gleich an die Vorhalle angrenzte. »Geht Ihr wie immer gleich in die Bibliothek oder ...?« Joanne zögerte kurz, die Einladung auszusprechen. Rhona legte neugierig ihren Kopf schief und lächelte die Dienstmagd an, um sie zum Weitersprechen zu ermuntern.

»Oder möchtet Ihr Euch bei einem heißen Getränk aufwärmen? Olivia hat gerade frischen Punsch aufgesetzt. Diesen kann ich Euch gerne im Salon servieren.«

»Das klingt hervorragend. Ich begleite dich in die Küche.«

[2] Empfangshalle

Joanne zog überrascht ihre Augenbrauen hoch, während Rhona verschmitzt lachte. »Natürlich nur, wenn es keine Umstände macht. Alleine schmeckt es selten gut.«

Joanne schüttelte verwundert ihren Kopf. »Nein, nein natürlich nicht«, stotterte sie leise. Sie verstand sich mit jedem Besuch besser mit der Lady, aber das hatte es wirklich noch nie gegeben. Schmunzelnd folgte Rhona der Magd, die schweigend vom Empfangsraum in den Dienstbotentrakt abbog. Kaum waren sie im Flur Richtung Küche angekommen, umhüllte beide ein köstlicher Geruch von Zimt, Nelken und anderen Gewürzen, der Rhona an lange heimelige Winterabende erinnerte. Noch bevor die Küchentür von Joanne geöffnet wurde, konnte Rhona ein fröhliches Lachen und Kichern hören, welches aber sofort verstummte, als Rhona in den weiten Küchenraum eintrat. Hastig erhob sich das wenige Personal, das sich in der Küche befand, und verbeugte sich betreten.

Rhona hob beschwichtigend ihre Hände und bat, nicht förmlich zu sein. Auch wenn sie dem Adel angehöre, läge ihr nichts ferner, als die fröhliche Stimmung zu unterbrechen. Verwirrt sah die ältere Köchin, Olivia, zu Joanne, dann wieder zu einer jüngeren Frau, die sich als Magd Megan vorstellte, hinüber zu den zwei älteren Männern, die noch immer in steifer Haltung an der Feuerstelle standen und den Rauch ihrer Pfeife in die Luft pusteten.

»Lady Rhona, darf ich vorstellen ...«, Joanne wandte sich zu den zwei Männern, »... mein Vater Jayden, der Schmied, und Fionn, Olivias Mann und Haushofmeister, der das Gut verwaltet.«

Rhona nickte erfreut und wandte sich dann der Älteren, etwas fülligeren Köchin zu. »Olivia, Joanne erzählte mir soeben, dass du den besten Punsch in der Gegend machst.«

Das Kompliment zauberte eine leichte Röte in Olivias Gesicht und abrupt drehte sie sich zur Feuerstelle, über der ein Kessel mit frischem Punsch vor sich hin köchelte. Lächelnd nahm sie eine Tasse und goss vorsichtig die heiße, rote Flüssigkeit hinein, die sie dann der jungen Lady reichte. Rhona dankte ihr freundlich und blies in die Tasse, um das Getränk etwas abzukühlen, bevor sie vorsichtig daran nippte. Mit einem genießerischen Stöhnen bekundete sie den köstlichen Geschmack. »Oh, du musst mir das Rezept verraten. Nie habe ich so etwas Vorzügliches getrunken.«

Olivias neugieriges Gesicht erstrahlte vor Freude. »Ahh, da ist nichts Geheimnisvolles enthalten«, lachte Olivia leise auf. »Getrocknete Teeblätter, Winteräpfel, Honig, Nelken, ein Schuss Irish Whiskey und Zimt. Und natürlich macht die jahrelange Erfahrung den Geschmack vollkommen.« Als Olivia freundlich anbot, dass sie einmal gemeinsam Punsch kochen könnten, nickte Rhona voller Begeisterung. Langsam kehrte die fröhliche Stimmung zurück.

»Wie man sehen kann, erfreut Ihr Euch wieder bester Gesundheit«, sagte Fionn leise. Rhona nickte und auf ihren fragenden Blick erklärte Fionn, dass er sie ins Herrschaftshaus getragen hatte, als an jenem Morgen des Überfalls die Kutsche führungslos das Anwesen erreichte. Auch habe er sich um die Versorgung des Kutschers gekümmert, der leider viel zu früh wieder abreisen musste.

»Vielen Dank, Fionn. Wir stehen tief in deiner Schuld.«

Verlegen wedelte Fionn mit seinen Händen. »Ach.« Er winkte ab. »Das ist ja meine Aufgabe. Dafür bin ich ja hier.« Leise lachte er auf und holte sich eine weitere Tasse Punsch. Entspannt saßen alle um die Feuerstelle und aßen gemeinsam Früchtebrot, eine weitere geheime Köstlichkeit Olivias, während die anwesenden Männer genüsslich Pfeife rauchten. Rhona fühlte sich beschwingt und frei. Sie genoss den zwanglosen und lebhaften Umgang mit dem Hauspersonal, ganz als ob sie dazu gehören würde. Nach ihrem dritten Punsch, stellte sie die Tasse in den Wasserbottich und warf dann wehmütig einen Blick in die Runde. »Ich sollte wieder in die Bibliothek gehen, bevor mich Lady Elizabeth dabei erwischt, dass ich nicht an meinem Studium sitze.« Sie wollte schon zur Tür gehen, als Joanne sie zurückhielt. »Countess O'Callahan ist nicht im Haus und wir werden ihr nichts verraten. Also bleibt doch noch. Es ist doch gerade so gemütlich.« Joanne zog Rhona zurück in die gesellige Runde und reichte ihr einen weiteren Punsch. Fragend sah Rhona Joanne an, die verschwörerisch grinsend mit ihren Schultern zuckte. »Die Countess fuhr bereits vor zwei Tagen fort, um sich auf den kommenden Neujahrsball vorzubereiten.«

»Einen Neujahrsball?« wiederholte Rhona erstaunt.

Megan, die andere Kammerdienerin des Hauses, nickte und erklärte Rhona, dass die Countess die Gewohnheit pflege, die heiligen Tage und den Jahreswechsel in ihrem Haus in der Stadt Wexford zu verbringen. Zusätzlich sei es ihre Pflicht, den hiesigen Stadtadel zu einem Weihnachtsball einzuladen, um die letzten Geschäfte des Jahres bei Tanz und Spiel abzuwickeln. Auch wenn es ihr missfiel, da die Herrschaften nur auf Kuppelei aus seien.

»Kuppelei?«, fragte Rhona verwirrt in die Runde.

»Letztes Jahr durfte ich die Countess als persönliche Zofe begleiten«, erklärte Joanne. »Es war fürchterlich für Countess O'Callahan. Da sie noch immer ledig ist, macht ihr jeder Lord den Hof. Ob jung oder alt, sie alle halten um ihre Hand an. Sie wäre die perfekte Partie für die adeligen Herrschaften. Jung. Schön. Und vor allem vermögend.« Bei den letzten Worten kicherte Joanne leise in sich hinein. Vermögend schien doch immer das Zauberwort zu sein, das jeden Mann zur Liebe bewegte. Und wenn dieses Vermögen auch noch mit Schönheit gepaart war, gab es regelrechte Machtkämpfe um die Hand der ledigen Dame.

»Und sie hat noch kein Interesse an jemandem bekundet?« Überra-

schung zeichnete sich in Rhonas Gesicht ab, während Joanne verneinend den Kopf schüttelte. »Die Countess hat mit all den hohen Lords Konversation betrieben, wie es sich für ihre Rolle geziemt – aber sie weigert sich, die Herrschaften auch nur zu empfangen, wenn es über das geschäftliche Gespräch hinausgeht. Wie ich weiß, gibt es aber einen Lord, der ihr äußerst hartnäckig den Hof macht.«
»Was für ein Lord?«
»Lord Damian Fitzpatrick, Viscount von Wexford. Bereits seit zwei Jahren, seit er die Position des Vizegrafen geerbt hatte, buhlt er beharrlich um eine Verbindung.«

Rhona kaute nachdenklich an ihrer Unterlippe, während Joanne ihre Arme ausbreitete und sich im Raum zu drehen begann. »Oh, Lady Rhona – ich habe den Ball heimlich mitverfolgt. Die schönen Kleider, die galanten Herren, wundervolle Musik und Tänze.« Joanne schwärmte von diesem Erlebnis und wiegte sich weiterhin zur imaginären Musik. »Ich wünschte, einmal würde mich ein galanter Herr zum Tanze auffordern. Und sei es nur zu einem Stück.«

Rhona kicherte verwegen, stellte ihre Tasse auf dem Tisch ab und trat auf Joanne zu, um sich knapp zu verbeugen. »Darf es auch eine galante Lady sein?«

Joannes Augen weiteten sich vor Überraschung, als Rhona ihr die Hand hinhielt. Megan klatschte vor Begeisterung in die Hände; Jayden holte seine Fidel aus dem Nebenraum und auch Fionn hatte das Tanzfieber gepackt. Mit Elan riss er seine Frau Olivia in die Arme, die vom Punsch berauscht wie ein junges Mädchen kicherte, und wartete auf Jaydens Einsatz, der sodann einen traditionellen Walzer anstimmte. Schüchtern legte Joanne ihre Hand auf Rhonas Schulter, als diese ihre führende Hand auf Joannes Hüfte platzierte und sie näher zu sich heran zog. Neckisch zwinkerte Rhona Joanne zu. »Haltung, junge Dame und lass dich führen.« Gemächlich, aber mit sicheren Schritten führte Rhona Joanne durch den mal langsamen, mal beschwingten Tanz und Joanne konnte sich ein Jauchzen nicht verkneifen. Neben dem berauschenden Alkohol und der vergnüglichen Musik spürte Joanne vor allem den Schwung der jungen Lady, die sie fest im Arm hielt und dynamisch über den Küchenboden wirbelte. Unmerklich begann sich der ganze Raum zu drehen, und Joanne konnte ihr Kichern nicht mehr zurückhalten, als der plötzliche Knall von einer zugeworfenen Tür die fröhliche Stimmung unterbrach. Vor Schreck ließ Joanne die junge Lady los und taumelte kurz, bevor sie wieder von Rhona festgehalten wurde.

Auch Jayden unterbrach sein fröhliches Spiel und starrte unverwandt auf den wütenden Überraschungsgast.

»Was ist denn hier los?« Die dunkle Stimme klang gereizt und unbeherrscht. Evan stand ärgerlich an der Tür und beobachtete Joanne und Rhona mit ungehalten blitzenden Augen, bevor er sich weiter zu Olivia und Fionn wandte. »Was wird hier gespielt, Mutter?«

Doch Olivia lachte nur amüsiert. »Walzer, Evan, ein Walzer wird hier gespielt.«

Aufgebracht ging er auf Rhona zu und zog Joanne aus ihren Armen, die er dann zu Megan schubste.

»Evan, was soll das?«, beschwerte sich Joanne empört, doch sie erntete nur einen bösen Blick, der sie sofort zum Schweigen brachte.

»M'Lady – ich denke, dass ist nicht der passende Ort für eine Dame von Stand.«

Mit hochgezogener Augenbraue und verschränkten Armen baute sich Rhona provokant vor Evan auf. »Willst du mir etwa sagen, wo ich mich aufzuhalten habe?« Rhona lachte mokiert auf. »Na so was. Ein Dienstbote, der einer *Dame von Stand* Vorschriften macht.«

Beschwichtigend trat Fionn zwischen die beiden und legte vorsichtig seine raue Hand auf Evans Oberarm. »Evan, lass gut sein.«

Wütend wand sich Evan um und rauschte aus der Küche. Doch noch bevor die Tür ins Schloss fiel, konnte ein Jeder hören, wie er leise »Verdammter Adel« vor sich hin murmelte. Verschämt versuchte Olivia, sich für ihren Sohn zu entschuldigen, doch Rhona schnitt ihr mit einer seichten Handbewegung das Wort ab. »Ich danke euch für den schönen Nachmittag. Doch ich sollte mich nun wieder meinem Studium widmen.« Rhona nickte allen knapp zu, verließ die Küche und machte sich auf den Weg zur Bibliothek.

ඏඐ

»Hohh, entspanne dich.« Mit einer sanften und fließenden Bewegung strich die Hand über die wallende Mähne der Stute und das nervöse Schnauben verstummte augenblicklich. Doch obwohl der Reiter sein Pferd zu beruhigen wusste, strahlte er selber eine gewisse Nervosität aus, die sich auch auf sein Pferd übertrug. Konzentriert starrte er in die Dämmerung, und versuchte jedes Geräusch in seiner Umgebung zu analysieren. Etwas länger als fünfzehn Minuten harrte er schon in diesem kleinen Wäldchen aus, welches zum geheimen Treffpunkt auserkoren worden war. Und während er unruhig auf seinem Sattel hin und her rutschte, drehten sich die Ohren seiner Stute immer wieder aufmerksam zu ihm.

Angespannt wartete das Pferd in der zwielichtigen Dämmerung auf eine Reaktion seines Reiters. Jeden Augenblick würde es flüchten können, wenn es sein Herr ihm befehlen würde. Doch dieser saß stumm auf dem Rücken und versuchte, sich selber zu beruhigen, indem er seine Stute unaufhörlich streichelte, als in der Nähe ein weiteres Schnauben und der melodisch-dumpfe Klang von schweren Hufeisen auf weichem Waldboden ertönten.

Erleichtert atmete der junge Reiter auf, als sich der dunkle Schemen, der aus dem Dickicht hervor trat, als sein Sympathisant herausstellte.

»Sind wir alleine?«

Der junge Mann nickte und ritt ein paar Schritte auf sein Gegenüber zu, um leise reden zu können.

»Gut. Dann lass es uns schnell hinter uns bringen. Was hast du zu berichten? Du weißt, unser Treffen hier ist nicht ungefährlich«, maßregelte der Neuankömmling ungeduldig.

Der Jüngere schluckte kurz, bevor er eine leise Entschuldigung stammelte. Dann begann er hämisch zu grinsen. »Das Vögelchen hat sein Nest verlassen, Mylord«, flüsterte er. »Und es flog direkt vor meine Nase. Es wird ein Einfaches sein, es einzufangen, um ihm die zarten Flügelchen zu stutzen. Etwas Besseres konnte uns nicht passieren.«

Der mit *Mylord* angesprochene spielte mit seinem zurechtgestutzten Kinnbart, der schon einige grauweiße Strähnchen aufwies, und nickte seinem Komplizen bestätigend zu. »Die Situation hat sich zu unseren Gunsten verändert. Gibt es weitere Neuigkeiten? Wie kommst du mit deinem neuen Amt zurecht?«

»Keine Probleme, Mylord. Alles läuft, wie Ihr es geplant habt. Der neue Titel steht mir äußerst gut. Ein Jeder begegnet mir mit der Hochachtung, wie Ihr vorausgesagt habt und unterstützt meine Position, wie es sein sollte. Ich bin eben ein hilfsbereiter Mann der Güte und Gerechtigkeit. So wie ein Sheriff eben sein muss.« Mit einem breiten Grinsen strich sich der junge Reiter durch die Haare und fuhr dann weiter fort: »Und Ihr werdet es nicht glauben, aber das Glück hat erneut an meiner Tür geklopft. In Gestalt der kleinen Dienerin. Gebrochen und vom Leben enttäuscht, stand sie vor mir. Ohne zu zögern, berichtete sie mir von ihrem Leidensweg. Die Baroness hat unbewusst tadellose Arbeit geleistet. Wenn die Kleine erst mal meine Frau ist ...«

Und wieder ertönte sein leises zynisches Lachen.

Überrascht lupfte der Lord seine Augenbraue in die Höhe. Dann verzog er sein Gesicht zu einem boshaften Grinsen, wobei ihm eine schmale längsverlaufende Narbe auf seinem Gesicht, ein teuflisches Aussehen verlieh. Seine grauen Augen blitzten vor Wohlgefallen. »Wie lange ist sie schon bei dir? Und was macht sie jetzt?«

Der jüngere Mann war sichtlich irritiert über die genauen Erkundigungen seines älteren Auftraggebers. »Seit ungefähr zwei Wochen. Ich habe sie in ihr altes Elternhaus zurückziehen lassen, aber nicht, ohne ihr vorher ein eindringliches Angebot unterbreitet zu haben, welches sie kaum ausschlagen kann.«

Der ältere Aristokrat zwirbelte erneut seinen Kinnbart, strich dann mit einer Hand durch sein schulterlanges, glattes Haar und schlug dem jungen Sheriff zufrieden auf die Schulter. »Du bist gewiefter, als ich angenommen hatte«, grunzte er leise und blickte um sich, um sich zu vergewissern, dass sie allein waren. Oldcourtforrest lag zwar weit entfernt von jeglichen Siedlungen, doch man konnte ja nie wissen, ob nicht ein einfältiger Bauerntölpel in den Stunden der Abenddämmerung seiner Wege ging. Oder schlimmer noch, dass er in einen Hinterhalt gelockt wurde. Aber als so dumm schien er seinen jungen Handlanger nicht einzuschätzen. »Unterstütze sie auf ihrem Weg in ihr neues Leben. Schenke ihr die Sicherheit, die sie braucht. Doch gib zu erkennen, dass alles seinen Preis hat. Lass sie wählen, welchen Weg sie gehen will. Vertraue mir, mein Freund, sie wird alles tun, was du ihr aufträgst. Denn nach ihrer Entscheidung wird sie keine andere Wahl mehr haben.«

Der Sheriff stimmte den Worten seines Gönners enthusiastisch zu und begann voller Vorfreude seine Zähne zu blecken und sich weitere Pläne auszumalen, die er mit ihr umsetzen könnte. »Sie wird wie Wachs in unseren Händen sein und unser Vorhaben vollkommen machen.«

»Du hast dreieinhalb Wochen Zeit. Bilde sie aus und mache sie zu deiner Unterhändlerin. Natürlich alles im Namen der Gerechtigkeit. An den Rebellen kann sie ihre Fingerfertigkeiten üben. Sie muss skrupellos werden und ohne zu zögern Befehle entgegen nehmen können. In vier Wochen, zum Ball der Countess, soll diese an meiner Seite stehen. Ich fordere unbedingte Loyalität und absolute Verschwiegenheit. Egal, wie du es anstellen wirst. Sie ist ab jetzt dein Mündel. Nutze deine Zeit!«

Konzentriert hörte der junge Reiter dem älteren Lord zu und verfolgte neugierig die Hand, die in die enge Westentasche griff und zwei funkelnde Schmuckstücke zu Tage brachte: Einen Ring und ein Medaillon. »Das sollte dir für die letzte Mission einen großen Vorteil verschaffen. Bewahre es gut!«

Der junge Mann nahm den Siegelring an sich und steckte ihn in seine Brusttasche. Dann öffnete er neugierig den filigranen Verschluss des goldenen Medaillons und schwenkte es im fahlen Mondlicht, um das Portrait auf der Innenseite des Kleinods besser erkennen zu können. Eine junge, bildschöne Frau war dort abgebildet. Anmutig und edel, in würdevoller Haltung.

»Bei einer der nächsten Verhaftungen wirst du es einem jungen und gutaussehenden Rebellen unterjubeln. Als *Rebellenliebchen* wird die Countess jede Hochachtung der Aristokratie verlieren. Die stolze Lady – gesellschaftlich gedemütigt und gebrochen – wird darum betteln, dass ich Erbarmen zeigen und sie trotz aller Stigmatisierung zu meiner Frau nehmen werde.«

Und diesmal brach das dunkle, hämische Lachen des Lords die friedliche Stille der milden Dezembernacht.

»Verzeiht M'Lord, aber glaubt Ihr denn wirklich, die geachtete Countess so leicht in Verruf bringen zu können?« Misstrauen und Zweifel schwangen in seiner Stimme mit.

"Vielleicht, vielleicht auch nicht. Aber selbst wenn nicht ... steter Tropfen höhlt den Stein. Die Leute werden sich daran erinnern, spätestens wenn es noch ein paar weitere Vorfälle geben wird«, antwortete der hohe Lord gefühlskalt.

Der junge Mann nickte verstehend, während er höhnisch griente.

»Und wenn sie erst mal in meinen Fängen ist, werden wir ihre Vertrauten nach und nach korrumpieren. Du wirst sehen, bald werden wir große Teile dieser jämmerlichen Insel gesäubert haben. Erst die Rebellen, dann den weibischen Glauben an diese verfluchten Elfen und zuletzt diesen Abschaum von irischem Adel. Irland wird immer unter der englischen Krone stehen. Die königlichen Banner sollen im Wind wehen und stets daran erinnern.«

»Dann werde ich mich besser auf den Weg machen, M'Lord.« Sanft stupste er sein Pferd mit den Knien in die Flanken, um die vielen Meilen über die Grenze in sein Revier zurück zu reiten. Doch bevor seine Stute davon traben konnte, ertönte ein letztes Mal die raue Stimme des Lords: »Callen – vergiss nicht, ihre Fehler werden die deinen sein!«

Dann erst konnte Callen vernehmen, wie der Lord seinen schwarzen Hengst wendete und zu Höchstleistung antrieb, um den kleinen Wald schnellstens verlassen zu können. Bis zu seinem Herrschaftshaus hatte er noch einige Stunden vor sich. Und auch er musste sich sputen, um seine Absichten in die Tat umzusetzen.

ଓଙ୍କ

Es war weit nach Mitternacht, als Rhona die schwere, knarrende Eichentür der Bibliothek öffnete. Nach dem beschwingten Nachmittag und den langen folgenden Stunden ihres Studiums beschloss sie, die Nacht im Herrschaftshaus zu verbringen. Da die Countess nicht im

Haus war, würde es wohl niemanden stören, wenn sie in der Bibliothek nächtigen würde. Also hatte sie es sich auf der komfortablen Sitzgruppe vor dem knisternden Kamin gemütlich gemacht. Leger und barfüßig lag sie stundenlang auf dem Kanapee und hatte in den Büchern geschmökert. Doch der Hunger vertrieb sie von dem warmen Platz, den der Kamin so heimelig machte. Vorsichtig schob sie ihren Kopf durch den Türspalt und lauschte angestrengt in die Dunkelheit.

Doch kein Ton verirrte sich in die angenehme nächtliche Stille. Das Haus schien mit allen Bewohnern fest zu schlafen. Rhona schlich auf leisen Sohlen durch den langen Flur, der nur mit wenigen Kerzen beleuchtet wurde. Sie wollte sicher gehen, dass keiner ihren nächtlichen Spaziergang bemerkte. Auf der Etage gab es noch drei weitere Räume, die sie neugierig erkundete.

Die Tür zur Bibliothek befand sich ungefähr in der Mitte des Flures. Der Raum zu ihrer Rechten, ein nobles Gästezimmer, war leer und verwaist. Alle Möbel waren mit hellen Leinentüchern bedeckt, die Vorhänge fest zugezogen und der mannshohe Spiegel blickte blind in die Dunkelheit. Der darauffolgende Raum war das Gemach, in dem sie nach dem Überfall untergebracht gewesen war. Es schien Rhona, als läge dieser Vorfall eine Ewigkeit zurück. Am Anfang des Flures, ein Zimmer gleich neben der Bibliothek, lag ein Raum der sich jedoch nicht öffnen ließ, was in Rhona großes Interesse weckte. Doch so sehr sie sich auch bemühte die Tür zu öffnen, der Raum blieb versperrt. Mit einem Schulterzucken ließ sie ihr Vorhaben fallen und nahm sich fest vor, Joanne zu fragen, was sich hinter dieser Türe verbarg. Gleich neben dem geheimnisvollen Raum schloss sich eine breite Holztreppe an, die zurück ins Foyer im Erdgeschoss führte.

Rhona zog den wollenen Umhang, den sie in der Bibliothek gefunden hatte, fester um ihren Leib. Die Kälte des Marmorbodens kroch geschwind ihre nackten Zehen hinauf und ließ sie frösteln. Sie war froh, als sie den warmen Teppich erreichte und den kalten Flur hinter sich gelassen hatte. Eilig hüpfte sie die Stufen hinunter, durchquerte den Empfangsraum und bog in den Dienstbotentrakt ab. Gleich neben der großen Küche, in der immer ein Feuer leise vor sich hin prasselte und eine angenehme Wärme verströmte, lag die Speisekammer, durch die sie durchschlüpfen wollte, um zur nächsten tiefer gelegenen Ebene zu gelangen.

Die Tür war ihr am Nachmittag aufgefallen, und da die Küche dem Küchenraum von ihrem Zuhause ähnelte, schlussfolgerte sie, dass dahinter wohl die Speisekammer liegen würde. Kurzzeitig das wärmende Feuer genießend, sah sie sich in der Großküche um und dachte an den fröhlichen Nachmittag zurück. Bis die kleine Holzkiste mit einem karierten Tuch ihre Aufmerksamkeit erregte. Unter dem groben Leintuch entdeckte Rhona Olivias frisches Früchtebrot, welche die freundliche Köchin des Hauses fast täglich buk. Rhona liebte dieses mit Nüssen und Rosinen angereicherte, dunkle Brot. Sie stibitzte eine Scheibe und öffnete freudig kauend die Tür zu jener Treppe, die sie in die Kellerräume führte, welche die exquisitesten Importweine beherbergten. Mit einem Lächeln nahm sie ein Streichholz, zündete eine Kerze an und stieg in freudiger Erwartung die dunkle und staubige Kellertreppe hinab.

Mit ihrer Beute, einer Flasche süßem Wein, ein paar Scheiben Früchtebrot und einem kleinen Zinnbecher, in der Hand schlich Rhona den dunklen Flur zu ihrem Gemach zurück. Beim Gedanken daran, sich mit dem Wein und dem süßen Brot auf das weiche Fell vor dem Kamin zu legen und dem Knistern des trockenen Holzes zu lauschen, während sie sich die Leckereien auf der Zunge zergehen ließ, erfasste Rhona eine kindliche Vorfreude. Wenn sie doch nur Joanne zum Unterhalten hätte. Rhona dachte wehmütig an Sofie, ihre persönlichen Zofe im Hause McLeod, zurück. Mit ihr hatte sie viele Momente in trauter Zweisamkeit erlebt. Sofie war trotz ihres niederen Standes Rhonas Freundin geworden. Ihre einzige Freundin. Und ihre Gespielin. In der Bibliothek würden nur die Bücher und die Einsamkeit auf sie warten.

Ein Geräusch von zuklappenden Türen und leisen Schritten riss sie aus ihren Gedanken. Rhona presste sich intuitiv an die Wand, legte ihre Beute zu Boden und schlich sich vorsichtig zum nächsten Mauervorsprung. Neugierig spähte sie in den weiten Flur hinein, als sich ihre und Evans Blicke plötzlich trafen.

»Ihr schon wieder«, knurrte er leise und feindselig. Mit schnellen Schritten kam er auf sie zu, stoppte wenige Zentimeter vor ihr und baute sich dann bedrohlich auf. Eindringlich starrte er sie an. »M'Lady, Ihr betretet gefährliches Terrain. Lasst Eure Finger von Joanne. Sie gehört zu mir.«

Rhona, die die ganze Zeit fest in Evans Augen gestarrt hatte, begann spöttisch zu lächeln. »Und wenn sie gar nicht zu dir gehören will? Was machst du dann?«

Über die Worte der jungen Dame überrascht, stockte Evan kurz, sammelte sich jedoch und schlug ihr dann zornig ins Gesicht.

Rhona stöhnte vor Schmerz laut auf und wischte sich dann zitternd mit ihrer Hand über ihre aufgeplatzte Lippe. Sie konnte das Blut schmecken, das sich in ihrem Mund sammelte. Stolz und aufrecht trat sie einen Schritt auf Evan zu, packte bedächtig mit beiden Händen seinen Hemdkragen und zog mit voller Wucht ihr Knie in die Höhe. »Bedroh mich nie wieder, Dienstbote!«

Mit einem gequälten Laut sank Evan zu Boden. Schmerzhaft hielt er sich sein Gemächt und schnappte keuchend nach Luft.

»Ich an deiner Stelle, würde Joanne schnellstens gestehen, dass du Gefühle für sie hegst. Bevor jemand anderes kommt und sie dir endgültig vor deiner Nase wegschnappt.« Verächtlich hob Rhona ihre

Beute vom Boden auf und wandte sich in Richtung der Treppe, die zurück in die erste Etage führte. Wieder knarrte die schwere Eichentür leise, als sie die Bibliothek betrat. Rhona lehnte sich von innen an die Holztür, um den Schreck sacken zu lassen. Ihr Herz klopfte, als würde es gleich zerspringen, so angespannt verharrte sie an der Tür. Abgekämpft nahm sie den kühlen Zinnbecher aus ihrer Tasche und hielt ihn zitternd an ihre Unterlippe. Die Kälte tat ihr gut und linderte den pulsierenden Schmerz. Angewidert schluckte sie das Blut hinunter, das einen metallischen Geschmack in ihrem Mund zurückließ, ging auf den Kamin zu und ließ sich zu Boden gleiten.

Das weiche Schaffell, auf dem sie zu liegen kam, kitzelte sie sanft an Hals und Wangen. Gedankenlos griff sie nach der bauchigen Flasche, richtete sich auf und nahm einen großen Schluck des lohfarbenen Portweins, der stark und süß ihre Kehle hinunter floss. Diese Art von Wein war beim Adel im Vereinigten Königreich gerade sehr beliebt. Selbst der englische König, Georg der Dritte, ließ ganze Fässer aus dem Süden Europas importieren.

»Elender Mistkerl«, fluchte sie, als sie den brennenden Schmerz auf ihrer offenen Wunde spürte. Nach ein paar weiteren, großzügigen Schlucken bemerkte Rhona, dass der Schmerz langsam abebbte und ein taubes Gefühl hinterließ. Sie konnte Evans Eifersucht verstehen. Joanne war eine hübsche junge Frau. Und so wie sie ihn ansah, schien auch sie viel für ihn zu empfinden. Doch zu Joannes Unglück brachte er in ihrer Gegenwart nie mehr als ein zaghaftes Lächeln zustande. Vielleicht war er ja jetzt Manns genug, um über seinen Schatten zu springen. Im Stillen hoffte Rhona, dass er es niemals wagen würde, Hand an Joanne zu legen. Sollte sie jemals erfahren, dass er die hübsche Magd geschlagen hätte, würde sie ihm bei Weitem mehr antun, als ins Gemächt zu treten. Ob sie eben wohl zu weit gegangen war? Gleichgültig zuckte sie mit ihren Schultern und setzte die Flasche erneut an ihre Lippen. »Auf König Georg und seinen guten Geschmack.« Träge wanderte Rhonas Blick durch die Bibliothek und fiel auf eine Wand, die frei von Regalen war. Warum war ihr die vorher noch nicht aufgefallen? Verwundert betrachtete sie die verschiedenen Waffen, die dort zur Zierde angebracht waren. Einige Rad- und Steinschlosspistolen, verschiedene Degen und Säbel, sowie ein Jagdbogen mit einem ledernen Köcher voller Pfeile.

Rhona konnte sich nicht vorstellen, dass die Countess eine Faszination für Waffen hegte. Vielleicht Erbstücke?, fragte sich Rhona im Stillen, bevor ihr Blick weiter glitt. Wie sie diesen Raum doch liebte: die Farben der Stoffeinbände, den Geruch von Holz und dem altem Papier der unzähligen Bücher, die Geschichten, die sie enthielten. Das prasselnde Feuer spendete eine wohlige Wärme, während draußen der erste Schnee des Jahres ungestüm zu fallen begann und die Umgebung in ein unschuldiges Weiß tauchte.

Sprunghaft wanderten ihre Augen von Wand zu Wand, von Regal zu Regal, von Buchrücken zu Buchrücken – bis sie eine dunkle, gebundene Mappe entdeckte, aus der einzelne Papiere hervorlugten und die so gar nicht in das schöne, geordnete Erscheinungsbild der alten Bibliothek passte. Neugierig suchte sie eine Möglichkeit, die Mappe zu erreichen, ohne das Bücherregal hochklettern zu müssen. Nachdem sie sich kurz umgeschaut hatte, entdeckte Rhona im dunklen Eck eine Holzleiter, die ins Bücherregal eingefasst war und sich mittels kleiner Holzrollen bewegen ließ.

Schwankend erhob sie sich von dem flauschigen Fell und schob die Leiter fast geräuschlos von einer Wand zur nächsten. Entschlossen kletterte sie die Sprossen hinauf und angelte sich die Mappe, die in schwindelerregender Höhe versteckt war. Neugierig sprang Rhona die letzten Stufen hinunter zu Boden und blätterte durch die einzelnen Dokumente. »Das ist ja äußerst interessant«, murmelte sie leise in sich hinein, als ihr eine alte Zeichnung in die Hände geriet. Zwei junge Frauen standen lächelnd eng beieinander, gemeinsam ein kleines schwarzhaariges Mädchen in den Armen haltend, das selig lachte. Es war ein Augenblick, der unverhohlenes Glück widerspiegelte. Rhona musterte gespannt die Zeichnung, als ihr die Namen unter dem Bild auffielen: Elinor Grace O'Callahan, Caîthlin Maguire und Elizabeth Grace O'Callahan (drei) im Jahre 1786. Immer und immer wieder las sich Rhona die drei Namen durch, die sich vor ihrem inneren Auge zu drehen begannen.

Elizabeth Grace O'Callahan. Das war eindeutig die Countess als dreijähriges Kind. Also konnte Elinor Grace nur ihre Mutter sein. Und Caîthlin? Schon wieder dieser Name. Caîthlin Maguire. »Sie trägt den Mädchennamen meiner Mutter, also muss sie eine nahe Verwandte sein. Warum nur, machen alle so ein Geheimnis um sie? War sie vielleicht so was wie das schwarze Schaf in unserer Familie?«, fragte sich Rhona nachdenklich. »Caîthlin. Was hast du nur getan, dass niemand über dich reden darf? Was ist nur passiert?« Eindringlich studierte sie die Gesichtszüge der jungen Frau, die denen ihrer Mutter sehr ähnlich waren. Ihr Blick wanderte weiter zu Elizabeth, und Rhona schmunzelte in sich hinein. Schon als Kind hatte die Countess diese funkelnden, dunklen Augen und den verschmitzten Zug um ihre Lippen. »Welches Band verbindet euch drei mit meiner Mutter?« Rhona wusste wohl, dass es einige Fragen gab, die sie so schnell nicht beantwortet bekommen würde, und doch konnte sie nicht aufhören, darüber nachzudenken. Sie war froh, endlich eine erste Spur in der Hand zu halten, die Licht in das kompliziert verwobene Familienrätsel bringen könnte. Das musste sie unbedingt Margaret erzählen. Morgen.

పఠా

Auf allen Vieren kriechend, robbte Sofie über den Holzboden und durchsuchte alle Winkel des staubigen Dachbodens. Seit genau zwei Wochen bewohnte sie wieder ihr Elternhaus. Die erste Zeit hatte sie sich fremd in ihrem Heim gefühlt, da Mrs. Murphys Charakter noch immer allgegenwärtig war. Doch nach einem gründlichen Hausputz kam die alte Seele des Hauses wieder zum Vorschein. Sie war dankbar, dass Mrs. Murphy nie so gründlich das Haus untersucht und auch nie den Dachboden erkundet hatte. Unendliche Schätze aus ihrer Kindheit konnte sie hier entdecken. Nicht zuletzt ein Portrait von ihrer Mutter, das in einem kleinen silbernen Medaillon eingefasst war. Nun trug sie es an einer Kette um ihren Hals. Es sollte ihr Glück bringen. Mit dem Medaillon war sie nicht mehr allein. Durch das Schmuckstück hatte sie wieder eine Verbindung zu ihrer geliebten Mutter gefunden.

So viele Erinnerungen überfluteten Sofies Gedankenwelt während ihrer Hauserkundungen. Manchmal musste sie von einem Augenblick zum anderen lauthals loslachen, weil ihr eine lustige Anekdote aus ihrer Kindheit eingefallen war, dann wiederum kam es vor, dass sie niedergeschlagen am Boden kauerte und um vergangene Zeiten trauerte. Die ersten drei Tage hatte sie kaum das Haus verlassen, aber nach und nach fand sie zu sich selbst zurück und kam endlich aus sich heraus.

Die Dorfbewohner, die sich noch an Sofie erinnern konnten, nahmen sie herzlich wieder auf und mit den neuen, zugezogenen Leuten freundete sie sich schnell an. Niemand fragte sie nach der Vergangenheit, was Sofie sichtlich beruhigte. Noch immer wusste sie nicht, was sie erzählen sollte oder dürfte. Und auf die Frage des alten Mr. Dwight, wie sie alleine, ohne Mann an ihrer Seite, ihren Unterhalt bestreiten könne, hatte sie nur leise geantwortet, dass er sich keine Sorgen machen müsste. Schulterzuckend war er wieder gegangen, ohne weiter nachzubohren. Callen hatte ihr eindringlich das Versprechen abgenommen, unter allen Umständen Stillschweigen zu bewahren. Auch hatte er arrangiert, dass sie in ihrem alten Elternhaus wohnen durfte. Im Gegenzug verlangte er, dass sie sich schriftlich verpflichtete, kleinere Auftragsarbeiten für ihn zu erledigen. Der Vertrag stand jedoch noch aus. Er hatte ihr zwei Tage Bedenkzeit gegeben. Und bis jetzt hatte sie diese Entscheidung vor sich hergeschoben.

»Sofie? Bist du hier?« Callens raue Stimme hallte durch das ganze Haus. Erschrocken stand Sofie auf und stieß sich ihren Kopf an einem der Möbelstücke, die kreuz und quer auf dem Dachboden standen. Sie musste hier drinnen dringend aufräumen. Vielleicht würde sie noch brauchbare Dinge für den Wohnraum finden. »Hier oben – ich komme«, rief sie so laut, wie sie konnte und rieb sich den Hinterkopf. Völlig verstaubt schritt sie die Treppe hinunter und sah Callen, der es sich auf einem Stuhl gemütlich gemacht hatte. Seine Beine hatte er auf den großen Tisch gelegt. Ärgerlich bemerkte Sofie, wie der Dreck von seinen Stiefeln auf das saubere Tischtuch bröckelte. Mit einem Räuspern machte sie sich kurz bemerkbar. Dann ging sie direkt auf Callen zu, packte seine Stiefel und ließ sie auf den Boden fallen. Aufbrausend schoss er in die Höhe und sah sie mit funkelndem Blick an. Seine Nasenflügel zuckten vor unterdrücktem Zorn. Er konnte es nicht leiden, wenn seine Autorität in Frage gestellt wurde, schon gar nicht durch ein Weibsbild. »Und?«, fragte er barsch, »deine Bedenkzeit ist um.«

Sofie starrte auf das glänzende Abzeichen, das auf seine Brusttasche geheftet war und ihn als Mann der Gerechtigkeit auswies. Sie rang mit ihrer Antwort. Dieser Vertrag bedeutete den Untergang anderer Menschen. Sie konnte das nicht zulassen.

Callen spürte Sofies Unsicherheit und sprach noch eindringlicher auf sie ein: »Du kannst wählen zwischen einem sorgenfreien Leben oder dem als Ausgestoßene. Glaube mir, wenn du dich für Letzteres entscheidest, wirst du als Verräterin der Krone angeklagt. Und denke nicht, dass ich dir nichts anhängen könnte. Wähle mit Bedacht und wähle klug. Diese Entscheidung wird über dein Schicksal bestimmen. Und nur weil wir bekannt miteinander sind, heißt das nicht, dass ich dich beschützen kann und werde, wenn du dich gegen mich stellst.«

Voller Entsetzen starrte Sofie den jungen Mann vor ihr an. Sie wurde auf fürchterlichste Weise erpresst. Und das von demjenigen, in den sie ihre ganze Hoffnung gesetzt hatte. Das war wirklich nicht mehr der Callen, den sie von Kind auf kannte. Der Callen, der zu ihrer Familie gehörte. Blut war eben doch nicht immer dicker als Wasser. Ihr Jugendfreund war verloren gegangen, im Strudel der Zeit und infolge korrupten Machtverlangens. Mit Tränen in den Augen nickte Sofie unmerklich, nahm den Federkiel, tauchte ihn in das dunkle Tintenfass und schrieb zitternd ihren Namen auf das helle Blatt Papier. Zufrieden grunzte Callen leise auf und genehmigte sich einen tiefen Schluck aus der silbernen Flasche, die er stets mit sich trug. »Braves Mädchen. Jetzt bist du meine rechte Hand im Kampf für die Gerechtigkeit.«

Eher deine Auftragsbotin im Kampf für dein Wohlergehen, dachte Sofie bitter. *Wie konnte er nur so grausam sein?*

Sofie fühlte seinen nachdenklichen Blick, wie er von ihrem Gesicht ihren Körper hinunter und dann schließlich wieder hinauf wanderte. »Nun, da alle Formalitäten erledigt sind, müssen wir noch zwei Dinge ändern.«

Fassungslos sah Sofie in sein breit grinsendes Gesicht. Könnte es noch schlimmer kommen?

»Erstens ist dein Name durch die Verführungsgeschichte, die im ganzen County kursiert, zu bekannt. Ab jetzt wirst du unter dem Namen Miranda arbeiten. Miranda Emerson. Ja, das gefällt mir.« Von seiner Genialität überzeugt, lachte er laut auf und trank einen weiteren

Schluck vom selbst gebrannten Whiskey. »Und als Zweites müssen wir uns um deine Haare kümmern. Eine zum Namen passende Veränderung muss her. Lucy wird dich morgen aufsuchen. Und du wirst keinen Widerstand leisten. Nicht wahr, Miranda?« Callen musste sie mehrfach bei ihren neuen Namen nennen, bevor sie auf seine Frage reagierte. Dann nickte sie traurig und sah den jungen Sheriff mit einem schrecklichen Gefühl im Bauch hinterher, als dieser eilig das Haus verließ. Langsam ließ sich Sofie auf den Sessel vor ihr sinken und starrte lange vor sich hin, bis ein leises Klopfen an der Tür, sie aus ihrer Lethargie riss. Konnte es noch schlimmer kommen?

6

KLARHEIT

DER MORGEN DANACH

Verschlafen rieb sich Rhona die Augen und streckte sich vorsichtig. Kraftlos massierte sie sich die Schläfen, um ihren leicht schmerzenden Kopf zu beruhigen. Die Nachwirkungen des schweren Weins wurden ihr unter leisem Raunen mehr als nur bewusst. Mit dem Vorsatz, nie wieder soviel Portwein auf einmal zu trinken, schlug sie ihre Augen auf. Rhona versuchte sich umzusehen, doch die Vorhänge ließen nur wenig Licht durch den schweren, samtenen Stoff. Das Feuer im Kamin war zur Gänze heruntergebrannt. Nur die Glut glimmte noch sanft vor sich hin, zu schwach, um den Raum zu erhellen.

Schemenhaft konnte Rhona ihr unbekannte Möbelstücke erkennen, was vermuten ließ, dass sie sich nicht mehr in der Bibliothek befand, in der sie vergangene Nacht eingeschlafen war. Stattdessen lag sie in einem komfortablen, weichen Himmelbett, das doppelt so groß war wie ihr eigenes im Schlafgemach zuhause. Vergeblich versuchte sie sich zu erinnern, wie sie in diesen Raum gekommen war. Und vor allem, wo dieser sich überhaupt befand. Ein leises Seufzen ließ Rhona für einen Moment innehalten. Argwöhnisch sah sie neben sich und konnte die Silhouette einer Frau erkennen, die sich tief im Traum versunken in ihr Kissen schmiegte. Rhona starrte wie versteinert auf die zufrieden Schlafende, bevor sie vorsichtig ihre Bettdecke anhob und aus dem Bett stieg. Erschrocken registrierte sie, dass sie nur mit ihrem Untergewand bekleidet war. Ihr Hemd und die Hose waren fein säuberlich über die Sessellehne, gleich neben dem Bett, gelegt worden. Auf leisen Sohlen schlich Rhona zum Fenster und zog den dicken Vorhang ein Stück zur Seite. Gerade soviel, dass ein wenig Licht den großen Raum erhellte und gerade so wenig, dass die Frau im Bett nicht durch jene Lichtstrahlen geweckt werden konnte. Neugierig schlich Rhona sich zum Bett zurück und erkannte das friedlich schlafende Gesicht der Countess. Ungläubig schüttelte sie ihren Kopf und rieb sich erneut ihre Augen. Doch es war kein Traum. Noch immer lag Lady Elizabeth im Bett und ein leichtes Lächeln umspielte ihre Lippen.

Tausend Fragen schossen durch Rhonas Kopf. *Warum war sie hier? Sollte sie nicht in der Stadt sein? Evan! Er war doch bereits am späten Nachmittag wieder zurückgekommen.* Die Erkenntnis nahm ihr für einen Augenblick den Atem. *Wenn die Countess seit dem Nachmittag in Wexcastle war, wo hatte sie sich dann bis tief in die Nacht aufgehalten? Wie bin ich ins Gemach der Countess gekommen? Und warum in drei Teufels Namen liegen wir beide gemeinsam in einem Bett?*

Ein kalter Schauer jagte Rhona den Rücken hinunter und ließ sie frösteln. Hoffentlich hatte sie nichts getan, was es zu bereuen galt. Zögernd kniete sie sich vor dem Bett nieder, zog vorsichtig die Daunendecke um sich herum und fing an, die Countess unverhohlen zu betrachten. Ihr Blick wanderte über die dicke Decke, hinauf zu Elizabeths freiliegenden Schultern, weiter zu ihrem Hals und ihrem sinnlichen Kinn. Millimeter für Millimeter folgte sie der unsichtbaren Linie, beginnend von ihren zarten Lippen, über ihre zierliche Nasenspitze bis hin zu den vollen, geschwungenen Wimpern. Eine Strähne ihres dunklen Haares hing der Countess über die Augen, und Rhona unterdrückte mit Mühe den Wunsch, ihr diese eine Strähne zärtlich aus dem Gesicht zu streichen. Nur wenige Zentimeter schwebten ihre Finger über Elizabeths Haupt, doch wagten sie es nicht, die lockige Haarsträhne zu berühren. Wie sich ihre Haut wohl anfühlen mochte? Bei dem Gedanken, sie zu berühren, diese sinnlich geschwungenen Lippen zu küssen, die Weichheit und den Geschmack der Countess zu erkunden, begann Rhonas Herz auf einmal schneller zu schlagen.

Margaret hatte ganz Recht. Lady Elizabeth war eine atemberaubende Schönheit. Es war ihr schon bei ihrer ersten Zusammenkunft aufgefallen. Eine aufsehenerregende Erscheinung, eng verbunden mit Macht und Eloquenz. Aber der Umstand ihres erneuten Kennenlernens hatte diese Offenbarung in den Hintergrund gedrängt. Jetzt sah Rhona die vornehme Frau in einem ganz anderen Licht. Schutzlos wie ein Kind lag die Countess selbstversunken in ihren Träumen und schlummerte vor sich hin. Weich und zerbrechlich lag sie vor ihr. Ungeahnt der heimlichen Blicke, die neben der früheren Achtung nun auch Bewunderung und eine heimliche Sehnsucht ausstrahlten. Und die unstillbare Neugierde, wer diese Frau vor ihr nun wirklich war.

Ihrer alten Gewohnheit folgend, leckte Rhona sanft über ihre Unterlippe, als sie plötzlich ein brennender Schmerz zusammen zucken ließ. Ihre Wunde hatte sie bei diesem Anblick ganz und gar vergessen. Sie schnaufte betrübt, als es zaghaft klopfte.

Nur einen Atemzug später öffnete sich die Tür und Joanne trat mit leisen Schritten ins Gemach. Überrascht zog sie ihre Augenbrauen hoch, als sie Rhona im Halbdunkel in eine Decke eingewickelt vor dem Bett sitzend entdeckte. Doch noch bevor sie etwas sagen konnte, hielt Rhona sich ihren Zeigefinger an die Lippen und bedeutete der Zofe, still zu schweigen. Erneut seufzte die Countess leise im Schlaf und drehte sich auf den Rücken. Rhona und Joanne verharrten augenblicklich in ihrer Bewegung, angestrengt bemüht, die Countess nicht zu wecken. Und als sich ihre Blicke erneut trafen, begann Joanne zu schmunzeln, während Rhona aufstand und zur Fensterfront schlich. Unvermittelt folgte die Zofe der jungen Lady.

»Es ist nicht so, wie es aussieht«, flüsterte Rhona und zuckte hilflos mit den Schultern, während Joanne sie mit großen, neugierigen Augen, doch still lächelnd ansah.

»M'Lady, Ihr müsst mir nichts sagen. Ihr seid niemanden Rechenschaft schuldig«, flüsterte sie ebenso leise, wie es Rhona zuvor getan hatte.

»Wenn ich mich wenigstens erinnern könnte, Joanne. Heute Nacht befand ich mich noch in der Bibliothek und erwacht bin ich hier. Mit Kopfschmerzen.«

»Ja – das ist die Macht des Weines. Ich habe die leere Flasche in der Bibliothek gefunden. Dagegen hilft nur reichlich Wasser.« Grinsend wand sich Joanne den Vorhängen zu, um sie leise zurückzuziehen und mehr Licht in den Raum zu lassen. Außerdem war es Zeit, dass sie das Frühstück für die Countess herrichtete. Lady Elizabeth mochte es nicht, den Tag zu spät zu beginnen. Und am liebsten hatte sie es, wenn er mit einem großzügigen Frühstück im Bett begann. Doch als Joanne sich wieder zu Rhona drehte, die noch immer nachdenklich am selben Fleck verharrte, sog sie vor Schreck laut ihren Atem ein. »M'Lady – was ist passiert? Wie seht Ihr denn aus?« In ihrer Bestürzung vergaß sie zu flüstern und trat besorgt auf Rhona zu. Vorsichtig nahm sie ihr Kinn zwischen die Finger und sah sich den kleinen Riss an ihrer Unterlippe an.

»Das würde ich auch zu gerne wissen«, brummte unerwartet eine leise, dunkle Stimme im Hintergrund. Mit argwöhnischen Blicken beobachtete die Countess den vertrauten Umgang zwischen der Zofe

und der jungen Lady und richtete sich noch etwas schlaftrunken in ihrem Bett auf. Unversehens ließ Joanne Rhonas Kinn los, entfernte sich ein paar Schritte und machte befangen einen hastigen Knicks.
»Countess. M'Lady verzeiht, Euer Frühstück folgt sogleich.«
»Wir werden später frühstücken. Und jetzt lass uns alleine«, befahl die Countess bestimmend. Mit hochrotem Kopf knickste Joanne erneut und verließ fluchtartig das Gemach. Schweigend sah Rhona der jungen Zofe hinterher, die eilig die Tür hinter sich schloss, und verharrte an der Fensterfront. Sie scheute sich, die Countess anzusehen, die ihren Blick nun wieder auf Rhona ruhen ließ.
»Komm her!« Noch immer lag ein ernster Ton in Lady Elizabeths Stimme, ein Ton dem man augenblicklich gehorchte. »Setz dich zu mir!« Mit ihrer rechten Hand klopfte sie lautlos auf ihre Bettdecke. Ohne ihre Augen von ihren Füßen abzuwenden, ging Rhona mit gehemmten Schritten auf das Bett zu und setzte sich an die Stelle, an der sie erwacht war.
»Sieh mich an, Rhona.« Der Ton ihrer Stimme wechselte von herrisch zu leise besänftigend. Rhona schluckte. Sie konnte die Countess einfach nicht ansehen. Ihre Augen suchten einen Punkt, den sie fixieren konnten, um ihren schnellen Herzschlag zu beruhigen. Ihr Blick wanderte die Bettdecke hinunter zu ihren Händen, wieder hinauf zu den Lippen der Countess, zur Nasenspitze, dann wieder schnell zu ihren eigenen Händen. Der Gedanke an das Begehren und die Erkenntnis, dass sie gerade dabei war, sich in die würdevolle und elegante Countess zu verlieben, entfachte ein Feuer auf ihren Wangen. Vorsichtig nahm Lady Elizabeth Rhonas Gesicht in beide Hände und zwang sie so, ihr tief in die Augen zu sehen. Wohlwollend sah die Countess zu Rhona herab.
»Lady Elizabeth...« Rhona verstummte, noch bevor sie ihren Satz ausgesprochen hatte. Ihre Lippen bebten vor Anspannung. Es fiel ihr

schwer, diese eine Frage zu stellen, doch noch schwerer wog ihre Angst vor der Antwort. Nervös biss sich Rhona auf ihre Lippen, als die Countess ein fragendes »Ja?« hauchte.

»Haben wir ...? Ich meine, Ihr und ich ...? Heute Nacht ...?« Rhona schluckte betreten das Gefühl herunter, das ihr den Hals zuschnüren wollte und sie holte tief Luft. Es war, als ob ein Felsen auf ihrer Brust liegen würde, der ihr die Kraft zum Atmen nahm.

Die Augen der Countess weiteten sich vor unterdrücktem Amüsement. Sie betrachtete Rhona, deren Wangen wie ein Leuchtfeuer glühten, mit einem seltsamen, rätselhaften Lächeln. Doch anstelle Rhonas Frage zu beantworten, die sie seit dem Erwachen unvermittelt quälte, wechselte ihr Schmunzeln zu einem besorgten Gesichtsausdruck und bestimmend stellte sie eine Gegenfrage. »Was ... ist ... passiert, Rhona?« Die Countess betonte leise jede einzelne Silbe in der Hoffnung, Rhona zum Reden zu bringen. Doch die betrachtete noch immer schweigend die dunklen Augen, die schwarzem Turmalin glichen und von einem Kranz dichter, langer Wimpern umgeben waren. Augen, in denen sie sich haltlos verlieren könnte.

»Nur eine kleine Auseinandersetzung. Nichts, worüber man sich Gedanken machen müsste.« Gleichgültig zuckte Rhona mit den Schultern und leckte sich nervös über ihre Lippen. Die Countess war ihr viel zu nah. Überdeutlich vernahm sie ihren betörenden Duft. Was würde wohl passieren, wenn sie sich einfach vorbeugen und ihr einen Kuss stehlen würde?

»Aber ich mache mir Gedanken um dich«, sprach die Countess in Rhonas geheime Phantasien hinein. »Du stehst schließlich unter meiner Verantwortung, wenn du in meinem Hause verweilst.« Lady Elizabeth strich mit ihrem Daumen über Rhonas Wunde und schüttelte unmerklich den Kopf. »Deine Mutter würde sich Sorgen machen, wenn sie dich so sehen würde«, flüsterte sie leise.

Rhona sah die Countess mit großen Augen an, bevor sie aufgebracht erklärte: »Mutter macht sich immer Sorgen um mich.« Eine tiefe Furche der Verbitterung grub sich zwischen ihre blonden Brauen.

»Und was wäre, wenn auch ich mich um dich sorgen würde?« Rhona kniff ihre Augen zusammen und sah sie misstrauisch an. Sie hatte das Gefühl, dass die Countess sie verspottete, doch ein Blick in ihre Augen ließ wirkliche Sorge erkennen, was Rhona ganz durcheinander brachte. Unerwartet stand Lady Elizabeth auf, ging zur Kammergarderobe und warf sich ihren Morgenmantel über das enganliegende Nachtgewand, das von ihren weiblichen Konturen in aufregender Weise mehr erkennen als erahnen ließ. Dieser Anblick verstörte Rhona noch mehr, da sie nun nebst ihres schlechten Gewissens auch noch das erwachende Verlangen in sich zu spüren begann. *Wie soll ich ihr bei diesem Anblick ernsthaft gegenübertreten*, fragte sich Rhona, als sie sich nun ebenfalls vom Bett erhob.

Aufgewühlt und sehnsüchtig sah sie der Countess hinterher, wie sie sich zur Fensterfront hinbewegte. Der seidene, rot gefärbte Morgenmantel hing ihr locker über die Schultern und ihre dunklen Haare waren vom Schlaf noch leicht zerzaust. Barfuss stand sie auf dem weichen Teppich und sah aus dem Fenster, während ihre schmalen Finger mit einer Vorhangskordel spielten. Rhonas Magen zog sich bei diesem Anblick schmerzhaft zusammen. Sie musste raus aus diesem Schlafgemach, sie musste aus Elizabeths Gegenwart fliehen, bevor sie etwas wirklich Dummes tun konnte.

Unmerklich schüttelte sie den Kopf, um den Gedanken zu verdrängen, als ihr das gefundene Familienportrait wieder einfiel. Sollte sie die Countess dazu befragen? Aber dann entschloss sie sich vorerst dagegen. Für dieses Unterfangen brauchte Rhona einen kühlen Kopf. Und den würde sie hier nicht mehr bekommen. »Wenn es Euch recht ist, werde ich mich zurückziehen.« Rhona sah fragend zu Lady Eliz-

abeth, die sich umgedreht hatte und ihr nun zustimmend zunickte. Mit dunkler Stimme murmelte die Countess etwas, als Rhonas Hand bereits auf dem Türgriff lag. Perplex drehte sie sich erneut zu Lady Elizabeth um und runzelte die Stirn. »Wie bitte?«
»Nein«, hauchte die Countess noch einmal, »... die Antwort auf deine Frage.«

⋅⋅⋅

Seit Stunden schon saß Sofie, oder Miranda, wie Callen sie nun nannte, völlig verstört vor dem Spiegeltisch und starrte in das blasse Gesicht vor ihr. Ihre rehbraunen Augen hatten jeglichen Glanz verloren. Stumm und traurig begutachtete sie ihr eigenes Spiegelbild.
Sofie kam sich selber so fremd vor. Ihre dunklen Haare lagen abgeschnitten vor ihr. Immer wieder fuhr sie sich mit weit gespreizten Fingern durch die einzelnen Strähnchen und schüttelte fassungslos den Kopf. Ihre langen, glatten Haare waren ihr Stolz gewesen, der Inbegriff ihrer Weiblichkeit, da ihr Körper eher knabenhaft, denn üppig geformt war. Jetzt, mit den kurzen Haaren, glich sie eher einem jungen Mann, wenngleich die weichen Gesichtzüge und der fehlende Bartwuchs verrieten, dass sie eine Frau war. Lucy hatte ganze Arbeit geleistet, ihr Äußeres zu verwandeln. Sofie war sich nicht einmal sicher, ob Lucy ihr richtiger Name war, oder auch nur ein Deckname unter dem sie ihre Rolle in Callens umtriebigen Machenschaften spielte. Sie hatten nicht viel mit einander gesprochen. Lucy kam und schnitt ihr, auf Callens Befehl hin, die Haare. Und ebenso lautlos, wie diese Frau gekommen war, hatte sie das Haus wieder verlassen. Seitdem saß Sofie vor dem Spiegel und haderte mit der Welt. Sie konnte einfach keinen Sinn in dieser Handlung sehen. Doch sie trauerte nicht nur um die, in ihren Augen, verlorene Schönheit. Es schien ihr, als

wäre mit dem abgeschnittenen Haar auch ein Stück ihrer Selbst verloren gegangen. Nichts war mehr so, wie Sofie es kannte. Noch nicht einmal sie selber. Und mit jedem Augenblick, der verstrich, wurde ihre Welt dunkler und trauriger. Sie spürte dieses dunkle Loch, in das sie hineinzufallen drohte, und konnte keine Kraft aufwenden, sich dagegen zu wehren. Selbst um zu weinen, fühlte Sofie sich zu schwach. Tapfer durchlebte sie ihre Erinnerungen seit ihrer Ankunft in Flemingstown, ohne zu ahnen, was noch auf sie zukommen könnte.

Obwohl Sofie nicht wusste, woher sie die Kraft nahm, raffte sie sich seufzend auf und sammelte die langen Strähnen ein, die sie vorsichtig in der Mitte zusammenband und in der mittleren Schublade unter dem Spiegeltisch verstaute. Mit einem Schulterzucken wischte sie ihre Trauer beiseite. »Wie närrisch, sich über verlorene Haare zu beklagen«, schalt sie sich leise. »Die werden ja wieder nachwachsen.«

Sofie warf einen letzten Blick in ihr fremdes Gesicht, bevor sie sich umwandte, um zu Bett zu gehen. Der Mond stand schon hell am dunklen Firmament, und der vergangene Tag hatte sie gänzlich in die mentale Erschöpfung getrieben. Etwas Schlaf würde ihr gut tun. Morgen würde die Welt sicherlich wieder besser aussehen. Einsam schmiegte sie sich in ihr kaltes Bett und dachte an glücklichere Zeiten zurück, als ihre große Liebe noch neben ihr lag und sie fest umarmt hielt. Mit geschlossenen Augen lächelte Sofie traurig in ihr Kopfkissen hinein. Wenn Rhona sie nur sehen könnte. Was sie wohl sagen würde? In gewisser Hinsicht, hatte sie jetzt sogar Ähnlichkeit mit der adeligen Lady. Sofie fragte sich, ob sie ihr mit den kurzen Haaren gefallen würde. Aber letztendlich war das egal, denn sie würde die junge Frau, der sie ihr Herz geschenkt hatte, nicht mehr wieder sehen. Nicht, dass Sofie es nicht wollte, aber seit sie auseinander gerissen worden waren, hatte sie nichts mehr von Rhona gehört. Und so würde es wohl auch in Zukunft bleiben.

»Miranda! Steh auf!« Durch das grobe Rütteln an ihrer Schulter wurde Sofie unsanft aus dem Schlaf gerissen. Verwirrt richtete sie sich auf und erschrak augenblicklich mit einem lauten Aufschrei, als sie den dunklen Schatten direkt vor sich wahrnahm. In Sekundenschnelle presste sich eine starke Hand auf ihren Mund und erstickte ihren ängstlichen Laut in der Dunkelheit.

»Sei ruhig und steh auf«, zischte die tiefe Stimme, die Sofie sofort unter tausenden Stimmen erkannt hätte. *Callen.* Sein Atem stank scharf nach dem Whisky, den er ständig in seiner silbernen Flasche mit sich herum trug, und ließ Sofie vor Abscheu erschauern. Wie war er nur in ihre Kammer gekommen? Sie hatte doch den Riegel an der Türinnenseite vorgeschoben, nachdem Lucy das Haus verlassen hatte. War sie denn nicht einmal nachts vor ihm sicher? Ein schneller Blick aus dem Fenster hinaus zu dem tief stehenden Mond ließ sie erahnen, dass sie nur ein paar wenige Stunden geschlafen hatte. Der Morgen fing noch nicht einmal an zu dämmern. Was wollte er nur von ihr? Glaubte er wirklich, sie würde so tief sinken und zu seiner Kurtisane werden, die er nach Gutdünken aufsuchen konnte? War ihm diese Lucy nicht mehr genug?

Mit zittrigen Händen entzündete Sofie die Kerzen, die am Nachtkästchen standen, und sah in Callens ungeduldiges Gesicht.

»Mach schon! Die Zeit drängt.« Unwirsch zog er ihr die warme Bettdecke weg und warf ein Bündel mit Kleidungsstücken auf sie. Mit den Worten »Zieh dich um!«, verließ Callen die Schlafkammer und machte es sich derweilen in der Wohnküche gemütlich.

Verwundert nahm Sofie das Bündel in die Hände und zog ein dunkelgrünes, traditionelles Gewand hervor. Auf der Brusttasche war ein goldenes Posthorn eingenäht, dass den Träger als offiziellen Boten kennzeichnete. Das helle Hemd, Wams und Hose schienen geradezu für sie geschneidert worden zu sein, sie passten wie angegossen. Der

Schnitt war eng anliegend, doch weit genug, um sich bequem darin bewegen zu können. Und als sie sich vor dem Spiegel drehte und wendete, um sich von allen Seiten zu betrachten, entfachte der Anblick einen Hauch von Erregung in ihr, der sich von ihrer Mitte in alle Richtungen ihres Körpers ausbreitete. Sie hatte nicht gewusst, wie sinnlich sich solch eine Gewandung anfühlen konnte, und endlich verstand sie warum Rhona sich gegen den Willen ihrer Mutter in Männergewänder kleidete.

Der feste, wollene Umhang war für ihre zierlichen Schultern etwas zu weit geraten, aber das machte Sofie nichts aus. Ganz in ihren Anblick versunken, vergaß sie sogar die Frage nach dem Grund der Verkleidung, bis Callens verärgertes Klopfen an der Tür erklang und sie aus ihren Gedanken riss. Ungehalten öffnete er die Tür und trat in ihre Kammer.

Als er Sofie in ihrer prächtigen Verkleidung vor sich stehend sah, blieb er wie angewurzelt stehen. Schlagartig schlug seine ewige Gereiztheit in grenzenlose Begeisterung um.

»Hervorragend! Besser, als ich es mir vorgestellt hatte.«

Erstaunt packte er Sofie an den Schultern und drehte sie herum, um sie von allen Seiten mustern zu können. Bedeutungsvoll sah er ihr in die Augen, bevor er ihren Auftrag offen legte: »Hör zu, Miranda«, brummte er mit tiefer Stimme, um Sofies ganze Aufmerksamkeit zu erlangen.

»Dieser Auftrag ist von höchster Wichtigkeit. Wenn du ihn gut erfüllst, stelle ich dich von allen anderen Aufgaben frei und du kannst unbehelligt hier in Flemingstown verweilen. Frei von jeglichen Verpflichtungen mir gegenüber.«

Überrascht zog Sofie ihre Augenbrauen in die Höhe und schluckte die Anspannung herunter. Mit Erfüllung dieses Auftrags könnte sie sich also ihre Freiheit zurückholen. Gespannt hörte sie Callens Worten zu, und versuchte, sich alles bis ins kleinste Detail einzuprägen. Sie wusste, dass ihr, um ihrer Zukunft willen, kein Fehler unterlaufen durfte.

»Kannst du dir die Losung merken?«

Sofie nickte und wiederholte leise, die ihr genannten Worte. Die Parole war kurz und einfach, auch wenn Sofie ihre Bedeutung nicht verstehen konnte.

»Falls dich jemand aufhalten sollte, zeigst du ihm diesen Ring.«

Ohne zu zögern griff sich Callen in seine Westentasche und zog einen goldenen Siegelring hervor, den er in Sofies Hände legte. Neugierig betrachtete sie den Ring und wunderte sich über den filigranen Fuchs der in die glatte Oberfläche geprägt worden war. »Was bedeutet dieser Fuchs? Und wem gehört dieser Ring?«, fragte sie, doch anstatt eine Antwort auf ihre Fragen zu geben, holte Callen aus und schlug Sofie wütend ins Gesicht. »Deine Aufgabe ist es, mir zu gehorchen und keine dummen Fragen zu stellen. Und nun los! Die Zeit drängt. Erinnere dich an das, was ich dir gesagt habe.«

Sofie rieb sich mit tränenden Augen ihre Wange und machte sich wortlos auf, das Haus zu verlassen, als Callens dunkle Stimme aus dem Hintergrund ertönte: »Miranda – wenn du versagst, ist dein Leben verwirkt!«

ೞ✣ಌ

Grübelnd lief Rhona in der Bibliothek auf und ab. Sie fand einfach nicht die Muße, sich ihren Studien zu widmen. Ihre Gedanken kreisten um das vorangegangene Gespräch mit Lady Elizabeth. Welchen Grund mochte es geben, dass sich die Countess so um sie sorgte? Und wieso war da dieser bedenkliche Unterton in ihrer Stimme? Rhona wusste wohl, dass ihr zeitweise unbändiges Verhalten die Countess amüsierte, doch mehr konnte sie ihr gegenüber doch wohl kaum empfinden. Davon war Rhona felsenfest überzeugt. Sie war eben nur die aufsässige Tochter ihrer engen Freundin. Gleich, wie sehr sie sich das Hirn zermarterte, sie fand einfach keine Antworten. Auch trug die Entdeckung ihrer neu gewonnenen Gefühle zu der Countess nicht gerade zur Entspannung bei. Wie sehr sie sich auch zu konzentrieren versuchte, letztendlich ertappte sie sich dabei, wie sie sich immer wieder den Zauber der dunklen Augen, das geheimnisvolle Lächeln und den unverwechselbaren, verführerischen Duft der Lady in Erinnerung rief. Nervös drehte Rhona weiterhin ihre Runden vom Fenster hinüber zum Kamin und wieder zurück. Und abermals streifte ihr Blick die Mappe, die sie in der Nacht durch Zufall entdeckt hatte.

Joanne hatte gründliche Arbeit geleistet, die Bibliothek wieder aufzuräumen. Die einzelnen Blätter und Dokumente, die Rhona zur besseren Übersicht auf dem Boden ausgebreitet hatte, lagen sorgfältig gestapelt auf dem Sekretär; die leere Portweinflasche und die Brotkrümel waren verschwunden; der Kamin flackerte selig vor sich hin und ihre Stiefel, die sie unachtsam im Raum verstreut liegen gelassen hatte, standen akkurat neben der gepolsterten Sitzgruppe.

Ohne anzuklopfen, betrat Lady Elizabeth die Bibliothek und schloss lautlos die Tür hinter sich. Süffisant sah sie auf Rhonas nackte Füße und räusperte sich leise. Auch jetzt sah die Lady wieder umwerfend anmutig in ihrem blassgelben Kleid aus reiner Atlasseide aus. Der Farbton brachte ihren dunklen Teint perfekt zur Geltung. Passend zum Kleid trug sie ein goldenes Kollier, in dem blutrote Perlen eingefasst waren. Ihre dunklen Haare ließ sie offen und wild über ihre Schultern fallen. Erstaunt betrachtete Rhona die eindrucksvolle Erscheinung, die bedächtig auf sie zuschritt und mit verhaltenem Schmunzeln die Hand unter Rhonas Kinn legte, um deren offenen Mund zu schließen, bevor sie weiter zur hellen Fensterseite hinüberschritt. Eine kurze

Weile herrschte ein entspanntes Schweigen, und die Countess beobachtete interessiert das Schneetreiben durch das Fenster, als ihr Blick zu Rhonas Stiefeln wechselte. »Ich hoffe, du hast festeres Schuhwerk bei deinem Onkel. Diese Stiefel werden innerhalb weniger Augenblicke durchnässt sein. Du könntest dir den Tod holen.«

Rhona blinzelte verwirrt zu ihrem Schuhwerk, dann wieder zu Elizabeth, die sich umgehend ihr zuwandte. Leger lehnte sie sich an den Sekretär neben ihr und Rhona fragte sich, ob die Countess einzig wegen ihrer Stiefel gekommen wäre. Und als ob sie ihre Gedanken gelesen hätte, fuhr Lady Elizabeth fort, ihr eigentliches Anliegen zu äußern. »Ich habe mich gefragt, ob du mir die Freude machen würdest, mich zum Neujahrsball zu begleiten.« Ihre Augen funkelten vor Neugier und gespannt wartete sie auf eine Reaktion von Rhona, die jedoch noch immer reglos dastand und keine Antwort hervorbrachte.

»Ende des Jahres werde ich in meinem Stadthaus einen Ball geben.« Lady Elizabeth schnaufte leicht verärgert. »Wie es die Pflicht verlangt, werden alle hohen Herren und Damen des Counties geladen sein. Aber vielleicht kann ich das neue Jahr dieses Mal ja auch mit einem wirklich erwünschten Gast begrüßen?«

Bei dem Gedanken an einen Ball sanken Rhonas Schultern herunter und die Erinnerungen an vergangene Feierlichkeiten im Hause McLeod drangen in ihr Bewusstsein. Sie dachte an ihre aufgeregte Mutter, die gekünstelten Konversationen und vor allem an die furchtbaren Kleider, in denen sie sich präsentieren musste. Vor allem letzteres nahm ihr jegliche Freude, die man auf einem Ball haben könnte.

»Muss ich ein Kleid tragen?« Rhona verzog angewidert das Gesicht, während die Countess herzhaft auflachte. »Oh Rhona, Liebes, du bist unvergleichlich. Wie werde ich jeden Moment mit dir genießen.« Nach Luft ringend wischte sie sich die Lachtränen aus den Augen, während Rhona sich merklich entspannte.

»Wir werden demnächst nach Wexford fahren und in der Stadt eine passende Gewandung für dich schneidern lassen. Also, wirst du mich begleiten?« Das Funkeln in Lady Elizabeths Augen verriet, dass dies keine Frage war – viel mehr eine versteckte Erwartung, die nicht unerfüllt bleiben sollte. »Es wäre mir eine Freude, M'Lady.« Rhona verbeugte sich elegant und sah die Countess mit einem strahlenden Lachen an, bevor ihr Blick wieder auf die gebundene Mappe auf dem Sekretär fiel. »Lady Elizabeth ...«, und wieder zögerte sie, ihre Gedanken laut auszusprechen. Zaghaft zog sie das Portrait aus der Mappe und reichte es der Countess, die Rhona mit Spannung ansah. »Könnt Ihr mir das erklären? Wer ist diese Caîthlin, von der jeder spricht? Oder besser gesagt, von der jeder schweigt?«

Die Pupillen der Countess verengten sich schlagartig, als sie das Dokument erkannte. Rhona konnte deutlich spüren, wie die entspannte Situation zu kippen drohte. »Bitte – Lady Elizabeth. Sagt es mir!« Rhonas Stimme bat eindringlich.

Schweigend sah sich Elizabeth das Bildnis an. Mit einem wehmütigen Zug um die Lippen wanderte ihr Blick von ihr selbst als Kind zu ihrer Mutter und dann zu der anderen jungen Frau. Zärtlich ließ sie ihren Finger über Elinors Gesicht gleiten. Rhona beobachtete die Countess interessiert, aber auch mit einer Spur von Ungeduld. Sie brannte darauf zu erfahren, welche Geschichte sich hinter dem Portrait verbarg. Vielleicht war es ein weiteres Puzzleteil, das sie dem großen Ganzen ein gutes Stück näher brachte. Doch anstatt die Geschichte zu offenbaren, drückte die Countess das Papier eng an ihr Herz und schloss ihre Augen. »Nur eine Kindheitserinnerung. Nicht mehr und nicht weniger«, murmelte Lady Elizabeth verschlossen, über Rhonas derbe Enttäuschung hinwegsehend. Behutsam legte sie das Portrait in die Mappe zurück, verstaute diese im unteren Fach des Sekretärs und machte sich auf, die Bibliothek zu verlassen.

☙❧

Unsicher stand Sofie am Eingang eines kleinen Raumes. Nach außen hin war er als schiefes Bauernhaus getarnt. Vielleicht hatte es wirklich einmal den Zweck gehabt, einer Bauernfamilie ein Zuhause zu geben, doch diese Zeiten waren wohl längst vorbei. Schon seit längerem schien es den Freiheitskämpfern als Hauptquartier zu dienen. Ein geheimer Treffpunkt. Sofie war, ohne eine Rast einzulegen, fast vier Stunden geritten, um zu diesem Treffpunkt zu gelangen.

Folge dem Barrow-River gen Norden, hatte Callen ihr aufgetragen. *Am Grenzpunkt von den Grafschaften Kilkenny, Wexford und Carlow wirst du einen kleinen Wald erreichen. In den Marshmeadows wird jemand auf dich warten, der dich weiter führen wird.*

Der junge Führer hatte nur wenige Worte mit ihr gewechselt. Nachdem er sich vergewissert hatte, wer Sofie war und was sie wollte, waren sie die letzten Meilen zusammen geritten. Und als beide schließlich bei der Kate angekommen waren, hatte bereits der Morgen gedämmert.

Die Oberhäupter der Clans, die sich noch immer aktiv am politischen Geschehen beteiligten und sich gegen das Joch der Unterdrückung auflehnten, versammeln sich mindestens zweimal im Monat und beraten sich über die aktuellen Geschehnisse. So hatte es ihr Callen jedenfalls erklärt.

Der Raum, in dem sich Sofie befand, hatte früher vermutlich als Wohnküche gedient. Noch immer lagen Haushaltsutensilien verstreut herum, auf denen sich der Staub der Zeit angesammelt hatte. Der völlig verrußte Herd wurde aber nun weniger zum Kochen, als zum Warmhalten des Raums genutzt.

Überall hatte man dicke Kerzen aufgestellt, die den Treffpunkt erhellten. Die wenigen Fenster waren blind. Sofie konnte erkennen, dass diese mit einer Art Paste verdunkelt worden waren, so dass niemand von draußen hineinspähen konnte. Eine weitere Tür führte aus dem Raum hinaus. *Wahrscheinlich eine Fluchttür,* dachte Sofie. So gesehen war die kleine Bauernkate den Umständen entsprechend gut präpariert. In der Mitte war ein kleiner Holztisch platziert, auf dem eine Unmenge an Karten und Plänen ausgebreitet lagen. Auf ihnen standen ein paar benutzte Gläser, die verhinderten, dass sich die Karten wieder zusammenrollten. Ein süßlich-scharfer Geruch lag in der Luft, den Sofie dem typischen irischen Whiskey zuordnen konnte, den Callen immer bei sich trug.

Angewidert rümpfte sie die Nase und versuchte das wilde Pulsieren in ihrer Halsschlagader zu ignorieren. Sie hoffte, dass keiner der Männer, die hier im Raum verteilt saßen und sie immer wieder mit Argusaugen beobachteten, Verdacht schöpfen würden. Sofie hielt sich mit Absicht nah an der Tür auf, damit sie im Zweifelsfalle schnell fliehen konnte, obwohl sie ihre Überlebenschancen als sehr gering einstufte, falls man sie durchschauen würde.

»Ist mir neu, dass der Auftraggeber jetzt einen Boten schickt. Warum kommt er nicht selber?«, fragte der Älteste der Männer scharf mit einer Spur Misstrauen in seiner Stimme.

Konzentriert versuchte Sofie ihren Atem zu kontrollieren und ihre Nervosität zu verstecken, als sie gleichgültig mit ihren Schultern zuckte. »Er hat eben viel zu tun. Deswegen wurde ich ja entsendet«, wiederholte sie die ihr von Callen eingetrichterten Worte. »Und nicht umsonst habe ich sein Erkennungszeichen bei mir«, setzte sie provokant nach und holte den Siegelring mit dem Fuchs hervor. Aufmerksam betrachtete sie jedes der acht Gesichter vor ihr. Der Jüngste, ihr Führer, schien erst Anfang zwanzig zu sein, während der Älteste um die fünfzig sein musste. Sie waren bäuerlich gekleidet, dennoch sauber und ordentlich. An ihren Hemdkrägen oder Westen konnte Sofie eine kleine rote Pfote erkennen. Sie waren dezent auf der Kleidung angebracht, nicht offensichtlich, aber Sofie hatte einen Blick für verborgene Details entwickelt. Und im Gegensatz zu den normalen Bauern oder Handwerksleuten, die sie gesehen hatte, machten diese hier einen sehr gepflegten Eindruck. Auch die Bärte der Männer waren tadellos gestutzt. Die Gesichter waren von Falten gezeichnet. Bei dem Einen waren es mehr Lachfalten, bei einigen Anderen hingegen hatten die Sorgen Kerben ins Antlitz geschlagen.

Sie musste sich alle Gesichter einprägen und, wenn es ging, sogar noch ihre Namen erfahren, was sich jedoch als schwierig herausstellte, da bis jetzt niemand direkt mit Namen angesprochen wurde. Der eigentliche Anführer des Treffens, nachdem Sofie Ausschau halten sollte, war nicht zugegen. Alle Anwesenden, wenn auch entschlossene Männer, waren um einiges jünger als der wahre Kopf der geheimen Rebellen.

»Nichts für ungut, Kleine. Es sind gefährliche Zeiten. Zu eiliges Vertrauen bedeutet den Strick um unseren Hals.« Der Redesführer winkte ihr mit einer legeren Handbewegung zu und fragte sie dann nach ihrer Botschaft, zu deren Übermittlung sie gekommen war.

Sofie schluckte kurz. Die Aufforderung hatte sie für den Bruchteil eines Augenblickes schockiert. Vor Schreck zuckte Sofie unmerklich zusammen, als sie registrierte, dass der momentane Kopf des Treffens sie stumm und erwartungsvoll musterte.

Schnell korrigierte sie ihre lockere Haltung, umklammerte mit festem Griff ihren silbernen Glücksbringer, den sie in ihrer Jackentasche verstaut hatte, und schloss ihre Augen. Sie rief sich die Botschaft aus ihrer Erinnerung zurück und wiederholte mit tiefer und langsamer Stimme die Parole, die sie hatte lernen müssen: »Die Rotkehlchen wecken den frühen Morgen, noch bevor die Füchse den Bau verlassen. Es ist ein schönes, aber das kürzeste Lied, das sie singen.« Sofie rätselte, was diese Botschaft bedeuten könnte. Es klang mehr nach einer Bauernweisheit, als nach einem Code. *Aber das sollte wohl auch der Sinn sein*, schlussfolgerte sie im Geheimen und grübelte über die weitere Bedeutung nach. *Die Rotkehlchen beginnen etwa eine Stunde vor Sonnenaufgang mit ihrem Gesang. Aber welche Bedeutung hat das kürzeste Lied? Die Rebellen sind definitiv die Füchse. Das ist unschwer von ihrem Erkennungszeichen abzuleiten. Doch wer sind wohl die Rotkehlchen? Und was wird passieren, wenn die Füchse den Bau verlassen?*

Der Rede führende überlegte einen kurzen Moment, ließ seine Blicke entschieden über seine Gefolgschaft gleiten und wählte mehrere von ihnen mit einem Kopfnicken aus: »Nun, dann ist alles geklärt. Leander, sattle dein Pferd und reite zu Walther. Connor, reite nach Westen und halte dich an die Anweisungen. Warte solange am Stützpunkt, bis weitere Nachrichten folgen. Kieran, du wirst mit mir kommen. Ihr anderen werdet hier die Stellung beziehen.«

Interessiert beobachtete Sofie das rege Geschehen, als alle Angesprochenen aufsprangen und sich für ihre Mission fertig machten und saugte die Namen auf wie ein trockenes Löschpapier. Bedauerlicherweise würden die Träger genau jener Namen, die eben gefallen waren, den kommenden Vollmond nicht mehr erleben. Und zu ihrem Verdruss würde sie die Schuldige sein, die das Vorhaben der Füchse, das Land von habgierigen, korrupten Männern zu säubern, vereitelt hatte. Mehr als einmal hatte sie sich vorgestellt, eine Heldin im Kampf für das Gute zu sein. Und gegen die Unterdrückung und die Ungerechtigkeit im Lande anzufechten. Nun spielte sie tatsächlich eine tragende Rolle in Kampf zwischen dem englischen Adel und dem einfachen Bürgertum. Nur stand sie auf der völlig verkehrten Seite. Sie war keine Heldin. Sie war die Verräterin ihres eigenen Volkes. Und dieses Wissen schmeckte bitter.

7

ENTHÜLLUNGEN

WENN DER VORHANG FÄLLT

Obwohl der frisch gefallene Tiefschnee ihr Vorankommen behinderte, rannte Rhona gekränkt die wenigen Meilen zurück ins Pfarrhaus. Die kalte Luft presste ihr den Atem aus den Lungen und trieb ihr Tränen in die Augen. Sie spürte ihr Herz im Stakkato schlagen und doch konnte sie nicht aufhören, immer weiter zu laufen. Ihre Füße glichen vom Gefühl her den Eisklumpen, über die sie hetzte.

Die Countess hatte Recht behalten. Ihre Stiefel taugten nicht für die winterliche Jahreszeit. Aber das war ihr vollkommen gleichgültig. Von einem inneren Dämon angetrieben, setzte sie hastig einen Fuß vor den anderen, bis sie das kleine Pfarrhaus inmitten Cromwellsforts sehen konnte.

Ohne auf ihre Verwandtschaft zu achten, riss sie die Tür auf, eilte am Salon vorbei und rannte in ihre und Margarets Kammer. Mit einem lauten Krachen schlug sie wütend die Tür zu, so dass Isabelle und Margaret, die sich im Salon aufhielten, zusammenzuckten und fassungslos ansahen.

»Was ist nur mit ihr los?« Geoffrey legte seine Zeitung, in der er die politischen Unruhen im Lande studierte, zur Seite und schüttelte nachdenklich den Kopf. »Hoffentlich wirst du dir nie diese Unart zu Eigen machen.«

Margaret legte ihr Stickzeug beiseite und sah empört zu ihrem Vater, der sich energisch abwandte, um nach Rhona zu sehen. »Vater, warte! Ich werde mich um sie kümmern.«

Geoffrey sah zu seiner Frau, die zustimmend nickte, und ließ Margaret den Vortritt. Isabelle wusste, dass allein sie zu Rhona vordringen konnte und das Geoffrey nicht so ein feines Gespür für Gefühlsangelegenheiten hatte wie ihre gemeinsame Tochter.

Behutsam klopfte Margaret an ihre Zimmertür, bevor sie eintrat, und beobachtete Rhona, die wie ein gefangenes Tier ihre Bahnen in dem kleinen Raum zog. Wild und unzähmbar, so schien es Margaret jedenfalls. Am Bett konnte sie eine Tasche erkennen, in die Rhona immer wieder wahllos Kleidung und anderes Zeug hineinstopfte.

»Du willst weggehen?«, fragte Margaret traurig. »Was ist mit unserem Schwur? Außerdem habe ich ein Rätsel lösen können, als du im Herrenhaus gewesen bist.«

Abrupt hielt Rhona inne, und sah Margaret mit großen Augen an.

»Heute Nacht bin ich heimlich in Vaters Schreibkammer gewesen. Ich fand, versteckt zwischen seinen Unterlagen, eine alte Familienurkunde, die besagt, dass Caîthlin die älteste Schwester der Maguires, also unser beider Tante ist.«

Rhona schluckte und setzte sich auf die Bettkante. Das waren Neuigkeiten, die es zu überdenken galt. Ihre Tante also. Sie hatte es bereits vermutet. Richtig sicher war sie sich allerdings nicht gewesen. Aber das wenige Licht im Dunkel des Geheimnisses warf nur noch mehr Fragen auf, die beantwortet werden wollten. Wie sollten sie die nächste Spur finden? Wo könnten sie ansetzen?

»Bitte bleib doch!« Margarets Bitte glich einem heiseren Flehen, das voller Verzweiflung war. Augenblicklich beruhigte Rhona sich und nahm Margaret fest in die Arme. »Es tut mir leid, Mag. Aber ich kann nicht«, murmelte sie leise.

»Was meinst du?«

»All die Geheimnisse, das Schweigen – die Vorwürfe. Denkst du, ich sehe nicht Onkels Geoffreys Blicke? Wie er sich das Hirn zermartert, um mich wieder auf den rechten Weg zu bringen? Aber ich bin nicht sein verlorenes Schaf. Und ich bin nun mal so, wie ich bin. Nur kann es keiner akzeptieren. Weil irgendwann einmal irgendetwas passiert ist, was aber absolut nichts mit mir zu tun hat. Aber aus irgendeinem Grund scheine ich die Vergangenheit wieder zurückzuholen und verletze damit Menschen, die mir am Herzen liegen. Dabei will ich doch nur ich selber sein. Ist denn das zuviel verlangt?« Rhonas Stimme wurde mit jedem Wort immer lauter und energischer. Margaret nickte verständnisvoll und wischte sich ihre Tränen mit dem Ärmel fort.

»Aber weißt du, was das Schlimmste ist? Dass sie mich mit ihrem Schweigen und den stillen Vorwürfen verletzen und kränken. Ich weiß nicht, was ich falsch mache. Es ist besser so, wenn ich fort bin. Dann kann die Vergangenheit endlich ruhen.« Rhona löste sich aus der Umarmung und sah Margaret an. »Vielleicht werde ich auf meiner Reise ins Nirgendwo einen liebevollen Mann kennenlernen, dem ich dann von dir erzählen kann. Und wenn er vor Neugierde brennt, dich kennenzulernen, werde ich ihn zu dir führen. Dann kannst du den kleinen Janeys und Rorys von ihrer Großcousine erzählen, die mutig in die Welt zog, um ihr Glück zu finden.«

Margaret lachte bitter unter Tränen auf und drückte ihre Cousine fest an sich. »Vergiss mich nicht – versprich es.«

Rhona nickte sacht, löste sich aus Margarets Armen und prüfte, ob ihre ledernen Winterstiefel, die sie aus ihrer Truhe gezogen hatte, noch gut und fest saßen. »Pass auf dich auf, kleine Schwester.« Mit einem wehmütigen Lächeln befestigte sie ihren Degen am Hosenbund, schulterte ihre Tasche und verließ den kleinen Raum. Als Rhona die Treppe hinunter ging, sah sie ihren Oheim schon vor der Eingangstür stehen. Fest an das Holz gelehnt, blockierte er den Ausgang und sah sie eindringlich an. »Du willst gehen?«, fragte er ruhig. »Was ist eigentlich mit dir los, Rhona? Du kommst über Nacht nicht nach Hause, überlässt uns unseren Sorgen und schaust aus, als kämest du aus einem Gassenkampf. Wo willst du hin?«

Kraftlos winkte sie ihrem Onkel kurz zu und ging weiter die Stufen hinunter. »Ich werde euch allen keine weiteren Sorgen bereiten. Schreib Mutter, was du möchtest. Aber ich gehe fort. Ich habe weder hier noch dort ein Zuhause. Man spürt, ob man willkommen ist oder nicht. Also lass mich gehen.«

Doch Geoffrey bewegte sich keinen Millimeter zur Seite. Noch immer versperrte er mit seinem hoch gewachsenen Körper den Ausgang – erst recht, als sie versuchte, ihn wütend fort zuschieben. Mit einem Handgriff zog er Rhona in seine Arme, die sodann wild und ungestüm versuchte, sich aus seinem festen Griff zu lösen. Aber weder das heftige Strampeln mit den Füßen, noch das Boxen gegen Geoffreys Brust eröffneten ihr den Weg in die Freiheit. Resigniert ließ sie geschehen, dass ihr Oheim sie in den Salon hievte, in dem Isabelle und – zu Rhonas vollkommener Überraschung – auch die Countess auf sie warteten. Erschrocken sah sie in die einzelnen Gesichter. Als letztes blieb ihr Blick an Lady Elizabeths traurigen Augen hängen, die nun leise das Wort ergriff. »Du tust uns unrecht, Rhona. Du bist uns sehr willkommen. Bei deiner Familie und auch bei mir im Haus.«

Geoffrey nickte der Countess zustimmend zu, bevor er das Wort ergriff: »Und ich versuche auch nicht, dich wieder gerade zu biegen, wie du vermutest, sondern dir ein Stück Freiheit zurückzugeben.« Ungläubig schüttelte er den Kopf und fuhr sich dann seufzend mit beiden Händen durch sein langes Haar. »Warum denkst du, bist du

hier und nicht im Kloster, wie deine Mutter es zuerst geplant hatte?«
»Ihr habt mich belauscht?«, fragte Rhona entrüstet. Misstrauisch und feindselig sah sie in die Gesichter aller Anwesenden.
»Nein, Rhona. Aber deine Vorwürfe hast du nicht gerade diskret geäußert«, erwiderte Isabelle bedrückt. Langsam erhob sie sich vom Kanapee und kam direkt auf Rhona zu, die sich angestrengt die Schläfen rieb. Diese Situation zerrte an ihren Nerven.
»Du bist so starrköpfig. Warum fragst du uns nicht einfach?« Vorsichtig nahm Isabelle ihre Nichte in die Arme und strich ihr liebevoll über den Kopf. Hin und hergerissen, ließ sich Rhona für einen Augenblick die innige Zärtlichkeit gefallen, bevor sie sich aufgebracht aus den Armen ihrer Tante riss und anklagend in die Runde sah. »Weil ich auf meine Fragen nur betretenes Schweigen ernte. Oder könnt ihr mir vielleicht jetzt sagen, was es mit Mutters eisigem Verhalten mir gegenüber auf sich hat? Und warum spricht niemand über Tante Caîthlin?«
Besonders das Wort Tante betonte Rhona mit eisernem Nachdruck. »Was ist mit ihr passiert? Und was hat das mit mir zu tun? Was meinte Mutter damit, als sie sagte, dass sich die Zeiten nicht ändern werden? Warum ist es so schwer zu akzeptieren, dass ich niemanden heiraten will, den ich nicht kenne? Und vor allem nicht liebe?« All die aufgestaute Wut brach nun aus Rhona heraus. Mit verschränkten Armen stand sie in der Mitte des Salons und forderte vehement Rechenschaft für all ihre unbeantworteten Fragen.
Endlich erhob sich auch die Countess und strich sich eine Strähne aus dem Gesicht. »Das sind viele Fragen.« Bekümmert starrte sie auf einen unbestimmten Punkt und mit Schrecken konnte Rhona sehen, wie die Gespenster der Vergangenheit wieder erwachten. Unschlüssig sah Lady Elizabeth zu Geoffrey und Isabelle, die einander wissend zunickten. Geoffrey räusperte sich geknickt und fuhr sich mit der

Hand über sein Kinn. »Ich denke, wir alle sollten das Schweigen endlich brechen und der Vergangenheit Frieden schenken.« Mitfühlend legte er seine Hand auf Rhonas Schulter und schob sie aus dem Raum. »Sei so gut, hole Margaret. Auch sie hat es verdient, die ganze Wahrheit zu kennen.«

»Es war im Frühjahr 1782, ein Jahr vor meiner Geburt, als sich meine Mutter und die ältere Schwester deiner Mutter zum ersten Mal trafen.« Die Countess holte tief Luft und schloss ihre Augen, als sie die geheimnisumwobene Familiengeschichte zu erzählen begann. Rhona setzte sich vor ihr auf den Boden und schwieg gespannt. Endlich. Endlich würde sie die ganze Wahrheit über die Vergangenheit erfahren, die so eng mit ihrer Gegenwart und Zukunft verflochten war. Endlich würde sie verstehen können. Und endlich war sie nicht mehr machtlos, was ihre eigene Gegenwart betraf. Aufgeregt hielt sie Margarets Hand, die sich lautlos neben sie gesetzt hatte.

Mit leiser Stimme fuhr die Countess fort: »Deine Tante lernte meine Mutter auf einen Ball vom befreundeten Landadel kennen, und beide verliebten sich ineinander. Sie nutzten jede Möglichkeit, sich zu treffen und ihre junge Liebe zu erkunden. Doch wie das Leben meistens so spielt, riss das Schicksal die Liebenden nach viel zu kurzer Zeit wieder auseinander. Sir James, der Vater meiner Mutter, zwang sie, einen vermögenden und dem Hochadel angehörenden Lord zu ehelichen. Es war mein Vater, Lord Gavin, und im darauffolgenden Frühjahr schenkte sie ihm eine Tochter. Doch konnte Elinor ihre große Liebe nicht vergessen. Tag für Tag verzehrte sie sich nach Caîthlins Nähe, und eines Tages fasste sie den Mut, um nach deiner Tante suchen zu lassen. Und auch Caîthlin begab sich auf die Suche nach dem neuen Aufenthaltsort meiner Mutter. Sie trafen sich heimlich und schmiedeten lange Zeit Pläne, wie Caîthlin ihre Geliebte aus deren goldenen Käfig befreien konnte. Im Winter 1785, Lord Gavin befand sich wieder einmal auf Geschäftsreise, flüchteten beide zusammen mit ihrem kleinen Mädchen im Arm in das weit entfernte Landhaus der Maguires. Da sie wussten, dass man sie auch dort irgendwann suchen würde, flohen sie von Stadt zu Stadt durch ganz Irland. Auch wenn das Leben von Flucht, ständiger Vorsicht und Angst geprägt war, verbrachten die drei ihre schönste Zeit miteinander. Nie zuvor hatten sie sich lebendiger und freier gefühlt als in den Zeiten der aufrichtigen Liebe zu einander. Doch das gemeinsame Glück sollte nicht ewig währen.«

Rhona merkte, wie die sonst sinnliche Stimme der Countess monoton und zittrig wurde. Es musste ihr schwer fallen, diese Geschichte zu erzählen. Und einen Moment lang schwankten Rhonas Gefühle zwischen Reue, alte Wunden aufzubrechen und dem Drang, endlich das Band der Wahrheit zu erkennen, das alle miteinander verknüpfte.

Lady Elizabeth holte tief Luft und rieb sich gedankenversunken am Kinn, bevor sie weiter sprach: »Man erzählte, dass mein Vater – Lord Gavin – ein junger, jähzorniger Mann war. Herrisch und ungestüm. Er erbte den Titel *Count* von seinem Vater und war fast täglich auf kleineren Reisen, um Geschäfte zu machen. All die Zeit hatte er meine Mutter vernachlässigt und sich ihr selbst überlassen. Sie war nicht mehr als ein weiteres Artefakt in seiner opulenten Schmucksammlung. Und lange Zeit fragte ich mich, warum er Mutter geheiratet hatte. Vermögen und Ansehen schieden als Gründe aus. Er kam und ging, wie es ihm gefiel. Selbst mir schenkte er kaum Beachtung. Ich kann mich nicht mal an sein Gesicht erinnern. Heute weiß ich, dass er sich einen Knaben gewünscht hatte. In seinen Augen hatte ich keinen Wert. Jedenfalls setzte sich Gavin unermüdlich an die Verfolgung seiner verfemten Gattin und ihrer Geliebten und fand schließlich beide in Dublin, wo sie nach Frankreich übersetzen wollten, um ein neues Leben zu beginnen. Noch bevor das Schiff auslaufen konnte, zerrte er meine Mutter und mich in das Stadthaus zurück, in dem er residierte, und misshandelte sie in seiner unzähmbaren Wut. Es war sein Recht mit Elinor, als geächtete Frau, zu verfahren, wie es ihm beliebte. Noch in derselben Nacht erlag sie ihren Verletzungen, während ich dem ganzen Martyrium beiwohnen musste.«

Rhona biss sich vor Entsetzen fest auf ihre Unterlippe und spürte den Schmerz, der durch ihren ganzen Körper zuckte. Doch dieser Schmerz war nichts im Vergleich zu dem, was die Countess fühlen musste, die ihr Martyrium erneut durchlitt. Schuldbewusst drückte sie fest die Hand Margarets, die stumm neben ihr weinte. Rhona konnte einfach nicht begreifen, dass es tatsächlich Menschen gab, die zu solchen Handlungen fähig sein konnten. Und die Countess so zu sehen, in sich zusammengesunken auf dem Kanapee, mit leeren Augen, die einen unbestimmten Punkt fixierten und den unsagbaren Kummer stumm in die Welt hinaus schrien, ließ ihr Herz auf nie gekannte Weise schmerzen. Sie rang mit sich, aufzustehen und die Countess in den Arm zu nehmen. Wie gerne wollte sie ihr zuflüstern, dass sie für sie da wäre, sie vor jeglichem Kummer beschützen würde. Doch ihre Glieder schienen zu Stein erstarrt. Unfähig, auch nur einen Muskel zu bewegen, starrte sie weiterhin in Lady Elizabeths Augen, die vor ungeweinten Tränen leicht glänzten.

»Caîthlin, blind vor verzweifelter Raserei, stürmte im Alleingang das Haus und streckte Lord Gavin mit einer Steinschlosspistole nieder. Ich kann mich noch genau an jenen Moment erinnern, als sie mich aus dem Raum fort trug und unter Tränen mit Küssen überschüttete. Sie hätte mich mit sich nehmen, in ein anderes Land reisen und ein neues Leben anfangen können. Doch Caîthlin trug mich nur in einen anderen Raum, wiegte mich ein letztes Mal in ihren Armen und brachte mich zu Bett, bevor sie dann zu meiner Mutter zurückkehrte und sich selbst erschoss. Ihr blieb keine andere Wahl. Nach dem öffentlichen Recht wäre sie als Gavins Mörderin dem Tode geweiht, mit oder ohne gerichtliche Verhandlung. Ich denke, sie konnte und wollte nicht ohne meine Mutter weiterleben. Ihr Dasein hatte mit Elinors Tod ihren Sinn verloren.«

Im Salon herrschte bedrücktes Schweigen. Die Countess hatte ihre Geschichte so bildhaft erzählt, dass Rhona die damalige Atmosphäre der Tragödie förmlich am eigenen Leib spüren konnte. Was war ihr Leid schon gegen das, was die Countess in frühen Jahren erleben musste?

»Kann man einfach so weiter machen«, fuhr die Countess fort, »wenn einem das Liebste genommen wurde?« Lady Elizabeth schüttelte stumm den Kopf, während Margaret laut aufschluchzte. Rhona legte sanft ihren Arm um Margarets Schulter und zog sie zu sich heran. Und im Geheimen fragte sie sich, was sie wohl täte, wenn sie ihre große Liebe auf so tragische Art und Weise verlöre. Würde sie verzweifelt um ihr eigenes Leben kämpfen oder würde sie auch aufgeben? Sie wusste es nicht.

»Mein Großvater fand mich schließlich und brachte mich umgehend nach Greystone. Außerhalb der Stadt gibt es ein Nonnenkloster, in dem ich aufgewachsen bin und streng erzogen wurde. An meinem 21. Geburtstag eröffnete mir die Priorin Großvaters Testament, in dem geschrieben stand, dass ich den Titel *Countess von Wexford* mitsamt dem County und mehreren Herrschaftshäusern erbe. Dieses Amt übe ich nun seit über neun Jahren aus. Im Laufe der Zeit notierte ich sämtliche Geschichten und Gerüchte über meine Herkunft und aus der Vergangenheit. Dennoch gab es Lücken in der Kette der Ereignisse. Die Erinnerungen meiner frühen Kindheit lagen im Verborgenen und waren für mich nicht zugänglich. Über verschiedene Dokumente fand ich schließlich zu deiner Mutter, die mir half, die Tragödie zu rekonstruieren und zu verarbeiten. Sie hat all die Jahre das geheime Tagebuch deiner Tante aufbewahrt, bevor sie es mir schenkte, um Licht in meine eigene Vergangenheit zu bringen. Nun kennst du die ganze Wahrheit.«

Rhona nickte stumm und wischte sich mit ihrem Ärmel die Tränen fort. Sie mochte es nicht sonderlich, ihre Schwäche zu zeigen. Aber diese Art von Wahrheit war schwer zu verkraften, und sie fühlte den Wunsch in sich aufkommen, der traurigen Gesellschaft zu entfliehen. Nachdenken. Über die Geschichte der Countess, die auch ein Teil ihrer eigenen Geschichte war. Jetzt langsam verstand sie endlich die Zusammenhänge, die zum ablehnenden Verhalten ihrer Mutter ihr gegenüber geführt hatten. Und als ob ihr Oheim ihre Gedanken hatte lesen können, ergänzte er leise: »Zu diesem Zeitpunkt stand deine Mutter kurz vor der Geburt deines Bruders Rhyan. Sie hatte vor Glück gestrahlt. Die Liebe zwischen ihr und Lord Dorrien beruhte auf Achtung und Aufrichtigkeit. Aber viel mehr noch liebte sie ihre ältere Schwester, die sie fast schon vergöttert hatte – für ihre unbändige Wildheit und ihren Mut. Doch diese Tragödie um ihre Schwester brach ihr das Herz. Nie wieder fand sie zu ihrem unbekümmerten Selbst zurück. Dunkle Schatten legten sich vom Tag der Todesbotschaft an über sie. Ihr einziges Glück war ihre kleine Familie, die ihr Trost und Kraft spendeten.«

»Bis ich kam«, schlussfolgerte Rhona traurig.

»Das ist nicht wahr, Rhona«, unterbrach Isabelle leise. »Auch du warst ein Wunschkind, das sie über alles liebte. So sehr sogar, dass du den Namen deiner Tante trägst.«

Überrascht zog Rhona ihre Augenbrauen hoch und sah Isabelle fragend an, die ihr zärtlich über den Kopf strich.

»Dein voller Name lautet Rhona Caîthlin McLeod. Und wie es scheint, hast du nicht nur den Namen der verlorenen Schwester geerbt, sondern auch ihre Charakterzüge. Ihr beide ähnelt euch so sehr. Ein Wildfang durch und durch, der sich nicht zähmen lässt.«

Betreten legte Rhona ihren Kopf auf die Arme, die sie über ihre Knie verschränkt hatte und seufzte laut auf. Jetzt endlich konnte sie die traurigen Blicke ihrer Mutter verstehen, wenn sie Rhona ansah, oder gefühlt durch sie hindurch sah. Sie war zum Spiegelbild all ihrer Ängste geworden. Und je mehr Rhona der verlorenen Schwester ähnelte, umso mehr versteckte sich die Baroness hinter einem Schutzschild aus Eis und Zurückweisung.

»Ich brauche jetzt etwas zu trinken. Möchte noch jemand?« Geoffrey nahm sich ein Glas aus der Vitrine, dann den irischen Whiskey und sah fragend in die Runde. Isabelle nickte zustimmend, während die Countess dankend verneinte.

Ihr Gesicht schien von Müdigkeit und der Schwere des Abends gezeichnet. Schwerfällig erhob sie sich vom Kanapee, strich sich die Falten ihres Kleides glatt und murmelte leise entschuldigende Worte des Abschieds.

»Lady Elizabeth – «, Isabelle wartete einen Augenblick, bis sie die volle Aufmerksamkeit der Countess hatte und sprach dann weiter: »Es wäre uns eine Freude, Euch in drei Wochen zum Essen begrüßen zu dürfen. Den Heiligen Abend sollte man nicht alleine verbringen, und Ihr seid hier immer herzlich willkommen.« Rhona beobachtete, wie ihre Tante die jüngere Countess mit einem warmen Blick streifte und sich dann an die Brust ihres Mannes schmiegte.

»Das ist eine hervorragende Idee, Isabelle«, stimmte Geoffrey dem Gedanken seiner Frau zu, nachdem er das Glas von seinen Lippen abgesetzt hatte, und der würzige Geschmack des Whiskeys auf seiner Zunge verflogen war. »Ihr werdet doch kommen?«

»Sehr gerne. Die Freude ist ganz meinerseits.«

»Und ihr Kinder, geht jetzt langsam ins Bett. Der Tag war lang und anstrengend.« Eilig schob Isabelle Margaret und Rhona, der dieses übertrieben mütterliche Verhalten vor der Countess äußerst unangenehm war, aus dem Salon.

»Tante – wir sind keine Kinder mehr«, begehrte sie trotzig auf. Doch Isabelle wischte Rhonas Einwand mit einer Handbewegung fort. In ihren Augen würden Rhona und Margaret immer Kinder sein. In Lady Elizabeths Gesicht lag ein Hauch von wehmütigem Schmunzeln, als sie allen eine gute Nacht wünschte und dann das Haus verließ.

CBO

»Was für ein ereignisreicher Tag, nicht?« Margaret stöhnte leise auf, als sie sich endlich in ihr Bett fallen ließ. Zufrieden beobachtete sie, wie Rhona ihren Rucksack wieder auspackte und ihre Gewänder zurück in die Truhe legte. Sie hatte sich schon so sehr an Rhonas Nähe gewöhnt, dass es ihr schwer fiel, sich vorzustellen, ohne sie zu sein. Sie war doch ihre Cousine, ihre große Schwester, ihre beste Freundin. Ihr Verhalten am Nachmittag hatte sie so sehr verletzt, dass sie traurig weinend in ihrer Kammer zurück geblieben war. Wie hatte Rhona ihr das nur antun können? Margaret hatte gewusst, dass sie ihr Unrecht tat. Aber sie hatte sich in diesem Moment so einsam wie noch nie gefühlt. Hätte Rhona auch nur ein Wort gesagt, sie wäre mit ihr gegangen. Auch bis ans Ende der Welt.

»Hmm, das war er«, antwortete Rhona nachdenklich und ernst.

Eilig zog sie ihr Schlafgewand über und blies die Kerzen am Nachtkasten aus, bevor sie in ihr kaltes Bett schlüpfte und tief durchatmete. Auch wenn der Abend doch noch ein gutes Ende genommen hatte, konnte sie die Stunden davor nicht einfach so aus ihrem Gedächtnis streichen. Noch immer zogen die Ereignisse an ihrem inneren Auge vorbei und ließen sie den Tag wieder und wieder erleben, der so unerwartet viele Wendungen genommen hatte. Sie sah die Countess so klar vor sich, als würde sie direkt vor ihr stehen. Ihr trauriger Blick bohrte sich in Rhonas Herz und drohte sie ganz und gar zu verschlingen. Stumm schrie sie nach ihr. Als würde sie sagen wollen *Halte mich. Komm her und halte mich ganz fest.*

Und Rhona würde zu ihr gehen und sie sanft umarmen. Sie würde sie nie wieder loslassen. Rhona stellte sich vor, dass sie es schaffen würde, Lady Elizabeth wieder zum Lachen zu bringen. Jenes verschmitzte Lachen, das kleine Grübchen in ihre Wangen zauberte.

Oder das spöttische Lachen, das ihre dunklen Augen süffisant blitzen ließ. Oder auch das laute Lachen, das elfengleich hell und klar erklang. Ja, sie würde ihre Heldin sein, ihre Beschützerin vor allem Bösen. Doch das war sie nur in ihrer Phantasie. In Wirklichkeit war Elizabeths Lachen verstummt, mit dem Moment, in dem Rhona sie zwang, in die Vergangenheit zurückzukehren. Mit aller Kraft zwang sich Rhona, all jene Bilder in den Hintergrund zu drängen, die ihr Gemüt nur noch mehr betrübt hätten. Stattdessen konzentrierte sie sich wieder auf das warme Gefühl im Bauch, das sie am Morgen gehabt hatte, als sie neben Lady Elizabeth erwacht war. Langsam und bewusst atmete sie tief durch und beschwor die Erinnerungen an das schlafende Antlitz der Countess herauf: Das wilde, lockige Haar auf dem weißen Daunenkissen; die schmale Form der gezupften Augenbrauen; die dicht geschwungenen und dunklen Wimpern; doch vor allem dachte sie an die sinnlichen, leicht feuchten Lippen, welche sie so gerne geküsst hätte. Ihre Augen fuhren die unsichtbare Linie von ihrer Stirn, über ihren Nasenrücken zu den leicht geöffneten Lippen. Und mit jeden Millimeter, den sie erkundete, stieg das brennende Verlangen, mit ihren Fingern auf Elizabeths alabastergleicher Haut zu tanzen, als ihre Gedanken plötzlich von Margarets vehementem Flüstern unterbrochen wurden. »Rhona? Rhona wach auf!«

Behutsam strich Margaret über Rhonas Schulter und schüttelte sie sanft. Erschrocken richtete sich Rhona auf und starrte suchend in die Dunkelheit. »Was? Was ist los, Margaret?« Verwirrt fingerte sie im Dunkeln nach der Zunderbüchse und hielt mit zusammengekniffenen Augen die gleißende Flamme des Streichholzes an den Kerzendocht, bis dieser Feuer fing.

»Du hast unruhig geschlafen und immer wieder ein einziges Wort vor dich hin gemurmelt«, flüsterte Margaret. Rhona zog verwundert ihre Augenbrauen hoch. War das denn möglich? Sie hatte doch eben erst ihre Augen geschlossen und war dem warmen Gefühl im Bauch gefolgt, wie es langsam zu ihrem Herzen gewandert war. Sie konnte unmöglich schon geschlafen haben. »Was habe ich denn gesagt?«

Margaret zwinkerte ihr geheimnisvoll zu, hob Rhonas Bettdecke an und schlüpfte zu ihr ins Bett. Mit ihrem Finger tippte sie immer wieder auf Rhonas Nasenspitze und wiederholte mit gedämpft singender Stimme: »Elizabeth ... Elizabeth ... Elizabeth ...«

»Margaret Allison, wage es nicht, mich zu veralbern!«

Beleidigt drehte sich Rhona auf den Rücken und verschränkte ihre Arme vor der Brust. Wütend kaute sie auf ihrer Unterlippe. Das hatte ihr jetzt wirklich noch gefehlt. Versöhnlich stupste Margaret ihre Cousine an und schlang ihre Arme um sie. »Es tut mir leid, Rhona. Aber du hast wirklich mehrfach ihren Namen gemurmelt. Willst du mir nicht erzählen, was du auf dem Herzen hast?«

Rhona wusste nicht, wie ihr geschah, aber mit einem Mal sprudelten die Worte nur so aus ihr heraus, und flüsternd erzählte sie Margaret von dem morgendlichen Erlebnis, das ihre Gefühlswelt auf den Kopf gestellt hatte. Was sie auch tat, die Countess war zu jeder Zeit in ihren Gedanken. »Mir ist schon vorher aufgefallen, dass sie wunderschön ist. Der Zauber ihrer Augen ist immerdar. Ich fühle mich von ihren Blicken einerseits verfolgt und andererseits einsam, wenn sie gerade nicht auf mir ruhen. Und ich frage mich jedes Mal, ob es nur die moralische Verpflichtung gegenüber meiner Mutter ist, weswegen sie über mich wacht, oder ...« Rhona verstummte seufzend. Sie konnte es nicht deuten.

»Herrgott, du hast dich aber ganz heftig verliebt.«

Verlegen zog Rhona sich die Decke über den Kopf. Eigentlich war es ihr mehr als unangenehm, dass jemand wusste, wie es um ihr Herz bestellt war. Sie hielt ihre Gefühlswelt lieber geheim, als ihr Herz auf der Zunge zu tragen. Aber andererseits fühlte sie auch deutlich die Erleichterung darüber, nicht länger geschwiegen zu haben. Und Margaret war schließlich nicht irgendjemand.

»Und weiß sie von deinen Gefühlen?«

Schwer seufzend schlug Rhona die Decke zurück, richtete sich abrupt auf und sah Margaret bestürzt an. »Natürlich nicht! Denke ich ... Hoffe ich ...«

»Und wenn sie es doch weiß? Oder es ahnt? Glaubst du nicht, dass sie sich nur so verhält, weil du ihr etwas bedeutest?«

Rhona zuckte mit den Schultern. Damit war sie eindeutig überfragt. Die Countess war ihr von Anfang an wohlgesonnen. Aber Rhona konnte sich an nichts erinnern, das bestätigt hätte, dass die Lady mehr als freundschaftliche Zuneigung für sie empfinden würde.

»Dann müssen wir das herausfinden. Aber wie und vor allem wann?« Mit einem Glänzen in den Augen grübelte Margaret lautlos vor sich hin. Es musste doch eine Möglichkeit geben. »Und wenn du versuchst, sie zu verführen? Ich denke, das Weihnachtsdinner wäre eine hervorragende Gelegenheit, ihr schöne Augen zu machen, und ich werde ihr Verhalten aufs Genaueste beobachten.«

»Bist du von Sinnen? Sie verführen? Beim Abendessen? Wie stellst du dir das vor? Deine Eltern sitzen am Tisch. Da werde ich sie doch nicht verführen.« Entsetzt und ungläubig schüttelte Rhona den Kopf.

Auf was für Ideen ihre Cousine nur kam. »Du solltest dir eine Beschäftigung suchen, die dich von solch wahnwitzigen Ideen abbringt. Und jetzt lass uns schlafen.«
Energisch beugte sich Rhona über Margaret und löschte das Licht. »Schlaf gut.«
»Hmm«, brummte Rhona leise, schloss die Augen und schmiegte sich in ihr Kopfkissen – ihre Gedanken waren schon ganz weit weg. Sie konnte den Heiligen Abend kaum erwarten. Auch wenn eine gefühlte Ewigkeit bis dahin vergehen sollte.

₢₰₯

Mit einem Lächeln schloss Sofie ihre Augen und blies die Kerze vor ihr aus, um sich im Stillen etwas zu wünschen. Heute war ihr Geburtstag, genau zur Wintersonnenwende. Doch dieses Jahr feierte sie ihren dreiundzwanzigsten Ehrentag zum ersten Mal alleine. Den ganzen Tag schon hatte sie ihr Haus geputzt und liebevoll hergerichtet. Sie hatte für sich selbst gekocht und gebacken. Und nun würde sie allein ihr Abendmahl genießen. Seit ihrem letzten Auftrag hatte sich Callen nicht mehr bei ihr blicken lassen.

Noch in derselben Nacht, als sie in ihr Haus zurückgekehrt war, hatte sie Rapport leisten und ihm jede Einzelheit mitteilen müssen. Zufrieden hatte er sie aus seinem Dienst entlassen. Nicht ganz drei Wochen waren seitdem vergangen. Seit dieser Nacht hatte sie ihre Ruhe gehabt. Mehr oder weniger. Der hinterhältige Verrat verfolgte sie jede Nacht in ihren Träumen. An jedem der vergangenen Tage hatte sie dafür gebetet, dass ihre Alpträume nachließen. In düsteren Farben malte sie sich das unheilvolle Schicksal der Freiheitskämpfer aus, für deren Seelenheil sie ebenfalls gebetet hatte. Sie wusste nicht, was sie noch tun könnte.

Sie hoffte inständig, dass Callen ihr gegenüber sein Wort halten würde. Sofie klammerte ihre ganze Hoffnung an den Gedanken, dass sie sich von seinen Intrigen distanzieren könnte. Umso inbrünstiger bat sie nun um inneren Frieden. Doch kaum hatte sie ihren Wunsch zu Ende gedacht, als ein leises Klopfen an der Tür ertönte. Mit ganzer Kraft kniff Sofie ihre Augen zusammen. Vielleicht hatte sie sich das Klopfen nur vorgestellt? Vielleicht war das wieder nur ein schlechter Traum? Wenn sie sich nicht bewegen würde, vielleicht würde das Klopfen wieder vergehen? Doch egal was sie sich auch einzureden versuchte, das leise Geräusch an der Tür verschwand einfach nicht.

Klopf, klopf, klopf.

Zu dem unentwegten Klopfen gesellte sich nun eine Stimme, die leise in die Nacht piepste.

»Miss Emerson? Ich bringe eine Nachricht. Miss Emerson?«

Seufzend erhob sich Sofie von dem Tisch, sah noch einmal wehmütig zum Kuchen und begab sich schließlich zur Tür, um sie vorsichtig zu öffnen. Ihre Nerven waren zum Bersten angespannt und sie fürchtete für einen Moment, dass ein weiterer Auftrag auf sie warten würde.

Kaum hatte sie die Tür einen Spalt weit geöffnet, sah sie in die großen Augen eines kleinen Jungen, der verlegen ein breites Grinsen auf seinem Gesicht trug. In seinen zerzausten, roten Haaren funkelten tausend kleine Schneeflocken und gaben dem Burschen ein märchenhaftes Aussehen. Verwundert musterte Sofie den Jungen, dessen Alter sie auf kaum elf Lenze schätzte. Sie kannte ihn vom Sehen, doch Sofie hatte nie mehr als zwei bis drei Worte mit ihm gewechselt. Etwas linkisch deutete er eine Verbeugung an und streckte seine Hand in ihre Richtung, mit der er eine dünne Papierrolle mit festem Griff umklammert hielt. »Miss Emerson, ich soll Ihnen alles Gute zum Geburtstag wünschen und diese Nachricht überbringen.« Dann kramte er in seiner Tasche und zog fünf Münzen hervor, die er mit zitternden Händen in Sofies offene Handfläche fallen ließ.

Überrascht nahm Sofie das Kupfergeld und das Stück Papier entgegen. Dann strich sie dem Jungen sanft über seinen Kopf.

»Vielen Dank, ...« Erst da wurde ihr bewusst, dass sie noch nicht einmal seinen Namen kannte, doch der Junge grinste breit und flüsterte leise: »Niall.«

»Vielen Dank, Niall. Magst du ein Stück Kuchen?«

Seine blauen Augen begannen hell zu leuchten und dankbar nickte er Sofie zu. Wie ein kleiner Hund tapste er Sofie ein paar Schritte hinterher, nur soweit, dass sie die Türe schließen konnte, und blieb dann höflich am Eingang stehen, während sie ein paar Scheiben vom frischen Kuchen abschnitt. Mit einem Lächeln registrierte Sofie, wie Nialls Augen immer größer wurden und er sich hungrig über seine Lippen leckte. Ein Kuchen war immer etwas Besonderes.

»Wie groß ist deine Familie«, fragte sie den kleinen Jungen, der daraufhin fröhlich seine gesamte Verwandtschaft aufzählte. Es gäbe nur ihn und seine Großtante Abbie und Großonkel Eowin und auch den Hund Colen dürfte man nicht vergessen. Sofie lachte leise und schnitt noch ein paar Scheiben mehr ab. Es machte ihr nichts aus, dass der Kuchen dabei um mehr als zwei Drittel kleiner wurde.

»Vielen lieben Dank, Miss Emerson«, bedankte sich Niall brav, machte erneut eine Verbeugung, die er von älteren Männern abgeschaut hatte, und hüpfte schließlich fröhlich aus der Tür, um schnellstens mit seiner *Beute* nach Hause zu kommen. Nachdem er ein paar Schritte gerannt war, drehte sich Niall unverhofft um, winkte Sofie zu und schrie so laut er konnte: »Gesegnete Wintersonnenwende, Miss Emerson!«

Sofie winkte mit einer sanften Bewegung zurück. Rührselig sah Sofie dem Knaben hinterher. Sein leuchtend roter Schopf hüpfte auf und nieder, bis er gänzlich aus ihrem Blickfeld verschwunden war. Seufzend schloss sie dann die Tür, um nicht die ganze Wärme aus dem Haus zu lassen und widmete sich dann der überbrachten Botschaft. Wenn sie doch nur noch einmal so unbekümmert sein könnte wie der Nachbarsjunge. Unwissend und sorglos. Was würde sie nicht alles dafür geben? Mit zittrigen Händen brach sie das Siegel des Schreibens und sog ihren Atem scharf ein, als sie Callens Schrift erkannte:

»Liebe Miranda, alles Gute zu deinem Geburtstag.
Anbei sende ich dir Deinen Lohn für Deine vorangegangene Arbeit. Mit Deiner Hilfe konnten wir heute einen Teil der Rebellion zerschlagen. Es wird mir ein Freudenfest sein, der Vollstreckung der gerechten Strafe beizuwohnen, die den Aufständischen zuteil werden wird.
Vielleicht wirst Du mich sogar dorthin begleiten.
Aber das eilt noch nicht.«

Sofie wusste sofort, wie diese gerechte Strafe aussehen würde. Jedes Kind wusste, das Rebellen der Strick erwartete. Zuvor wurden sie meistens noch auf höchst brutale Weise gequält und gefoltert, so dass der Galgen für die meisten die Erlösung bedeutete. Die Foltermeister hatten eine eigene Vorstellung von Strafe und übten ihr Amt mit einer genüsslichen Befriedigung aus. Jetzt endlich verstand Sofie die Botschaft, zu deren Übermittlung sie ausgeschickt worden war.
Die Rotkehlchen wecken den frühen Morgen, noch bevor die Füchse den Bau verlassen. Es ist das schönste, aber auch das kürzeste Lied, das sie singen.
Heute war Wintersonnenwende. Der kürzeste Tag im Jahr.
Die Füchse waren also die Rebellen. Rotkehlchen gelten seit langem als inoffizieller Nationalvogel von Großbritannien. Und Großbritannien war der Feind aller irischen Freiheitskämpfer. Die Falle war zu-

geschnappt. Das Vorhaben war also noch vor Sonnenuntergang fehlgeschlagen – gescheitert an der Festnahme der Männer, die sich tapfer gegen die Aristokratie aufgelehnt hatten.

Die Botschaft musste noch eine andere Bedeutung gehabt haben. Wie kam es, dass die stets so vorsichtigen, Freiheitskämpfer in die Falle getappt waren? Unbewusst hatte Sofie die Rebellen in diesen Hinterhalt gelockt. Sie trug das kommende Todesurteil auf ihren Schultern. Weil Sofie sie verraten hatte. Und das vor Weihnachten. Dem Fest der Liebe. Aber auch an Feiertagen wurde gnadenlose Politik gemacht. Und hatte Callen Sofie überhaupt eine Wahl gelassen?

Callen ... welche Rolle spielst du in dieser Intrige? Was hat dich bewogen, gegen dein Land zu kämpfen? In was hast du mich nur hineingezogen? Und wer sind die Drahtzieher hinter diesem Anschlag?

Das Zittern ihrer Hände wurde immer stärker, und einsam tropften ihre Tränen auf das Blatt Papier. Auf ihren inneren Frieden könnte sie nun lange hoffen. Dieser Abend und ihre Tat würden nicht müde werden, sie zu verfolgen. Bis in die Ewigkeit ...

8

SANCTUS

EINE NACHT IN EWIGKEIT

»Nur noch die getrockneten Früchte, dann ist er fertig!« Rhona reichte Isabelle den hölzernen Löffel und wartete gespannt auf das Urteil ihrer Tante, die gerade die zwei gefüllten Gänse in den Ofen geschoben hatte. Es war das erste Mal, dass sie in der Küche mithalf. Seit dem frühen Morgen waren sie damit beschäftigt, die verschiedenen Gänge für das Abendessen vorzubereiten. Sie hatte sich nie vorstellen können, wie aufwendig die Küchenarbeit war. Schälen, schneiden, kochen. Sieben, backen, verzieren. Und das alles ohne niedergeschriebene Rezepte. Ihre Tante hatte alle nötigen Zutaten und Schritte im Kopf. Und gab sie freudig an Rhona weiter, auch wenn sie wusste, dass Rhona nicht oft in der Küche stehen würde. Stolz und mit einem seligen Grinsen hüpfte Rhona vor Aufregung auf und ab.
»Nun koste doch endlich, Tante.«
Isabelle fuhr schmunzelnd mit ihren Löffel in den kleinen Kupferkessel, kostete vorsichtig die dicke Masse und nickte Rhona zufrieden zu. »Das hast du sehr gut gemacht, Rhona. Er schmeckt, wie ich ihn aus Kindheitstagen kenne.«
Entschlossen warf Isabelle eine Hand voll Trockenfrüchte in den

Kessel und wies Rhona an, den Cutlin Pudding, einen traditionellen Gewürzkuchen, behutsam umzurühren. »Wenn er zu stocken beginnt, schwenkst du den Kessel vom Feuer weg und lässt ihn abkühlen. Und dann füllen wir die Masse in die kleinen Kristallschüsselchen, die ich bereitgestellt habe.«

Rhona nickte mit Begeisterung, tauchte ihren Löffel erneut in den Kessel und naschte freudestrahlend vom heißen Pudding. Margaret war indessen beschäftigt, die unzählig vielen Kerzen zu verteilen, die sie aus der verstaubten Kellertruhe geholt hatte, und frohlockte insgeheim, in welch wunderbarem Lichtermeer der Salon erstrahlen würde, wenn erst alle angezündet wären. Auch freute sie sich auf die besonders großen Kerzen, die ihr Vater nach Sonnenuntergang aufstellen würde. Es war ein jahrhundertealter Brauch zum Heiligabend, genau so viele große Kerzen anzuzünden, wie es Bewohner – oder in ihrem Falle – Bewohner und Besucher im Haus gab. Die Größte aller Weihnachtskerzen stellte sie auf den Tisch in die Mitte des Raumes.

»Coinneal mór na Nollag[3]«, flüsterte Margaret sich selbst zu, »sei uns ein Licht in der Dunkelheit.«

»Schau, was ich für dich habe.« Geoffrey betrat den Vorraum, versteckte eine Hand hinter seinem Rücken und lächelte Margaret geheimnisvoll an. Voller Neugier versuchte sie, hinter seinen Rücken zu schauen. Doch spielerisch wand sich Geoffrey zur jeweils entgegengesetzten Seite und lachte mit einem tiefen Brummen in sich hinein, bis Margaret es vor Neugierde nicht mehr aushielt. Er liebte es, seine Tochter zu necken und ihr klares Lachen zu hören. Freudestrahlend zog er einen kleinen Mistelzweig hinter seinem Rücken hervor und reichte ihn Margaret.

»Das Symbol für Frieden und Unsterblichkeit«, murmelte Margaret fast ehrfürchtig, als sie den Zweig zusammen im Vorraum aufhängten. Arm in Arm folgten beide dann dem lieblichen Weihnachtsduft, der

---

[3] Bezeichnung der größten Kerze im Haus, die eine Brenndauer von über einer Woche hat.

sie geradewegs in die Küche zu Isabelle und Rhona führte, die inzwischen eifrig dabei waren, das Silber zu putzen. Mit einem herzlichen Kuss begrüßte er seine Frau, und auch Rhona bekam einen auf die Stirn. »Seid ihr bereit für die heilige Messe?«

Es war bereits stockdunkel, als die Christvesper nach fast anderthalb Stunden endete. Während Geoffrey, Isabelle und Margaret noch von den vielen Weihnachtswünschen der Dorfbewohner aufgehalten wurden, stapfte Rhona die wenigen Meter durch den Schnee zum Pfarrhaus zurück. Die Messe war wieder einmal mehr als gelungen. Ihr Oheim hatte mit seiner dunklen, freundlichen Stimme die Herzen aller Menschen berührt und feinfühlig die Geschichte vom heiligen Christfest erzählt; von Hoffnungen, von Wünschen und vom Frieden in der Welt. Rhona hatte jedes seiner Worte mit aufrichtigem Interesse verfolgt, auch wenn sie selten zu Gott betete.

Manchmal erschien es ihr befremdlich, einen überzeugten Pfarrer in der Familie zu haben und seiner religiösen Überzeugung zu folgen. Und doch war ihr Onkel weltoffener und unvoreingenommener, als ihre Mutter es je sein könnte. Ob dies am Glauben lag? Sie konnte es sich nicht erklären.

Energisch klopfte Rhona den Schnee von ihren Stiefeln, durch die die Nässe langsam durchsickerte, und schlüpfte ins Haus hinein. Pflichtbewusst warf sie neue Holzscheite in den Kamin, um den Salon warm zu halten, und eilte dann in die Küche. Mit ihrem Blick suchte sie nach dem Gemüse-Kräutersud, den Isabelle vorbereitet hatte, fand ihn in einem Krug neben dem Ofen stehend und übergoss die knusprig glänzende Kruste der beiden Gänse, die schon köstlich dufteten.

Rhona lief das Wasser im Mund zusammen. Sie konnte es kaum erwarten, dass der Braten endlich aufgetischt wurde. Doch noch hieß es geduldig warten. Warten auf die restlichen Familienmitglieder. Warten auf Countess Lady Elizabeths Ankunft. Und warten, bis alle Bräuche erfüllt worden waren. Ungeduldig setzte sich Rhona ans Fenster und starrte in die Dunkelheit. Mit gemischten Gefühlen dachte sie an den kommenden Weihnachtsabend. Es wäre der allererste, den sie nicht im Kreise ihrer Familie, in Kilkenny Manor, verbringen würde. Dieses Mal würde nicht ihr Vater die Kerzen entzünden, sondern Geoffrey. Sie würde nicht seiner liebevollen Stimme lauschen können, wenn er den Angelus Domini[4] anstimmen würde, und auch nicht mit Rhyan um die größere Portion vom heiligen Festessen kämpfen.

Aber sie würde das Fest mit Menschen verbringen, denen sie auch am Herzen lag. Ihr Oheim und ihre Tante sorgten sich liebevoll um sie und in Margaret hatte Rhona nicht nur eine Cousine, eine kleine Schwester, sondern auch eine ehrliche Freundin gefunden. Und ... dieses Weihnachten würde sie mit der Countess verbringen. Dieses Jahr würde alles anders werden.

»Hmm, die Gans hat vorzüglich geschmeckt.« Noch immer dem Genuss nachspürend, nahm Lady Elizabeth die Leinenserviette von ihrem Schoß und tupfte sich damit dezent über ihre Lippen. Isabelles Wangen verfärbten sich vor Freude über das Lob der Countess, als sie die leeren Teller abräumte. »Dann werdet Ihr über den Nachtisch erstaunt sein.« Verschwörerisch zwinkerte Isabelle Rhona zu, die sich umgehend erhob und ihrer Tante in die Küche folgte.

Vorsichtig stürzte Rhona die kleinen Küchlein auf die Dessertteller und goss die dickflüssige, süße Whiskeysoße auf den Tellerrand, den sie noch mit ein paar zusätzlichen Walnüssen verzierte. Zufrieden betrachtete Rhona ihr Werk, bevor sie die Teller auf ein Holztablett stellte und in den Salon ging, um die Nachspeise zu servieren. Hastig nahm sie wieder Platz und starrte gebannt zur Countess, ohne selber von ihrem Erstlingswerk zu kosten. Stattdessen verfolgte sie jede Be-

---

[4] Gebet zum Festanfang

wegung von Lady Elizabeth: Wie sie den kleinen silbernen Löffel in die Hand nahm, ihn langsam durch den flaumigen Teig gleiten ließ, ihn zum Mund führte und nach dem ersten Bissen genießerisch die Augen schloss. »Einfach unglaublich! Ein Meisterwerk! Isabelle, du hast dich selber übertroffen.« Voller Wonne leckte Lady Elizabeth über ihre Lippen und nahm sich einen weiteren Löffel, um sich den exquisiten Geschmack erneut auf der Zunge zergehen zu lassen.

»Ihr irrt Euch, Lady Elizabeth. Rhona hat ihn gebacken«, erwiderte Isabelle erfreut. Auch sie hatte nicht erwartet, dass der Kuchen so dermaßen köstlich schmecken würde.

»Ist das wahr?« Erstaunt wandte sich Elizabeth an Rhona, die sich peinlich berührt an der Tischplatte festklammerte und nur mit ihren Kopf nicken konnte. Sie freute sich zwar ungemein über die Anerkennung, die ihr jeder zollte, aber die ganze Aufmerksamkeit der Countess auf sich gezogen zu haben und ihre Blicke zu spüren, die liebevoll über sie glitten, entfachte ein wild flammendes Feuer in ihrem Herzen und raubte ihr für einen Moment die Stimme.

»Da kann Olivias Früchtebrot unmöglich mithalten. Ich habe dir etwas davon mitgebracht. Sie sagte mir, dass du es gerne isst?!«

»Vielen Dank, M'Lady. Und ja, ich liebe es. Aber ihr dürft Olivia nicht verraten, was ihr eben über meinen Kuchen gesagt habt. Ich denke, es würde sie verletzen.« Mit großen Augen sah Rhona zur Countess, die umgehend in schallendes Gelächter ausbrach und nach Luft schnappte. »Nein, Rhona«, japste Lady Elizabeth zwischen ihren Lachanfällen, »das wird unser Geheimnis bleiben.«

Nun stimmten auch die Anderen in das Gelächter mit ein und begossen ihr *Geheimnis* mit Isabelles wärmendem Punsch. Nachdem sich alle wieder gefangen hatten, der Tisch abgeräumt war und sie sich nun zur Unterhaltung erneut im Salon einfanden, erhob sich die Countess und ging ohne ein Wort zu sagen aus dem Raum. Neugierig sahen

Rhona und Margaret der vornehmen Dame hinterher, wie sie rätselhaft in dem Vorraum verschwand und zwinkerten sich zweideutig grinsend an. Beide hatten zwar noch immer nicht herausfinden können, was die Countess womöglich für Rhona empfinden könnte, doch wussten sie, dass der Abend einen vergnügten Verlauf nahm.

»Ich weiß, nach den Traditionen werden die Geschenke erst morgen verteilt.« Elizabeth zögerte kurz, bevor sie weiter sprach und eine kleine Tasche in den Salon trug. »Aber sind Traditionen nicht immer eine Auslegungssache?« Sie lächelte verschmitzt und reichte zuerst Rhona, dann Margaret ein Päckchen. Zum Schluss zog sie einen Briefumschlag hervor und steckte diesen Geoffrey und Isabelle unauffällig zu, die erstaunt und beschämt in die Runde blickten und sich höflichst für die Aufmerksamkeit bedankten. Auch Rhona verbeugte sich und biss sich betreten auf ihre Lippen. »M'Lady, leider können wir Euch nichts als Gegenleistung bieten.«

Doch die Countess schmunzelte nur und strich Rhona zärtlich über den Kopf. »Dieser Abend und dein Kuchen sind Geschenke genug. Und nun verliert keinen Augenblick mehr. Packt endlich aus!«

Mit zittrigen Fingern und vor Neugierde brennend, rissen beide ihre Päckchen auf. Rhona staunte nicht schlecht über diese noble Gabe: Sie hielt ein neues Paar Wildlederstiefel in den Händen, die weich und anschmiegsam waren, jedoch auch robust und wetterfest. Sogleich schlüpfte Rhona aus ihren leichten Hausschuhen in die neuen Stiefel, die ihr wie angegossen passten, und umarmte Lady Elizabeth stürmisch in ihrer Freude. Überrascht lachte diese kurz auf, hob dann Rhonas Kinn und wünschte mit dunkelsinnlich gehauchter Stimme eine fröhliche Weihnacht. Rhona schwankte für einen Augenblick, als die Countess ihr tief in die Augen sah. Und für einen Moment begann sie zu glauben, Lady Elizabeth wolle sie küssen. Rhona setzte ein albernes Grinsen auf, während Margaret im Hintergrund leise aufschrie.

Zweifelnd betrachtete sie das lindgrüne Seidenkleid und hielt es sich fassungslos vor ihre Brust. Nie zuvor hatte sie solch edle Seide berührt, geschweige denn gehofft, solch erlesenes Stück je tragen zu dürfen. Die dazu passenden Schuhe fand sie am Boden der Schachtel. Auch diese saßen wie angegossen und im Stillen fragte sich Margaret, woher die Countess ihre Größe kannte. »Das kann nicht für mich sein, oder?« schluchzte Margaret leise auf und sah die Countess voller Dankbarkeit an. Isabelle und Geoffrey, die noch immer nebeneinander standen und die Szene freudig beobachtet hatten, wich jetzt jegliche Farbe aus dem Gesicht. Das Geschenk an ihre Tochter war so kostbar, dass beide sich nun sorgten, dieses jemals abgelten zu können.

Die Countess konnte in den Gesichtern der beiden deutlich erkennen, was sich in deren Gedanken abspielte, und mit einer feinfühligen Geste bedeutete Lady Elizabeth ihnen, dass sie nicht in ihrer Schuld standen. »Ich habe mir gedacht, du könntest es zum Ball tragen, zu dem ihr beide mich begleiten werdet.«

»Nein, das ist nicht wahr?« Ungläubig starrte Margaret zur Countess, dann zu ihren Eltern und letztendlich zu Rhona, die unwissend mit ihren Schultern zuckte.

»Doch, das ist es. In fünf Tagen wird Evan dich abholen und ins Stadthaus nach Wexford bringen. Bis dahin werden wir alle Vorbereitungen abgeschlossen und hoffentlich auch Rhonas komplizierte Kleiderfrage geklärt haben.« Lady Elizabeth hielt kurz inne und sah mit ihren dunklen Augen direkt zu Rhona, die auf und ab durch den Salon schritt, um den Sitz ihrer neuen Stiefel zu prüfen. »Das heißt, wenn du mich noch immer begleiten möchtest?«

Rhona unterbrach ihren Spaziergang im Salon und nickte entschlossen mit einem zaghaften Lächeln, während Margaret vergnügt im Raum auf und ab tanzte und leise vor sich hin summte. Und ob sie die Countess begleiten wollte. Das war keine Frage. Wenn es nach ihr ginge, würde sie Lady Elizabeth nie wieder von der Seite weichen. Sie hatte sich eher gefragt, ob die Countess sie nach ihrem selbstsüchtigen Verhalten noch immer mitnehmen wollte.

»So soll es sein.« Vergnügt klatschte Lady Elizabeth in ihre Hände. »Dann solltest du noch ein paar Sachen zusammen packen. Du und ich werden heute gemeinsam aufbrechen und derweilen noch über kleinere Details der Reise sprechen.«

Das musste ihr die Countess nicht zweimal sagen. Aufgeregt sah Rhona zu Isabelle und Geoffrey, die dem zustimmten, und eilte überstürzt aus dem Salon in ihre Kammer. Doch keinen Atemzug später kam sie zurück in den Salon gehetzt, fiel fast über ihre eigenen Füße, umarmte und küsste ihre Tante und ihren Onkel stürmisch.

Die Countess erwartete Rhona bereits. Geduldig saß sie auf ihrem schwarzen Pferd und spielte versonnen mit dessen weicher Mähne. Nun konnte sich Rhona auch den dunkelblauen, samtenen Zweiteiler erklären, den die Countess anstelle des Kleides seit ihrer Ankunft im Pfarrhaus trug. Und es war ein völlig ungewohnter Anblick für Rhona gewesen. Fast schien es wie ein Blick in den Spiegel. Einen Moment lang betrachtete Rhona skeptisch die Countess, die stolz und aufrecht auf dem Rücken des Pferdes thronte und Rhona hilfsbereit ihre Hand hinhielt.

»Ich soll mit Euch reiten?« Der Zweifel in Rhonas Stimme war unüberhörbar, als sie den Widerrist des sanften Riesen kraulte.

»Du kannst auch durch den Schnee laufen – wenn du Schritt halten kannst«, lachte die Countess in gewohnter Manier leise auf. »Die neuen Stiefel sind eingefettet und vor Wasser geschützt.«

Zögernd verstaute Rhona ihr Bündel am hinteren Sattelteil und griff nach Elizabeths Hand. Einen Atemzug später saß sie vor ihr im Sattel, rutschte hin und her und prüfte, ob sie sicher saß. Sie war nicht oft in ihrem Leben geritten und kam sich daher etwas linkisch vor. Doch die

Countess schlang beide Arme um Rhonas Körper, schwang die ledernen Zügel und schnalzte zweimal scharf mit der Zunge. »Darf ich vorstellen? Das ist Ríona, ein Irish Hunter.«

»Rí-o-na«, wiederholte Rhona ehrfürchtig, während sie langsam in der Dunkelheit dahin ritten. »Klingt meinem Namen nicht unähnlich.«

Die Countess nickte zustimmend, obschon sie wusste, dass Rhona es nicht sehen konnte. »Dein Name ist eine Abwandlung von Ríona und bedeutet Königin. Wusstest du das?«

Rhona schüttelte langsam den Kopf, darauf bedacht, nur ja keine Bewegung zu machen, die sie vom Pferd fallen ließ. Doch Lady Elizabeth hielt sie sicher und fest in ihren Armen.

»Darf ich Euch etwas fragen?«

»Nur zu«, erwiderte die Countess höflich.

»Was war in dem Briefumschlag, den Ihr Isabelle und Geoffrey zugesteckt habt?« Rhona hatte schon eine Weile darüber nachgegrübelt und auf eine Gelegenheit gewartet, um die Countess danach zu fragen.

»So neugierig?« Elizabeth lachte leise auf. Sie mochte diese Direktheit und wache Aufmerksamkeit. Nichts konnte man vor ihren klugen Augen im Verborgenen halten. »Deine Mutter erzählte mir von Geoffreys und Isabelles Wunsch, eine Schule zu eröffnen. In dem Briefumschlag steckt eine Urkunde, die beide als Eigentümer eines zusätzlichen Hauses inklusive kleinem Grundstück ausweist, verknüpft mit der Bedingung, dass sie ihre Pläne noch im nächsten Jahr umsetzen.«

Rhona war völlig sprachlos. Diese Frau war wirklich die Güte und die pure Sinnlichkeit in einer Person. Eine Frau, um die es sich zu kämpfen lohnte. Mit aller Macht und Kraft, die ihr zur Verfügung stand. Rhona würde sie erobern und beschützen – komme was wolle!

Während sie still und leise diesen Schwur ablegte, drehte sie sich zur

Countess, um ihr ins Gesicht zu sehen. Dabei wäre sie fast vom Pferd gefallen, hätte Lady Elizabeth sie nicht geistesgegenwärtig festgehalten und zurück in ihre Arme gezogen. Rhona schluckte ihren Schreck herunter und schüttelte leicht den Kopf.

In ihre Gedanken vertieft, lehnte sie sich mit dem Rücken an Lady Elizabeths Oberkörper und genoss den leichten trabenden Gang, der sie sanft hin und her wiegte. Doch noch mehr genoss sie die ungeteilte Nähe der aufregenden Lady hinter ihr. Auch Elizabeth hüllte sich in angenehmes Schweigen.

Ein leises Seufzen entwich Rhonas Lippen und sie ertappte sich bei dem Gedanken daran, wie schön es wohl wäre, ewig durch die Nacht zu reiten. Dieser Augenblick gehörte ihr ganz allein. Sie wünschte, dass dieser Moment nie enden möge, sicher und geborgen in den Armen der Countess zu liegen – die nichts von ihren Gefühlen zu ahnen schien. Wenn sie doch nur die Sanduhr zerschlagen könnte, durch die die Sekunden, Minuten und Stunden wie Sandkörner unaufhaltsam in die Ewigkeit rieselten. Mit geschlossenen Augen konnte sie Lady Elizabeths Atem spüren, besser gesagt, das schnelle Auf und Ab ihrer weichen Brüste, die sich sanft an ihren Rücken schmiegten.

Rhona war unsagbar froh, dass es so dunkel war, und die Countess ihr nicht ins Gesicht sehen konnte. Ihre Wangen schienen vor Begehren und Verlegenheit zu glühen. Und obwohl der Abendwind ihr eisig in die Haut schnitt, fühlte Rhona ein unbändiges Feuer in sich, das sie von innen heraus verzehrte. Langsam ließ sie den Sattelknauf los, an dem sie sich bislang noch verkrampft festgehalten hatte und breitete ihre Arme aus. Mit geschlossenen Augen kam es ihr so vor, als würde sie schwerelos durch die Luft fliegen, als sie die leise, verführerische Stimme der Countess nah an ihrem Ohr vernahm: »Zu Beginn des achtzehnten Jahrhunderts, als die Fuchsjagd bei uns und in England beliebt wurde, hatten meine Vorfahren angefangen, eine spezielle

Pferderasse zu züchten. Sie sollte auf jedem Gelände trittsicher sein und den Reiter furchtlos über alle Hindernisse tragen. Aber weißt du, warum diese Rasse noch Irish Hunter heißt?«

Rhona verneinte und bereute es sogleich, als Lady Elizabeth erneut mit der Zunge schnalzte und Ríona die Sporen gab. Mit einem leidenschaftlichen Wiehern galoppierte das Pferd durch die Nacht, sprang beschwingt über kleinere und größere Schneewehen und steigerte mit jedem Schritt sein ohnehin schon stürmisches Tempo, so dass Rhona noch enger an Lady Elizabeth gedrückt wurde.

»Wegen seines ausgezeichneten Tempos. Wenn du die Freiheit in deinem Haar spüren willst, musst du nur eins tun ... reiten. Reiten, als wäre der Teufel persönlich hinter dir her.«

Rhona konnte das laute, befreite Lachen hören, das die Countess vor Freude ausstieß, und hielt sich verkrampft am Sattel fest, bevor sie den Mut fasste, loszulassen und Elizabeth zu vertrauen, die sie noch immer fest in den Armen hielt. Langsam fing sie an, die pulsierende Aufregung in sich zu spüren. Das Hier und Jetzt.

Zum Bedauern beider Frauen erreichten sie das Herrschaftshaus in allzu kurzer Zeit. Zügig sprang Rhona vom Hunter hinunter und war nun doch froh, endlich wieder festen Boden unter ihren Füßen zu spüren. Galant reichte sie diesmal der Countess die Hand, um ihr vom Rücken des Pferdes zu helfen. Gemeinsam trotteten sie zu den Ställen, wo Evan gerade frisches Heu in den Boxen verteilte. »Countess O'Callahan«, er verbeugte sich knapp und stockte kurz, als er Rhona erkannte. »M'Lady.« Evans Gesichtsausdruck wurde eisig und er nahm der Countess die Zügel aus der Hand, um Ríona in ihre Box zu führen und sie abzusatteln.

»Guten Abend, Evan. Geht es deinem Leiden schon besser?« Mit einem spöttischen Grinsen sah sie ihm unverhohlen in die Augen. Evan blickte sie feindselig an und zuckte mit den Schultern. Dann besann er sich plötzlich und stellte mit süßlichem Ton fest, dass ihre kleine Verletzung an der Lippe auch nicht besonders elegant aussähe, auch wenn sie schon fast verheilt sei. »M'Lady, soll ich nicht doch Dr. Sullivan rufen lassen, damit er nach Euch schaut? Nicht dass Euer hübsches Lächeln durch eine Narbe entstellt wird.

Rhona lachte leise auf. Sie mochte es, wenn sie furchtlos herausgefordert wurde. »Wie aufmerksam, aber nein danke. Du kannst sicher sein, dass keine Narbe zurückbleiben wird. Ich wurde bereits bestens versorgt. Von jungen, zarten Händen, die einen liebevoll zu umsorgen wissen.«

Evan schnaubte ärgerlich und sah zur Countess, die den Schlagabtausch verwundert, aber nicht minder amüsiert verfolgte. Ganz offensichtlich dämmerte es ihr langsam, wo Rhonas aufgeplatzte Lippe herrührte, und warum Evan unter Schmerzen gehumpelt hatte. Auch wenn sich ihr nicht gleich erschloss, aus welchem Grund. Aber so wie die beiden sich verhielten, konnte es sich nur um eines handeln: Eifersucht. Rhona war Evans Blick zur Countess gefolgt und konnte ein verwundertes Minenspiel in deren erstauntem Gesicht erkennen. Es war ihr unangenehm, dass Elizabeth Zeugin ihres verbalen Gefechts wurde. Schließlich ging es um eine andere Frau.

Ich würde jetzt allzu gerne wissen, was hinter ihren großen, wissenden – und manchmal aber auch so erstaunlich verletzlich und unsicher wirkenden – Augen vor sich geht. Ob sie ahnt, worum es hier geht?

Rhona war froh, dass Elizabeth bisher kein einziges Wort verloren hatte. Sie musste diesen Machtkampf selbst austragen, wenn sie ihr Prestige wahren wollte. Doch schon einen Augenblick später sah sie, wie aus der irritierten Miene Elizabeths ein süffisantes Lächeln wurde.

»Ich hoffe, euer Verhältnis wird sich baldigst klären. Es wäre ja zu schade, würde man sich das gemeinsame Zusammenleben und -arbeiten durch solche spöttischen Tändeleien erschweren.«

Rhona und Evan sahen sich überrascht an und blickten dann gleichzeitig zur Countess, die sich wissend umwand und den Stall verließ, um ins Herrenhaus zurückzukehren. Eilig lief Rhona ihr hinterher.

Doch bevor sie Lady Elizabeth die Frage stellen konnte, die ihr so sehr auf der Seele brannte, kam ihr die Countess zuvor: »Ich habe mir erlaubt, das Gemach für dich herrichten zu lassen, in dem du bei deiner Ankunft untergebracht warst. Falls du wieder einmal das Verlangen hast, deine Studien über Nacht fortzusetzen, musst du nicht am Boden in der Bibliothek schlafen. Ich kann dich schließlich nicht jedes Mal in mein Bett tragen.« Lady Elizabeth schmunzelte amüsiert über Rhonas wechselhaften, mal freudigen, mal verschämten Gesichtsausdruck und forderte sie auf, ihr durch die Vorhalle, die Treppe hinauf in den ersten Stock zu folgen. »Vielen Dank für den schönen Abend, Rhona«, murmelte Elizabeth leise, als sie ihr zögernd die Tür zu ihren Räumlichkeiten öffnete. »Das war das erste Weihnachten seit meiner frühen Kindheit, das ich mit Freuden genießen konnte.« Sanft strich sie mit ihrer Hand über Rhonas Haar und hauchte einen freundschaftlichen Kuss auf ihre Wange, bevor sie sich umwand und in ihr eigenes Gemach ging, das nur zwei Räume weiter entfernt lag.

Verlegen vor sich hin grinsend, strich Rhona sich über die Wange, die die Countess soeben geküsst hatte. »Danke«, gab sie tonlos zurück, obwohl sie wusste, dass es die Countess nicht hören konnte.

൦ൠ

Liebevoll arrangierte Sofie den Nadelholzkranz, den sie am Morgen aus Fichten- und Tannenzweigen geflochten hatte, und legte ihn dann auf das Grab vor ihr. Leise begann sie den Sanctus und den Angelus zu sprechen. Nachdem Sofie ihr Gebet beendet hatte, stellte sie eine Laterne, in der sie eine Kerze entzündet hatte, auf das Grab. Vielleicht war es Verschwendung, da Kerzen ein teures Gut waren, aber heute war Weihnachten. Und in ihrem Gedenken an ihre Mutter eine Kerze zu opfern, war es ihr wert. Am Morgen hatte sie bei einem Wachszieher eine große Anzahl von Kerzen gekauft und diese, noch vor dem ersten Angelusläuten[5], an die Dörfler verteilt. Echte Dankbarkeit und Freude wurden ihr dafür entgegengebracht. Aber der fahle und zähe Nachgeschmack, den ihr schlechtes Gewissen verursachte, ließ sich nicht damit beseitigen. Von Callen hatte sie einen großzügigen Lohn für ihren letzten Auftrag bekommen, den Sofie nun fast gänzlich für die Kerzen aufgebraucht hatte. Aber das war ihr gleichgültig.

Es war nichts weiter als Blutgeld. Es ermöglichte ihr, Woche für Woche, ein annähernd sorgenfreies und annehmbares Leben zu führen. Sie musste nicht hungern und nicht frieren. Es ging ihr besser als manch anderer Familie hier in Flemingstown. Aber der Wohlstand hatte seinen Preis. Seit Callens letztem Brief, waren weitere Botschaften eingetroffen, die sie immer wieder auf neue Reisen geschickt hatten. Mal kürzere, mal längere. Doch hatten alle eines gemeinsam: Sie pfuschten in das fein verwobene Schicksal hinein. Sie veränderten oder zerstörten Leben. Und gleich, wie viele Münzen Sofie nun auch besitzen mochte, sie konnte weder ihre Unschuld, den Glauben an die Menschheit, noch ein gutes Gewissen damit zurückkaufen. Und mit jeder Botschaft mehr, die Sofie erreichte, wuchs ihre Wut auf ihren Vetter und Kindheitsfreund.

Wie kannst du mir das nur antun, Callen? Wir waren doch Freunde. Eine Familie, die aufeinander gebaut hatte. Wie gerne würde ich dir

---

[5] Das Läuten der katholischen Glocken zur Eröffnung bzw. Beendigung einer Messe.

sagen, was ich jetzt von dir halte. Und wie sehr ich dich dafür hasse, für das, was du aus mir machst.

Der kalte Knoten in ihrem Bauch, der immer größer wurde, wenn sie an Callen dachte, ließ alle fröhlichen Erinnerungen, die sie mit ihm erlebt hatte, zu Eis gefrieren. Jegliches familiäre Gefühl für ihn erstarb mit jedem Auftrag, den sie von ihm bekam und wich dem unerbittlichen Gefühl der Verachtung.

Mit einem enttäuschten Seufzen umfasste Sofie ihr Medaillon, welches sie an einer Kette um den Hals trug und versuchte sich wieder auf das Hier und Jetzt und ihren Besuch am Grab ihrer Mutter zu konzentrieren. »Ich weiß, ich habe dich lange nicht mehr besucht«, flüsterte sie. »Aber ich denke immer an dich.«

»An wen denkst du denn?«, flüsterte eine leise Stimme zurück und Sofie sah erschrocken um sich. Sie drehte sich um und konnte in das pausbäckige Gesicht eines Jungen sehen, dessen Haare wild unter seiner Wollhaube hervorlugten. Der Rest seines noch unförmigen Körpers steckte in viel zu weiten Stricksachen.

Seine Augen fixierten neugierig die verwitterte Inschrift des Grabsteines, der vollkommen mit Moos überzogen war. Sofie vermutete, dass er nicht lesen konnte. Aber das war hier auf dem Land keine Seltenheit. Nur die wenigsten konnten lesen, rechnen und schreiben.

»Niall – du hast mich erschreckt.« Sofie erhob sich langsam, klopfte sich den Schnee aus ihrer Kleidung und streichelte dem Jungen, der sie noch immer ansah, über den Kopf.

»Verzeihung, Miss Emerson. Das wollte ich nicht.« Dann wiederholte er seine Frage zögerlich: »An wen denkst du?«

»An meine Mutter, Niall.« Sofie konnte sehen, wie er traurig nickte, sich dann umdrehte und auf ein Grab nicht weit entfernt zeigte.

»Meine Mutter ist auch gestorben. Da war ich acht Jahre alt. Das ist jetzt schon das dritte Weihnachten ohne sie. Und ich vermisse sie so arg. Großtante Abbie und Großonkel Eowin sind lieb. Aber ...« Mitten im Satz verstummte er und zuckte unsicher mit den Schultern. Sein hilfloses Gebaren begann Sofies Herz zu berühren und die anfängliche Sorge, dass er einen neuen Auftrag überbringen würde, wischte sie einfach weg. Dann kniete sie sich wieder zu ihm herunter und zog ihn in ihre Arme.

»Sie sind lieb, aber es ist nicht das gleiche wie mit deiner Mutter, habe ich recht?«, vervollständigte Sofie seinen Satz. »Ich vermisse meine Mutter auch. Sie konnte die besten Kuchen backen. Und sie hatte immer ein offenes Ohr und einen guten Ratschlag für mich, wenn ich nicht mehr weiter wusste. Aber weißt du, nur weil sie nicht mehr hier sind, heißt das nicht, dass sie nicht bei uns sind.« Dann tippte sie mit ihren Zeigefinger auf seine Brust und lächelte ihn warm an. »Hier drin leben sie weiter. In dir und in mir. Und solange du sie nicht vergisst, werden sie bei dir sein. Du wirst sie doch nicht vergessen, oder, Niall?«

»Nein, Miss Emerson. Ich werde immer an sie denken.«

Niall schüttelte wild den Kopf – wie ein kleiner Hund, der eben aus dem Wasser kam und sein Fell trocknen wollte. Dann rieb er sich über die Stelle, die Sofie soeben angetippt hatte. »Welchen Kuchen hat deine Ma immer gebacken?«

»Den besten Plumkuchen von ganz Irland, Niall«, kicherte Sofie leise in sich hinein. »Willst du so einen mit mir backen?«

Mit großen Augen und einem breiten Kinderlächeln sah er zu Sofie hinauf und fiel ihr schließlich in die Arme. »Ist das dein Ernst, Miss Emerson? Ich darf wirklich einen Kuchen mit dir backen?« Doch bevor Sofie antworten konnte, begann er, fröhlich umher zu hüpfen, fasste Sofie an der Hand und zog sie von dem einsamen Friedhof fort. Und mit dem glücklichen Kinderlachen an ihrer Seite, breitete sich in Sofies Körper ein warmes Gefühl aus, das sie ganz leicht werden ließ.

»Gesegnete Weihnachten, Mutter.« Schmunzelnd hauchte sie einen Kuss auf ihr Medaillon und ließ das kalte Silber wieder unter ihren Mantel gleiten. Mit einem friedlichen Seufzen sah sie zum Himmel und bemerkte die vielen Millionen Schneeflocken, die in der Luft umher zu tanzen begannen und die Welt bald mit einem reinen, unschuldigen Weiß bedecken sollten.

⊂⊃

Unruhig wälzte Rhona sich in ihrem Bett herum, schüttelte ihr Kopfkissen neu auf und ließ sich auf die weiche Matratze zurückfallen. Seit Stunden lag sie wach und starrte in die Dunkelheit. Doch wie auch immer sie sich bettete, der gewünschte Schlaf wollte einfach nicht folgen. Aufseufzend schloss Rhona ihre Augen und dachte sehnsüchtig an die weichen Brüste der Countess, an die sie sich während des Heimrittes geschmiegt hatte. Und an den Kuss, den Lady Elizabeth ihr gegeben hatte.

Doch als würde ihre Phantasie über sie spotten, entzogen sich ihr Lady Elizabeths Lippen und Brüste immer wieder und ihre Gedanken kehrten zu diesem einen Moment zurück, an dem sie ihren Rucksack ausgepackt hatte und ihr der Brief in die Hände gefallen war. Geoffrey musste ihr den unscheinbaren Umschlag zugesteckt haben, bevor sie das Haus verlassen hatte, um mit der Countess auf deren Anwesen zu reiten.

Zuerst hatte sie den Brief verdrängt, dann hatte sie gezögert, ihn zu öffnen und die geschriebenen Zeilen zu lesen. Die Schrift auf dem Umschlag war ihr wohl vertraut und mutete wie eine Ankündigung kommenden Unheils an. Und ihr Gefühl hatte nicht getrogen. Seufzend richtete Rhona sich auf, zündete erneut die Kerze auf ihrem Nachtkästchen an und zog den aufgerissenen Umschlag aus der unteren Lade hervor. Mit zittrigen Händen öffnete sie ihn und entnahm den doppelt gefalteten Brief.

Meine liebe Tochter,
Du kannst Dir gar nicht vorstellen, wie sehr mich die Zeilen Deines Onkels erfreut haben. Er lobte Deine Entwicklung in den höchsten Tönen. Es erfüllt mich mit Stolz zu erfahren, dass Du Dich wieder auf dem Pfad der Tugend befindest und Deine Zeit den Studien widmest, die Du hier begonnen hattest. Die Schmach, die Du uns Eltern bereitet hattest, habe ich glücklicherweise abmildern und in Grenzen halten können. Als Verirrung unter den empörenden Verführungskünsten dieser Zofe, wird Dir keine Schuld angelastet, da ein Jeder weiß, dass das niedere Volk vor nichts zurückschreckt, um der Armut zu entkommen, in die es hineingeboren wurde. Auch Lord O'Doherty verzeiht Dir Deine Leichtgläubigkeit dem wollüstigen Weibe gegenüber und sieht eurer Hochzeit im Frühjahr wohlwollend entgegen. Die Vorbereitungen schreiten voran, und was kann eine Mutter glücklicher machen, als die eigene Tochter in guten Händen zu wissen? Bleib weiterhin brav und enttäusche uns nicht!

Baroness Lorraine McLeod von Kilkenny, am 19. Dezember 1814
PS: Wenn unsere Verpflichtungen es zulassen, werden Dein Vater und ich euch im Januar besuchen kommen.

Voller Wut hatte Rhona den Brief zerknüllt und gegen die Wand geworfen. Sie konnte es einfach nicht fassen. Und ihre Hilflosigkeit ihrer Mutter gegenüber entfachte stets eine anhaltende Aggression, die sie kaum zügeln konnte. Am liebsten würde sie ihren Gefühlen freien Lauf und ihrer Mutter ein paar entsprechende Zeilen zukommen lassen. Doch sie wusste, dass sie damit gar nichts erreichen würde. Für ihre Mutter war ihre Hochzeit entschlossene Sache. Aufgebracht wanderte sie durch ihren kleinen Raum und drosch immer wieder auf ihr Kissen ein, als sie plötzlich hauchfeine Töne in der Stille der Nacht vernahm. Verwundert lauschte sie gespannt in die Dunkelheit. Wieder erklangen vereinzelt ein paar zarte Töne, die sich zu einer ergreifenden, melancholischen Melodie verbündeten.

Angestrengt versuchte Rhona, sich an die Aufteilung der Räume im Herrenhaus zu erinnern. Schließlich kam sie zu der Erkenntnis, dass sich der Salon direkt unter ihr befinden musste. Doch es war ihr nie bewusst aufgefallen, dass sich dort ein Musikinstrument befunden hatte. Nur mit ihrem dünnen Nachtgewand bekleidet, verließ Rhona die warme Kammer, schlich die Treppe zum Vestibül hinunter und horchte an der Tür.

Ohne anzuklopfen, betrat sie lautlos den Salon und sah die Countess vertieft in ihrem Spiel mit einer mannshohen Harfe, der sie die zauberhaftesten Klänge entlockte. Auf dem kleinen, runden Tisch neben ihr, stand ein mehrarmiger Kerzenleuchter, der sie in ein geheimnisvolles Dunkellicht hüllte. Der wunderschöne Anblick und die sanfte Melodie ließen Rhona ihre Wut in Sekundenschnelle vergessen. Gebannt starrte sie zur Countess und es schien ihr, als legte diese ihre ganze Sehnsucht in dieses eine Lied.

»Meine Mutter hatte diese Melodie geliebt«, flüsterte Lady Elizabeth ohne aufzublicken. »Jeden Abend hatte sie auf der Harfe gespielt, um mich in den Schlaf zu wiegen. Lange Zeit habe ich mich nicht daran erinnern können. Erst nachdem ich das Tagebuch deiner Tante gelesen habe, waren die verloren gegangenen Erinnerungen zurückgekehrt. Doch im Laufe der Zeit, im Strudel aus Pflicht und Kür, hatte ich auch dieses Lied wieder vergessen.«

Gebannt lauschte Rhona den leisen Worten der Countess, die in den zarten Tönen des Harfenspiels versunken war.

»Du hast mich an diese Melodie erinnert, Rhona. Und du hast mir Weihnachten zurück gebracht. Ich danke dir dafür.«

Rhona schluckte berührt und ging langsam auf Lady Elizabeth zu, die noch immer mit ihren Fingern die hauchdünnen Saiten der Harfe streichelte. Vorsichtig nahm Rhona beide Hände der Countess und führte sie zu ihren Lippen, um einen sanften Kuss auf die weißen, feingliedrigen Fingerknöchelchen zu hauchen. In dem Moment, als das Lied abrupt verstummte, sah Lady Elizabeth zum ersten Mal von der Harfe auf, direkt in Rhonas himmelblaue Augen, und ließ ohne Scham ihre Tränen über ihre Wangen laufen.

Wie oft hatte Rhona die Countess heimlich ihrer Eleganz, Erhabenheit und Stärke wegen bewundert. Doch jetzt, in diesem Augenblick der Schwäche, wirkte Lady Elizabeth liebenswürdiger und anziehender denn je. Diese Erkenntnis lief wie ein warmer Sommerschauer über ihren Rücken und schenkte ihr den Mut, das zu tun, was sie bereits am Morgen vor drei Wochen hatte tun wollen: Ohne über die Konsequenzen nachzudenken, beugte sich Rhona bedächtig zu Lady Elizabeth hinunter. Sie nahm das Gesicht der Countess in beide Hände und näherte sich ihrem Antlitz, ohne den Blick von diesen tiefen, dunklen und geheimnisvollen Augen abzuwenden, in denen sich das Kerzenlicht flackernd spiegelte.

Zärtlich küsste sie jede einzelne Träne von Elizabeths Wangen. Schmeckte das salzige Nass auf ihrer Zunge. Der sinnlich-süße Duft von Elizabeths Körper, der sie betörend umhüllte, zog sie ins stürmende Inferno der ungestillten Begierde hinein. Mit jeder Berührung konnte Rhona das heftige Schlagen ihres Herzens spüren – und die Freiheit ihrer Seele, die sich aus dem rostigen Käfig der Zurückhaltung zwängte und endlich zu fliegen begann. Höher und höher. Schneller und schneller. Wie viele Meilen es wohl bis zum Horizont waren?

Die Countess erhob sich ohne jegliche Form des Widerstandes, strich mit einer Hand über Rhonas Nacken und zog sie näher zu sich heran. Mehr Ermutigung hatte Rhona nicht gebraucht. Sie legte ihr ganzes Gefühl, ihre ganze Liebe, in diesen einen Augenblick, in dem sich ihre Lippen endlich berührten.

9

MEERESRAUSCHEN

MIT DEM BLICK GEN HORIZONT

Verschlafen sah Rhona sich um und lächelte still in sich hinein, als sie in der Dämmerung erkannte, wo sie diese Nacht verbracht hatte. *Und vor allem mit wem.* Lady Elizabeth lag noch immer friedlich schlummernd neben ihr. Wie auch beim letzten Mal fiel nur wenig Licht durch die samtenen Vorhänge und hielten den Raum in einem diffusen Dunkellicht gefangen. Vorsichtig drehte Rhona sich zur Seite und stützte den Kopf auf ihre Hand. Ihr Blick wanderte vom wild zerzausten Haar, zu den geschlossenen Augenlidern, weiter zu den leicht geöffneten Lippen der Countess.

Sie konnte es noch immer nicht glauben. Sie hatte sich letzte Nacht tatsächlich getraut, auf Lady Elizabeth zuzugehen und sie zu küssen. Und wie in einem wahr gewordenen Traum hatte diese den Kuss leidenschaftlich erwidert. Hand in Hand waren sie über den dunklen Flur in den ersten Stock geschlichen, darauf bedacht, von niemandem entdeckt zu werden. Aber das ganze Haus hatte still und leise geschlafen, und den beiden Frauen keinerlei Beachtung geschenkt. Kaum im Gemach angekommen, waren alle Schranken gefallen. Leidenschaftlich und wild hatten sie sich geliebt – ihre aufgestaute Lust von all den selbst angelegten Ketten befreit – um sich dann wieder mit soviel Zärtlichkeit zu begegnen, als würde es kein Morgen geben. Die ganze Nacht und den darauffolgenden Tag hatten sie sich einander hingegeben, bis sie Seite an Seite vor Erschöpfung eingeschlafen waren. Glücklicherweise hatte Lady Elizabeth der gesamten Dienerschaft zum ersten Weihnachtstag frei gegeben. Und nun lag sie wieder neben dieser unbeschreiblich wunderschönen Frau, die ihr Herz ganz und gar in Beschlag genommen hatte.

Wie ein Déjà-vu, dachte Rhona und fragte sich, ob wirklich schon drei Wochen vergangen waren, seit sie das erste Mal neben der Countess erwacht war. Sie hätte es nie zu hoffen gewagt, dass Elizabeth ihre Gefühle erwidern würde. Sie, die der Inbegriff der Eleganz war. Sie, die einer Göttin glich, neben der sich Rhona so vollkommen unzulänglich fühlte. Sie, die jeden abzuweisen schien, der ihr den Hof machte. Ungläubig schüttelte Rhona den Kopf und grinste versonnen in sich hinein. Ja, sie war der glücklichste Mensch, der je auf Erden wandelte. Am liebsten würde sie es in die Welt hinaus schreien. Doch Rhona schwieg. Mit all der Liebe, zu der sie fähig war, betrachtete sie die nackte, schlafende Frau neben sich, deren Blöße nur von der Decke um die Hüften verdeckt wurde.

Im Gegensatz zum letzten Mal traute sich Rhona diesmal, die Countess zu berühren. Sanft nahm sie eine dunkle, lockige Strähne, führte diese zu ihrer Nasenspitze und sog den lieblichen Duft in sich auf, der ihre Begierde erneut entfachte. Vorsichtig robbte sie näher an Elizabeth heran und strich mit ihren Fingerspitzen auf der nackten Haut entlang, bis sie das schlaftrunkene Murmeln der Countess vernahm. Für einen Moment hielt Rhona inne. Dann löste sie ihre Finger mit ihren Lippen ab. Behutsam suchte sie sich einen Weg von Elizabeths Hals zu ihrem Kinn, weiter hinauf zu ihrem Mund, küsste ihn und knabberte liebevoll an den Lippen, während ihre Hand vom Rücken weiter hinunter zum Po strich und mit sinnlichen Griffen dessen feste Form erkundete.

»Hmm«, stöhnte die Countess leise auf, »welch schöne Art, geweckt zu werden.«

Rhona kicherte verschmitzt, als Lady Elizabeth ihre Augen aufschlug und sie mit einem warmen Lächeln in ihre Arme zog, um ihr einen leidenschaftlichen Kuss zu geben. »Diesen Service könnt Ihr jeden Morgen haben. Ich bin ganz die Eure«, neckte Rhona amüsiert während sie sie weiter küsste und ließ ihre Hand über Elizabeths weiche Haut entlang der Innenseiten ihrer Schenkel gleiten, die sich ihr schon bereitwillig öffneten. Rhona konnte ein entzücktes Murmeln an ihrem Hals vernehmen, bis es plötzlich leise an der Tür klopfte und das lustvolle Spiel jäh unterbrochen wurde.

Ihren Unmut leise hinausbrummend, ließ Rhona geistesgegenwärtig von ihren Liebesbekundungen ab und riss in Sekundenschnelle die Decke in die Höhe, um ihrer beider Nacktheit zu verdecken. Die Tür öffnete sich keinen Moment zu früh, und Joanne schob ihren Kopf durch den kleinen Spalt. »Guten Morgen M'Lady«, flüsterte sie in das Halbdunkel und wandte sich, wie jeden Morgen, zur Fensterfront, um das erste Licht des frühen Tages in den Raum zu lassen.

»Guten Morgen, Joanne«, antwortete Rhona mit dahingeflöteter Stimme an Elizabeths Stelle und versuchte sich ein herzliches Lachen zu verkneifen, als die Zofe erschrocken aufquiekte und vor Schreck beinahe den Vorhang zu Boden riss. In diesem Augenblick verlor auch die Countess ihre Selbstbeherrschung und lachte hell auf, während Joanne um Fassung rang. »Joanne, lass bitte nachher zwei Frühstücksgarnituren herrichten«, schnaufte Elizabeth zwischen ihren Lachanfällen und zwinkerte Rhona zu. Joanne nickte hastig. Dann ging sie kopfschüttelnd ins Boudoir, um das Morgenbad vorzubereiten. Rhona sah der Zofe neugierig hinterher und wollte nur zu gerne wissen, was sie von ihrem Auftritt hielt. Sie wusste, dass Joanne loyal und verschwiegen war. Sie würde ihre Herrin niemals verraten, geschweige denn bloßstellen. Sie wusste, sie würde kein Wort darüber verlieren, mit wem die Countess ihre Nächte verbrachte. Soweit hatte sie die Zofe schon kennen gelernt. »Und was machen wir jetzt?«, fragte Rhona mit zuckersüßer Stimme und stahl sich einen Kuss von der Countess. Ihr lustvolles Spiel konnten sie wohl kaum in Joannes Beisein fortsetzen.

»Ich werde mich leider wieder den Geschäften widmen müssen«, seufzte Elizabeth leise, richtete sich auf und schlüpfte in ihren Morgenmantel, der über einer Sessellehne neben ihrem Bett gelegen hatte. »Du könntest dich in der Zeit mit deinen Studien beschäftigen.«

Verdrossen kaute Rhona auf ihrer Unterlippe. So hatte sie sich die wenigen Tage, die sie allein mit der Countess verbringen würde, nicht vorgestellt.

»Hör auf zu schmollen, Rhona. Eine Countess muss sich eben auch ihren Pflichten beugen.« Lady Elizabeths Blick verfinsterte sich mit einem Mal und ein langer Seufzer drang über ihre Lippen.

Besorgt horchte Rhona auf. Die Stimmung war von einem Augenblick zum anderen gekippt und sie fragte sich, was in ihrer Geliebten wohl vorginge. »Ist etwas passiert, M'Lady? Warum dieser düstere Blick?«

Mit einem gequälten Lächeln sah Elizabeth zu Rhona und presste kurz ihre Lippen aufeinander, bevor sie stockend zu sprechen begann: »Vor zwei Tagen, gerade als ich mich für das Dinner bei Euch vorbereitet hatte, ersuchte ein junger Mann mein Gehör. Aufgeregt hatte er mir berichtet, dass ein Medaillon mit meinem Bildnis bei einem unlängst verhafteten Rebellen gefunden wurde. Seit mehreren Tagen verbreitete sich das Gerücht, dass ich eine heimliche Liaison mit jenem Rebellen hätte. Mit Stolz hatte er mir versichert, dass kaum jemand dem Gerücht Glauben schenkte. Und wenn es dennoch so sein sollte, würden die Bürger meines Counties unbeugsam hinter mir stehen. Dennoch warnte er mich vor der englischen Aristokratie, für die dieses Gerücht ein gefundenes Fressen wäre, mich kompromittieren zu können.«

Entsetzt starrte Rhona zu Elizabeth, die resigniert ihre Schultern zuckte. *Ist das wirklich wahr? Warum sollte man ihr schaden wollen? Sie ist die liebenswürdigste Person, der ich je begegnet bin.*

»Jeder der mich kennt weiß, dass ich einem Bewunderer nicht mehr Beachtung schenken würde als all den abgelehnten Bewerbern davor. Allein schon deshalb ist dieses Gerücht absurd. Und dennoch ...«

Rhona schluckte unsicher und nickte verstehend. Dann begannen ihre Mundwinkel vor unterdrückter Freude zu zucken. *Sie hat jeden ihrer Bewerber abgelehnt. Nur mich nicht!*

Ein warmes Gefühl breitete sich in ihrem Herzen aus und ließ sie wohlig aufseufzen. Sie sollte mehr Anteilnahme an der Situation ihrer Geliebten zeigen, schalt sie sich in Gedanken. Aber das Glück strömte unermüdlich durch ihren Körper und ließ sie alles andere vergessen.

»Wenn du willst, werde ich mir morgen Nachmittag Zeit für dich nehmen. Wir könnten einen Ausflug machen.« Lady Elizabeth schmunzelte süffisant, gab Rhona einen Kuss auf den Mund und verschwand dann im Boudoir, während Joanne mit einem verhaltenen Lächeln anfing, das seidene Tagesgewand der Countess herzurichten.

ೞ∞

Heute Nacht habe ich seit langem wieder geträumt. Ein unbekanntes Wesen betrat still und leise mein Herz. Ein Wesen umsäumt von gleißendem Licht. Ohne ein Wort zu sagen, riss es die staubigen Bretter nieder, die ich vor Kummer an die Fenster meiner Seele genagelt hat-

te. Behutsam öffnete es die verrosteten Scharniere der blinden Scheiben, und augenblicklich flutete hellstes Licht die dunkle Kammer, blendete mich und ließ mich erzittern. Schnell waren die Farben der Dunkelheit vertrieben, die mir als Versteck gedient hatten.
Noch immer stumm öffnete das Wesen seine strahlenden Hände, in denen es ein kleines Sandkorn verborgen hielt. Neugierig betrachtete ich dieses Körnchen, das vor meinen Augen zu flimmern begann und sich zu einem goldenen Flügelpaar verwandelte. Mit einem Lächeln reichte mir das Wesen jene Schwingen, die mich an Größe mehrfach überragten. Die Angst ließ mich zögern. Doch sein warmer Blick schenkte mir Vertrauen. Und kaum hatte ich diese Schwingen berührt, verschmolzen sie mit meinem Körper und das schimmernde Gold trug mich hoch hinaus in die Grenzenlosigkeit des lichten Firmaments.
Uferlos schwebte ich durch die warmen Lüfte und ritt auf dem seichten Wind, der durch meine Haare wehte und leise die Lieder von Glückseligkeit sang. Ich lebte auf in diesem Augenblick der Vollkommenheit. Alles, was mir vorher wichtig war, schien auf einmal nichtig. Ich fühlte die Ketten der Verpflichtungen bersten, überschritt meine eigenen Grenzen und wuchs über mich hinaus.
Der Kuss der Freiheit schmeckte salzig auf meinen Lippen. Nie wieder möchte ich diesen köstlichen Geschmack missen. Und als ich mich der Sonne näherte, konnte ich in ihr das Abbild derer sehen, die ich so sehr begehre. Ich konnte fühlen, wie sie mich durch ihre glänzenden, geheimnisvollen Augen betrachtete. Ein leichtes Lächeln umspielte ihre Lippen, die ich Stunden zuvor das erste Mal geküsst hatte. Süß und lieblich war ihr Duft, der mich zu verführen wusste. Und ich hoffte, mein Flug würde mich direkt in ihre Arme führen ...

Vor unfassbarem Glück aufseufzend, lehnte sich Rhona in ihrem Sessel zurück, verschränkte die Arme hinter ihrem Kopf und las sich ihre letzten Zeilen durch, die sie soeben geschrieben hatte. Selig sah sie sich in der Bibliothek um. Dieser Raum würde unweigerlich zu einem ihrer Lieblingsräume hier im Herrenhaus werden. Nach und nach würde sie diesen Ort mit ihren Erinnerungen füllen und ihm eine ganz persönliche Note verleihen. Erinnerungen wie jener Traum von letzter Nacht. Er würde der Hüter ihrer Gefühle und Gedanken sein. Und jedes Mal, wenn sie den Raum betreten würde, könnte sie die erlebten Gefühle erneut durchleben. Angefangen von ihrer Wut, die sich zu Neugierde wandelte, bis hin zur allumfassenden Liebe. Ja, mit ihrer beider Liebe wollte sie den Raum tränken und nach und nach jede andere Erinnerung aus ihm vertreiben. »Heute ist ein guter Tag«, lächelte Rhona heiter in sich hinein.

»Lady Rhona –«, zaghaft ertönte Joannes Stimme in die Stille hinein und ließ Rhona erschreckt zusammenzucken. Sie hatte nicht bemerkt, dass sie nicht länger allein war, und sah Joanne mit großen Augen an.

»Ich wollte mich bei Euch bedanken«, fuhr Joanne fort und sah zu Boden. Glück und Scham sprachen aus ihrem Gesicht, ihre Wangen und Ohren glühten und ihre Mundwinkel zuckten vor unterdrückter Freude.

»Bedanken? Wofür?«

»Evan war heute Morgen bei mir. Er hat mir seine Gefühle gestanden und schenkte mir dieses silberne Armband. Zwei Monate lang hat er heimlich mit meinem Vater zusammen gearbeitet, um mir dieses Armband zu schmieden.«

Rhona erhob sich aus ihrem Sessel, ging ein paar Schritte auf die junge Zofe zu, aus deren grauen Augen überschwängliche Freude strahlte. Joanne streckte ihren Arm vor und hielt ihr mit einem Lächeln, das Zeichen seiner Zuneigung hin. »Und ich weiß, das habe ich nur Euch zu verdanken. Auch wenn ich mir nicht erklären kann, wie Ihr das angestellt habt.«

Anerkennend nickte Rhona mit dem Kopf und betrachtete neugierig das Schmuckstück vor ihr. Dieses Armband zeugte von viel Geschick und Ausdauer. Die filigranen Glieder der Kette waren vorsichtig zu einem achtenswerten Gesamtwerk geschmiedet worden, welches sich dezent an Joannes zartes Handgelenk schmiegte. »Wie kommst du darauf, dass ich etwas mit seinem Geständnis zu tun haben könnte?«, fragte Rhona, mit einem unterdrückten Ton von Belustigung in ihrer Stimme. »Damit hätte ich mir doch jegliche Möglichkeit verbaut, dir näher zu kommen.«

Natürlich hatte sie ihre Finger im Spiel gehabt, und klammheimlich an so manchen Fäden gezogen, aber das musste sie der jungen Zofe nicht unbedingt verraten. Mit einem listig verschmitzten Lächeln zog Rhona ihre Augenbraue hoch, und strich mit ihren Fingern über Joannes rot verfärbte Wange. Für einen Augenblick stutzte die Zofe verwirrt, bevor sie sich dann wieder fangen konnte, und ihre Augen leicht zu einem scharfen Blick zusammenkniff. »Fast hättet Ihr mich verunsichert. Aber nur fast. Ich glaube Euch nicht. Ihr vergesst, dass auch ich Eins und Eins zusammenzählen kann.«

»Und was ist dabei herausgekommen?«, kicherte Rhona vergnüglich.

»Als erstes«, begann Joanne aufzuzählen, »habe ich Euch und M'Lady heute Morgen gesehen. Und das Feuer in euren Augen. Euer eben geäußertes Interesse an mir sehe ich daher als Versuch an, mich aus der Reserve zu locken. Als zweites brodelt Evan seit Eurer Ankunft vor Eifersucht. Er wird wütend, sobald man auch nur Euren und meinen Namen in einem Atemzug erwähnt.«

Rhona legte ihren Kopf schief und sah die Zofe neugierig an, die fröhlich vor sich hin redete.

»Unsere Namen in einem Atemzug«, wiederholte sie gespielt ungläubig. »Was wird denn so erzählt?«

Joanne zuckte nur mit ihren Schultern. »Wie gesagt, Euer Ruf eilt Euch voraus. Dass die Zofen sich in Eurer Gegenwart in Vorsicht üben müssten. Und als drittes«, fuhr Joanne grinsend fort, »seine Reaktion auf unseren Tanz, und das obwohl der ja absolut nichts zu bedeuten hatte. Und zu guter Letzt: Am Morgen, nachdem ich Euch mit der aufgeplatzten Lippe angetroffen habe ...«

»Nichts zu bedeuten?«, unterbrach Rhona schmollend. »Mir hat er schon etwas bedeutet.« Mit gespielter Enttäuschung zuckte sie mit den Schultern und bat Joanne, mit ihren Aufzählungen fortzufahren.

»Jetzt habe ich den Faden verloren«, gab Joanne verwirrt zu.

» ... aufgeplatzte Lippe ...«, half Rhona ihr auf die Sprünge. Sie mochte es, die Zofe mit ihrer schelmischen Art zu verunsichern.

»Ja, genau. Evan war den ganzen Tag missgelaunt, hatte Schmerzen und humpelte. Und seine Augen haben vor Abscheu Funken gesprüht. Da habe ich Eins und Eins zusammen gezählt. Ich weiß nicht, was in der Nacht zuvor genau vorgefallen war, aber es hatte Evan dazu gebracht, endlich offensiv um mich zu werben. Ich habe schon geglaubt, ich müsse nochmals drei Jahre warten, bevor er den ersten Schritt macht.« Joanne machte einen fröhlichen Knicks und verließ dann mit beschwingten Schritten die Bibliothek.

»Joanne ...«, rief Rhona laut hinter ihr her und sah dann den fragenden Blick der Zofe. Rhona hielt sich ihren rechten Zeigefinger an die Lippen und zwinkerte ihr zu. »Kein Wort wegen heute Morgen. Zu niemandem.« Rhona wusste, dass sie ihr vertrauen konnte, aber etwas in ihr wollte dieses Gefühl bestätigt wissen.

»Das ist Ehrensache, M'Lady.« Joanne nickte verschwörerisch. Mit einem glücklichen Kopfschütteln sah Rhona der jungen Frau hinterher, wand sich dann aber wieder ihren Schriften zu, um noch ein weiteres Kapitel im Buch ihres Lebens zu schreiben. *Ja, heute war wirklich ein guter Tag.*

Was für ein schwarzer Tag. Voller Bestürzung stand Sofie in ihrer kleinen Hütte und starrte unglücklich auf das versiegelte Schreiben, das Niall ihr übergeben hatte. Sie wusste, dass sie den Jungen jetzt fortschicken, dann das Siegel brechen und Callens Brief öffnen musste. Und doch fehlte ihr der Mut. Mit jedem Mal, mit jeder Nachricht, war es schlimmer geworden. Schon nach der ersten Botschaft war sie zu einer Verräterin an ihrem eigenen Volk geworden. Und dann hatte Callen sein Versprechen gebrochen. Nicht dass sie es nicht geahnt hätte, und doch hatte es sie erschüttert. Sie konnte ihm nicht trauen. Nicht mehr. Und egal, wie oft er ihr etwas versprechen würde, sie würde ihm nicht glauben. Nicht mehr. Aber sie hatte keine andere Wahl. Seit sie den Vertrag unterschrieben hatte, lag ihr Leben in seinen Händen. Sie war vom Regen in die Traufe gekommen. Und dieses Mal, das konnte sie ganz deutlich spüren, würde es nicht weniger furchtbar werden.

»Du musst jetzt gehen«, flüsterte Sofie tonlos. Sie schaffte es nicht, Niall dabei anzusehen. Doch zum Glück schien dieser Sofies Verwirrung gar nicht zu bemerken.

»Ist gut«, antwortete er unbefangen und hüpfte dann ins Freie. »Einen schönen Tag noch, Miss Emerson«, konnte Sofie ihn noch übermütig rufen hören. Dann fiel die Tür ins Schloss. Tief betrübt ging sie zwei Schritte zum Fenster, um dem Jungen noch kurz nachsehen zu können. Doch der war bereits verschwunden.

Mit einem Mal fühlte sie sich einsamer als je zuvor. Wie schön war doch der Weihnachtstag gewesen, den sie mit Niall verbracht hatte. Sie hatte die wenigen Stunden mit dem Jungen genossen. Das unbekümmerte Kinderlachen an ihrer Seite, das gemeinsame Backen und Verzieren. Die Gespräche, die sie geführt hatten. Nach und nach hatte sie Niall näher kennenlernen dürfen. Er hatte ihr seine Träume, seine Sorgen anvertraut. Sofie mochte den Jungen, er war wie ein kurzer Moment des Sonnenscheins in ihrem ansonsten so grauen und trostlosen Leben. Und als sie vorhin ihr Haus verlassen hatte, um einige Besorgungen zu machen, kam Niall plötzlich hinter einer Ecke hervorgesprungen, um sich fröhlich für den schönen Tag zu bedanken.

Mit seinen kleinen Händen hatte er ihr einen versiegelten Brief übergeben. Sie erinnerte sich an Nialls stolz glänzende Augen, weil er seine Aufgabe erfolgreich erfüllt hatte. Doch Sofie ward, als ob ihr vollkommen der Boden unter den Füßen weggezogen worden war.

Ob du noch immer so stolz wärst, wenn du den Inhalt dieser Zeilen begreifen würdest? Und ob du dann noch immer so glücklich in meiner Nähe wärst, Niall? Ich glaube es kaum.

Trotz ihrer bösen Vorahnung, hatte Sofie ihm zulächeln und über den Kopf streicheln können. Und unter anderen Umständen wäre Nialls Geste, sich in diese vertraute Berührungen hineinzulehnen, ein freudiges Erlebnis gewesen. Nur zu gerne hätte Sofie diesen Moment der unschuldigen Zweisamkeit genossen, wenn dieser nicht von einem dunklen Schemen der Sorge überschattet gewesen wäre.

Sofie straffte ihre Schultern, holte ihr Medaillon hervor, das sie um ihren Hals trug, und rieb mit ihrem Daumen über das Silber. Diese Geste schenkte ihr Mut. Dann holte sie tief Luft und brach das Siegel. *Killilane. Küste Wexford. Alphafuchs.* Kaum hatte sie die wenigen Worte gelesen, als sie der Mut auch schon wieder verlassen wollte. Sie wusste genau, was Callen ihr abverlangte. Der große Moment war gekommen. Und sie durfte nicht versagen. Sie war sich bewusst, dass es sie ihr Leben kosten würde. Callen würde sie dazu bringen, ganz Irland zu verraten. Und jetzt war Sofie ihm auf Gedeih und Verderb ausgeliefert. Sie ging in ihre Kammer, um sich umzuziehen und einige Sachen zu packen. Dann eilte sie zur Schmiede, um sich das Pferd zu holen, das Callen für sie dort eingestellt hatte. In der ledernen Satteltasche hatte Sofie eine weitere Botschaft gefunden, der den genauen Auftrag in kryptischen Worten enthielt und sie daran erinnerte, was sie nun zu tun hätte. Stumm fluchend schwang sie sich auf die Stute und ritt in Richtung Osten. Sie hatte Angst. Eine Heidenangst vor ihrer Zukunft. Angst vor dem, was sie nun tun musste. Angst vor den Konsequenzen, die unmittelbar folgen würden, sollte sie sich nicht an den Pakt halten. *Könnte ich es schaffen zu flüchten? Einfach weiterzureiten? Unmittelbar bis zum Hafen? Dort Callens Pferd verkaufen und von dem Erlös eine Überfahrt buchen? Ich müsste nicht das tun, zudem ich nun gezwungen werde. Und niemand würde mich kennen. In einem anderen Land könnte ich neu beginnen. Ein anderes Leben führen.*

Dann lachte sie verzweifelt auf. Das könnte sie niemals schaffen. Callen würde sie mittels Steckbrief suchen lassen. Solange sie lebte, war sie nirgendwo sicher. Und sie müsste weiter mit ihrer Angst leben. Mit der panischen Angst um ihr Leben. Aber das Schlimmste war nicht nur die Angst selbst zu spüren, sondern genau zu wissen, dass sie allein war. Ohne Schutz und Geborgenheit ... Es war aussichtslos.

Vor ihr lag die Küste Irlands. Bis dahin hatte Sofie das Meer noch nie gesehen und es beeindruckte sie zutiefst. Die Wellen, die stürmisch gegen die Felsen schlugen, der raue Wind in ihren Haaren, die kürzlich wieder geschnitten worden waren, und das Schreien der einsamen Seemöwen. Sofie sog die Meeresluft ein, nahm die pittoreske Seelandschaft in ihr Herz auf und richtete ihren Blick gen Horizont. Nie wieder wollte sie diesen malerischen Anblick vergessen. Und für einen Augenblick fühlte sie sich so frei, wie das Meer es war. Doch leider hatte sie nicht die Zeit, ewig an der Küste zu verweilen, um dem Rauschen der Brandung zu lauschen. Mit Bedauern wendete sie einige Zeit später ihr Pferd, um zu ihrem Zielort zu reiten. Mühelos fand sie das Haus, über dessen Türrahmen kaum ersichtlich eine kleine rote Fuchspfote prangte. Sofie wusste, worauf sie achten musste.

Geduldig harrte sie bis zur Dämmerung aus und beobachtete das kleine Haus, immer darauf bedacht, nicht gesehen zu werden. Dieser erste Feiertag verstrich erstaunlich schnell. Ihre Angst und Anspannung ließen die Zeit wie im Nu passieren. Und als sie sich im Dunkel der Nacht schließlich in Sicherheit wog, brach sie still und leise in das Haus ein.

Keine zwei Stunden später, saß Sofie wieder auf dem Rücken ihres treuen Gefährten und strich ihm sanft durch die Mähne. Ihr Körper schmerzte mit jedem Tritt, den das Pferd machte, und sie spürte das anhaltende Brennen in ihren Muskeln. Wenn sie doch nur rasten könnte. Mehr würde sie sich im Augenblick nicht wünschen. Ausruhen und schlafen. Und dass die Übelkeit verschwinden würde. Mit aller Kraft versuchte sie, den Zwang zu würgen zu unterdrücken, als sie das ganze Blut an ihren Händen sah. Immer wieder wischte sie ihre Finger an dem dunklen Gewand ab, doch ließ sich das eingetrocknete Blut nicht so einfach von ihrer Haut entfernen. Sie würde ein Bad brauchen. Dringend. Nicht nur, um all das Blut und den Schweiß von ihrem Körper zu waschen, nein, auch um das unehrenhafte Gefühl loszuwerden, das ihr stetiger Begleiter war. Hektisch gab sie ihrer Stute die Sporen. Sie hatte nur wenige Stunden Zeit, um in die Stadt Wexford zu gelangen. Das jedoch bedeutete, die Nacht durchreiten zu müssen, wenn sie ihr Ziel rechtzeitig am Morgen erreichen wollte. Eine Pause, um sich zu waschen, umzukleiden und das Pferd zu tauschen, konnte sie sich jetzt nicht erlauben. Sie musste durchhalten. Das laute Knurren ihres Magens versuchte sie zu ignorieren. Außerdem hatte der Anblick des Toten ihr den Appetit verdorben. Sie wusste nicht, warum dieser Mann hatte sterben müssen. Er war freundlich zu ihr gewesen und die düstere Botschaft, die sie übermitteln sollte, hatte er gefasst ruhig aufgenommen. Er hatte ihr Leid getan. Für einen kurzen Moment war er sogar zu einem Vertrauten geworden, dem sie all ihre Schuld hatte beichten können. Ihre Geheimnisse hatte er mit ins Grab genommen. Doch seine Stimme, so dunkel und dennoch mit einer sanften Klarheit, hallte noch immer in ihren Sinnen nach: »Ich habe gewusst, dass du eines Tages kommen würdest. Nur nicht, in welcher Gestalt«, hatte der ältere Mann leise gesagt, als er seinen Blick über Sofies schlanken Körper gleiten ließ. Er mochte gut und gerne doppelt so alt gewesen sein wie sie selbst. Sein ansonsten dunkles Haar war an den Schläfen bereits silbergrau, doch sein Gesicht hatte eine Mischung aus Kraft und Weisheit versprüht. Und seine Augen waren von vielen, kleinen Lachfalten umgeben. Unter anderen Umständen hätten sie vielleicht befreundet sein können. Ein väterlicher Freund, der ihr mit Rat und Tat zur Seite gestanden hätte. Doch diese anderen Umstände gab es nicht, hatte es nie gegeben. Für keinen von Beiden.

Sofie wollte die Erinnerung abschütteln, die grauenvollen Bilder verdrängen und den Moment vergessen, in dem sie endgültig zur Mörderin geworden war. Denn genau das war sie – auch wenn es letztendlich doch nicht ihre Hand gewesen war, die die tödliche Klinge geführt hatte. Doch es gelang ihr nicht die Bilder aus dem Kopf zu bekommen. Zweifellos war es der Auftakt für ihre Strafe, für alle Qualen, die sie bis zum Ende ihrer Tage würde ertragen müssen. Denn während sie durch die einsame Nacht ritt, musste sie die ganze schreckliche Szene ein weiteres Mal durchleben. Sekunde für Sekunde erschien jedes der entsetzlichen Bilder vor ihrem inneren Auge, hörte sie wiederholt jedes Wort, das sie mit ihrem Opfer gewechselt hatte: »Ich bedaure keinen Augenblick, was ich getan habe«, erklang die Stimme des Mannes in ihrem Kopf. »Es war für das Wohlergehen unseres Volkes. Aber es macht mich traurig zu wissen, dass ausgerechtet solch zierliche Hände meinen Tod verschulden sollen.« Er nahm Sofies Hände und deutete dann einen Kuss auf die weißen Fingerknöchel an. Und verwundert ließ Sofie ihn gewähren. Tief im Inneren spürte sie, dass von ihm keine Gefahr ausging. Der Klang seiner Stimme war von Gelassenheit geprägt. Es schien, als hätte er diesen Moment wirklich erwartet und bereits seinen Frieden mit sich und der Welt geschlossen.

»Weißt du, warum ich sterben muss?«, fragte er leise und sah Sofie lange in ihre braunen Augen. Sofie schüttelte unwissend den Kopf und schluckte schwer. Innerlich kämpfte sie gegen die Neugier an. Sie wollte so wenig wie möglich wissen, um ihr Vorhaben leichter umsetzen zu können. Dennoch fiel es ihr schwer, nicht ihre aufgebaute Selbstbeherrschung zu verlieren, und dem Gefühl nachzugeben, das inbrünstig darum bat, ihn seine Geschichte erzählen zu lassen. Die Geschichte seines Lebens, die ihn zu dem gemacht hatte, was er in diesem Augenblick war. Vielleicht konnte sie diese Missetat eines Tages irgendwie wieder gut machen. Oder aber er würde sie in ihren Träumen verfolgen. Ewig, wie alle anderen, die sie bereits auf ihren Gewissen hatte. »Nein, Sir.«

»Weil ich bereit war, für ein Land zu kämpfen, in denen das Volk, Menschen wie du und ich, in Frieden und frei von Unterdrückung leben können. Doch dieser Gedanke missfällt dem englischen Adel. Deswegen muss ich sterben. Aber weißt du, ich werde nicht der einzige Kämpfer sein. Noch viele andere werden in meine Fußstapfen treten, und für eine bessere Welt kämpfen. Und nicht nur einfache Bürger. Auch viele der irischen Lords haben sich auf unsere Seite geschlagen. Du siehst, ich bin nicht alleine mit dem Kampf um die Gerechtigkeit.« Er lächelte still vor sich hin und seine blauen Augen strahlten, als er von seinen Taten erzählte, die einst die Welt hatten verändern sollen. »Was ist dein Wunsch für die Welt? Und wie bist du in die Situation geraten, nun auf der falschen Seite zu stehen«, fragte er mit einem weichen Ton in seiner Stimme. Es war kein Vorwurf. Irritiert sah Sofie den alten Mann an, der noch immer freundlich lächelte und sich in den weichen Sessel vor ihr setzte. Mit einer Hand zeigte er auf die freie Sitzgelegenheit neben ihm, und zündete sich seine Pfeife an. »Dieser letzte Wunsch sei mir doch gewährt, oder?«

Ja, er hätte wirklich ein Freund werden können, war Sofies bitterer Gedanke, als sie sich zwar bedächtig setzte, und dennoch nervös um sich blickte. Sie fragte sich, ob der alte Mann Zeit schinden wollte und auf Rettung hoffte. Doch sie wusste, dass niemand kommen würde. Dafür hatte sie ihn zu lange beobachtet. Sein Lebensfaden würde durchtrennt werden. Durch ihre Hand. Gleich.

Stumm nickte sie ihm zu und sah, wie er genüsslich das bittersüße Gift des schwelenden Tabaks inhalierte. Und plötzlich begann sie, ihre Geschichte zu erzählen. Natürlich nicht detailgetreu. Hie und da ließ sie einige Einzelheiten aus, oder redete sich voller Verlegenheit um Geschehnisse herum, doch blieb sie immer bei der Wahrheit. Sie mochte eine Meuchelmörderin geworden sein, aber keine Lügnerin. Auch erwähnte sie kein einziges Mal ihren eigenen oder einen anderen Namen.

Und mit jedem Wort, das über ihre Lippen kam, fühlte sie, wie ein Stück der schweren Last von ihr fiel. Die ganze Zeit hatte sie die schwere Bürde zu verdrängen versucht, was ihr jedoch nie wirklich gelang. Jede Nacht wurde Sofie von ihren Taten verfolgt und gequält. Wie sehr wünschte sie sich ein Ende. Sie wusste, dass es zwar rein gar nichts an den Tatsachen ändern würde, aber sich jemandem anzuvertrauen, nahm zumindest ein wenig Druck von ihrer Seele.

Der Alte schwieg, paffte seine Pfeife und hörte Sofie aufmerksam zu. Und als sie ihre Beichte beendet hatte, nickte er verständlich. »Eine tragische Geschichte. Und ich kann dich sogar verstehen. Ich denke, ich hätte genau wie du gehandelt. Dennoch ist es eine Schandtat von deinem Auftraggeber, ein wehrloses Wesen wie dich so schamlos auszunutzen. Feige und hinterhältig«, brummte er empört und schüttelte geringschätzend seinen Kopf. »Ich danke dir, dass du dir Zeit für mich genommen hast. Jeder andere hätte seine *Mission* schnell zu erfüllen versucht. Es macht mich glücklich, dass du dir noch ein Herz und einen Funken Menschlichkeit bewahrt hast. Wenn du irgendwann auf der richtigen Seite stehen möchtest, dann wende dich an Maël. Er ist mein jüngster Bruder. Er wird dir helfen.«

Sofie schluckte ihre Tränen hinunter und erhaschte ein mitfühlendes Lächeln auf den Lippen des Mannes vor ihr, den sie jetzt töten musste. Und in diesem Moment wurde ihr klar, dass sie es nicht tun würde. Sie konnte es einfach nicht. Sie hatte Irland verraten, hatte gute und mutige Männer an den Galgen gebracht. Sie war der Abschaum der Menschheit, feige, verkommen ... und verloren. Und doch würde sie diesen Mann nicht töten können. Deshalb würde es nun sie selbst sein, die sterben musste. Panik flutete durch Sofies Adern. Unwillkürlich begann sie zu zittern. *Callen wird mich umbringen. Er wird dafür sorgen, dass auch ich hängen werde. Ich würde ihm sogar zutrauen, dass er selbst den rauen Strick um meinen Hals legt. Qualvoll werde ich ersticken. Und dann direkt in die Hölle fahren.*

Es war, als ob dieser Mann ihre Gedanken gelesen hätte. Oder vielleicht hatte er auch nur ihre Angst gesehen. Doch warum auch immer griff er nach Sofies Hand und drückte einmal zärtlich zu. »Geh hinaus. Warte dort einen Moment. Ich will tun, was ich tun muss. Mein Blut soll nicht an deinen Händen kleben.« Mit plötzlicher Energie sprang er aus seinem Sessel auf und öffnete die Tür für Sofie, die noch immer Platz behielt und nun ihren Kopf schüttelte. »Ich kann nicht.«

Sofie war völlig verzweifelt. Sie wusste, dass sie den Mann nicht töten konnte. Und doch hatte sie Angst, so unfassbar viel Angst vor dem, was passieren würde, wenn sie jetzt ging. »Wenn ich versage, werde ich die nächste sein, deren Körper kalt und starr unter der Erde liegen wird, ohne betrauert zu werden.« Sofies Stimme brach.

Der ältere Mann machte einen tiefen Atemzug und schritt auf den Kamin zu, starrte einen Moment in das flackernde Feuer und griff dann zu dem Dolch, der an der Wand auf einem fein modellierten Holzstück drapiert war. In das Holz war ein großes Wappen eingebrannt: ein junger Fuchs, der aufrecht stand und darüber drei kleine Sterne. Darunter stand in alten irischen Lettern sein Name: Sir Walther McGearailt. Gebannt starrte Sofie auf die kleine Waffe, die der Alte ihr in seiner offenen Hand darbot.

»Wenn ich sterben muss, dann bitte durch meinen eigenen Dolch«, raunte er mit stolzer Stimme. Sofie verstand nicht, warum es für ihn einen Unterschied machte, durch welche Waffe er den Tod fand.

»Ich verzeihe dir«, waren seine letzten Worte, als er den Dolch in Sofies Hände legte, und sich selber die stählerne Klinge mit einem plötzlichen Ruck in die Brust rammte. Sein letzter Blick galt ihr, während er langsam zu Boden sank und dort regungslos liegen blieb.

Noch eine Weile hatte sie schockiert auf den Mann gestarrt, der blutüberströmt auf der Erde lag und mit einem Lächeln auf den Lippen gestorben war. Bis jetzt hatte sie nur mit Worten morden müssen. Nie zuvor hatte sie die Klinge selbst geführt. Langsam griff sie sich in ihre Jackentasche und holte einen goldenen Siegelring hervor. Einen kurzen Augenblick lang hielt sie das Kleinod in ihren noch immer zitternden Händen. Tränen liefen ihr über die Wangen. Dann kniete sie sich nieder und steckte den Ring an den noch warmen Finger des Toten. Die Fährte war nun gelegt. Der Mörder musste jemand aus den eigenen Reihen sein und sollte vom Adel ablenken. Diese Tat würde nun das Misstrauen unter den Freiheitskämpfern schüren und der Aristokratie weiter den Weg ebnen. Sofie bemerkte nicht länger, wohin sie ritt. Vollkommen in Gedanken an ihre jüngste Schreckenstat versunken, preschte sie durch die Morgendämmerung. Und insgeheim kam sie nicht darum herum, den Mann für seinen Mut zu bewundern. Er hatte sein Leben für das ihre gegeben. Sie trauerte um ihn. Und gleichsam war sie ihm dankbar, dankbar für seinen Tod. Sie hing an ihrem Leben, egal wie erbärmlich es auch sein mochte. Sie wusste, dass dieser Gedanke vom puren Egoismus durchtränkt und sie feige war – so unendlich und erbärmlich feige. Doch was sollte sie tun? Ihr eigenes Leben einfach aufgeben?

Die Umgebung, die sie eilig durchritt, verschwamm zu einer weißgrauen Masse, die selten von Häusern durchbrochen wurde. Callen hatte ihr eindringlich eingebläut, sich von öffentlichen Wegen fern zu halten. Im Dickicht der Bäume, im Schutz der Dunkelheit, würde sie sicher sein und unentdeckt bleiben. In Gedanken verfluchte sie Callen für seine niederträchtigen Missionen. Sie hatte sich bis zu jenem unseligen Tage, an dem sie auf ihn traf, nichts zuschulden kommen lassen. Welche Figur stellte sie in seinem ehrlosen Spiel dar? Manchmal hatte Sofie das Gefühl, Callen wollte, dass sie scheiterte.

Aber warum? Irgendwie kann ich ihn nicht verstehen. Dennoch spürte, nein, wusste sie, dass ihr Leben von ihren Fähigkeiten abhing ... Und aus dem einen Auftrag, den Callen ihr erteilt hatte, waren bereits sechs geworden. Nach jeder Aufgabe, die sie erfolgreich erfüllt hatte, wurde ihr heimlich eine weitere Botschaft zugesteckt. Jede dieser Nachrichten hatte eine hohe Priorität. Sollte sie erfolgreich sein, so versprach er ihr die Freiheit. Wenn sie jedoch versagte, so würde es sie ihr Leben kosten. Und mit jedem weiteren Auftrag schwand ihre Hoffnung. Ihr wurde deutlich bewusst, dass sie sich immer mehr in dem Teufelskreis verheddarte, der ihr jede Aussicht auf ein freies Leben nahm. Auch diesmal war es so gekommen. Kaum war sie vorsichtig aus dem Haus des alten Mannes zu ihrem Pferd geschlichen um nicht entdeckt zu werden, hatte ein weiteres Pergament in ihrer Satteltasche gesteckt. Eiligst war sie aus der Gefahrenzone geritten, und hatte erst nachdem sie sich in Sicherheit gewogen hatte, das Pergament im hellen Mondlicht gelesen: *Stadt Wexford. Wirt zum schwarzen Anker. Sofort!*, stand mit eilig dahin geschmierten Worten auf dem abgerissenen Papierfetzen. Dass Schlimmste war nicht, dass sie ständig auf ihren Missionen von jemandem überwacht wurde, den sie nie zu Gesicht bekam, sondern, dass auf jeden erfüllten Auftrag ein neuer folgte, den sie weder ablehnen konnte noch durfte. *Heute war wirklich ein schwarzer Tag!*

○○○

»Nein, das ist nicht wahr.« Mit vor Erstaunen geöffnetem Mund schlich Rhona um das große Gefährt vor ihr. Evan hatte den Irish Hunter Ríona vor den kleinen Zweiachser gespannt, dessen Räder gegen die scharfen, länglichen Kufen ausgetauscht, und die Kutsche somit zum Schlitten umfunktioniert. Irritiert bemerkte sie, dass nur Platz für zwei Personen auf dem Gefährt war, und sah fragend zur Countess, die Rhonas aufgewecktes Interesse verfolgte. »Du wirst ihn fahren«, erwiderte Lady Elizabeth leise auf Rhonas unausgesprochene Frage, bestieg die Kutsche und hüllte sich in die dicken Pelzdecken, die Evan vorausschauend bereit gelegt hatte.

»Aber ich habe noch nie einen Schlitten gelenkt«, zweifelte Rhona an ihren Fähigkeiten, als die Countess ihr aufmunternd zunickte. »Du wirst es schaffen. Ich vertraue auf deine Geschicklichkeit.«

Mit vor Stolz gehobener Brust kletterte Rhona auf den Sitz neben Lady Elizabeth, griff nach den Zügeln und ließ ihre Zunge locker schnalzen, während Evan sich einen Schritt zur Seite bewegte, um nicht bei der Anfahrt von der Kutsche überfahren zu werden. Mit einem kurzen Blick zur Seite erkannte Rhona, dass Evan ihr zum ersten Mal ein anerkennendes Lächeln schenkte. Doch sie konnte keinen Spott in seinem Gesicht lesen. Und als sich ihre Blicke trafen, nickte er ihr stumm zu und klopfte mit seiner Handfläche sanft auf Ríonas Kruppe. Nur einen Atemzug später gewann der Schlitten an Fahrt, und Rhona lenkte den Wagen mit einem Hochgefühl aus dem Vorhof des Herrenhauses.

»Wohin soll ich fahren?«, rief Rhona der Countess zu, die Augen hochkonzentriert auf den verschneiten Weg vor ihr gerichtet. Ihr war ein wenig mulmig zumute, und sie hatte die Befürchtung, die Kontrolle über den Wagen zu verlieren, wenn sie ihren Blick schweifen ließe.

»Immer geradeaus der Straße folgend. Bei der zweiten Schneise hinter dem Wald biegen wir rechts ab. In einer Stunde sollten wir das Ziel erreicht haben«, wies Lady Elizabeth fröhlich an. Ohne das genaue Ziel zu kennen, nickte Rhona nur und zog sich ihre Kapuze tiefer ins Gesicht. Der eisige Wind ließ sie frösteln, aber das machte ihr nichts aus. Für sie fühlte es sich an, als würde die Kälte Millionen kleine, beißende Küsse auf die noch warme Haut hauchen. Mit jedem Moment, der verstrich, wurde Rhona sicherer im Umgang mit dem großen Gefährt und steigerte die Geschwindigkeit, indem sie ihre Zügel tollkühn auf den Irish Hunter hinunterschnellen ließ. Und der Hunter bewies einmal mehr, welch Temperament in ihm wohnte.

Sprachlos stand Rhona am Rande des Abgrunds. Der Anblick der wildbrausenden Küste vor ihr, das schäumende Wasser und der Horizont, der weit entfernt schien, ließen Rhona verstummen. Der Wind zerrte stürmisch an ihrem Gewand, und auch Lady Elizabeth hatte ihre Mühe, den wärmenden Pelzmantel an ihrem Körper zu halten.

Rhona konnte sie auflachen hören, als eine heftige Bö ungestüm durch ihr Haar fuhr und ihre langen Locken im Wind tanzen ließ. Doch schnell richtete sich Rhonas Blick wieder auf die raue Schönheit vor ihr. Sie hatte das Meer lange nicht mehr gesehen. Und dieser Anblick hielt sie gefangen. Unzählige Möwen tanzten im Wind auf und ab und vollführten ihre halsbrecherischen Kunststückchen, während sie laut kreischten. Vorsichtig stellte sie sich an den Rand der Klippen, breitete ihre Arme aus und wiegte ihren Oberkörper im Wind. So müsste es sich anfühlen, wenn man fliegen könnte, stellte sie sich vor. Sie hatte die gewaltige Küstenlandschaft in ihr Herz eingesogen und ihren Blick gen Horizont gerichtet. Nie wieder wollte sie diesen malerischen Anblick vergessen. Und so wie der Wind das Wasser wild aufschaukelte und die Wellen schäumend gegen das Riff schlugen, so dass die Gischt ihr ins Gesicht spritzte, so fühlte sich auch Rhona tief in ihrem Inneren. Für einen Augenblick fühlte sie sich so aufgewühlt und frei, wie das Meer es war.

Lautlos war Elizabeth hinter Rhona getreten und hielt mit ihren Armen deren zitternden Oberkörper umschlossen. »Das Leben gleicht dem Ozean vor uns«, sagte die Countess leise. »Mal siehst du das Wasser wie heute: aufbrausend, laut und wild. Ein Ritt auf den Wellen wäre gefährlich. Eine falsche Bewegung, und man findet sich auf dem Meeresgrund wieder. Dann wiederum sieht es so aus, als könne der weite Ozean kein Wässerchen trüben. Still ruht die See, lockt zu Bootsfahrten hinaus und die Wellen wiegen dich in Sicherheit. Und wie im wahren Leben wechseln stets die Gezeiten. Manchmal hat man sogar das Glück, einen Schatz zu finden, der als Treibgut an den Strand gespült wurde.«

Verwundert schmiegte sich Rhona in die warme Umarmung hinein und starrte weiter in die atemberaubende Weite vor ihr.

»Mag dir das Leben für einen Augenblick wild und aufbrausend erscheinen, der Moment wird kommen, in dem die Wogen sich glätten und der Frieden zurückkehrt.«

Rhona nickte stumm und nahm sich vor, sich Elizabeths Worte gut einzuprägen. Konzentriert versuchte sie, die Linie des Horizonts zu erspähen, die in der Ferne undeutlich mit dem Meer verschwamm.

»Lass uns fahren. Die Dämmerung wird bald folgen und uns den Heimweg erschweren.«

Rhona spürte wie Elizabeths Arme sich langsam von ihr lösten und bedauernd sog sie ihre Unterlippe ein. Wenn dieser Augenblick doch nur ewig währen würde. Aber die Zeit blieb nicht stehen. Sie fühlte den Druck von Elizabeths warmer Hand auf ihrer Schulter, den sanften Griff, der ihren Nacken hinauf wanderte, und dann durch ihr weiches Haar streichelte. Rhona hatte ihren größten Schatz bereits gefunden.

Nachdem sie eine Weile gefahren waren, und Killilane, die erste Siedlung nach der unberührten Klippenlandschaft erreichten, konnte Rhona die ernsten Gesichter der Dorfbewohner erkennen. Mit langsamen Schritten gingen sie auf die kleine Dorfkirche zu. In ihren Händen hielten sie Kerzen, deren Flamme sie mit ihren Händen zu schützen versuchten. Vorsichtig lenkte Rhona den Schlitten an den Wegesrand, um die dunkle Karawane nicht zu behindern, und beobachtete den kleinen Trauermarsch, der leise singend voran schritt. Indessen kletterte Elizabeth von der Kutsche, und Rhona konnte beobachten, wie sie eine ältere Frau ansprach. Angestrengt versuchte Rhona, den Fragen der Countess zu folgen, konnte aber aufgrund des stürmischen Windes nur ein paar Wortfetzen der Alten erhaschen: Totenwache. Sir Walther. Als Rhona sah, wie Elizabeth etwas sagte und ihre Hand auf die der Alten legte, deren Augen immer größer wurden und letztendlich dankbar erfreut strahlten, konnte sie nicht anders, als die Countess für ihre fürsorgliche Art zu bewundern. Heimlich musterte sie Elizabeth, die wieder auf den Schlitten kletterte, und ihre Hand auf ihre Schulter legte. Ein stummes Zeichen, dass sie bereit zur Weiterfahrt war.

»Lady Elizabeth«, Rhona zögerte einen Moment, ihre Frage laut auszusprechen, »kanntet Ihr den Verstorbenen?«

Die Countess nickte langsam und in Gedanken versunken. »Ich kenne so gut wie alle hier im County. Auch das ist eine meiner Pflichten. Um zu wissen, was in meiner Region vor sich geht, muss ich Kontakt zu allen wichtigen Personen halten. Sir Walther war ein enger Vertrauter. Ein herzensguter Mann. Aufrichtig und gerecht. Er hatte mich schon einige Male beraten und treu an meiner Seite gestanden. Nie wurde etwas Schlechtes über ihn gesprochen. Es war kein Geheimnis, dass er mit den Rebellen sympathisiert hatte. Unter den Dorfleuten wird gemunkelt, dass er deswegen von Aristokraten hinterrücks ermordet wurde, um den Plänen von König Georg nicht im Wege zu stehen. Oder besser gesagt, den Plänen seines Sohnes, des Prinzregenten. Ein toter Feind ist ein gelöstes Problem.«

»Den Plänen des Prinzen von Wales?«, fragte Rhona mit einer Spur von Überraschung. Sie wusste, dass der König längst nicht mehr in der Lage war, über seine Völker zu herrschen. *Geisteskrank* wurde hinter vorgehaltener Hand geflüstert. Und sie wusste, dass der älteste Sohn an seiner Stelle über das Vereinigte Königreich herrschte. Wenn auch mehr schlecht als recht.

»Wie du weißt, ist Prinz Georg aufgrund seiner Skandale und seines extravaganten Lebensstils nicht sehr angesehen. Das Volk leidet unter seinen Ausschweifungen. Und doch gibt es genügend Anhänger in der Aristokratie, die ihn unterstützen.«

»Ich hoffe«, flüsterte Rhona beinahe, »dass nicht voreilig Rückschlüsse auf Euch gezogen werden. Wenn er doch Euer so enger Vertrauter war. Wir sollten die Augen und Ohren offenhalten.« Sie schluckte den aufkommenden Kloß in ihrem Hals hinunter. Ihre ganze Sorge galt Elizabeth und ihrem geliebten Vater. Auch er bewegte sich auf gefährlichem Eis. Dorrien war schon immer zu sehr ein Menschenfreund gewesen, als die Unterdrückung zuzulassen. Seitdem er und Lord O'Reilly, Count von Kilkenny, eng befreundet waren, kämpften sie gemeinsam gegen die Ungerechtigkeit in ihrem County an. Natürlich im Geheimen. Eiskalt lief es ihr den Rücken hinunter. War auch er davon bedroht, einem Meuchelmörder in die Hände zu fallen? Und wer war die Person, die im Hintergrund die Fäden zog? Ob es einer der Anhänger des Prinzregenten war? Oder konnte er es sogar höchstselbst sein? Sie musste ihrem Vater unbedingt eine Nachricht zukommen lassen, von dem Mord berichten und ihn vor möglichen Gefahren warnen. Würde sie alle beschützen können, die ihr nah am Herzen lagen?

10

Neujahrsnacht

Von Macht und Moral

Über alle Maßen erstaunt, zogen Rhona und Margaret ihre Kreise um die wundervolle Gewandung, die auf einer Drahtpuppe drapiert war. Endlich war der Tag gekommen, an dem auch Margaret in dem Stadthaus der Countess eingetroffen war und sie gemeinsam zum Stadtplatz gingen, um Rhonas Ballkleidung abzuholen. Bis zum großen Neujahrspektakel waren es noch vier Tage.

Lady Elizabeth hatte bis heute nichts über ihre Vorstellungen bezüglich Rhonas Kleidung verlautbaren lassen und sogar noch auf dem Weg zur Schneiderei geschwiegen, obwohl Rhona und Margaret alles daran gesetzt hatten, etwas aus ihr herauszukitzeln. Doch Lady Elizabeth hatte nur geheimnisvoll mit den Schultern gezuckt und beide zu einem schnelleren Schritt angehalten. Und umso mehr waren Rhona und Margeret überrascht, als sie das Ergebnis zu Gesicht bekamen.

Insgesamt bestand der Aufzug aus fünf Teilen: Eine Hose, die an den Knien gebunden wurde; dazu eine ärmellose Weste, ein Hemd, das an der Brustseite mit dezenten Rüschen geschmückt wurde, ein livreeartiger Mantel und gefärbte, glatt polierte Lederstiefel. Der ganze Anzug war in einem natürlichen Weiß gehalten. Die Weste hingegen war mit winzigen, dunkelgrünen Knospenstickereien abgesetzt, die weiße Hose hatte an den äußeren Seiten einen schmalen Streifen in derselben moosgrünen Farbe. Aber die meiste Arbeit und Raffinesse steckte in dem leichten Übermantel, der mit silbernen Knöpfen, silbernen Borten, grünen Epauletten und einem Stehkragen verziert war. Auf der Herzensseite hatte die Schneiderin mit grüngoldenen Fäden das Wappen von Wexford hineingestickt.

Rhona wagte es kaum, den Anzug auch nur zu berühren. Während das Hemd aus reiner, kostbarer Seide bestand, war der Rest der Uniform aus einer Mischung aus kostbarer Schur- und Baumwolle gefertigt. Selbst die kniehohen, gebürsteten Stiefel waren aus dem edelsten Nubukleder geschaffen, das Rhona je berührt hatte. Ganz in Gedanken versunken und sprachlos vor Freude, bekam sie gar nicht mit, wie die Countess ihr liebevoll befahl, den Anzug anzuprobieren. Erst als Margaret sie sanft in die Seite zwickte, und Rhona sah, wie die Schneiderin lächelnd den Anzug von der Puppe zog, erwachte sie aus ihrer bewundernden Starre.

Mit einer wedelnden Handbewegung führte Lady Elizabeth sie in die Kabine, in der sich die junge Lady sogleich mit Hilfe der Schneiderin in ihre Gewandung warf. Als der seidene Stoff Rhonas Haut berührte, zog sie vor Überwältigung die Luft scharf ein. Nie hatte sie solch erlesene Kleidung tragen dürfen, und das, obwohl sie alles andere als arm aufgewachsen war. Aber dieser Stoff war der Inbegriff aller Ästhetik, der sanft ihre weiche Haut umschmeichelte und ihr ein würdevolles Aussehen verlieh. »Passt wie angegossen«, flüsterte sie leise in sich hinein.

Auch Margaret und die Countess hielten für einen Augenblick den Atem an, als Rhona majestätisch aus der Kabine trat, um sich zu präsentieren. Elegant verbeugte sie sich vor Lady Elizabeth, nahm ihre Hand und hauchte ihr einen Kuss auf die Handinnenfläche, welchen

die Countess mit einem koketten Blitzen in den Augen quittierte.
»M'Lady, und wieder muss ich Euch danken. Für Euer Geschenk, und für Euren exquisiten Geschmack.«

Doch Lady Elizabeth lachte nur leise auf. »Ich muss gestehen, ich war kurz davor, dir ein Kleid schneidern zu lassen. Nur um einmal einen kurzen Blick auf dein verblüfftes Gesicht werfen zu können. Aber dieser Anblick jetzt lässt mich meine Entscheidung nicht bereuen.« Süffisant sah sie Rhona an, deren Gesichtsausdruck von schockiert über unsicher bis hin zu erleichtert wechselte. Aber zu Elizabeths Bedauern konnte sie sich schnell wieder fangen. Und um Margarets Erstaunen die Krone aufzusetzen, machte Rhona einen Schritt auf die Countess zu, stellte sich auf die Zehenspitzen und gab ihr einen sanften Kuss auf die Lippen. Während die Countess Margaret überrascht zuzwinkerte, ging Rhona zu ihrer Cousine und schloss ihren geöffneten Mund mit einer kurzen Handbewegung, bevor sie sie herzlich umarmte und ihr »Du hast eine gute Menschenkenntnis« zuraunte.

ෆ෮ා

Vorsichtig schlich sich Sofie durch die engen Gassen. Sie hatte es geschafft, rechtzeitig in die Hafenstadt Wexford zu gelangen. In der heruntergekommenen Spelunke *Zum schwarzen Anker*, wo das gemeine Gesindel inmitten der schwer arbeitenden Hafenarbeiter anzutreffen war, hatte sie die nächste Anweisung bekommen, sie solle zum Dienstboteneingang eines noblen Anwesens gehen. Dort würde man sie erwarten.

Von dem zwielichtigen Mittelsmann, der ihr die Informationen hatte zukommen lassen, ließ sie sich den schnellsten und sichersten Weg dorthin erklären. Alsdann entfloh sie erleichtert seiner Gegenwart.

Seine Augen hatten sie voller Gier abgetastet, und es hätte vermutlich nicht viel gefehlt, dass er seinen Gedanken hätte Taten folgen lassen. Sie war froh, dem schmierigen Kerl entkommen zu sein. Eilig hatte sie die Hafenspelunke verlassen und war den beschriebenen Weg durch die Gassen gelaufen. Wie ein Dieb hechtete sie von Schatten zu Schatten, drückte ihren Körper eng an die Hausmauern und registrierte das bunte Treiben vor ihr. Doch ihr Hauptaugenmerk hatte sie auf drei Frauen gerichtet, die inmitten der Menschenmasse seelenruhig schlenderten. Obwohl sie sich längst an einem anderen Ort hätte befinden sollen, beobachtete sie die zwei adeligen Damen, die schwatzend durch die Straßen bummelten, während die dritte im Bunde lächelnd nebenher ging und eine kleine Tasche trug, auf dem groß ein Zunftzeichen, eine stilisierte Schere, sowie Nadel und Faden prangte.

Sofie hatte Rhona sofort erkannt. Nie würde sie ihren Gang, ihre Gesten, ihren Blick und vor allem nicht ihr Lachen vergessen. Wie könnte sie auch? Hatte doch allein der Gedanke an die junge Lady ihr in den letzten Monaten Kraft geschenkt, weiter leben zu können und nicht aufzugeben. Gleich, wie hart ihr Schicksal sie auch traf.

Doch sie jetzt so zu sehen, mit dieser fröhlichen und unbekümmerten Ausstrahlung, als ob nie etwas passiert wäre, schnitt ihr tief ins Herz. Die jüngere Rothaarige an ihrer Seite war keine Konkurrenz. Sie war auf eine zurückhaltende Art und Weise zwar bemerkenswert hübsch, aber von ihr ging keine Gefahr aus. Das konnte Sofie spüren. In der letzten Zeit hatte sie eine enorme Menschenkenntnis entwickelt, die sie selten betrogen hatte.

Aber diese etwas ältere Frau mit den langen schwarzen Locken, der vornehmen, würdevollen Haltung in der mondänen, anmutigen Kleidung und diese eleganten Bewegungen – diese so auffallend schöne Frau – entfachte in Sofie ein brennendes Gefühl der Eifersucht. Für einen Moment überlegte sie, ob sie über die Straße gehen und Rhona ansprechen sollte. Aber dann sah sie an sich herab und schüttelte den Kopf. Dreckig, blutverschmiert und verschwitzt wäre sie gewiss kein angenehmer Anblick für die adelige Frau. Vielleicht käme sogar jemand auf die wahnwitzige Idee, dass sie die drei ausrauben wollte. Früher hätte sie dieser Gedanke zum Schmunzeln gebracht, doch das Lachen war ihr schon lange vergangen. Traurig – so unendlich traurig, wie noch nie zuvor in ihrem Leben – wandte Sofie sich von dem Getümmel ab und suchte sich ihren Weg zu dem Manor, in dem sie bereits erwartet wurde. Nach wenigen Schritten begann sie zu laufen.

Es schien, als ob sie vor dem Schmerz, der Erkenntnis und der Enttäuschung davonlaufen wollte. Sie rannte die letzte halbe Meile so schnell, dass ihre Seiten zu stechen begannen und sie schnaufend am Dienstboteneingang ankam. Angestrengt nach Luft schnappend, lehnte sie ihren Kopf an die schwere Holztür. Sie wollte sich für einen Moment sammeln und ausruhen, bevor sie ihrer nächsten Mission entgegentrat. Doch just in dem Moment, als Sofie keuchend die Luft einzog, öffnete sich die Tür, und sie fiel auf den Boden, direkt vor die Füße einer älteren Frau, die sichtlich verärgert zu ihr herabblickte und ungeduldig mit einem Fuß wippte. »Endlich! Der hohe Lord erwartet dich bereits seit einer halben Stunde«, ertönte die hohe, pikierte Stimme der Haushälterin. Sofie rappelte sich erschrocken vom Boden auf, murmelte ein paar Worte der Entschuldigung in sich hinein und stapfte der Frau hinterher, die sie steif und formell in den Dienstbotentrakt führte. Die Entschuldigung war nicht wirklich ernst gemeint.

Nach dem Erlebnis mit ihrer ehemaligen Geliebten und der fremden Aristokratin, die Rhona offensichtlich den Kopf verdreht hatte, war ihr alles gleichgültig geworden. Sollte der alte Lord doch warten. Sie hatte in ihrem Leben schließlich auch oft genug warten müssen. Und auf die wenigen Augenblicke mehr oder weniger kam es wohl kaum an. Sollte er doch froh sein, dass sie überhaupt gekommen war.

⊰⊱

Ärgerlich zog der Lord an seiner Pfeife und stieß den beißenden Qualm aus seinen Lungen heraus. Er wirkte unberechenbar und sein finsterer Blick fixierte einen unbedeutsamen Punkt. »Und du bist dir ganz sicher?«, knurrte er leise.

»Ja, M'Lord. Mein Spitzel hat es aus erster Hand. Er war zugegen, als Dorrien sein Alibi vorbrachte. Er sei mit Lord Count O'Reilly im britischen Parlament gewesen«, schnaufte Callen wütend.

»Wieder eine ungeplante Änderung unseres Vorhabens. Man wird das Komplott nicht mehr mit Dorrien in Verbindung bringen können. Das heißt, wir müssen uns überlegen, wie wir ihn auf andere Weise an den Strick bekommen. Königlicher Hochverrat scheidet mithin aus. Nun gut, kümmern wir uns erst mal um die anderen Lords, die sich nicht der englischen Krone verschrieben haben. Dorrien werden wir zu einem anderen Zeitpunkt vernichten.« Misstrauisch sah er Lord Callen fest in die Augen, während er unablässig seinen Spitzbart zwirbelte. Die längsverlaufende Narbe an seinem rechten Auge verlieh ihm ein teuflisches Aussehen. »Aber ... sag, Callen. Wie kommt es, dass Dorrien ausgerechnet zum Zeitpunkt der Überführung der *Füchse* nicht in der Gegend war, wie abgesprochen? Der Code war doch eindeutig.«

Callen tat einen Schritt auf den Viscount von Wexford zu und hob beide Hände vor seine Brust, um seine Unschuld zu beteuern. »Lord Damian, ich bin kein Verräter. Wir verfolgen beide dieselben Ziele. Glaubt Ihr wirklich, ich wäre so närrisch, unsere gut durchdachten Pläne selbst zu durchkreuzen? Es muss jemanden geben, der uns verraten hat, anders kann ich es mir nicht erklären.«

Lord Damian nickte Callen abwesend zu und paffte weiter an seiner Pfeife, die einen üblen Geruch im Salon verströmte. »Wenigstens hast du deine kleine Dienerin richtig erzogen. Obwohl – sie sollte schon längst zugegen sein. Bist du dir sicher, dass sie kommen wird?«

Doch bevor Callen etwas erwidern konnte, klopfte es leise an der Tür und die Haushälterin trat zusammen mit Sofie in den noblen Salon. »Mylord, euer Gast ist soeben eingetroffen.«

Lord Damian nickte und entließ die ältere Dienerin, die allem Anschein nach froh darüber war, nicht länger in der Gegenwart ihrer Herren verweilen zu müssen.

»Ah – du musst Miranda sein. Du bist spät und ...«, angewidert betrachtete er die junge Frau, deren Kleidung mit Blut und Dreck besudelt war, vor Schweiß nur so triefte, und die keine Anstalten machte, ihm dem Respekt zu zollen, den er verdiente. Steif und unbeugsam stand sie noch immer am Eingang des Salons und blickte überrascht zwischen Callen und dem Viscount hin und her.

»Überrascht, liebe Miranda?«, ergriff Callen das Wort und sah sie mit einem überlegenen Lächeln an. »Ich muss sagen, du hast fast alle deiner Aufgaben zu meiner Zufriedenheit erledigt.«

Das *fast* in seiner Aussage, ließ Sofie für einen Augenblick hellhörig werden. Doch bevor sie nachhaken konnte, führte Callen seinen Monolog weiter fort: »Wie meine Spitzel berichtet haben, hast du alle Aufträge ausgeführt. Aber eines ließ mich stutzig werden. Wie kommt es, dass du bei dem letzten Auftrag soviel Zeit verloren hast?«

Sofie starrte erschrocken zu Callen, dann zu dem anderen Lord, der im Raum stand und ihre Konversation schweigend verfolgte, bevor sie stotternd berichtete, was sich an jenem Tag abgespielt hatte. Ängstlich hielt sie inne, als sie ihren Bericht beendet hatte und fürchtete einen der Wutausbrüche des Sheriffs, die ihr nur zu wohl bekannt waren. Aber weder Callen, noch der Viscount machten Anstalten, sie zu bestrafen. Eher das Gegenteil war der Fall, was Sofie misstrauisch werden ließ. Mit einem breiten Lächeln trat Lord Damian auf sie zu und klopfte ihr auf die Schulter. »Du hast sehr gute Arbeit geleistet. Wenn man den kurzen Zeitraum bedenkt, den Callen für deine Ausbildung zur Verfügung hatte. Und doch habe ich noch einen letzten Auftrag. Oder besser formuliert, einen letzten Wunsch: Für die nächste Zeit wirst du in meinem Haus arbeiten. Und du wirst mich, als meine persönliche Dienerin, auf den Ball begleiten, den die Countess von Wexford in vier Tagen geben wird.«

»Aber ...« Sofie stutzte für einen kurzen Moment, als sie erkannte, dass dies kein Wunsch war, sondern ein Befehl. Dennoch wollte sie ihren Lohn einfordern. Oder es jedenfalls versuchen. »Callen hat mir versprochen, dass ich nach Ausführung des letzten Auftrages frei, bar von jeglichen Bedingungen im Haus meiner Eltern leben kann.«

Damian nickte ihr gespielt wohlwollend zu, doch sein scharfer Ton in der Stimme verriet, dass mit ihm nicht zu spaßen war. »Lord Callen hatte die Befugnis dazu. Aber ich stehe über allem. Daher unterstehst du auch meinen Befehlen. Ich will dich an meiner Seite. Und wenn du nicht willst, dass du wegen Hochverrats angeklagt wirst, wirst du meinen Befehlen Folge leisten. Du weißt doch, was mit Verrätern passiert, oder?«

Eingeschüchtert nickte Sofie, holte tief Luft und versuchte ihren Zorn zu unterdrücken. Sie wollte ihre Gefühle nicht zeigen. Nicht vor den beiden, die mit Menschenleben spielten, als seien sie nichts weiter als stumme Figuren in einem hinterhältigen Machtspiel. Diese Art von Erpressung passte nur zu gut zu dieser Art von Menschen. Sofies Aussicht auf ein freies Leben schwand mit jeder Sekunde, die verstrich. Und der Gedanke, nie wieder aus diesem intriganten Teufelskreis ausbrechen zu können, nahm ihr jegliche Hoffnung.

»Braves Mädchen.« Lord Damian tätschelte ihr kurz die Wange, wischte sich die Hand jedoch danach mit einem blütenweißen Schnäuztuch ab. Was er von ihr hielt, konnte sie sich lebhaft ausma-

209

len. In seinen Augen war sie nicht mehr wert als der jämmerliche Köter, der unter dem Tisch nach Fressbarem bettelte. Doch auch Sofie war angewidert von der Berührung des arroganten Aristokraten. Auch sie hätte sich am liebsten über die Wange gewischt und abweisend ihre Zähne gebleckt, konnte sich aber zurückhalten. Ihr war klar, dass eine solche Geste Konsequenzen nach sich gezogen hätte. Auch wenn Sofie es nicht gerne zugab, aber sie war auf die Gunst der beiden Lords angewiesen.

Lord Damian, der nichts von ihren Gedankengängen zu erahnen schien, zog ein letztes Mal genüsslich an seiner Pfeife und lächelte Sofie süffisant an. »Hast du gewusst, dass die Frau, die du liebst, eine neue Gespielin hat? Sie wird dich längst vergessen haben, wenn sie in den Armen der schönen Countess liegt. Was ist denn schon eine Zofe im Gegensatz zu einer adeligen Lady? Ein Nichts!« Er gluckste leise spöttisch auf. Es schien ihm Spaß zu machen, den Dolch der Boshaftigkeit in andere Herzen zu stoßen. Sofie schluckte betroffen. Dass er von ihrer geheimen Liebe wissen konnte, schrieb sie Callen zu. Aber meinte er es ernst, was er über Rhona sagte? Sprach der hohe Lord die Wahrheit und bestätigte damit ihre eigene Vermutung oder war das nur eine Finte, um sie noch weiter auf seine dunkle Seite zu ziehen?

☙❧

Lady Elizabeths Stadthaus war per se eine Sehenswürdigkeit. Erschien das Landhaus in der Nähe Cromwellsforts mit seinen zwei Salons, der Bibliothek, drei persönlichen Räumen, vier Gästezimmern inklusive Boudoirs, dem Dienstbotentrakt mit der Großküche schon luxuriös, so übertraf dieses imposante Herrschaftshaus alles, was Rhona je gesehen hatte: Es besaß, neben dem großen Festsaal, sechs verschiedene Salons, vierzehn Gästezimmer, wobei die Countess zwei davon als ihre persönlichen Suiten beanspruchte. Allein der zweite Stock beherbergte eine große Bibliothek, zwei Salons und vier große Ankleidezimmer voll mit Gewändern für die verschiedensten Anlässe sowie Elizabeths privates Schlafgemach, das sie sich nun mit Rhona teilte. Die anderen Räume waren auf vier Ebenen verteilt. In dem anschließenden Gesindehaus konnten bis zu einhundertzwanzig Personen untergebracht werden. Auch drei Großküchen und ein imposanter Weinkeller, der für eine optimale Lagerung der wertvollen Importweine sorgte, fanden ihren Platz darin. Dieses Manor war einer Königin würdig. Und doch konnte sich Rhona nicht vorstellen, dass der König noch ausschweifender leben könnte. Ihre Vorstellungskraft, was Luxus und Dekadenz anbelangte, hatte in diesem Haus ihre Grenzen erreicht.

Die ganze Woche hatte das fleißige Dienstpersonal das Haus auf Vordermann gebracht, geputzt, gewischt und geschmückt. Der helle Marmorboden war poliert worden, seidene Vorhänge wurden an den großen Galeriefenstern angebracht, die Marmorsäulen blank gerieben und Bouquets eigens gezüchteter Blumen aufgestellt. Der elegante Ballsaal, angefangen von der Fensterfront bis hin zum hintersten Winkel, glich einem Wald aus Blumen, Düften und den buntesten Farben. Es wurde genäht, gewaschen, gebügelt und gekocht. Repariert, vorbereitet oder neu gebaut. Und im ganzen Haus konnte man eine rege Anteilnahme spüren. Fast kam es Rhona so vor, als würde das Dienstpersonal wie Millionen kleiner Bienen um ihre Königin schwirren, um diesen einen Tag perfekt vorzubereiten.

Und endlich war der große Augenblick gekommen. Rhona und Margaret warteten gespannt auf den Moment, in dem der Ball endlich beginnen sollte. Doch noch immer riss der Strom der Gäste nicht ab, die sich ihren Weg in den immens weiten Saal bahnten. Und mit jedem weiteren Menschen, der den exorbitant geschmückten Tanzraum betrat, hatte Rhona das beklemmende Gefühl, dass es bald wohl keinen einzigen freien Platz mehr geben würde. Zudem wurde das Murmeln und anfängliche Flüstern immer lauter. Fast schien es, als wollte das aufgeregte Geplapper der Gäste die sanfte Hintergrundmusik übertönen. Lady Elizabeth hatte das beste Musikensemble geladen.

Angefangen von Pianisten, einer Vielzahl von Streichquartetten bis hin zu imposanten Posaunenbläsern und Flötenspielern, die die Menge mit ihrer Musik zu begeistern wussten. Auch ließ das opulente Bankett nichts zu wünschen übrig. Sämtliche Gaumenfreuden der Region, nebst extra importierten Speisen und Getränken zierten die außergewöhnliche Tafel.

Rhona beobachtete, wie sich zahlreiche Grüppchen bildeten, in denen die Aristokraten sich in gekünstelter Manier begrüßten oder miteinander plauderten. Zwar konnte sie in der Menschenmenge keine zwei zusammenhängenden Worte verstehen, sich jedoch die Oberflächlichkeit der Konversationen lebhaft vorstellen. Hier ging es nicht anders zu als auf den Bällen, die sie von zuhause kannte. Letztendlich ging es auch hier einfach nur um das Sehen und Gesehenwerden. So konnte sie keine Gewandung zweimal entdecken.

Jeder der hier anwesenden Gäste hatte sich für den berüchtigten Neujahrsball in Schale geworfen. Bei ihrem pompösen Auftreten hatten die meisten einen Hintergedanken im Sinn: Ein lukratives Geschäft oder eine sich rentierende Kuppelei abzuschließen. Rhona war diese Pfauenschau zuwider. Und es war nichts Neues für sie. Ganz im Gegensatz zu Margaret, die sich an den Farben und Stoffen und Menschen nicht satt sehen konnte.

Immer wieder bemerkte Rhona Margarets aufgeregtes Stupsen und Flüstern, doch hatte sie einfach keinen Blick für die Plattitüde der anwesenden Aristokraten. Von all den Menschen hier kannte sie außerdem niemanden bis auf Joanne und Megan, die die vornehmen Gäste mit Getränken bedienten und ihr gelegentlich ein Lächeln zuwarfen.

Plötzlich verstummte die angenehme Musik, und auch das laute Gemurmel fand endlich sein Ende. Wie auf ein geheimes Zeichen hin wurden die Kerzen einiger Luster gelöscht. Nur mehr der größte Kronleuchter, der über der Galerie hing, warf seinen hellen Schein auf die Gastgeberin. Erstaunt drehten sich alle Gäste zur Empore, um die Countess in ihrem Glanz betrachten zu können. Kaum hatte Lady Elizabeth einen Schritt die lange schmale Treppe hinunter getan, begann das Ensemble eine magisch anmutende Melodie zu spielen, die den Auftritt der Countess angemessen begleitete.

Und auch Rhona konnte nicht anders, als erstaunt und mit großen Augen die Frau zu betrachten, die nun vornehm und majestätisch die Treppe hinunter stolzierte. Ihr war gleichzeitig nach Lachen und Weinen zumute, als sie das anmutige Wesen sah, das sie von ganzen Herzen liebte. Wie gern hätte sie ihre Gefühle hinausgeschrien. Hier und jetzt.

Nur das Zittern ihrer Hände und der schnelle Atem verrieten ihre Befindlichkeit, welche Margaret verlegen bemerkte. Mit Wohlwollen pendelten ihre Blicke zwischen ihrer Cousine und der Countess hin und her. *Rhona mit ihrer noblen Garderobe ist schon eine Augenweide. Doch die Countess übertrifft jede Schönheit in diesem Saal bei weitem: In ihrem langen eisblauen, gerafften Kleid, das ihr Dekolleté auf die wunderschönste Weise umschmeichelte und am Rücken offen geschnitten ist, mit dem hellblauen, funkelnden Saphirkollier und den weißen Perlen in ihren hochgesteckten, dunklen Locken - sieht sie wie eine Göttin aus. Selbst Aphrodite hätte neben ihr vor Neid erblassen müssen.* Strahlend stand sie nun vor dem Publikum und begrüßte herzlich ihre Gäste, forderte sie auf, sich willkommen zu fühlen und sich nicht zu scheuen, beim Bankett zuzugreifen. Dann kündigte sie den Einstandstanz an, der sogleich beginnen sollte. Selbstbewusst und ehrgeizig wandelte sie auf Rhona zu, die erschrocken die Luft anhielt. Nie hätte sie es für möglich gehalten, dass sie mit der Countess den ersten Tanz bestreiten sollte. Und für einen Augenblick, fühlte sie sich unangenehm berührt, als sich alle Augenpaare auf sie richteten. Doch das liebevolle Lächeln der Countess ließ ihr Herz höher und höher schlagen. Rhona wollte schon einen Schritt auf ihre Liebste zugehen, als sie plötzlich von einem Mann aufdringlich zur Seite gestoßen wurde. Empört drehte sie sich zu ihm um und sah in ein verhärmtes Gesicht, in dem eine längliche Narbe prangte. Mit einem hämischen Lächeln verbeugte er sich vor der Countess und erwartete, dass sie ihn zum Tanze auffordern würde.

Doch Lady Elizabeths Hand, die nach vorne griff, fasste nicht die Seine, sondern zog Rhona mit einem Schwung zu sich heran, die sich daraufhin freudestrahlend vor ihrer Geliebten verbeugte. Sie konnte noch aus den Augenwinkeln erkennen, dass sich der dreiste Lord mit einem böse funkelnden Blick in den Hintergrund drängte, als ein Teil der Gäste ob der voran gegangenen Vorstellung perplex hinter vorgehaltener Hand zu tuscheln begannen, während andere wiederum applaudierten und lachten. Doch dann verschwanden alle Eindrücke um Rhona herum, die sie Augenblicke zuvor noch verwirrt hatten. Sollten sich die Damen und Herren über diesen *Skandal* doch ihre Mäuler zerreißen. Rhona konzentrierte sich nur noch auf den Tanz mit *ihrer* Countess.

»Ihr beide habt so wundervoll ausgesehen«, schwärmte Margaret voller Wonne, während sie eifrig die Countess beobachtete, die nun mit den Lords tanzte. Oder tanzen musste. Keiner, außer der engeren Vertrauten der Countess, konnte erahnen, dass sie es nur aus reinem Pflichtgefühl tat. Sie lächelte mal hie und da, führte ihre Rolle als Gastgeberin perfekt aus, doch fehlte ihr eindeutig die Leidenschaft und die Freude in ihrem Gebaren. Wo eben noch Flammen aus ihr loderten, als sie ihre jüngere Geliebte im Arm gehalten hatte, ward alles zu Eis, wenn sie mit jemand anderem tanzen musste. Rhona leerte währenddessen mit geröteten Wangen ein Glas Wasser in einem Zug aus, um ihren Durst zu löschen. Der Walzer war ihr beinahe endlos vorgekommen. Nicht, dass es sie gestört hätte. Wenn es nach ihr gegangen wäre, hätte sie die Countess für keinen Augenblick losgelassen, aber ihre Kondition ließ in dieser Hinsicht einiges zu wünschen übrig. Die Nähe und der atemberaubende Duft der Countess hatten sie in eine andere Dimension geführt, die sie nie zuvor kennengelernt hatte. Sie spürte, wie ihr Herz im Einklang mit dem von Lady Elizabeth und zur Musik schlug. Es war wie barfuß auf Wolken zu tanzen.

»Ihr seid das schönste Paar, das ich je gesehen habe. Voller Anmut und Weichheit«, führte Margaret ihre Lobreden weiter fort. »Und ich freue mich so sehr, dass auch sie dich liebt«, flüsterte sie Rhona leise ins Ohr, die daraufhin zu grinsen begann und sanft errötete. Noch einige Wochen zuvor, waren sich beide so im Unklaren gewesen, was die Countess für Rhona empfinden mochte. Und gemeinsam hatten sie sich das Hirn zermartert, wie sie herausfinden könnten, ob die Countess überhaupt Gefühle ihr gegenüber hegen würde. Und dann hatte sich das Schicksal ihr schneller offenbart, als es Rhona je für möglich gehalten hätte. Liebevoll sah sie ihre Cousine an, in deren Gesicht sich eine bezaubernde Röte ausgebreitet hatte, die ihre glänzenden, grünen Augen und das rote, lockige Haare auf angenehmste Weise betonte.

»Ich wünschte, ich würde bei meinem ersten Tanz auch so wundervoll aussehen«, seufzte sie leise, als ein gehässiges Gelächter hinter ihr erklang.

»Seit wann lädt die Countess einfaches Gesinde zum Ball?«

Empört drehten sich Margaret und Rhona zeitgleich um und sahen in das angewiderte Gesicht des Mannes mit der langen, schmalen Narbe, der sich zu seinem jüngeren Begleiter wand und weitere Gehässigkeiten von sich gab. Schützend stellte sich Rhona vor ihre Cousine und schob sie beiseite, damit sie vor dem bevorstehenden Schlagabtausch flüchten konnte. Margaret sollte kein Opfer des herablassenden Adels werden, dafür würde sie sorgen. »Ihr schon wieder ...«, knurrte Rhona wütend und wollte dem Mann an den Kragen, der sich jedoch geschickt aus ihrem Griff wand und sich dann knapp verbeugte. »Verzeiht die Unhöflichkeit. Ich habe mich noch nicht vorgestellt: Lord Damian Fitzpatrick, Viscount von Wexford und Zukünftiger Lady Elizabeths. Und mein junger Freund neben mir ist ...«

»Zukünftiger Lady Elizabeths? Das glaube ich ja wohl kaum«, brauste Rhona leidenschaftlich auf, wurde jedoch von Fitzpatrick kühl unterbrochen, der sich an seinen Begleiter wandte: «Ah, Lord O'Doherty, du hast dir eine leidenschaftliche junge Frau als zukünftige Gattin gewählt. Ich hoffe, du kannst ihr noch einiges an gutem Benehmen beibringen.«

Rhona stockte für einen Moment. *O'Doherty?* Der Name sagte ihr etwas. Das konnte doch nicht sein. Das konnte nicht der Mann sein, den ihre Mutter für sie ausgewählt hatte. Oder doch? Schockiert starrte Rhona in das freundlich lächelnde Gesicht des Lords, der nach ihrer Hand griff und einen Kuss andeutete.

Ihre Mutter hatte Recht gehabt. Für einen Mann sah er wirklich unverschämt gut aus. Aber sie ließ sich durch sein Äußeres nicht beeindrucken. Allein durch seine Gehässigkeiten ihrer Cousine gegenüber hatte er ein Stück seiner Verderbtheit verraten. Vielleicht mit Absicht, vielleicht auch unbewusst. Aber im Gegensatz zu ihrer Mutter würde sich Rhona nicht blenden lassen.

»Darf ich vorstellen, M'Lady? Ich bin Lord Callen O'Doherty. Euer zukünftiger Gemahl. Und ich sehe unserer Hochzeit im kommenden Frühjahr mit Freuden entgegen.«

»Ich habe gewusst, dass es einen Moment in Zweisamkeit geben wird. Ihr könnt mir nicht ewig aus dem Weg gehen, M'Lady. Einmal müsst ihr mit mir tanzen«, säuselte Lord Damian zu späterer Stunde in Lady Elizabeths Ohr. »Auch wenn Euer Verhalten zu Beginn doch sehr unhöflich mir gegenüber war.«

Elizabeth wollte der aufdringlichen Nähe des Viscounts ausweichen, doch er hielt sie fest im Griff und drehte sie schwungvoll über das Parkett. Die Menschenmenge applaudierte ob der schönen Vorstellung, die die beiden gaben.

»Ich bin ein begnadeter und leidenschaftlicher Tänzer, nicht wahr? Ihr könnt jederzeit in den Genuss kommen, wenn ihr nur wollt.«

Begnadet und leidenschaftlich, vor allem was die Verfolgung eigener politischer Ziele betrifft, dachte die Countess bei sich. *Der Rest an ihm ist widerwärtig und unberechenbar. Wenn nicht sogar größenwahnsinnig. Sein Ruf eilt ihm voraus.*

Doch Lady Elizabeth schwieg und hoffte, dass der Tanz bald vorübergehen würde. So lang konnte doch das Stück nicht sein. Zu ihrem Bedauern zog der Lord sie noch näher an sich heran und begann leise Worte zuzuflüstern, die sie zuerst kaum verstand, dann aber zunehmend erschreckten: »Ich habe lange überlegt, was ich tun muss, um mir Eurer Aufmerksamkeit sicher zu sein. Ihr seid eine sehr beliebte Frau, Elizabeth. Jung. Intelligent. Und wunderschön auch noch dazu. Eigenschaften, die ich sehr schätze. Leider sind sämtliche meiner Pläne ins Leere gelaufen. Und doch steht das Glück, wie immer, letzten Endes doch auf meiner Seite: Ich weiß um Euer kleines Spiel mit der süßen Baronentochter, M'Lady. Ich weiß auch, Ihr macht Euch nicht viel aus Prestige. Mit der Öffentlichkeit zu drohen, und Euch bloßzustellen wird wohl keine Früchte tragen. Mit eurem bezaubernden

Charme und der Nonchalance würdet ihr das Publikum sogar begeistern. Selbst jenes, das über solche Verbindungen eigentlich entrüstet sein müsste. Doch das werde ich verhindern.« Der Lord knurrte leise auf. »Ich habe lange nachdenken müssen«, fuhr Fitzpatrick sein Monolog fort, »aber dann kam mir eine grandiose Idee. Wenn Euch das Leben dieser vorlauten Göre etwas bedeutet, werdet ihr mich heiraten, bevor ihr letzten Endes etwas Schmerzhaftes und Tragisches zustoßen sollte. Das wäre ja zu traurig. Nicht wahr, meine Liebe? Aber glaubt mir, einen stattlichen Mann wie mich zu begehren, wird euer Ansehen keineswegs schmälern.« Während einer kurzen Drehung hatte Damian Elizabeths Hand kurz losgelassen. Als er sie nun wieder ergriff, spürte die Countess plötzlich, wie zwei längliche, harte Gegenstände gegen ihre Handfläche gedrückt wurden. Auf dem Gesicht des Lords zeigte sich ein bösartiges Grinsen. »Seht sie euch an«, forderte er sie auf. »Ihr werdet sie zweifellos erkennen, denn es sind Duplikate der Schlüssel zu diesem Stadthaus wie auch zu Eurem Landsitz ... Wie leicht könnte ein gedungener Mörder damit in die Kammer Eures kleinen Wildfangs gelangen.«

Elizabeth war leichenblass geworden. Voller Entsetzen starrte sie den Mann an, der sie gnadenlos weiter über die Tanzfläche zerrte.

»Natürlich könnt Ihr die Schlösser auswechseln lassen«, fuhr er leichthin fort. »Aber da Ihr nicht wisst, wie ich mir diese Duplikate beschafft habe, könnt Ihr kaum verhindern, dass ich auch an die neuen Schlüssel komme. Wer weiß, vielleicht habe ich ja Euren Haushofmeister bestochen, euren Koch oder einen Eurer treuesten Diener. Oder war es doch der Handwerker, der die Schlösser und Schlüssel angefertigt hat und mir treu zu Diensten ist? Es gibt ja so viele Möglichkeiten ...« Er gab ein kurzes, Bedauern heuchelndes Seufzen von sich. »Ihr seht, Ihr könnt das Mädchen nicht schützen. Nicht, solange sie bei Euch ist. Also ...«

Plötzlich wandelte sich seine bis dahin jovial, ja geradezu fröhlich klingende Stimme zu einem bedrohlichen Zischen. »Also tut, was ich verlange, oder das kleine Miststück wird das kommende Frühjahr nicht mehr erleben.« Sein böses Lachen ging in der Masse unter, doch es erschütterte die Countess bis ins Mark. Während der Lord sich immer enger an ihren Leib heran presste, konnte Elizabeth sein halbaufgerichtetes Gemächt an ihrer Hüfte spüren. Die ganze Situation schien den Lord äußerst zu erregen und es war klar, dass es nicht allein an ihr oder dem Tanz lag. Nein. Elizabeth wurde voller Grauen bewusst, dass es die Befriedigung seiner Machtperversion war, die zum größten Teil zu seiner Erregung beitrug. Die Countess konnte nur hoffen, dass ihr das Entsetzen nicht allzu deutlich auf dem Gesicht geschrieben stand. Sie wusste, dass dieser Mann skrupellos war, was seine eigenen Interessen betraf. Deswegen hatte sie ihn die ganze Zeit möglichst auf Abstand gehalten. Aber dass er so weit gehen würde, hätte sie niemals gedacht. Sie war vollkommen fassungslos. Nicht nur sein Äußeres war unansehnlich. Nein – sein Inneres war hässlicher als alles andere. Er war durchtrieben und fanatisch, ehrgeizig und korrupt.

Elizabeth spürte, wie sie zitterte. Sie wollte weg, fliehen, egal wohin, nur fort von diesem Monster. Doch gnadenlos führte sie Lord Damian weiter über die Tanzfläche. »Wir könnten eine Doppelhochzeit feiern. Das wäre doch schön. Ihr werdet meinen Antrag doch gewiss annehmen? Ja, natürlich werdet Ihr das. Ich denke, wir sollten es am Dreikönigstag bekannt geben. Und spätestens im Frühjahr werdet Ihr meine Braut sein, oder ...« Gleichgültig zuckte Fitzpatrick mit seinen Schultern und gluckste großspurig in sich hinein, während er seinen Griff festigte, um die Countess am Davonlaufen zu hindern.

☙❧

Still und leise hatte sich Sofie zurückgezogen und beobachtete die ungestüme und amüsierte Menge um sich herum. Sie fragte sich, was sie hier auf dem Ball sollte. Die Gastgeberin hatte doch genügend Personal. Warum also hatte Lord Damian ihr befohlen, anwesend zu sein – und auch noch helfen zu müssen? Das silberne Tablett mit den Getränken, die sie zu verteilen hatte, war längst leer, aber ihr fehlte jeglicher Elan, sich neue zu holen, um die durstige Gesellschaft zu bedienen. Seufzend versteckte sie sich hinter einer hohen Marmorsäule und hing ihren Gedanken nach. Es schien, als würde ein jeder der Gäste sie ignorieren. *Ich bin eben nur eine Magd, dachte sie bitter, nur ein Stück Vieh, das sie herumkommandieren können. Nicht mehr.* Doch das war es nicht allein, was Sofie deprimierte. Rhona und die Countess zusammen tanzen zu sehen, war zwar ein weiterer Wermutstropfen gewesen. Aber zerbrochen war ihr Herz im Moment ihrer Erkenntnis: Rhona schien wirklich keinen Gedanken mehr an sie zu verschwenden. Dem einen Augenblick beiwohnen zu müssen, in dem ihre ehemalige Geliebte auf die Countess gewartet und sie dann mit diesem verträumten Ausdruck auf dem Gesicht betrachtet hatte ... Lord Damian hatte tatsächlich Recht behalten. Niemals zuvor hatte sie die junge Lady so glücklich gesehen. Dieser Anblick raubte ihr den letzten Halt, den sie im Leben noch hatte. Krampfhaft versuchte Sofie, nicht die Beherrschung zu verlieren, doch konnte sie es nicht verhindern, dass eine Träne über ihre Wange perlte.

»Ist alles in Ordnung?«

Ohne aufzublicken, schüttelte Sofie den Kopf. Ihr war egal, wer vor ihr stand. Selbst wenn es Lord Damian oder Callen gewesen wäre und sie hätte bestrafen wollen. Vielleicht sollte sie einfach aufgeben. Sie war verzweifelt und in ihrer Brust klaffte ein erschreckendes Loch. Welche Perspektive hätte sie denn noch? Ja, aufgeben klang so verlockend.

»Was ist denn passiert«, fragte die leise Stimme neben ihr und Sofie spürte, wie eine warme, weiche Hand ihre Schulter berührte. Und als sie aufblickte, sah sie in ein paar freundliche braune Augen, die besorgt zu ihr herunter schauten. In dem Augenblick brach der Damm ihrer Zurückhaltung und sie begann leise zu schluchzen. Sie spürte kaum, wie sie vorsichtig gepackt wurde, um dann aus dem vollen Tanzsaal geführt zu werden. Erst der kalte Wind, der ihre kurzen Haare umspielte, ließ sie verwirrt aufblicken. Die fremde Frau, die genau wie Sofie eine Art Dienstkleidung trug, nahm sie in den Arm und versuchte, sie sanft zu beruhigen. »Hat dich jemand angegriffen? Nun sag doch, was ist passiert?«, wiederholte sie ihre Frage. Doch Sofie konnte nur den Kopf schütteln und gerade eben noch *gebrochenes Herz* flüstern, dann brach sie hemmungslos in Tränen aus. Mit aller Kraft kämpfte sie gegen ihre Schwäche an, die sie in diesem Augenblick so sehr verfluchte, doch war der Schmerz einfach stärker. Am Ende ihrer Kräfte angekommen, konnte sie einfach nicht mehr.

»Schhhh, beruhige dich«, raunte die Stimme in ihr Ohr. »War es einer der Diener? Oder einer der Lords?«

Doch wieder konnte Sofie nur mit dem Kopf schütteln.

»Eine der Ladies?«, fragte die Magd zögerlich und zugleich zaghaft, so, als ob sie ein gefährliches Terrain betreten würde. Doch als Sofie zu nicken begann, wurde sie fester in die Arme der Dienerin gezogen. »Komm her, du armes Ding.«

Sanft spürte Sofie die Hand der Frau in ihren Haaren, und das zarte Streicheln schaffte es tatsächlich, sie zu beruhigen. Zu lange war es her, dass sie jemand so berührt hatte.

»Solch eine Liebe hat doch keinen Sinn«, hörte sie die Frau leise sagen. Sofie grummelte leise auf, mehr Kraft zum Aufbegehren konnte sie nicht aufbringen. Sie hatte keinen Nerv mehr, auf Vorwürfe zu reagieren. Diese hörte sie schon oft genug.

»Verzeih, ich wollte dir nicht zu nahe treten. Ich meinte ja nur, dass der Adel sich gerne mit unsereinem vergnügt, aber auf mehr darf man wirklich nicht hoffen. Du wirst sehen, mit der Zeit wird dein Herz wieder heilen. Und vielleicht wirst du dann jemanden kennenlernen, der dich von deinem Schmerz befreit.«

Sofie schniefte leise auf. Sie hatte diese Zeit einfach nicht. Und was verstand denn die Magd schon von der Situation, in der sie sich befand? Trotzdem genoss Sofie diesen Augenblick auf eine besondere Art und Weise. Wer wusste denn schon, wann sie wieder ein freundliches Wort zu hören bekäme? Oder eine sanfte Berührung spüren würde? Und zu ihrer Verwunderung hatte die junge Frau nicht aufgehört, sie beruhigend zu streicheln.

»Megan? Bist du hier?« Eine Frauenstimme erklang in der Einsamkeit des Balkons, auf dem sie sich befanden, und alsbald spürte Sofie, wie die Frau, in dessen Armen sie lag, sich von ihr löste.

»Hier sind wir, Joanne.«

Sofie blinzelte kurz Richtung Balkontür und konnte das neugierige Gesicht entdecken, das beide verwundert ansah. Doch schnell wandelte sich der erwartungsvolle Ausdruck in einen mitfühlenden, als Megan ihr die Situation erklärte. Sofie sah Joanne auf sich zugehen, und spürte dann, wie sie ihren Schopf zerwuschelte. »Das tut mir sehr Leid für dich. Doch jetzt müssen wir uns an die Arbeit machen, bevor uns die Gesellschaft erwischt. Wenn du willst, können wir nachher darüber reden.«

Sofie nickte dankbar und wollte sich wieder hinein ins Geschehen werfen. Doch zuvor hielt Megan sie für einen Augenblick fest, wischte ihr die Tränen von der Wange und lächelte ihr aufmunternd zu. Es war ein seltsames Gefühl, dass Sofie durchströmte. Selten hatte sie sich auf Anhieb so verstanden gefühlt. Und das von wildfremden Personen. Gestärkt straffte sie ihre Schultern, ging zurück in den kleinen

Flur, der zu dem Ballsaal führte und blieb wie angewurzelt stehen, als sie eine ihr bekannte Stimme zu sich sprechen hörte. »Sofie? Bist du es wirklich?«

11

QUALEN

DES EINEN FREUD' – IST DES ANDEREN LEID

»Sofie? Bist du es wirklich?« Mit großen Augen betrachtete Rhona die Magd vor sich. Sie sah so verändert aus. Die kurzen Haare standen ihr ausgesprochen gut. Dann spürte Rhona dieses warme Gefühl in ihrer Brust, das sie früher immer gehabt hatte. Und mit einem mal wurde es ihr bewusst: *Ja, ich habe Sofie geliebt.* Nicht auf dieselbe leidenschaftliche Art und Weise, wie sie die Countess jetzt liebte – aber mit einer eigenen, unschuldigen Liebe, wie sich nur zwei Freundinnen, zwei Verbündete gegen den Rest der Welt lieben konnten. Eine Liebe, die kein Bestand haben sollte. Eine Liebe, die von Anfang an zum Scheitern verurteilt war. Aber sie bereute keine einzige Sekunde, die sie mit Sofie verbracht hatte.

Langsam ließ Rhona ihren Blick über Sofies Körper wandern und musste betroffen schlucken. Sie war dünner geworden, gleichzeitig aber auch muskulöser. Und die Augen, die einst so klar und hell strahlten, wirkten nun von Abgeklärtheit und Schmerz verdunkelt. Auch das wunderschöne Lächeln war aus ihrem Gesicht verschwunden und hatte einer tiefen Verbitterung weichen müssen. Rhona konnte die Umstände, die dazu geführt haben mussten, erahnen. *Sie muss wirklich arge Zeiten durchgemacht haben.* Rhona freute sich über das plötzliche Wiedersehen. Sie war versucht, auf Sofie zuzugehen und sie zu berühren, doch das wütende Funkeln das ihr entgegen blitzte, ließ sie in ihrer Bewegung verharren. »Sofie? Was ist los? Was ist mit dir passiert? Hast du geweint?« Keine Neugierde, sondern echte Besorgnis klang in Rhonas Stimme mit. Doch kein Wort drang über Sofies Lippen. »Joanne. Megan. Könnt ihr mir das erklären?«, fragte Rhona sanft. Doch zu ihrer Verwunderung schüttelten beide nur den Kopf und ließen ihre Blicke zwischen Rhona und Sofie pendeln.

»Ich arbeite jetzt für Lord Damian«, hörte Rhona Sofie leise sagen. Und einen Moment lang fühlte sie sich vor den Kopf gestoßen. *Wie kann sie nur für diesen Widerling arbeiten? Weiß sie von seiner gehässigen Art? Und wie er sich aufführt?* Für einen Augenblick war sie versucht, ihre ehemalige Geliebte über diesen arroganten Schnösel aufzuklären, doch Sofie kam ihr zuvor. »Ich *kenne* deine Gedanken, Rhona. Ich kann es in deinem Gesicht lesen. Ich habe es früher gekonnt und kann es noch immer. Und ich verbiete dir, deine Gedanken laut auszusprechen. Wage es nicht, über mich zu urteilen, nur weil ich für den Mann arbeite, der mich aufgenommen hat! Der einzige, der mich nicht wegen meiner Vergangenheit verstoßen hat. Deine Mutter hat wirklich erstklassige Arbeit geleistet. Für sie war ich nur das widerliche Weibsbild, das die Baronentochter verführt und beschmutzt hatte. Keiner wollte mich aufnehmen und mir Glauben schenken, obwohl niemand die Wahrheit kannte.«

Aufgebracht wollte Rhona etwas entgegnen, doch Sofie fuhr unbeirrt weiter fort: »Und während ich um mein nacktes Überleben gekämpft habe, hast du dich in die Arme der *Nächstbesten* geworfen. Welch ein Glück für sie, dass sie keine Dienstmagd ist, die früher oder später das gleiche Schicksal ereilen würde wie mich.«

Erstaunt betrachtete Rhona ihre frühere Freundin, die es wagte, so mit ihr zu reden. Doch dann biss sie sich beschämt auf ihre Unterlippe. Denn egal, in welchem Ton Sofie es ihr vorwarf, letzten Endes hatte sie Recht. Sie hatte sich zwar nicht in die Arme der Nächstbesten geworfen, wie Sofie es ausgedrückt hatte, aber sie hatte auch nichts unternommen, um Sofie zu finden oder auch nur ein einziges Mal überlegt, wie sie ihrer Freundin hätte helfen können. Stattdessen hatte sie nur an ihr eigenes Schicksal gedacht. An *ihr* Leid und *ihr* Glück.

»Es tut mir Leid, Sofie«, war das Einzige, was Rhona noch hervorbringen konnte. Und das war die Wahrheit. Beschämt schaute sie zu den beiden anderen, die betreten zu Boden sahen. Diese Situation war für alle sichtlich unangenehm. Doch während Megan sich zu Sofie gesellte und ihre Hand hielt, schenkte Joanne Rhona ein mitfühlendes Lächeln.

»Ich weiß nicht, ob ich *Euch* verzeihen kann«, hörte Rhona Sofies leises Flüstern, als diese sich knapp vor ihr verbeugte und mit einem »M'Lady« aus dem Flur verschwand, dicht gefolgt von Megan und Joanne, die Rhona einen mitleidigen Blick zuwarf.

☙❧

»Ah, welch köstliche Vorstellung!« Ein leises, immer näher kommendes Klatschen hallte aus dem Hintergrund. Und zu diesem belustigten Applaus folgte ein Gesicht, dass Rhona nie wieder hatte sehen wollen. Lockige rote Haare, die trotz seines jungen Alters an den Ansätzen bereits schütter wurden. Dazu kalte blaue Augen, die nun vor stillem Amüsement funkelten und schmale Lippen, die sich zu einem spöttischen Lächeln verzogen hatten.

»O'Doherty – «, kam es scharf über Rhonas Lippen, »wie lange wohnt Ihr dieser *Vorstellung* schon bei?«

»Eine lange Zeit, meine Liebe, eine lange Zeit. Und es erfreut mein Herz zu hören, welch loyales Personal mein Freund angestellt hat.«

»Habt Ihr eigentlich ein Herz, Mylord?«, fragte Rhona mit einem zynischen Ton, welchen O'Doherty mit einem zufriedenen Nicken registrierte.

»Ja, ich habe mir wahrlich eine temperamentvolle Frau ausgesucht. Aber das gefällt mir. Brave Frauen, die zu allem Ja und Amen sagen, langweilen mich sehr schnell. Es gibt doch nichts über eine Frau, die einem die Stirn bieten kann. Und aus Dankbarkeit darüber habe ich für einen Bruchteil einer Sekunde sogar überlegt, die gute Sofie abzuwerben und Euch als mein Hochzeitsgeschenk darzubieten. Aber dann würde ich mir ja selbst Hörner aufsetzen. Ist es nicht so? Obwohl – nach dieser Abfuhr, glaube ich kaum, dass sie erneut auf Euren Charme hereinfallen würde.« Callen war ihr langsam näher gekommen und strich zärtlich durch Rhonas Haare. Kurzzeitig überlegte sie, ihn für diese unangemessen vertraute Berührung in die Schranken zu weisen. Aber wieder kam ihr Lord Callen mit seinem Gerede zuvor: »Hmm, vielleicht sollte ich alle Frauen in unserem Haus durch diese entmannten Diener austauschen lassen, wie es die Barbaren aus dem Orient zu tun pflegen. Aber ich habe das beruhigende Gefühl, Ihr werdet nie wieder eine der Zofen verführen wollen, wenn Ihr erst mal in den Genuss wahrer Männlichkeit gekommen seid. Glaubt mir, in meinen Händen werdet Ihr schnurren wie ein Kätzchen. Eine Nacht mit mir hat bislang noch keine Frau vergessen können.«

Zu Rhonas Entsetzen beugte er sich vor und seine feuchten Lippen kamen immer näher auf sie zu. »So, und jetzt sei ein bisschen zuvorkommend zu deinem Gemahl.«

Doch bevor es zu diesem Kuss kommen konnte, riss Rhona ihr Knie in die Höhe. »Noch seid ihr nicht mein Gemahl, O'Doherty.« Dann flüchtete sie aus dieser widerwärtigen Situation, ohne auf das röchelnde Fluchen ihres Zukünftigen zu achten. Sie wusste, dass ihre Tat einige Konsequenzen nach sich ziehen würde, aber das war ihr völlig gleichgültig. Es tat gut, sich auf diese Weise bei ihm für die Gehässigkeit gegenüber ihrer Cousine zu revanchieren und zu zeigen, dass Rhona nie das dumme Liebchen sein würde, für das er sie wohl gehalten hatte. O'Doherty sollte ruhig wissen, mit wem er sich einlassen wollte. Und dass es kein Spaziergang ins Glück werden würde.

Aufgebracht und mit zitternden Knien bewegte sich Rhona durch die ausgelassene Menge. Ziellos ließ sie ihren Blick schweifen, um Margaret wiederzufinden, die vor den bösartigen Attacken der beiden Lords geflohen war. Rhona hatte schon fast den ganzen Saal umrundet, als ihre Wut, aber auch ihre Angst, langsam zu weichen begannen und sie Margaret in einer Ecke sitzend entdeckte. Kläglich klammerte sie sich an ein kristallenes Glas, das eine goldperlende Flüssigkeit enthielt. Ihre Augen starrten ins Leere, und ihr Gesicht erschien maskenhaft, wie das von einer traurigen Puppe.

Anscheinend soll keiner von uns heute hier seinen Spaß haben, dachte Rhona grimmig, und hockte sich dann stumm neben Margaret.

»Weißt du, Rhona, ich habe mich so auf diesen Abend gefreut. Ich war noch nie auf einem Ball. Und noch nie zuvor durfte ich solch kostbares Gewand tragen. Ich habe mir diesen Abend tausendmal in meinen Träumen vorgestellt. Aber die Wirklichkeit ist zu ernüchternd.«

Rhona griff nach den Händen ihrer Cousine und schenkte ihr ein aufmunterndes Lächeln. Wie gerne hätte sie ihre *kleine Schwester* vor dieser Enttäuschung bewahrt. Doch in Wahrheit konnte sie sich nicht mal selbst vor der Hochnäsigkeit einiger Adeliger schützen. Sie hatte zwar das Glück, in den höheren Adel hineingeboren worden zu sein und als Tochter eines anerkannten Barons Ansehen zu genießen. Aber dieses Leben hatte einen hohen Preis. Hinterhältigkeit, Korruption und Verrat waren neben Kuppelei, Heuchelei und Oberflächlichkeit die ständigen Begleiter eines Aristokraten. Aber ob nun von niederem oder höherem Stande – jeder wurde als erstes gelehrt, Vorsicht walten zu lassen und niemanden zu schnell zu vertrauen. Aber konnte man das als Erfüllung bezeichnen, nur weil man erhabene Kleidung trug, in opulenten Gemächern wohnte und nicht zu hungern brauchte? Es musste nicht zwangsläufig bedeuten, dass man mit diesem Leben auch glücklich wäre. Rhona war es jedenfalls nicht.

Sie hätte sich ein anderes Leben gewünscht. Vielleicht wäre dieses mit harter Arbeit verbunden, dem Kampf ums tägliche Brot, und viele Annehmlichkeiten, die sie jetzt hatte, würden wegfallen. Doch Rhona würde sofort tauschen, wenn sie könnte. Aber wie jeder andere steckte sie in ihrem Körper fest und hatte ihre Rolle zu spielen. Wie schwer es wohl für ihre Cousine sein musste, einen Tag lang in eine andere Rolle schlüpfen zu dürfen und keine Anerkennung dafür zu bekommen? Unbeachtet als Mensch und unbeachtet als Frau. Den Tag ihrer Träume als pure Enttäuschung erleben zu müssen. Das war wirklich traurig.

Plötzlich hatte Rhona eine Idee. Warum war sie nur nicht eher auf diesen Gedanken gekommen? Grinsend verbeugte sie sich vor Margaret und ergriff dann ihre beiden Hände, um den kleinen Trauerkloß vor ihr in die Luft zu ziehen. »Darf ich dich zum Tanz bitten, liebe Margaret?« Wenn sich ihre liebe Freundin in der Ecke versteckte, konnte sie ja keiner sehen. Weder ihre natürliche Schönheit noch das schöne Kleid, das sie trug. Weder das reizende Lächeln noch den besonderen Glanz ihrer grünen Augen, wenn sie glücklich war.

Margaret zögerte für einen Augenblick und sah misstrauisch in die tanzende Runde. Doch ihre zuckenden Mundwinkel hatten ihre heimliche Freude schon längst verraten.

Wie ein Gentleman führte Rhona ihre Tanzpartnerin auf die Tanzfläche, legte die eine Hand auf Margarets Hüfte, während die führende Hand ihre warmen Finger umschloss. Für einen kurzen Augenblick lauschte Rhona auf den Takt der Musik, dann fand sie den Einsatz. Mit anmutigem Schwung, natürlicher Leichtigkeit und der Leidenschaft für das Tanzen bewegten sich beide über das Parkett, ungeachtet der anderen Tanzpaare, die sich darauf bewegten. Mit einem Mal war alle Verzweiflung, alle Angst vor der Zukunft, vor der geplanten Hochzeit, aus Rhonas Kopf verschwunden. Sie wirbelte über die Tanzfläche, und in diesem Augenblick hatte sie nur noch einen einzigen Wunsch: Ihre Cousine lachen zu hören. Und den Abend für sie vielleicht doch noch unvergesslich zu machen.

Als das Ensemble ein kurzes Stück in langsamem Tempo anstimmte, zog Rhona ihre *kleine Schwester* näher zu sich heran und flüsterte ihr zu: »Weißt du noch, was ich zu dir gesagt habe, als ich zu euch gekommen bin? Wir schauen, dass wir den Flecken Erde hier für uns ein bisschen interessanter gestalten, nicht wahr?«

Margaret begann mit großen Augen zu nicken, und dann endlich hörte Rhona das herzliche Lachen und sah das funkelnde Glänzen in ihren Augen. Völlig außer Atem und trotzdem lachend suchten sich die beiden einen leeren Platz, an dem sie sich für einen Augenblick ausruhen konnten. Oder auch etwas länger, denn Rhona schnaufte, als wäre sie einen Marathon gelaufen, während Margaret nicht aufhören konnte, vor Freude zu kichern. Bis jemand einen dunklen Schatten auf die ausgelassene Stimmung warf. Noch bevor Rhona aufschauen konnte, wappnete sie sich instinktiv für einen eventuellen Angriff. Aber als sie dann in ein vor Verlegenheit errötetes Gesicht sah, entspannte sie sich wieder und stupste Margaret erwartungsvoll an, die noch allzu sehr damit beschäftigt war, wieder zu Luft zu kommen.

Etwas linkisch verbeugte sich der junge Herr vor ihr und spielte dann nervös mit seinen Händen, bevor er leicht stotternd versuchte, seiner Bitte mit Worten Ausdruck zu verleihen: »Ich habe Euch soeben auf der Tanzfläche entdeckt und möchte um den nächsten Tanz bitten, wenn es nicht zuviel verlangt ist.«

Margaret zog eine Augenbraue hoch und holte tief Luft, bevor der junge Herr ihre Antwort erhielt: »Ich bin nur eine arme Pfarrerstochter, ohne adelige Herkunft, und bezweifle, dass ein Tanz mit mir ein kluger Schachzug auf dem Weg nach oben wäre. Also spart Euch Euren Charme für andere Frauen auf, die ein lukrativeres Geschäft für Euch wären.«

Verwirrt über Margarets sarkastische Antwort, begann der junge Mann erstaunt zu grinsen, bevor er sich ein weiteres Mal verbeugte. »Verzeiht M'Lady, falls ich Euch lästig erscheinen sollte. Wenn ich mich vorstellen darf: Aedan Stuart. Und auch ich bin nur ein Diplomatensohn ohne adelige Herkunft. Aber seit ich Euch gesehen habe, habe ich mir nichts sehnlicher gewünscht, als wenigstens einmal mit der schönsten Frau zu tanzen, die mir je begegnet ist. Und wenn mein Bitten den ganzen Abend andauern sollte. Ich werde Euch meine Geduld beweisen.« Stur verschränkte er seine Arme vor der Brust und verharrte direkt vor Margaretes Antlitz.

Erheitert beobachtete Rhona, wie Margaret wütend von ihren Sessel auffuhr, sich direkt vor den jungen Herren stellte und ihn mit bösem Blick anfunkelte. Fast hätte Rhona sich ein Lachen verkneifen müssen. »Wenn das ein Scherz gewesen sein sollte, so habe ich mich nicht gerade amüsiert!«, hörte sie ihre Cousine empört fauchen. Dann beugte sich Rhona vor und gab Margaret einen kleinen Stoß, so dass sie leicht nach vorne stolperte. Genau in Aedans Arme hinein, der sie galant aufzufangen wusste. Rhona kicherte leise, zwinkerte ihrer Cousine zu, die nun auch sie wütend anfunkelte und schickte die beiden mit einem fröhlichen Winken auf die Tanzfläche. Aedan nickte ihr dankbar zu, was Rhona ebenfalls mit einem Zwinkern beantwortete.

Manchmal musste man dem Glück halt unter die Arme greifen, wenn es blind an der Liebe vorbei zu rennen drohte. Nicht immer war es gut, einem Jeden mit Misstrauen zu begegnen. Belustigt verfolgte sie die beiden mit ihren Blicken, wie sie sich mit hochroten Köpfen anmutig zur Musik bewegten und befand dann, dass noch jemand auf die Tanzfläche gehörte. Und zwar mit ihr …

Die Musik fand langsam ihren leisen Ausklang und ein schneller Blick auf die Taschenuhr verriet Rhona, dass es nur noch wenige Minuten bis Mitternacht wären. Angespannt ließ sie ihren Blick durch die Weite des Saales schweifen. Das neue Jahr stand kurz bevor, und die Countess war nirgends zu sehen. Das kam ihr mehr als merkwürdig vor. Auch wenn sie wusste, dass Lady Elizabeth den Abend lieber anders verbracht hätte, würde sie niemals ihre Pflichten als zuvorkommende Gastgeberin vernachlässigen. *Wo steckt sie nur?* Rhona betrachtete jedes Gesicht, aber jenes Antlitz, welches sie sehnsüchtig suchte, blieb vor ihr verborgen.

In ihrer Ungeduld kam es ihr so vor, als müsste sie nach der berüchtigten Nadel im Heuhaufen suchen. Nirgends konnte sie die Frau ihrer Begierde entdecken. Schließlich kam Rhona zu der Schlussfolgerung, dass sich die Countess nicht mehr im Ballsaal aufhalten konnte. Eilig hastete sie durch die Flure, öffnete einige Kammern, die sie dann enttäuscht wieder schloss. Hinter ihr wurde die feucht-fröhliche Stimmung immer ausgelassener. Doch von der Countess fehlte jegliche Spur. Drei Minuten noch bis Mitternacht. Und Rhona wollte doch mit ihr auf das neue Jahr anstoßen. *Wo würde ich mich aufhalten, wenn ich sie wäre?*

Plötzlich durchschoss sie die Erkenntnis wie ein Blitz und Rhona wusste sofort, wo sie zu suchen hatte. Hastig rannte sie die Flure entlang zurück in den Ballsaal, zwängte sich an den unzähligen bunten Leibern vorbei bis hin zur Treppe, die zur Empore hinaufführte und erklomm mit einem Schritt gleich zwei Stufen auf einmal. Mit einem schnellen Blick zurück überzeugte sie sich davon, dass ihr niemand gefolgt war, huschte über den weiten Flur und trat dann leise in den oberen Salon ein. Auf Zehenspitzen schlich sie über den weichen Teppich, der jeden Laut ihrer Schritte verschluckte. Dann entdeckte sie ihr Ziel: In ihrem wunderschönen, rückenfreien Kleid stand die Countess auf dem Balkon und starrte in die Nacht hinein. Um sie herum tanzten Millionen funkelnder Schneeflocken, die den Moment geradezu magisch wirken ließen. Rhona konnte die Gänsehaut erkennen, die sich auf Lady Elizabeths Haut ausgebreitet hatte. Leise zog Rhona ihren Mantel aus, legte ihn behutsam um Elizabeths frierenden Körper und hauchte ihr einen zarten Kuss in den Nacken. »Das neue Jahr beginnt in wenigen Sekunden. Habt ihr Euch schon etwas gewünscht?«, fragte Rhona leise, als der Countdown der begeisterten Masse bis auf den Balkon schallte.

Doch die Countess seufzte nur leise auf. »Ich wusste, dass du kommen würdest. Und ich gestehe, ich habe diesen Moment gefürchtet.«

Überrascht kniff Rhona ihre Augen zusammen. Sie tat sich schwer, die Worte der Countess richtig zu verstehen. Aber anstatt darauf einzugehen, begann sie, weitere Küsse auf die kalte Haut zu hauchen. Sie wollte das Jahr nicht mit Fragen beginnen, sondern die Zweisamkeit mit der Frau genießen, die sie über alles liebte. Und das auch nicht draußen in der Kälte. Das lodernde Kaminfeuer im Salon war doch ein viel schönerer Ort, wenn auch die Dunkelheit mit ihren glitzernden Sternen und Schneeflocken romantische Augenblicke versprach.

»Ihr solltet hinein gehen, bevor Ihr Euch noch eine Erkältung holt. Mein Mantel wird leider nicht ewig wärmen. Aber ich wüsste schon, wie ich uns wieder warm bekommen könnte.« Genussvoll fuhr sich Rhona mit ihrer Zungenspitze über die Lippen. Just in dem Augenblick drehte sich Lady Elizabeth um und Rhona konnte in ihre geheimnisvollen, dunklen Augen sehen – die in einer Mischung aus Trauer und Distanz auf sie herabblickten. Verwirrt sah Rhona zu der Countess hinauf und versuchte, in ihrem Gesicht zu lesen. *Was geht hier vor?* Als Rhona die kalten Hände der Countess ergriff, spürte sie, wie sie sich ihr zu entziehen versuchten. Rhona musste sich bemühen, nicht in Panik zu geraten. »Was ist mit Euch«, fragte sie gerade heraus, obwohl sie die Antwort fürchtete. Doch anstatt zu antworten, umfasste Lady Elizabeth Rhonas Mantel, nahm ihn von ihren Schultern und gab ihn ihr zurück. Dann ging sie bedächtig in den Salon zurück. Noch während Rhona der Countess langsam folgte, konnte sie Elizabeths leises Flüstern vernehmen: »Rhona, wir können so nicht weiter machen.«

Rhonas Herz setzte für einen Schlag aus. Mitten in ihrer Bewegung hielt sie inne und starrte fassungslos auf die Countess, die nun vor ihr stand und mit schuldbewusster Miene nach Worten rang.

»Wie meint Ihr das? Nicht so weiter machen? Ich verstehe nicht ...«

»Du hast dich da in etwas verrannt. Und ich kann deine Gefühle einfach nicht erwidern.«

»Meine Gefühle nicht erwidern? Ich dachte, das hättet Ihr schon längst?« Rhona zog verwirrt die Augenbrauen hoch und sah mit Schrecken, wie sich die weichen Gesichtszüge der Countess verhärteten, sie abgeklärt ihren Kopf schüttelte und mit rauer Stimme ihre Gedanken laut aussprach: »Ich bedaure den Kuss neulich Nacht. Es war unbedacht von mir, darauf einzugehen, und ein Fehler, der nun deine Gefühle mehr nur als verletzten wird. Aber ich kann dir nicht die Liebe entgegenbringen, die du dir so sehr erhoffst.«

»Ihr bedauert den Kuss? Und was ist mit der Nacht, die darauf folgte? Bedauert Ihr auch diese? Und die Nächte danach? Und all die Stunden, die wir gemeinsam verbracht haben? Waren das alles Fehler? War *ich* denn nichts weiter als ein Fehl...?« Rhonas leise Stimme war mit jeder Frage lauter geworden, bis sie zuletzt vor Verzweiflung gebrochen war. Sie konnte nicht unterscheiden, ob die Wut oder die Enttäuschung ihr die Tränen in die Augen trieb. Es zerriss ihr das Herz, die Frau, die sie so sehr liebte, so unnahbar und beinahe schon kaltherzig zu erleben. Alles Feuer, welches Rhona die letzten Tage und Stunden in den Augen der Countess gesehen zu haben glaubte, war erloschen. Aber es war doch da gewesen? Und jene Leidenschaft und Liebe zueinander?

»Rhona, versteh doch. Es waren schöne Momente, aber in dieser Welt hat solch eine Verbindung keine Zukunft. Auch möchte ich keine Liebe vortäuschen, die ich nicht empfinde. Ich habe mich entschlossen zu heiraten. Und auch für dich wäre es besser, wenn du versuchen würdest, dich an den Gedanken deiner bevorstehenden Hochzeit zu gewöhnen. Das wäre das Beste für uns alle.«

Entsetzt sah Rhona zur Countess, die angespannt und mit unbeweglicher Miene vor ihr stand und sie eindringlich ansah.

»Heiraten? Aber nicht diesen Lord Damian, oder? Bitte sagt mir, dass das nicht wahr ist.« Das konnte nur ein schlechter Scherz sein. Sie konnte doch nicht diesen Widerling heiraten. Verzweifelt sah sie in Lady Elizabeths Augen. Nein, in ihrem Blick lag wahrlich keine Liebe mehr. Noch nicht einmal ein Funken Gefühl, nichts als die reine Kälte. Rhona nickte verstehend und versuchte, den Stich in ihrem Herzen zu ignorieren. »Ich bedaure, Eure Zeit gestohlen zu haben, M'Lady. Lebt wohl.«

»Rhona ...«

Doch ohne weiter auf die Countess zu achten, hastete Rhona zur Tür und verließ stürmisch den kleinen Salon. Sie musste hier raus. Fort von der Frau, die es verstand, sie zu quälen. Jeder weitere Augenblick in Lady Elizabeths Gegenwart hätte ihr die Luft zum Atmen geraubt. Rhona hatte das Gefühl, dass sich die Grausamkeit daran ergötzte, ihre Klauen mit einer sadistischen Zärtlichkeit um ihre Kehle zu legen, langsam und genussvoll zuzudrücken, bis dass sie daran zu ersticken drohte. Mit schwindeligen Schritten taumelte Rhona den Flur entlang und musste sich an der Wand abstützen, um nicht plötzlich umzufallen.

ෆ෴

Erschöpft lehnte sich Sofie an eine der stilvollen Marmorsäulen und presste ihre heiße Wange an den kühlen Stein. Dann schnaufte sie erleichtert durch. Ihre Arbeit war getan. Jeder Gast hier im Raum hatte ein Glas zum Anstoßen in der Hand und alle waren bestens versorgt. Ab und zu sah sie noch Megan oder Joanne durch die Menge huschen, um leere Gläser nachzufüllen. Doch zumeist hielten sich auch die beiden dezent im Hintergrund und beobachteten das große Spektakel.

Sie war froh, wenn der ganze Spuk vorbei sein würde. Auch wenn sie es sich schwer eingestehen konnte, sie würde erleichtert sein, wenn Lord Damian ihr das Zeichen zum Aufbruch geben würde. Das ewig freundliche Lächeln und die unterwürfige Haltung vorzutäuschen, zehrte an ihren Kräften. Sie war schon längst nicht mehr so demütig wie noch ein paar Monate zuvor. Zuviel hatte sich verändert. In ihrem Leben und in ihr selbst. Zuviel hatte sie durchmachen müssen, als noch blind folgen zu können und zu tun, was man von ihr verlangte. Callens Aufträge nagten noch immer an ihrem Gewissen und niemals würde sie diese Art von Arbeit gutheißen können, aber sie verschaffte ihr einen gewissen Raum an Freiheit. Ja, die Tage zwischen den Aufträgen hatte sie nur für sich allein. Und wenn Sofie ihre Reue und Gefühle ausblenden könnte, würde sie diese Zeit irgendwann möglicherweise sogar ein wenig genießen können. Vielleicht müsste sie nur fest daran glauben. *Ich weiß zwar nicht, was Fitzpatrick noch mit mir vorhat, aber eine einfache Dienstmädchenposition wird er mir wohl nicht zugedacht haben.*

Auch wenn ihr der hohe Lord noch immer äußerst zuwider war und sie ihm soweit als irgend möglich aus dem Weg ging, so sehnte sie sich gleichwohl danach, sich endlich in der Kutsche auf dem Weg zu seinem Herrenhaus zu befinden, diese Gesellschaft endlich zu verlassen und sich zurückziehen zu können. Erst recht, seitdem sie Rhona wieder gesehen hatte: *Rhona, glücklich, mit der Countess,* korrigierte sie sich selber in Gedanken. Sofie hatte sich ihr Wiedersehen immer in den buntesten Farben der Freude ausgemalt. Der Gedanke daran hatte ihr soviel Kraft gegeben. Doch die Wirklichkeit zeichnete ein ganz anderes, düsteres Bild, das sie schmerzte. Sie hatte begriffen, dass es für sie keinen Platz mehr in Rhonas Herzen gab. Der hohe Lord hatte recht gehabt. Sie hatte Sofie schon längst vergessen. Und Sofie würde es ihr gleich tun müssen. Vergessen! Um ihrer Zukunft willen. Ihre Gefühle für die Baronentochter vergessen, die einmal ihr gesamter Lebensinhalt war. Denn für sie beide würde es keine gemeinsame Zukunft mehr geben. *Die hat es nie gegeben. Aber ich war einfach zu naiv und blind.*

Plötzlich fiel Sofie das junge, rothaarige Mädchen auf, welches sie schon einmal in der Stadt gesehen hatte. Zusammen mit Rhona und der Countess. Und sie fragte sich, wie sie zu Rhona stand. Waren sie nur Freundinnen? Oder waren sie wohlmöglich mehr füreinander gewesen? Bis die Countess dazwischen kam? *Nein, dann wäre ihre Haltung nicht so unbeschwert und frei in Rhonas Gegenwart. Außerdem machte sie nicht den Eindruck, dass sie Gefallen an Frauen finden könnte. Es ist offensichtlich, dass sie ganz vernarrt in den jungen Mann ist, der nicht mehr von ihrer Seite zu weichen scheint. Also sind sie vielleicht doch nur Freundinnen?! Aber Rhona hat sich immer schwer getan, Freunde zu finden. Wie kommt es, dass sie so vertraut miteinander sind?*

Ein sonderbares Gefühl breitete sich in Sofies Magengegend aus. Es fühlte sich an wie ein kleiner Igel, der langsam aber stetig wuchs, dessen Stacheln länger und spitzer wurden, um dann sämtliche Fasern ihres Körpers zu durchbohren. Stacheln, glühend heiß, aus denen Flammen aus Verbitterung, Wut, Angst und Verlust schlugen und eifrig brannten. *Ah verflucht, mach doch, was du willst, Rhona McLeod! Nach dem heutigen Abend werde ich dich und die gesamte Sippschaft nie wieder sehen müssen ...*

Einzig Megan würde sie vermissen. Immer, wenn sich Sofies und Megans Blicke trafen, schenkte ihr die Zofe ein freches Lächeln. Sofie freute sich aufrichtig über die Zuneigung der nur wenig älteren Dienerin. Die Gedanken an ihre Freundlichkeit vertrieb für einen Augenblick die Einsamkeit, die seit langem an Sofie nagte.

Seit dem Aufbruch aus dem Herrenhaus der McLeods wurde sie von allen Menschen in ihrer Umgebung, mit Ausnahme von Niall, mit Missachtung und Ausgrenzung gestraft. Megan war seit langem die erste Erwachsene, die aufrichtig nett zu ihr war, die nicht Zuneigung heuchelte, um etwas von ihr zu bekommen. *Letztendlich ist es gleichgültig, ob sie mich mag oder nicht,* dachte Sofie traurig. *Oder ob sie aufrichtig ist oder nicht. Sie gehört zu der Countess. Sie wird nie meine Vertraute werden. Wir werden uns weder besuchen noch unsere Freundschaft vertiefen können. Am Ende bin ich also doch wieder alleine. Und das wird im neuen Jahr nicht anders werden.*

Sofie starrte gebannt auf das große Uhrwerk oben auf der Empore und fühlte die Unruhe in sich aufkeimen. In weniger als einer Minute würde sich das alte Jahr verabschieden, damit ein neues begrüßt werden könnte. Und sie fragte sich gerade, was das kommende Jahr für sie bringen würde, als ihr ein Erlebnis einfiel, das sie schon beinahe vergessen hatte: Anfang des Jahres hatte Rhona die Idee gehabt, zu einer Kartenlegerin zu gehen. Und kaum war der erste freie Nachmittag in Sicht gewesen, waren sie still und heimlich aufgebrochen, um sich das Schicksal deuten zu lassen. *Unser gemeinsames Schicksal.* Nach und nach hatten sie ihre Karten gezogen und verdeckt auf den schweren Holztisch gelegt. Es war für beide nur ein Zeitvertreib gewesen. Ein Geheimnis, das sie sich teilen würden. Ein Band, fest umschlungen um ihre Freund- und Liebschaft. Und von dem keiner geglaubt hatte, dass es reißen könnte. Obwohl es in den Karten gestanden hatte.

Die Karten lügen nicht! In ihrer Erinnerung hallte die Stimme der alten Frau, wie ein Echo wider. Nach und nach waren die Karten aufgedeckt worden. Es war ihr wie eine Ewigkeit vorgekommen, als die Wahrsagerin über das Gesamtbild gebeugt dagesessen hatte, ohne einen Ton zu verlieren. Unheilvolle Stille. Nur das leise Atmen aller Anwesenden war in der kleinen Kate zu vernehmen gewesen. Sofies sehnlichsten Wunsch, von dort zu flüchten, hatte Rhona mit einem Lächeln abgetan. Auch als die Deutung letztendlich ausgesprochen war. *Wer glaubt denn schon an solchen Humbug?,* hatte Rhona später gesagt, als sie auf Umwegen nachhause geeilt waren. Doch im Nachhinein wusste Sofie es besser. Jedes einzelne Ereignis war eingetroffen. Früher oder später. Nur die Weissagung einer Karte, Sofies letzter Karte, hatte sich noch nicht bewahrheitet. Diese hatte den Schattenmann gezeigt, den Herrscher der Dunkelheit mit seiner Sense in der Hand, der geduldig wartete. Sie wusste genau, warum sie diese Prophezeiung verdrängt hatte: *Die Karten lügen nicht ...*

Sofie schüttelte ihren Kopf, schlang beide Arme um sich und versuchte, das Frösteln zu vertreiben, das eiskalt ihren Rücken hinunter lief. Mit aller Kraft drängte sie diese Erinnerung wieder in den Hintergrund und konzentrierte sich auf die Gegenwart. Ein erneuter Blick auf die große Pendeluhr ließ sie kurz zusammenzucken. Es waren bereits acht Minuten seit Mitternacht vergangen. Sie hatte den Jahreswechsel verträumt, trotz des Höllenlärms, der um sie herum tobte. Müde ließ sie ihren Blick durch die feiernde und tanzende Masse schweifen, als sie plötzlich Rhona auf der Empore entdeckte. Oder besser gesagt, den Schatten ihrer Selbst. Was keiner zu erkennen vermochte, konnte Sofie auf Anhieb sehen, denn sie kannte die junge Lady seit vielen Jahren. Keine Geste, kein Ausdruck in ihrem Gesicht erschien ihr fremd. Leichenblass und mit einem unsäglich leeren Gesichtsausdruck ging Rhona die Stufen hinunter. Trotz dessen, was passiert sein musste, hielt sie sich würdevoll und schritt erhobenen Hauptes durch den Saal und kämpfte sich durch die Menge in Richtung des Vorsaals, der zum Hauptportal des Hauses führte.

Was wohl passiert sein mochte?, fragte sich Sofie und überlegte einen kurzen Moment, den Saal zu umrunden und geradewegs auf sie zu zugehen. Sie noch abzupassen, bevor sie das Haus der Countess verlassen konnte. Rhona war nicht mehr ihre Geliebte, aber auch nicht ihre Feindin, auch wenn sie Sofie mit ihrem Verhalten immens verletzt hatte. Doch in dem Augenblick, als sie losgehen wollte, wurde sie sanft an ihrer Hand gepackt und zurückgezogen. Jemand zerrte sie aus dem Gedränge heraus, direkt in den dahinter liegenden Flur und drückte sie gegen die Wand. Und noch bevor sie laut Einwand gegen den Übergriff erheben konnte, pressten sich zarte, weiche Lippen auf ihren Mund und hielten sie davon ab, nur ein einziges Wort zu sagen.

Mit aufgerissenen Augen starrte sie auf die Frau vor ihr, die sie nun herzlich anlächelte und ihr leise etwas ins Ohr flüsterte:

»Geh nicht zu ihr. Du hast sie verloren. Aber ...«

Und ohne dass Sofie sich bewusst machte, was sie tat, beugte sie sich vor und versiegelte Megans Lippen mit einem weiteren, sanften Kuss. Langsam zog sie sie näher an sich heran, wechselte die Position, drückte nun Megan an die Wand und begann sie leidenschaftlich zu küssen, während ihre Hände auf ihren Hüften ruhten.

༺༻

»Genug der Spielerei, Miranda!«
Der feste, kalte Händedruck auf ihrer Schulter ließ Sofie erschrocken zusammenzucken.
»Wir fahren. Sofort!«
Doch anstelle, wie früher, mit Scham zu reagieren, nickte sie dem Viscount selbstbewusst zu und strich Megan, die ihren Blick zwischen beiden hin und herpendeln ließ, ein letztes Mal über die Wange. »Miranda?«, fragte sie leise. Sofie konnte in ihren Augen lesen, dass ihre Gedanken sich überschlugen und sie nichts verstand. Und noch etwas schwang in ihrer Stimmung mit: Enttäuschung. *Wie sollst du auch verstehen können, was selbst ich nicht nachvollziehen kann? Was ich verstehe, ist die Enttäuschung, die dir ins Gesicht geschrieben steht. Denn sie ist es, welche mir zu einer treuen Begleiterin geworden ist.*
»Lebe wohl, Megan«, flüsterte sie der Magd zu und folgte dann dem Lord zum Ausgang, an dem sie bereits ein Page erwartete, um beide zur Kutsche zu geleiten. Doch bevor sie das Hauptportal passierten, warf sie einen letzten Blick zurück. Megan stand noch immer an derselben Stelle und hatte die Hand auf ihre Wange gelegt. Genau an die Stelle, an der Sofie sie berührt hatte.
Lautlos formte Sofie ein letztes Wort, bevor sie nach draußen verschwanden: *Danke.*

12

TORTUREN

DER LETZTE AKT

»Das war heute ein erfolgreicher Abend, nicht wahr? Sowohl für mich als auch für dich – wie es mir scheint.« Lord Damian begann anzüglich zu grinsen und lehnte sich dann auf den weichen Polstern zurück. Für einen kurzen Moment schloss er seine Augen und lauschte dem melodischen Klappern der eisernen Hufeisen auf dem glatt polierten Kopfsteinpflaster. Er mochte den Klang. Er hatte eine beruhigende Wirkung auf ihn.

Dann sah Damian Sofie wieder unverwandt an. Seine Aussage schien sie geflissentlich überhört zu haben, jedenfalls zeigte sie keinerlei Reaktion. »Weißt du, Miranda, ich habe nichts dagegen, wenn du dich dann und wann vergnügst. Nur sieh zu, dass es mit keiner Person ist, die meine Pläne gefährden kann«, murmelte der Viscount ärgerlich in sich hinein. Er konnte es nicht ausstehen, wenn man ihn ignorierte, schließlich war er ein mächtiger Mann mit Einfluss, befand er. Also sollte auch jeder ihm den Respekt zollen, den er verdient hat. Besonders, wenn es niedere Personen waren wie Sofie. Sie war doch nichts weiter als eine gewöhnliche Dienstmagd. Noch immer. Auch wenn sie nun Aufträge zu erledigen hatte, die über die Aufgaben einer gemeinen Dienerin hinausgingen. Aus irgendeinem Grund war der letzte Funken Scheuheit, den seine kleine Dienerin noch besessen hatte, heute Nacht verloren gegangen. Er fragte sich, was passiert sein könnte, besann sich dann aber doch wieder auf seinen Groll. »Mit deiner Unvorsichtigkeit könntest du alles zunichte machen. Da bandelst du ausgerechnet mit einem Dienstmädchen an. Jeder einfältige Narr kann sich doch lebhaft ausmalen, dass das Personal zur Gefolgschaft der Countess gehört.« Damian konnte sehen, wie Sofie ihre Augenbrauen nach unten zog und sich der Blick ihrer leicht zusammengekniffenen Augen verfinsterte. Ihre Lippen hatte sie aufeinander gepresst, als ob sie sich mit Mühe zu beherrschen versuchte. »Mylord, haltet mich nicht für eine einfältige Närrin«, knurrte Sofie leise. »Ihr habt eigenmächtig meine Dienste als Magd für diese Nacht feilgeboten. Und wir beide wissen, dass ich nicht zu der Gefolgschaft der Countess gehöre. Diese Anbandelei, wie Ihr es genannt habt, kann Euch nur zu Gute kommen: Wichtige Informationen erlangt man nur durch Vertrauen. Und dieses Vertrauen habe ich mir heute Nacht verdient. Ich mag zwar jung sein, aber ich bin nicht naiv. Ich kann nur hoffen, dass es durch Eure abrupte Aufbruchstimmung nicht zunichte gemacht wurde.« In Sofies Stimme klang unverhohlener Zorn. Aber auch Stolz.

Damian, im ersten Augenblick noch erstaunt, begann kurz darauf lauthals loszulachen. Das war ihm wahrlich noch nie passiert. Konnte es wirklich sein, dass ihm diese Dienstmagd über den Mund fuhr? Nicht einmal Callen, ein gestandener und mutiger Mann, traute sich, so mit ihm zu reden. Er hatte sie anfangs als scheu, ängstlich und manipulierbar beschrieben. Doch in den vergangenen Wochen hatte sich ihre Persönlichkeit gewandelt. *Besser gesagt, ihr wahres Naturell hat sich gefestigt,* dachte er belustigt. *Was so ein paar Aufträge ausmachen konnten.*

Und das imponierte dem Viscount gewaltig. Nichts war ihm lästiger als kriechende Menschen, mit denen er problemlos machen konnte, was er wollte. Der wahre Reiz lag für ihn darin, sich charakterstarke Leute zurechtzubiegen und sie zu brechen. Zu manipulieren. Zu demütigen. Sich unterwürfig zu machen. Dann hatte er wahrlich das Gefühl, seine Jagd erfolgreich bestritten zu haben. Sollte sich diese kleine Dienerin am Anfang ruhig noch ein wenig wehren und aufbegehren. Mit Respekt ihm gegenüber, versteht sich. Denn irgendwann würde sie in seine Falle tappen, zappeln und seine Lust an der Überlegenheit steigern. Genau daran hatte Damian seine vollkommene Freude. Den Prozess mitzuerleben, wie eine starke und eloquente Persönlichkeit zu einer gebrochenen Marionette in seiner Hand wurde.

So wie die Countess. Zwei Jahre spielte er nun schon mit ihr. Triezte sie und genoss auf eine perverse Art ihre Abwehrhaltung. Er hätte sein Spiel schon viel früher beenden können. Allerdings diente das erste Jahr einer gewissenhaften Vorbereitung, während das darauffolgende eine Art Vorspiel für ihn war. Eines, das ihm zugegebenermaßen schon zu lang wurde. Doch diese Zeit hatte er gebraucht, um seine Pläne Schritt für Schritt weiter auszuarbeiten. Nichts sollte seinen Vorstellungen im Wege stehen. Alle Hindernisse gehörten aus dem Weg geräumt. Deshalb war es unabdingbar, Gefahren abzuwägen und Perspektiven einzuschätzen. Nur ein Narr würde ohne Plan in eine Schlacht rennen. Und er war alles – nur kein Narr.

Erst mit dem Wissen aus der jüngsten Vergangenheit konnte er seine perfiden Pläne zu Ende führen. Etwas Besseres hätte ihm gar nicht geschehen können. In der Ballnacht hatte er endlich den Höhepunkt seines Vorspiels erleben können. Ein Höhepunkt voller Wonne und Verzückung, ausgelöst allein durch das Wissen, die Countess endlich in seiner Hand zu haben. Und es freute ihn über alle Maßen, dass die Countess seine Erregung gespürt hatte. Der kleinen Kammerdienerin wird es nicht anders ergehen. Ihre wahre Natur schien endlich durchzubrechen, die antrainierte Demut war verschwunden. Und das begann ihn zu reizen. Sogar mehr als das – mit ihr konnte er noch etwas anfangen. Mit ihr würde er noch seinen Spaß haben. Er lächelte stumm in sich hinein, betrachtete dann Sofies müdes Gesicht, ihre aufeinander gepressten Lippen und ihren festen Blick, aus der die Wut sprach. »So gefällst du mir, Mädchen.«

ଔଃ

Der Morgen dämmerte schon leise vor sich hin und die ersten regen Rotkehlchen begannen zu singen, um den kommenden Tag zu begrüßen. Erst ganz leise, dann wurde das Gezwitscher lauter und länger. Der feine, melancholische Gesang wechselte zwischen hohen Einzel- und Doppeltönen und abfallenden Trillern. Sofie lag auf ihrem weichen Bett in einer großzügigen Kammer im Hause Lord Damians und lauschte dem prächtigen Crescendo. Seit sie zurück in Fitzpatricks Herrschaftshaus waren, grübelte sie über die vergangene Nacht nach und hatte seitdem kein Auge zu getan. Sie fühlte sich müde und erschlagen, und doch fand sie einfach keine Ruhe, um in den wohlverdienten Schlaf zu sinken. Zuviel hatte sich ereignet, als dass sie hätte schlafen können. Zum Glück hatte ihr Damian für den heutigen Tag frei gegeben. Sie hatte also keinen Verpflichtungen Folge zu leisten.

Sofie atmete tief durch, verschränkte ihre Arme hinter ihrem Kopf und schmiegte sich tief in die weichen Polster hinein. Die Bettdecke hatte sie sich bis zum Kinn hochgezogen, obwohl ihr nicht kalt war. Viel mehr diente sie als Schutzschild. Ein Nest voller weicher Geborgenheit und behaglicher Wärme. *Was ist nur mit mir passiert? Ich kann mich nicht erinnern, je so respektlos gesprochen zu haben. Ohne ein Blatt vor den Mund zu nehmen, habe ich meine Gedanken kund-*

getan. Und er hatte nichts weiter getan, außer zu lächeln und mich seltsam anzusehen. Keine Strafe, keine Konsequenzen. Oder sollten diese noch auf mich zukommen? Der Glanz in seinen Augen hat mir gar nicht gefallen. Ich werde achtsam sein müssen. Man weiß ja nie, welche Laune ihn plötzlich überkommen könnte. Seine Pläne sind finster, sein Charakter unberechenbar.

Auch mit Rhona hatte ich nie zuvor in diesem Ton geredet. Sie schien mir allerdings mehr davon überrascht zu sein, mich auf dem Ball gesehen zu haben, als über die Art und Weise, wie ich mit ihr gesprochen habe. Aber es tat so gut, endlich sagen zu können, was in mir vorgeht.

Ihrer Brust entwand sich ein lang gezogenes Seufzen. Melancholisch und dennoch auf eine merkwürdige Art erregt starrte Sofie an die weiße Zimmerdecke und durchlebte die ganze Nacht noch einmal. Soviel war in den wenigen Stunden vor und nach dem Jahreswechsel passiert. Der ganze Abend war eine Berg- und Talfahrt ihrer Gefühle gewesen, ihr Herz gebrochen und auf wundersame Weise wieder geheilt worden. Sie hatte sich schwach und elend gefühlt und dann auf einmal wieder so stark und unzerbrechlich.

Hatte die schmerzhafte Begegnung mit Rhona sie anfangs desillusioniert und auf den Boden der Tatsachen zurück geworfen, so waren Megans Freundlichkeit und ihr Kuss ein Freiflug gen Himmel gewesen, der ihre Traurigkeit für einen Bruchteil eines Augenblicks in den Hintergrund gedrängt hatte.

Auch wenn sie wusste, dass aus ihr und Megan niemals ein Paar werden würde. Ihr fragender Blick bei der Verabschiedung, die Verwirrtheit in ihren Augen und ihr trauriger Mund, den sie kurz zuvor noch leidenschaftlich geküsst hatte ... Nein, es würde kein nächstes Mal geben. Und der Grund war klar: Sofie stand auf der falschen Seite des Spielbretts. *Das Vertrauen ist gebrochen. Und meine Vergan-*

genheit mit Rhona wird die Runde machen. Megan wird sich von mir abwenden. Aber das muss Damian nicht wissen. Doch ich wundere mich, dass er meine Lüge ohne zu hinterfragen geschluckt hat. Niemals würde ich Megan für ihn ausspionieren. Selbst wenn sie mir noch immer vertrauen würde, nach alledem, was passiert ist.

Aber auch das muss er nicht wissen. Nur weil er Macht hat, glaubt er, die ganze Welt beherrschen zu können. Selbst wenn ich bis zu einem gewissen Grad von ihm abhängig bin, wird er mich niemals ganz beherrschen können. Ein Teil von mir wird immer frei sein und sich niemals unterwerfen. Und DAS muss er auch nicht wissen. Selbstzufrieden schloss Sofie ihre Augen und kicherte in sich hinein, bis sie ihrer anhaltenden Müdigkeit nachgab und endlich einschlief.

⊂§⊃

Ich habe meine Schwingen verloren. Wir einst Ikarus bin ich viel zu nah an die Sonne geflogen. Angelockt wie schwirrende Nachtfalter vom gleißenden Schein des silbernen Mondes, folgte ich dem Ruf meines unersättlichen Verlangens. Die Sehnsucht nach ihrer weißen Haut ließ mich benommen höher und höher fliegen. Mein Ziel klar vor Augen. Sie übte diese tödliche Anziehungskraft auf mich aus, der ich mich nicht entziehen konnte, und verbrannte mir die Flügel im Bruchteil einer Sekunde. Jede Faser meines Seins hatte nach ihr geschrien.

Und nun schmecke ich die bittere Asche meiner verbrannten Flügel auf den Lippen, und der Gestank von verbranntem Fleisch vernebelt mir die Sinne. Der freie Fall in die Tiefe ist unabwendbar. Unter mir das tosende Meer. Dunkel und ungestüm. Darauf wartend, mich mit Haut und Haar zu verschlingen. Und langsam aber sicher versinke ich im Strudel meiner Verzweiflung – hineingestoßen in die gnadenlose und kalte Realität.

Der Morgen dämmerte schon leise vor sich hin und die ersten regen Rotkehlchen begannen zu singen, um den kommenden Tag zu begrüßen. Erst ganz leise, dann wurde das Gezwitscher lauter und länger. Doch für das prächtige Crescendo hatte Rhona einfach kein Gehör. Die einzigen Töne, die sie vernahm, waren die leisen Worte der Countess, die immer wieder wie eine ewige Schleife durch ihre Gedanken zogen und sie quälten.

Wir können so nicht weiter machen ... Ich kann deine Gefühle nicht erwidern ... Ich bedaure den Kuss ... Ich werde heiraten ...

Rhona konnte sich weder daran erinnern, wie sie das Stadthaus der Countess verlassen hatte, noch wie sie ins Pfarrhaus gekommen war. Jegliche Versuche, zu rekonstruieren was geschah, nachdem sie die Countess in ihrem Salon zurückgelassen hatte, waren fehlgeschlagen. Auch wie sie die restliche Nacht in ihrer Kammer verbracht hatte, wusste sie nicht mehr. Zwar konnte Rhona das offene Buch vor sich liegen sehen und ihre Schrift erkennen, die auf den bleichen Seiten vor sich hintrocknete; sie sah den schwarzen Tintenfleck an ihrer rechten Hand, doch sie konnte sich nicht erinnern, was sie geschrieben hatte. Und sie hatte auch nicht mehr die Kraft, jene Zeilen zu lesen. Seit Stunden saß sie starr auf ihrem Sessel, weinte stumm vor sich hin und war in ihrer Gedankenspirale gefangen.

Wir können so nicht weiter machen ... Ich kann deine Gefühle nicht erwidern ... Ich bedaure den Kuss ... Ich werde heiraten ...

Rhona fühlte nichts. Noch nicht einmal mehr Schmerz. Alles an und in ihr schien bis in die kleinste Zelle ihres Körpers betäubt zu sein. Unbewusst hatte sie sich einen Schutzschild gebaut, das nichts und niemanden an sie herankommen ließ. Sie hatte nicht einmal bemerkt, wie Margaret ihre kleine Kammer betreten hatte. Ihre Stimme, die leise auf sie einredete, drang nicht zu ihr durch. Die Decke, die um ihren Körper geschlungen wurde, bemerkte sie kaum. Und es war ihr gleichgültig gewesen. Genauso gleichgültig wie Isabelles liebevolle Umarmung und Geoffreys warme Hand auf ihrer Schulter. Natürlich haben sie von Rhonas Gefühlen für die Countess gewusst. Von Anfang an. Liebe mochte blind machen, aber stets nur diejenigen, die es betraf. Jeder andere hatte sehen können, was sie dachte und fühlte. Sie war ein offenes Buch gewesen. Für andere. Für ihre Familie. Nur nicht für sich selbst. Und sie hatte es nicht kommen sehen. Jenes Unglück, welches ihr letzte Nacht widerfahren war. Aber auch das war ihr jetzt vollkommen egal. Sie fühlte rein gar nichts.

Es gab nur eines was ihr nicht egal war, und das war die Angst vor dem Moment, in dem ihr Schutzschild zusammenbrechen sollte und der Schmerz über sie kommen würde. Wie die gewaltigen Wellen, die während eines orkanartigen Sturms gegen das raue Riff peitschen. Diesen einen Augenblick fürchtete sie, den, in dem der Sturm in ihrer Seele unentwegt um seine Freiheit kämpfte. Gegen die Hoffnung, die um Vorherrschaft rang. Die Hoffnung, dass alles nur ein schlechter Traum gewesen war und sie im nächsten Augenblick aufwachen würde, in den Armen ihrer geliebten Elizabeth, die neben ihr noch den Schlaf der Gerechten schlummerte. Doch vermochte Rhona daran nicht mehr zu glauben.

₍₃₎

Gelangweilt schlenderte Sofie durch die weiten Gänge des großen Herrschaftshauses Lord Damians. Seit über achteinhalb Wochen hielt sie sich hier schon auf, ohne zu wissen, was der hohe Lord noch von ihr wollte, denn weitere Aufträge gab es nicht. Jeden Tag verschwand er in seinem Salon. Sofie ließ er weitgehend in Ruhe und sie fragte sich, wann sie endlich nach Flemingstown zurückkehren dürfte. Doch jedes Mal, wenn sie Fitzpatrick danach fragte, sah er sie mit einem seltsamen Ausdruck an und murmelte, dass er sie noch brauchen würde. Doch verriet er ihr nie seine Pläne. Außerdem verbot er ihr, das Haus zu verlassen, um in der Stadt zu bummeln. Und somit blieb ihr nichts anderes übrig, als tagein, tagaus in dem noblen Gefängnis auszuharren. Also hatte es sich Sofie zur Gewohnheit gemacht, den Tag bis zu den späten Abendstunden in der Bibliothek zu verbringen, um sich neues Wissen anzueignen oder einfach nur die Zeit zu verträumen. Das Abendessen war schon längst vorbei, aber um ins Bett zu gehen, war es noch zu früh. Sie hatte keinen Kontakt zu den Dienern des Hauses und Lord Damian wollte sie nicht behelligen. Er war noch immer ein finsterer Arbeitgeber, auch wenn er sie nun zuvorkommend und freundlich behandelte. Aber letztendlich hielt er sie hier gefangen und das würde sie nie vergessen. Der heutige Abend jedoch war anders. Jegliches Personal war aus den Gängen verschwunden. Schon vor einiger Zeit hatte sie sich darüber gewundert, dass bis auf die steife, ältere Haushälterin keine Frauen im Hause anzutreffen waren. Das Personal bestand ansonsten ausschließlich aus männlichen Dienstboten. *Ob das etwas zu bedeuten hat? Oder ist es nur Zufall?*

Neugierig bog Sofie in einen Teil des Flures ein, den sie vorher noch nie bemerkt hatte. Dieser Gang führte sie zwei Etagen tiefer, hinein in die Katakomben. Die Flure waren hier viel schmaler als die im oberen Trakt, und nachdem sie die Wände berührt hatte, fiel ihr auf, dass diese, im Gegensatz zu den anderen Wänden, nicht mit Stein, sondern mit einem weicheren Material ausstaffiert waren. Auch war dieser Teil des Manors nicht so luxuriös und dekadent, wie sie es vom oberen Bereich gewohnt war. Wenige Gaslampen oder Leuchtfässer erhellten den dunklen Korridor und Sofie konnte ein paar wenige Türen erspähen. Gerüche von Fäulnis, Schweiß und Blut lagen in der Luft. Ein leises Geräusch ließ sie angespannt innehalten. Angestrengt lauschte sie, ob ihr jemand gefolgt war. Doch zu ihrem Glück konnte sie keinen weiteren verdächtigen Laut mehr ausmachen. Die einzigen Geräusche, die sie nunmehr vernehmen konnte, waren das laute Klopfen ihres Herzens und das nervöse Rauschen in ihren Ohren. Beruhigt schlich sie sich weiter an der Wand entlang. Nach wenigen Schritten stieß sie auf eine hölzerne Tür zu ihrer Rechten, deren Klinke ihrem Druck aber nicht nachgab. Enttäuscht wollte sie schon weiter gehen, als sie wieder ein Geräusch vernahm, dass wie ein lang gezogenes Schnaufen klang, und ganz eindeutig aus dem Raum hinter dieser Tür kam. Erschrocken fuhr sie herum und eilte in leisen Schritten den Gang wieder hinauf. Diese untere Etage war ihr mehr als unheimlich. *Wer weiß, was der verrückte Lord hier unten anstellt.*

Irgendetwas in ihr mahnte sie erneut, dass sie Viscount Damian Fitzpatrick nicht unterschätzen sollte. Dieses Gefühl bestätigte sich, als sie lautlos an Damians Salon vorbeischlich, dessen Tür nur angelehnt war. Aus dem Inneren des Raums konnte sie eine Stimme hören, die ihr nur zu gut bekannt war. *Callen!*

Neugierig presste sich Sofie hinter eine der mannshohen Figuren, die vielfach den Flur säumten und lauschte angestrengt dem leisen Gespräch, das sie trotz der gedämpften Stimmen verfolgen konnte: »Lade sie am Morgen nach eurer Hochzeitsnacht auf einen Ausritt ein. Sage ihr, dass du dich mit ihr versöhnen willst. Frauen hören das immer gerne. Und dann reitest du hier hin.«

Für einen kurzen Moment verstummte Fitzpatricks tiefe Stimme und Sofie fragte sich im Stillen, was genau er wohl mit *hier hin* gemeint hatte.

»Dort werde ich die Besten meiner Leute positionieren, die euch überfallen werden. Die kleine McLeod wird diesen Angriff nicht überleben. Glaube mir, es hat schon einmal funktioniert. Was meinst du, wie ich meine letzte Gemahlin losgeworden bin?«

Lord Damian lachte düster auf, und Sofie konnte hören, dass auch

Callen in das Gelächter einstimmte, während ihr Herz ihr fast aus der Brust sprang. Überraschenderweise verspürte sie keine Angst erwischt zu werden, viel mehr schockierte sie die Tatsache, wie skrupellos diese beiden Männer doch waren.

»Und wie stellen wir es mit Eurer Zukünftigen an?«, fragte Callen mit kalter Stimme. Doch die Antwort konnte Sofie nicht mehr hören. Sie hatte sich bereits eiligst auf den Weg zurück in ihre Kammer gemacht. *Rhona! Sie wollen Rhona töten!*

Die kommenden Stunden verbrachte sie damit, über einen Plan nachzudenken, wie sie dieses Vorhaben vereiteln könnte. Eines stand für Sofie jedenfalls fest: Sie konnte sich niemandem anvertrauen, schon gar nicht der vom Adel dominierten Stadtwache. Denn wer würde ihr, einer einfachen Dienstmagd von höchst zweifelhaftem Ruf, schon glauben, wenn sie einen hohen Lord beschuldigte?

◊

Zweieinhalb Monate waren seit Neujahr vergangen und noch immer hatte Rhona kein einziges Wort über den Vorfall in der Ballnacht verloren. Auch die wenige Tage später bekannt gewordene Verlobung der Countess war von ihr mit schweigender Gleichgültigkeit zur Kenntnis genommen worden. Nur einmal noch war sie im Landhaus der Countess gewesen, um ihre persönlichen Sachen abzuholen. Und um sich eine Kleinigkeit zu besorgen. Sie hatte darauf geachtet, dass die Countess an diesem Tage nicht im Hause war. Joanne hatte sie traurig begrüßt und Evan war sehr taktvoll im Umgang mit ihr gewesen. Zum Abschied hatte sie beide umarmt. Selbst das kurze Treffen mit ihren Eltern, die Anfang Februar zu Besuch waren, war spurlos an ihr vorbei gezogen. Mechanisch hatte sie auf die Fragen ihrer Mutter geantwortet, wie auf Kommando gelacht und geschwiegen, wenn weiter nichts von ihr verlangt worden war. Auf die Frage, ob sie nun bereit wäre, Lord O'Doherty zu ehelichen, hatte sie mit Schweigen geantwortet. Kurz darauf war auch ihre eigene Verlobung verkündet worden. Und auch dann hatte Rhona keine erkennbare Reaktion gezeigt.

Seit sechsundsiebzig Tagen hüllte sie sich in Schweigen und hatte sich in jede erdenkliche Arbeit gestürzt, die sie bekommen konnte. Jeden Tag war Rhona im Schwesternhospiz anzutreffen, in dem sie von der Morgendämmerung bis zum späten Nachmittag zuverlässig ihre Arbeiten verrichtete, um endlich vergessen zu können. Nicht denken, nicht fühlen, nicht leben, lautete ihre Maxime. Einfach nur existieren. Bis der Schmerz nachlassen und der Sinn in ihrem Leben wieder erkennbar sein würde, der ihr mit so wenigen grausamen Sätzen genommen ward.

Ich kann deine Gefühle nicht erwidern ... Ich werde heiraten ...

Es waren diese wenigen Worte, die ihre Welt zerstört hatten, die sie in eine Scheinwelt flüchten ließ, um das Leben noch ertragen zu können. Manchmal war Rhona davon überzeugt, dass es nur eine Lüge von der Countess gewesen war. Irgendetwas musste passiert sein, dass sie plötzlich heiraten wollte und ihre Geliebte von sich stieß. Rhona war versucht, sofort alles stehen und liegen zu lassen, um zum ländlichen Herrenhaus zu laufen. Aber dann erinnerte sie sich an die kalten Augen, in denen sie keine Spur von flammender Leidenschaft mehr erkennen konnte. Nein, Elizabeth konnte nicht gelogen haben. So eine Kälte konnte niemand spielen. Ihre Augen hatten die ganze Wahrheit widergespiegelt: *Sie liebt mich nicht. Sie hat mich nie geliebt!*

Und diese Erkenntnis entfachte eine gnadenlose Wut in ihr. Zeitweise fühlte Rhona sich, als wäre sie ein brodelnder Vulkan kurz vor dem Ausbruch. Es gab nur ein probates Mittel, das ihr half mit der zerstörerischen Kraft, die in ihr wütete, fertig zu werden: ihr geliebter Degen.

Jeden Tag vor dem Abendessen trainierte sie auf der Wiese vor dem Pfarrhaus. Sie kämpfte tagein, tagaus gegen den Schmerz, der in ihrer Brust wütete, und blendete alles andere aus. Nichts und niemand konnte sie in ihrer Welt erreichen, in der sie sich eingeigelt hatte. Nur der Schmerz war ihr allgegenwärtig. *Die Menschheit irrt sich, wenn sie denkt, dass der Tod das schlimmste sei, was einem widerfahren könne. Das Leid und der Schmerz jedoch sind wahre Meister der Qualen – denn sie knechten die Lebenden. Und lieblich klingt mir die Melodie des Todes in den Ohren. Nur kann man an einem gebrochenen Herzen nicht sterben. Jedenfalls nicht sofort, als hätte man eine Klinge in die Brust gerammt bekommen oder Gift zu sich genommen. Aber alle Schmerzen würden ein baldiges Ende nehmen. Wenigstens dies war gewiss.*

Rhona lächelte traurig in sich hinein. Alle Vorbereitungen waren getroffen. Sie hatte gestern sogar einen Brief an Sofie geschrieben und ihn am Morgen einen Boten mitgegeben. Nichts und niemand stand ihrem gut durchdachten Vorhaben im Weg. Und sie sehnte sich nach dem Tag, an dem ihre Hochzeit stattfinden sollte.

ೞ

Unruhig wälzte sich Sofie in ihrem Bett umher. Immer wieder schüttelte sie ihr Kopfpolster auf und rollte sich unter ihrer Decke zusammen, schmiegte sich in die angenehme Wärme. Doch die unheimlichen Katakomben und das Gespräch zwischen Damian und Callen ließen ihr einfach keine Ruhe. Sie fragte sich einerseits, was dieses Seufzen hinter der verschlossenen Türe zu bedeuten hatte, und überlegte andererseits fieberhaft, wie sie den Plan des infamen Viscounts und seines Handlangers würde durchkreuzen können. *Ein Geheimnis könnte ich gleich jetzt lüften*, dachte Sofie.

Sie bräuchte nur ihren ganzen Mut zusammenzunehmen und die Stiegen erneut hinunterzusteigen. Vermutlich würde es eine ganz einfache Erklärung für diese seltsamen Geräusche geben. *Obwohl – nichts an Lord Damian könnte je einfach oder normal sein. Jede Faser seines Seins besteht aus Dunkelheit und er ist das Böse in Person. Ein lebendig gewordener Teufel. Wenn es Satan geben würde, dann in Person von Lord Damian.*

Für einen Augenblick überlegte sie so zu tun, als wäre sie nie ihrer Neugier gefolgt. Als hätte sie nie dieses merkwürdige, jämmerliche Seufzen gehört. Aber im selben Atemzug wusste Sofie, dass sie sich damit selbst belog, die Wahrheit niemals würde verdrängen können und sich immer wieder die selben Fragen stellen würde: *Was ging da unten vor sich? Hätte ich etwas tun können?*

Entschlossen richtete sie sich auf, schlüpfte eilig in ihr Gewand und trat aus ihrer Kammer, um die unteren Geschosse zu erkunden. Wie beim ersten Mal schon lauschte sie angestrengt in die Dunkelheit. Doch jetzt war kein Laut zu vernehmen. Und im Gegensatz zu ihrem ersten Erkundungsgang, schlich Sofie dieses Mal zu der ersten Tür auf der linken Seite des schmalen Korridors. Die Tür ließ sich ohne Probleme öffnen. Mit einem letzten Blick zurück schlüpfte sie in den dunklen Raum hinein und schloss vorsichtig die Tür hinter sich. Die Scharniere waren gut geölt und bewegten sich nahezu geräuschlos.

Sofie blieb für einen Moment stehen, damit sich ihre Augen an die Dunkelheit gewöhnen konnten. Dann tastete sie zaghaft suchend an der Wand entlang. Als sie das kühle Glas einiger Gaslampen erspürte, nestelte sie sogleich nach den Zündhölzern in ihrer Tasche, die sie vorsorglich eingepackt hatte und entzündete dann ein Licht nach dem anderen. Doch das, was sie dann sah, ließ ihr das Blut in den Adern gefrieren. Der ganze Raum, der durch seine opulente Größe und Höhe beeindruckte, war in dunklen Tönen gehalten: Die samtige Tapete war von dunkelgrauer Farbe und mit düsteren Ornamenten verziert. Die Möbelstücke auf der rechten Seite des Raumes bestanden aus schwarzem Ebenholz und der weiche Teppich auf dem ein Kanapee stand, war aus dunklem Garn geknüpft worden.

Eigentlich konnte man diese Gegenstände kaum als Möbel bezeichnen, dachte Sofie bei sich und schauderte. Es waren jedenfalls keine Einrichtungsstücke, die man sich ins Wohnzimmer stellen würde. Im Zentrum des Raumes stand ein hölzernes Andreaskreuz, welches mit feinem Leder ummantelt und mit mehreren Fesselgurten bestückt war. Links davon standen eine Streckbank, verschiedene Käfige, die gerade groß genug waren, um eine Person darin unterzubringen, und weitere Installationen. An den Decken und den Wänden waren Ösen und Halterungen angebracht, von denen lange Eisenketten oder Hand- und Fußfesseln aus weichem Leder oder auch aus kaltem Metall hingen. Doch keine einzige Halterung, Öse oder Kette schien auch nur einen Hauch von Rost oder Alter aufzuweisen. Alles in diesem Raum war bis ins kleinste Detail ordentlich aufdrapiert. *Ob das Damians persönliche Folterkammer war? Oder doch eher seine Lustkammer, die er nach Bedarf aufsuchte? Was für ein Mensch war Fitzpatrick wirklich?*

Schockiert ließ Sofie ihren Blick schweifen und entdeckte an der Wand neben ihr, ordentlich aufgehängt, einige Springgerten und andere Arten von Schlaginstrumenten. Sie sah Dolche, Messer und Macheten, die auf einer hölzernen Schiene angebracht waren. An der Wand gegenüber dem weiten Kanapee, wo die Marterinstrumente aufgebaut waren, hing eine Vielzahl von großen Spiegeln, so dass der Folterer sein Opfer aus nahezu jeder Perspektive gleichzeitig beobachten konnte. Und wie es sich in seinen Qualen wand. Trotz der Gaslampen konnte Sofie unzählige Kerzenleuchter in der Kammer finden. Und nicht immer befand sich das längst erkaltete Wachs in der

Tropfpfanne der Halterung. Hier und dort haftete es auch an den Käfigverstrebungen, Ketten oder an der Tischkante. Auch konnte Sofie eingetrocknetes, mit Wachs vermischtes Blut erkennen, dass dieser grotesken Szenerie einen bildhaften Ausdruck verlieh. Einen des puren Sadismus.

Mit langsamen Schritten ging Sofie weiter in den Raum hinein. Verstört strich sie über einige weitere Installationen, von denen sie noch nicht einmal wusste, für welche Torturen sie bestimmt waren. Auf jeden Fall verrieten sie eine Menge über den wahren Charakter und die abgründigen Neigungen des Hausherrn.

Schließlich löschte Sofie die Gaslampen wieder und verließ die Kammer mit den Folterinstrumenten, die ihr einen Schauer über den Rücken gejagt hatten. Und sie hoffte, diesen Raum nie wieder betreten zu müssen. Zielstrebig steuerte auf die gegenüberliegende Tür zu, hinter der sie die Quelle des lang gezogenen Schnaufens vermutete. Vorsichtig hielt sie ihren Kopf an die Holztür gepresst und lauschte auf ein Geräusch, das ihr verraten könnte, ob sich jemand in diesem Raum befand. Auch dieses Mal war die Tür verschlossen. Und wieder ertönte ein leises Geräusch, als sie die Türklinke losließ. Doch jetzt würde sie nicht erschrocken davonlaufen. Vorsichtig sah sie sich um und zog dann einen Dietrich aus ihrer Tasche. Was auch immer sich hinter dieser Türe verbergen mochte, in ein paar Sekunden würde es kein Geheimnis mehr sein. Sofie atmete noch einmal tief durch, schob dann den Dietrich in das Schlüsselloch, hörte ein leises Klacken und die Tür vor ihr sprang auf.

ぐゝ

Mit einer eiskalten Wut in seinem Bauch stürmte der Viscount durch die weiten Flure seines Manors. Fitzpatrick hatte seine Stirn in Falten gelegt und kontrollierte verbissen und wachsamen Blickes jeden Raum, jeden Winkel, der als Versteck dienen konnte. Gerade als er die Suche aufgeben und sich in seinen Salon zurückziehen wollte, um über die weiteren Schritte und seine durchkreuzten Pläne nachzudenken, konnte er ein leises Türklappen vernehmen. Boshaft bleckte er seine Zähne, schlich sich in den nächsten Flur und stieg dann die wenigen Stufen zu der kleinen Kammer hinauf, welche die Dienstmagd beherbergte.

Mit aller Kraft stieß er die Tür auf und entdeckte Sofie, die gerade mit erleichtertem Gesichtsausdruck ein Schmuckstück in den Händen hielt, dann aber ob seines plötzlichen Eindringens erschrocken zusammenzuckte. Vehement packte er die junge Frau, die ihre zur Faust geballten Hände an die Brust presste, und zog sie zu sich heran. Obwohl er sich normalerweise an den ängstlichen Augen seiner Opfer weidete, verspürte er keinerlei Lust durch Sofies Blick, die ihn voller Panik anstarrte. Das Verlangen war ihm nach seiner Entdeckung im Kellergeschoss vergangen. »Wie kommst du dazu, in meinen privaten Gemächern umher zu schnüffeln? Weißt du eigentlich, was du getan hast?«, hörte er sich in seiner ungezügelten Raserei selbst schreien.

Dass sie ihm mit Schweigen entgegentrat, befeuerte nur seinen Jähzorn. Wenn sie betteln oder um ihr Leben flehen würde, hätte ihn das vielleicht noch besänftigt. Aber nach dem ersten Entsetzen war mit einem Mal eine stoische Ruhe in Sofies Gesicht getreten, die Damian fast um den Verstand brachte. Wütend zerrte er Sofie aus ihrem kleinen Gemach und zog sie zielstrebig die Treppen hinunter. Er würde sie schon zum Reden bringen. Dessen war er sich gewiss.

In seiner persönlichen Spielkammer angekommen, bemerkte er erneut Sofies unerschütterlichen Gesichtsausdruck. Falls sie Angst haben sollte, schien sie es sehr gut hinter einer undurchschaubaren Maske zu verstecken. Nichts deutete darauf hin, dass sie seine Dunkelkammer fürchtete, in der bereits alle Gaslampen und einige zusätzliche Kerzenleuchter entzündet waren. »Deiner Gleichmütigkeit zufolge nehme ich an, dass du meinen Lieblingsraum schon kennst?! Jeder andere, den ich hierher geführt habe, hat entweder vor Angst gestunken oder aber sich beim Anblick meines Repertoires vor Lust und Ungeduld gewunden. Nun ja, Dich werden hier jedenfalls nur die grausamsten Qualen erwarten,« knurrte der hohe Lord grimmig. »Ich frage mich, wann du wohl anfängst, vor Angst um dein Leben zu betteln. Und wie lange es danach noch dauern wird, bis du mich anflehst, dich endlich sterben zu lassen.«

Doch Sofie schwieg eisern, was Damians Zorn nur noch mehr entfachte und seinen Ingrimm in ihm auflodern ließ. Grob zerrte er Sofie zu dem hölzernen Pranger, öffnete ihn und zwang Sofie, ihren Kopf und die Hände in die halbrunden Aussparungen zu legen. Alsdann schloss er den Pranger mit einem lauten Knarren. Mit einem fiesen Grinsen ging er in die Knie und umfasste Sofies Knöchel, zog sie gewaltsam auseinander und positionierte ihre schmalen Fesseln an der unteren Vorrichtung. Genüsslich verschloss er die metallenen Scharniere, verband dann ihre Augen mit einem dunklen Tuch und ging dann schweigend aus Sofies Reichweite. Zufrieden betrachtete Damian sein gefesseltes Opfer.

Eine ganze Weile lehnte sich Fitzpatrick ruhig an die dunkle Wand, an dem die vielen Peitschen und Gerten angebracht waren. Sorgfältig überlegte er, welches seiner Hilfsmittel er auswählen sollte, um die Magd zu bestrafen. Er wollte gar nicht wissen, warum sie hier unten gewesen war und was sie dazu bewogen hatte, auch die andere Tür zu öffnen. Auch das *Wie* interessierte ihn nicht. Er wollte auch nicht wissen, wohin die Insassen geflüchtet waren. Es war ihm egal. Er konnte es ohnehin nicht mehr ändern. Aber er vermochte seine Macht zu beweisen. Jetzt und hier! Und er würde sie das Fürchten lehren. Allerdings musste er sich dafür in Geduld üben. Wenn er zu voreilig wäre, würde sie zusammenbrechen, bevor er das Gefühl der Überlegenheit erfahren hätte. Sein Spaß wäre vorbei, bevor er überhaupt angefangen hätte. Also stand der Lord einfach nur schweigend an der Wand und überließ Sofie ihrer eigenen Phantasie und Furcht. Auch das war ein Teil seiner Folter. Die Unwissenheit konnte die größte Angst heraufbeschwören. Nichts bereitete mehr Furcht als das Unvorhersehbare. Die eigene Vorstellungskraft konnte einen in die dunkelsten Abgründe führen. Und Fitzpatrick war ein Meister der Abgründe, der dieses qualvolle Schauspiel in vollen Zügen genoss.

Wie lange könnte sie wohl seinen Torturen widerstehen, bevor sie voller Verzweiflung um Beendigung ihres Lebens betteln würde? Beinahe liebevoll strich er über die verschiedenen Werkzeuge und entschied sich dann für die neunschwänzige Katze. Das Leder der Riemenpeitsche fühlte sich angenehm weich in seiner Hand an und würde zum Einstimmen seinen Zweck erfüllen. Der sinnliche Geruch des dunklen Materials ließ ihn vor freudiger Erregung lächeln. Macht! Das war das Einzige, was seine Begierde wecken und sein dunkles Verlangen befriedigen konnte. Und es war ihm gleichgültig, ob eine Frau oder ein Mann vor ihm stand. Das Leder, die Kontrolle, die Unterwürfigkeit seines Gegenübers – in allen Situationen Macht über den Körper und den Geist seines Opfers zu haben, das war es, was ihm perfides Vergnügen bereitete. Mit einem kaltblütigen Lächeln und fiebrig glänzenden Augen baute sich Fitzpatrick hinter Sofie auf und ließ die Peitsche ein paar Mal in der Luft knallen. Er ergötze sich an dem schrillen Ton des Leders, bevor er die Riemen zum ersten Mal mit einem festen Hieb auf Sofies Rücken herabzischen ließ.

Sofie zuckte zusammen, als sie den lauten Knall hörte, und unverzüglich spürte sie die ledernen Schnüre auf ihren Rücken. Es war mehr der Schreck, als der Schmerz, der sie aufschreien ließ. In ihren

Gedanken floh sie zurück zur Ballnacht. Sie lag in Megans Armen und spürte das wohlige Streicheln ihrer zarten Hände auf ihrem Haupt. Dann jedoch wechselten ihre Gedanken unwillkürlich zur letzten Nacht. Wie schockiert sie gewesen war, als sie die verschlossene Tür mit dem Dietrich geöffnet hatte. Die ausgemergelten, resignierten Gesichter, die sie im matten Schein hatte sehen können, hatte sie alle wieder erkannt: Es waren Leander, Kieran, Connor und die restlichen fünf der Füchse, die sie getroffen und verraten hatte. Sie alle waren in dem kleinen Raum zusammengepfercht und hatten fest angekettet am Boden gesessen. Sie waren nicht tot, wie Callen es gesagt hatte. Aber ihre Körper waren misshandelt und gefoltert worden.

Doch in den Augen der Rebellen hatte der ungebrochene Wille geglänzt, der Welt mit ihren Ungerechtigkeiten zu trotzen. Das hatte Sofie imponiert. Mithilfe des Dietrichs und ihren flinken Händen, waren alle Gefangenen befreit und schweigend zur Hintertür gebracht worden. Kein einziges Wort war gefallen. Weder von ihr noch von den Füchsen. Es war Sofie sehr wohl bewusst gewesen, dass die Rebellen sie wiedererkannt hatten. Den Spion, der wohl für ihre Festnahme verantwortlich war. Aber sie war sich in jeder Sekunde sicher gewesen, dass sie ihr nichts tun würden. Sie hatte es gefühlt und letzten Endes auch Recht behalten. Gemeinsam waren sie aus Lord Damians Haus in die dunkle Nacht geflohen. Fest entschlossen hatte Sofie die Rebellen zur Countess führen wollen. Das war der einzige Ort gewesen, der ihnen allen Sicherheit versprach.

Von Fitzpatricks dunklen Plänen berichtend, hätte sie sowohl die vornehme Lady, als auch Rhona vor ihrem tödlichen Schicksal bewahren können. Dieser Plan wäre ohne jeden Zweifel auch tadellos aufgegangen, wenn ihr nicht inmitten der Flucht aufgefallen wäre, dass sie etwas sehr Wichtiges vergessen hatte. Das Kostbarste, was Sofie je ihr Eigen nennen konnte und ihr wertvoller war als Gold,

Diamanten oder auch jegliches andere Geschmeide: Das Medaillon ihrer Mutter. Es lag noch immer versteckt unter ihrem Kopfkissen, bedachtsam dort abgelegt, bevor sie sich auf Entdeckungstour durch Fitzpatricks Katakomben begeben hatte.

Ungeachtet des Drängens der Füchse, ihren Plan einzuhalten, hatte Sofie unmissverständlich klar gemacht, nicht mit ihnen gehen zu können, solange noch Hoffnung bestand, dass sie sich ihr Schmuckstück unentdeckt zurückholen konnte. Doch bevor die Füchse in den engen Gassen verschwunden waren, hatte sie noch eine Botschaft auf ein Stück Papier gekritzelt, und diese dem Anführer in die Hand gedrückt. Auch wenn sie noch nicht einmal seinen Namen kannte, die Tätowierung auf seiner Hand würde sie niemals vergessen: Den Abdruck einer kleinen Fuchspfote. Der junge Mann hatte sie erstaunt angesehen, Sofie wortlos zugenickt und war im Schutze der Nacht verschwunden. Sie wusste, wie unklug und riskant es war, aber dieses Schmuckstück war alles, was ihr von ihrer Mutter geblieben war. Und es war ihr klar, dass sie niemals in ihr Heimatdorf und somit zurück zu Callen kommen durfte. Also war sie umgekehrt ... und direkt in ihr Verderben gelaufen.

Diese Scheinwelt, in die Sofie sich zurückgezogen hatte, ließ den Schmerz erträglicher werden. Sie versuchte, ihn vollends auszublenden, auch wenn die Hiebe immer stärker wurden und in immer kürzeren Intervallen rhythmisch auf ihrem Körper aufschlugen. Dass dieser Rückzug in ihre innere Welt irgendwann nicht mehr möglich sein würde, war ihr klar. Aber bis dahin biss sie die Zähne zusammen, um dem sadistischen Lord keinen Grund zur Freude zu geben. Immer wieder liefen ihr ein paar Tränen die Wangen hinunter und durchnässten die Augenbinde als der Schmerz immer schneidender wurde, und die Striemen auf ihrem Rücken zu bluten begannen.

Schon im Moment ihrer Entdeckung hatte Sofie mit genau diesen

Konsequenzen gerechnet. Lord Damian würde zum Äußersten greifen, um sie zu bestrafen. Aber es war ihr gleichgültig gewesen. Seit langer Zeit hatte sie das Gefühl gehabt, endlich wieder das Richtige getan zu haben. Sofie baute auf die Zuverlässigkeit der Füchse, dass die Countess und Lady Rhona ihre wenigen Zeilen erreichten, die ihnen das Leben retten würden. Und sollten die beiden ihren Worten allein keinen Glauben schenken, so würden die Folterspuren auf den Leibern der Füchse die Botschaft wohl hinreichend eindringlich vermitteln. Mehr hatte sie nicht tun können.

Und nun, da sie diese Vorkehrungen getroffen hatte, spürte sie, wie all die Schuld und Last von ihren Schultern fiel. Denn egal, wie heftig Lord Damian jetzt auch zuschlug, gleichgültig, wie sehr der Schmerz ihr zusetzte, sie hatte die Rebellen gerettet, und ihr Brief würde auch die Countess und Rhona retten. Sie hatte ihren Frieden mit sich selbst gemacht. Sofie war bereit, sich ihrem Schicksal zu stellen. Wenn dies die Stunde ihres Abschieds wäre, so würde sie frei von jeglicher Schuld gehen können.

Entgegen seinen Erwartungen und Hoffnungen bettelte die Zofe nicht um ihr Leben. Selbst bei seinen härtesten Schlägen hatte sie nur selten mehr als ein Wimmern von sich gegeben, was ihn zunehmend zu langweilen begann, mehr noch, als dass es ihn ärgerte. Er hatte all seine Schlaginstrumente nach und nach an ihr ausprobiert; sie vom Pranger gelöst und an andere Installationen im Raum gekettet. Doch beinahe stumm hatte sie jede seiner Demütigungen ertragen. Sie war stärker, als er es ihr jemals zugetraut hätte. Sie besaß eine innere Kraft, die sich nur schwer brechen lassen würde. Aber er, Lord Damian Fitzpatrick, hatte noch nie versagt. Er war der unbesiegte Meister der Torturen. Und er hatte im Laufe der Jahre gelernt, dass jeder Mensch seinen Preis und vor allem einen wunden Punkt hatte. Diesen würde er nur noch finden müssen. Es waren ja erst sechs Stunden seit dem Morgen verstrichen. Vielleicht müsste er eben noch einige Stunden mehr in seiner Lustfolterkammer verbringen, bis sie zu Tode erschöpft sein würde. Das Spiel mit Zeit, Lust und Geduld war eine Kunst, auf die er sich bestens verstand.

Langsam und besonnen öffnete er das Kettenschloss und ließ die inzwischen kraftlose Sofie zu Boden sinken. Die junge Frau war inzwischen außerstande, auch nur einen Hauch von Widerstand zu leisten. Frohlockend ging er zu seinem Sekretär, holte eine Flasche mit einem edlen Whiskey heraus und füllte sein Glas mit der goldglänzenden Flüssigkeit. Dann machte er es sich auf dem weiten Kanapee gemütlich, holte seine Pfeife aus dem Jackett hervor und begann, genüsslich den Tabak zu inhalieren, während er Sofie beobachtete, wie sie reglos da lag: Ihr helles Leinenhemd hing in Fetzen von ihrem Rücken und war an einigen Stellen mit Blut durchtränkt. Der Anblick, der sich Fitzpatrick bot, gefiel ihm über alle Maßen. Er spürte, wie sich seine Männlichkeit fest gegen den dichten Stoff seiner Hose drückte, und er begann, mit leichten Berührungen über sein Gemächt zu reiben. Mit gespannter Erwartung dachte er darüber nach, wie er Sofie weiter peinigen könnte. Oh, wie er den Augenblick genoss.

Damian hatte es sich schon viel früher gewünscht, seine kleine, aufsässige Dienerin zu foltern. Doch es gab immer einen Grund, es nicht zu tun. Er hatte ihre Dienste gebraucht. Aber nun war sie wertlos geworden. Alle Aufträge und Missionen waren erfüllt. Und nach ihrer Entdeckung seiner Folterkammer und der Befreiung der gefangenen Rebellen wusste sie eindeutig zu viel. Über dreieinhalb Monate hatte er Sofie bei sich gehabt, sich in Geduld geübt, ihr den Verstand verwirrt und dem heutigen Tag entgegengefiebert.

Damian hatte gewusst, dass ihr eines Tages ein fataler Fehler unterlaufen würde. Ein Fehler, der tödlich für sie enden würde. Und nun war dieser Tag endlich gekommen. Natürlich war er über die Flucht der Rebellen zunächst äußerst verärgert gewesen. Aber die Vorfreude darauf, Sofie nun endlich quälen und töten zu können, hatte seinen Zorn recht schnell wieder besänftigt. Die Rebellen stellten keine wirkliche Gefahr für ihn dar. Und bald schon würde die Countess Sofies Platz einnehmen. Anders als die kleine Dienerin würde er sie nicht nur seinen Qualen aussetzen. Die Countess würde er mit Gewalt nehmen. Elizabeth war ein anderes Kaliber. Irgendwann hatte Damian begriffen, dass er jedes Detail in seiner Folterkammer nur ihretwegen perfektioniert hatte. Jedes Gerät hier im Raum wartete nur darauf, die Countess zu erniedrigen und sie das Fürchten zu lehren. Er würde sie abwechselnd psychisch foltern und dann wieder körperlich züchtigen, bis sie um seine Gnade flehen würde. Er hatte schon ein erlesenes Repertoire an Grausamkeiten für sie im Kopf. Ja, mit Elizabeth hatte er etwas ganz Besonderes vor. Sie würde sein ganz persönliches Meisterstück werden. Das Foltern der kleinen Zofe hingegen stellte für ihn hauptsächlich eine weitere Übungsstunde dar. Und doch würden beide das gleiche Schicksal teilen und ihren letzten Atem in dieser Kammer, im Kellergeschoss seines Hauses aushauchen.

Allein der Gedanke daran ließ Fitzpatrick fast den Höhepunkt erreichen. Aber er riss sich zusammen und unterbrach seine dezenten Streicheleinheiten. Noch war er nicht soweit. Noch war sein Opfer noch nicht soweit. Er wollte in dem Augenblick den Gipfel der Genüsse erklimmen, in dem Sofie für immer in der Dunkelheit verschwand. »Vielleicht sollte ich es dieses Mal früher beenden. Mit Elizabeth werde ich noch genug spielen können«, murmelte er in sich hinein und zwirbelte seinen Kinnbart.

Besorgt betrachtete Lord Damian sein Opfer, das sich noch immer nicht bewegt hatte. Dann schnappte er sich die volle Wasserkaraffe, die neben ihm auf einem kleinen Tischchen stand, und leerte die eiskalte Flüssigkeit in einem Zug über ihrem Gesicht aus. Genussvoll lauschte er dem Echo ihres Hustens, als Sofie angestrengt nach Luft schnappte, und das Lächeln kehrte auf seine Lippen zurück. »Ah, endlich ausgeschlafen, kleine Miss?«, fragte er höhnisch und riss ihr das dunkle Tuch von den Augen. »Dann können wir ja jetzt weiter machen!« Mit beschwingtem Schritt eilte er zu der Wand, an der seine Dolche, Messer und Macheten angebracht waren. Nach einer kurzen Pause wählte er einen langen Dolch, mit einem Griff aus edlem Nussholz, dessen scharfes, geschwungenes Blatt mit floralen Mustern bedeckt war und steckte es sich rücklings in den Hosenbund ...

13

MORGENROT

EIN NEUER TAG

Das kalte Wasser riss Sofie aus ihrer Traumwelt, in die sie sich hineingeflüchtet hatte. Verzweifelt schnappte sie nach Luft, doch die Kälte des Wassers und ihre Erschöpfung ließen ihre Lungen zusammenkrampfen. Ihr ganzer Brustkorb schmerzte, als der Husten endlich nachließ. Benommen sah Sofie sich um. Ihre Augen hatten sich noch nicht an die Dunkelheit gewöhnt und so konnte sie kaum etwas erkennen. Wie lange sie wohl ohnmächtig gewesen war? Hier unten in den geheimen Katakomben hatte sie jedes Zeitgefühl verloren. Waren erst wenige Stunden vergangen? Oder doch schon mehr?

Sofie erinnerte sich daran, wie der Lord sie nach einiger Zeit aus dem Pranger gelöst hatte, um sie schließlich an einem anderen Folterinstrument zu fixieren. Er hatte sie gezwungen, dieses Gerät mit ihren Händen abzutasten, um sich ein Bild dessen machen zu können, was sie erwartete. Allerdings reichte Sofies Vorstellungskraft nicht dafür aus den Schmerz zu erahnen, der unweigerlich folgen würde. Sie wusste genau, dass Lord Damian sie nicht nur malträtierte, um sie zu bestrafen. Er folterte sie aus purem Vergnügen und perverser Lust.

Tapfer hatte sie die festen Schläge mit den unterschiedlichsten Instrumenten ausgehalten. Die Schmerzensschreie und die Tränen hatte sie nicht zurückhalten können, wohl aber das Fluchen, um dem Lord nicht die Befriedigung zu geben, nach der er so sehr verlangte. Eisern hatte sie sich auf die Lippen gebissen, bis sie den metallischen Geschmack von frischem Blut im Mund geschmeckt hatte. Ihr unbändiger Wille, ihm ihre Stärke zu zeigen, verlieh ihr die nötige Kraft.

Sofies Körper hörte nicht auf zu schmerzen. Ihr Rücken brannte wie Feuer, während es in ihrem Kopf unaufhörlich stach und pochte, so dass sie glaubte, er würde jeden Augenblick bersten. Ihr ganzer Leib war mit Striemen und Rinnsalen getrockneten Blutes übersät. Jede ihrer Muskelfasern war gespannt, als Sofie versuchte, den Kopf zu drehen und ihren Peiniger ausfindig zu machen. Doch sie konnte sich keinen Millimeter rühren. Einerseits war sie glücklich, am Boden zu liegen und sich ausruhen zu können, aber auf der anderen Seite wusste Sofie, dass ihr Martyrium noch nicht ausgestanden war. Es würde noch schlimmer kommen. Davon war sie überzeugt. *Es ist erst vorbei, wenn ich tot bin. Erst dann wird er von mir ablassen. Ach, warum bin ich nur wieder aufgewacht?*

»Ah, endlich ausgeschlafen, kleine Miss?«, hörte Sofie den Viscount voller Häme fragen. »Dann können wir ja jetzt weiter machen!«

Das Echo seiner beschwingten Schritte hallte in Sofies Ohren wieder. Und sie fragte sich, welche grausamen Absichten er nun in die Tat umsetzen wollte. Wenn sie es doch nur schnell hinter sich bringen könnte. Vor dem Tod hatte Sofie längst keine Angst mehr, wohl aber vor den Schmerzen, die ihr der Viscount mit seinen Torturen zufügte. Sie fürchtete sich vor dem Moment, in dem ihre letzte Kraft und ihr eiserner Wille schwinden würden, und der gebrochene Rest ihrer Seele um Erlösung bettelte. Dann hätte sie wahrlich alles verloren. Dann hätte Damian erreicht, was er wollte: ihren Willen und ihren Widerstand zu brechen.

Sofie schreckte leicht auf, als die kalten Hände des Viscounts sie an den Schultern berührten und sie von der Seite auf den Rücken drehten. Ein leises Stöhnen entwich ihren Lippen, was ein breites Grinsen auf das Gesicht des Mannes über ihr zauberte. Beinahe sanft packte er sie an den Handgelenken und verschränkte ihre Hände oberhalb ihres Kopfes. Sie hatte nicht mal mehr die Kraft, dagegen aufzubegehren. Wie eine willenlose Marionette ließ sie sich führen und bewegte sich, wie es dem perfiden Puppenspieler gerade beliebte. »Warum tut Ihr das?« fragte Sofie müde und erschöpft.

Lord Damian lachte laut auf und strich ihr sanft mit seinen Fingerspitzen über die Wange, bis hin zu ihren rissigen Lippen. »Warum reißen Wölfe Lämmer? Einzig um den Hunger zu stillen? Nein, weil sie es können. Weil sie die Macht dazu haben. Und ich bin ein wahrhafter Wolf. Und du, liebste Miranda, du bist nichts anderes als mein kleines Lämmchen, das nun auf meiner Schlachtbank liegt.« Fitzpatrick griente für einen kurzen Moment.

Dann schwang er sich mit einem schnellen Satz über sie, riss ihr das zerschlissene Hemd vom Leib und entblößte ihren Hals, ihr Dekolleté und ihre Brüste. Sein Gesichtsausdruck wandelte sich und seine Züge wurden ganz weich. Sofie schien es, als würde er verträumt ein Kunstwerk betrachten.

Sein blutiges Kunstwerk, dachte sie bitter und sammelte etwas Speichel im Mund, um ihre ausgedörrte Kehle zu befeuchten. Seit der vergangenen Nacht hatte sie nichts mehr getrunken. Durst- und Hungergefühle begannen sie zu plagen und verursachten ein Schwindelgefühl in ihrem Kopf. Sofie blinzelte erschöpft und erkannte, wie sich der Lord ein wenig zu ihr hinunterbeugte und sie eindringlich ansah. Dann streichelte er ihr zärtlich über den Kopf, wanderte mit seiner Hand zu ihren Wangen, ihren aufgebissenen Lippen, ihrem Hals und verharrte schließlich auf ihrer linken Brust. »Endlich kann ich deine Furcht riechen. Deine Augen sprechen Bände, und dein Herz klopft so unnatürlich schnell. Darauf habe ich die ganze Zeit gewartet. Du bist so wunderschön in deiner Angst, weißt du das? Und glaube mir, diesen Anblick werde ich nicht mehr vergessen. Ich werde ihn in meiner Seele tragen. Diesen wundervollen Anblick der Furcht kurz vor deinem Tode.« Mit einem Funkeln in den Augen und einem boshaften, fratzengleichen Lächeln, zog der Lord den Dolch aus seinem Hosenbund und schwenkte ihn vor Sofies Augen, bevor er mit der kalten Klinge über ihren Hals zum Dekolleté hin strich, und sie dann wieder zurück zu ihrer pulsierenden Halsschlagader gleiten ließ. Mit der scharfen Spitze ritzte er ihre Haut ein. Nicht sonderlich tief, nur so, dass ein einzelner Tropfen ihres kostbaren Blutes die Klinge benetzte. Daraufhin begann er, seine Hüften rhythmisch an den ihren zu reiben und seine Gesichtszüge nahmen einen Ausdruck der Wonne an, während Sofie ihren Atem in einem Anflug von Panik stakkatoartig ausstieß.

»Ja, kleine Miranda«, konnte Sofie Damian laut stöhnen hören, »gleich wird es für dich vorbei sein. Und ich werde den Himmel auf Erden erleben. Oh, welch süße Erlösung für uns beide!« Die Beckenbewegungen des Viscounts wurden schneller und schneller, und auch sein Stöhnen passte sich der Geschwindigkeit seiner Bewegungen an. Dann hob er beide Hände, mit denen er den Dolch nun fest umklammert hielt und lachte orgiastisch auf.

Sofies Leben zog vor ihrem inneren Auge vorbei. In ihren Gedanken sah sie alle, die ihr einmal etwas bedeutet hatten: Mutter. Vater. Dann Rhona. Küsse. Nächte. Lachen. Weinen. Und Megan. Grüne Augen. Megan. Weiche Lippen. Megan. Sanfte Küsse. Megan. Nein, sie konnte nicht aufgeben. Sie musste am Leben bleiben – komme was wolle. Sofie wollte leben. Für Megan. Für dieses warme Gefühl in ihrem Bauch, wenn sie an die Magd dachte. Für ihr Lächeln. Und das

Glänzen in ihren Augen. Nein. Sie konnte und wollte wirklich nicht aufgeben. Nicht, wenn es noch den Funken einer Hoffnung gab, Megan zurückzubekommen.

Abrupt kehrte Sofie in die Realität zurück und sah die scharfe Spitze der silbernen Klinge genau über ihrem Herzen schweben. Und noch bevor der Dolch hinunterschnellen konnte, sammelte sie ihre verbliebenen Kraftreserven zusammen, ballte ihre Hand zu einer Faust und stieß sie, so fest wie sie nur konnte, seitlich in seine Kehle.

Mit einem Röcheln kippte Damian zur Seite und ließ den Dolch aus seinen Händen gleiten. Sein Gesicht war flammenrot und vom Schmerz verzerrt, seine Augen quollen aus den dunkel umrandeten Höhlen hervor, während er verzweifelt mit den Händen an der Kehle nach Luft rang.

Unter Auferbietung ihrer letzten Kräfte wand sie sich unter Damians Körper hervor, richtete sich auf und griff instinktiv nach dem scharfen Dolch, der dem Lord aus der Hand gefallen war. Und ohne nachzudenken, blind vor Überlebensgier, stach sie die Waffe mit einem erschütternden Schrei in seine Brust. Immer wieder riss sie ihre Hände in die Höhe, um die Spitze des Stahls erneut, mit aller Gewalt, in seinen Oberkörper zu rammen.

Als Sofie bemerkte, dass das Keuchen und Zucken Lord Damians nachgelassen hatte, sein Körper blutüberströmt bar jeglicher Bewegung dalag, entfernte sie sich aus seiner Reichweite. Für ein paar Augenblicke starrte sie den leblosen Leib an. Den Dolch hielt sie noch immer, angewidert und nach Atem ringend, verkrampft in ihren Händen. Dieser Bastard hatte sie hungern und dursten lassen, hatte sie auf jede erdenkliche Weise gequält und misshandelt.

Sie brauchte die Gewissheit, dass sie nun in Sicherheit war, dass ihr nun nichts mehr geschehen konnte. Und doch hatte er sein eigenes Spiel verloren. Er war nicht länger der, der die Fäden der Macht in der

Hand hielt. Ihn nun dort liegen zu sehen, starr in seiner Blutlache, gab Sofie die Gewissheit, nicht nur überlebt, sondern den Wolf besiegt zu haben ...

Der späte Nachmittag war bereits angebrochen, als Sofie aus Damians Haus hastete. Die Frühlingssonne warf ein gleißendes Licht auf die Stadt und sie musste ihre Augen zusammenkneifen, da das grelle Licht sie schmerzhaft blendete. Ausgezehrt eilte sie durch die Gassen, von Haus zu Haus, von Schatten zu Schatten. Immer darauf bedacht von den Bürgern der Stadt nicht aus nächster Nähe gesehen zu werden. Zwar hatte sie ihr Gewand aus ihrer Kammer geholt und sich umgezogen, doch noch immer haftete Blut an ihrem Körper. Ihr Blut und auch das Lord Damians, den sie einfach in den Katakomben hatte liegen lassen. Sofie hatte kurzzeitig darüber nachgedacht sich zu waschen, doch dann war ihr der Brief aufgefallen, der auf der kleinen Bettkommode lag. Einer der anderen Diener musste ihn heimlich in ihr Zimmer gebracht haben, während sie sich bereits in Damians Folterkammer befand. Sofie hatte Rhonas geschwungene Schrift auf den ersten Blick erkannt und die wenigen Zeilen hastig gelesen ...

Sie hetzte so schnell als möglich auf direktem Wege zu dem Stadthaus der Countess. Von einem Kammerherrn musste sie jedoch erfahren, dass Lady Elizabeth bereits wieder auf ihrem Landgut weilte. In kurzen Sätzen erklärte Sofie ihm, dass die Countess in Gefahr sei. Ohne zu zögern sattelte der Diener ihr so schnell wie möglich ein Pferd und beschrieb ihr den schnellsten Weg zum Landhaus der Countess.

Keine fünf Minuten später passierte sie das Stadttor. Mit beiden Händen umklammerte sie die Zügel des Pferdes und hoffte, während des schnellen Rittes nicht hinunter zufallen. Vielleicht eine Meile noch, oder zwei, dann würde sie ihr Ziel endlich erreichen. Sofie hoffte inständig, dass sie die Countess diesmal antreffen würde. Sie hatte schon zu viel Zeit verloren. Eilig folgte sie dem Weg gen Süden, der von Frühlingsblumen in prächtigen Farben gesäumt war. Und der warme Wind fuhr zärtlich über Sofies müdes Haupt. Der Frühling würde bald in Irland einkehren, doch dafür hatte Sofie keinen Sinn.

Langsam verschwanden die Felder aus ihrem Blickfeld und das imposante Landhaus erschien vor ihr am Horizont.

Mit zusammengebissenen Zähnen schleppte sich Sofie die wenigen Stufen zu dem großen Eingangsportal hinauf und klopfte lange und laut an die Tür. Irgendjemand musste doch da sein, hoffte sie inbrünstig und lehnte sich müde an die Türe. Einen Atemzug später spürte Sofie, wie sie fiel. Schon wieder. Doch diesmal landete sie direkt in den Armen einer Dienstmagd, die erschrocken aufschrie und sie dann so fest umarmte, dass Sofie vor Schmerz aufschrie. Mit tränenverschleiertem Blick erkannte sie Megan, die sie besorgt anblickte. Und dann sah sie nichts mehr. Sie fühlte nur noch Megans warme Küsse auf ihren rissigen Lippen. Und wie sich all ihr Schmerz in Luft auflöste.

❦

Mehrere Augenblicke waren verstrichen, seitdem Megan sie zur Bibliothek geführt hatte. Nun fasste sie ihren ganzen Mut zusammen, um an der Tür zu klopfen. Just in dem Moment als Sofie die Hand zu einer Faust geballt hatte, öffnete sich plötzlich die Tür, und die überraschte Countess stand direkt vor ihr. Mit einem abweisenden Blick musterte Lady Elizabeth die schmutzige und erschöpfte Frau, welcher die pure Geringschätzung mit aller Wucht entgegenschlug.

»Miranda – oder soll ich doch lieber Sofie sagen?«, eröffnete die Countess verächtlich das Wort.

»Lady Elizabeth. Ich ...« Sofie rang nach Worten. Den ganzen Weg über hatte sie sich Gedanken gemacht, wie sie der Countess am schnellsten ihre Botschaft übermitteln könnte. Doch in diesem Augenblick schienen alle Worte wie weggewischt, und eine Leere breitete sich in ihren Kopf aus.

»Für dich immer noch Countess O'Callahan«, erwiderte Lady Elizabeth kühl.

»Verzeiht, M'Lady.« Sofie stützte sich kraftlos an der Wand ab und sah fest in Lady Elizabeths Augen, was diese mit Missbilligung aufnahm. Doch für die höfische Etikette blieb ihr keine Zeit mehr. »M'Lady, ich bitte inständig um Euer Gehör. Mein Leben ist bereits verwirkt. Es ist nur eine Frage der Zeit, bis Callen seine Jagd nach mir damit beenden wird, mich eigenhändig ins Grab zu befördern. Mir bleibt nur wenig Zeit, um Euch meine Botschaft zu überbringen.«

»Tritt ein und berichte, was du zu sagen hast,« befahl die Countess nicht weniger kaltherzig als zuvor und ging in die Bibliothek zurück. In würdevoller Haltung lehnte sie sich an den edel verzierten Sekretär und trommelte mit ihren Fingern stetig und ungeduldig auf das dunkle Holz. Sofie war ihr mit langsamen Schritten gefolgt und hielt einen Moment inne, bevor sie fortfuhr: »Habt Ihr meine Zeilen erhalten?«

Doch als sie keine Antwort erhielt, wusste sie, dass die Füchse ihr Wort nicht gehalten hatten. Sie hatten Sofies lebensrettende Nachricht nicht übermittelt. Also musste sie von vorne beginnen und ihr ganzes Wissen erneut offenbaren. Sie erzählte von Callens Erpressung, den Aufträgen, den letzten Atemzügen Sir Walthers, den Füchsen und davon, wie sie sie schließlich hatte retten können. »Ich bade meine Hände in Blut. Davon werde ich mich nie wieder reinwaschen können. Doch es war notwendig, um Euer Schicksal abwenden zu können.«

»Was kümmert dich mein Schicksal?«, unterbrach die Countess zynisch.

»Ihr habt Recht. Es hat mich zuerst nicht viel gekümmert. Ich war eifersüchtig und wollte Rhona für mich allein, so wie es all die Jahre zuvor war. Doch inzwischen habe ich begriffen, dass Rhona Euch liebt. Ich habe in ihrem Herzen keinen Platz mehr. Und dann wurde ich auch noch zufällig Zeugin von Callens, ähm, Lord O'Dohertys und Lord Fitzpatricks Plänen.«

»Was für Pläne?«, fragte Elizabeth. Plötzlich war sie hellhörig geworden und unterbrach ihr angespanntes Fingertrommeln.

»Euer und Rhonas Schicksal sind eng mit einander verbunden. Im Leben ebenso wie in Eurer beider Ermordung, wie sie die Lords geplant haben.«

»Unsere Ermordung?«, wiederholte die Countess Sofies Worte, und musste sich einen Augenblick setzen, um zu begreifen, was die junge Frau ihr gegenüber da gerade gesagt hatte. Sofie nickte betreten. »Ihr beide sollt nacheinander tragische Unfälle erleiden. Damit wäre der Weg geebnet, um sich den Titel und das Vermögen zu sichern, welches Ihr Euren Ehegatten vererben würdet. Lord Damian ist ein grausamer Mann, der für sein Wohl über Leichen geht. Ich habe erfahren, dass er schon einmal seine Gattin zu Grabe getragen hat, um ihr gesamtes Vermögen und den Landbesitz einzunehmen. Ich glaube, einer seiner Pläne ist ... also war es, den Adel in ganz Irland zu entmachten. Die irischen Landlords sollten durch den englischen Adel ersetzt werden. Fragt mich nicht warum. Mit der Politik habe ich mich nie beschäftigt.«

»War es?«, fragte die Countess aufmerksam, als Sofie ihre Erklärung beendet hatte.

»Wie bitte?« Sofie verstand die Frage der Countess zuerst nicht, bemerkte dann aber, dass sie sich unbewusst verraten hatte. »Ja. Ich habe ihn heute ermordet.« Sofie zögerte einen Moment weiter zu sprechen. Voller Entsetzen wurde ihr klar, dass sie soeben einen Mord zugegeben hatte. Auch wenn Damian zweifelsohne den Tod verdient hatte, blieb Mord in ihren Augen noch immer Mord. »Und Callen wird wissen, dass ich es war.« Sofie tat einen tiefen Atemzug. Endlich war sie ihr dunkles Geheimnis los. Doch die Last auf ihren Schultern wog nicht weniger schwer als zuvor.

Auch Lady Elizabeth atmete laut auf und lehnte sich im Sessel zurück. Diese Nachricht hatte sie schwer getroffen. Doch sie dachte weniger an ihr eigenes Überleben, sondern viel mehr an Rhona, die bereits kurz vor der Hochzeit mit Lord O'Doherty stand. »Ich danke dir, Sofie.« Schuldbewusst sah sie zur früheren Zofe ihrer ehemaligen Geliebten und nickte ihr anerkennend zu, bevor sie plötzlich energisch aufsprang und sich nachdenklich über ihr Kinn strich.

Sofie nahm die Geste der Entschuldigung wortlos an. Sie war froh, dass ihr die Countess ihr Verhalten verziehen hatte, als ihr der Brief von Rhona wieder einfiel. Suchend kramte sie in ihrer Tasche nach dem zerknitterten Papier und überreichte es mit zittrigen Fingern der Countess, die es stumm fragend annahm. »Ihr müsst Rhona retten, bevor sie etwas Dummes tut. Bitte!«, bat Sofie mit eindringlichem Flehen. Und mit einem Ausdruck wachsenden Entsetzens las Elizabeth die Zeilen, die eilig und fahrig auf das helle Papier geschrieben worden waren:

Meine liebe Sofie –
ich bitte Dich mit meinem ganzen Sein um Verzeihung. Für all die Schmach und den Schmerz, den Du wegen mir erleiden musstest. Bitte glaube mir, es war nie mein Ansinnen, Dich zu verletzen. Doch was kann ich tun, wenn das Herz andere Wege geht als der Verstand?
Ich habe mich aufrichtig in Lady Elizabeth verliebt, und nie fühlte mein Herz mehr Glück als in den wenigen Stunden, die ich mit ihr verbringen durfte. Vollkommen sind mir die Augenblicke erschienen,

fast zu schön, um wahr zu sein. Doch Du und ich, wir mussten in grausamen Lektionen lernen, dass das Glück nie lange währt. Wie Du habe ich die Gunst der Glückseligkeit verloren. Sie liebt mich nicht. Sie hat mich nie geliebt, auch wenn ich mich für einen Augenblick der Täuschung, dem Traum hingegeben habe, dass dies wohl so gewesen wäre. Und nun stehe ich vor der Hochzeit mit dem mir so verhassten Lord O'Doherty. Du kennst die Baroness. Du weißt, wie sie ist. Mutter hat alles Erdenkliche getan, um die Vorbereitungen voran zu treiben. Doch bevor es zur Vermählung kommen wird, sehe ich nur einen Weg, dem grausamen Schicksal zu entgehen.

Welchen Sinn hat mein Leben noch, wenn ich mir meine beste Freundin zur Feindin gemacht habe; wenn die Frau, die ich liebe, meine Gefühle nicht erwidert, und wenn ich dem Mann, den ich hasse, eine gute Frau sein muss? Eine verkehrte Welt, in der ich einfach keinen Platz finden kann, ohne meine Seele zu verraten. Doch Dir, liebe Sofie, wünsche ich von Herzen, das Du jemanden finden wirst, der Dich so lieben wird, wie Du es verdient hast. Verzeih mir und behalte mich in Erinnerung.

In Liebe,
Rhona Caîthlin McLeod,
Kilkenny am 16. März 1815

Schockiert ließ Lady Elizabeth ihre Hand sinken und schüttelte ungläubig den Kopf, bevor sie die Zeilen ein zweites Mal las.

Hatte Sofie zuerst Entsetzen in den Augen der Countess lesen können, so trat jetzt, nach dem sie den Brief gelesen hatte, ein panischer Ausdruck auf ihr Gesicht. Und da dämmerte es ihr. »Lady Rhona hat Unrecht. Auch Ihr liebt sie, nicht wahr? Ihr wolltet sie nur vor Lord Damian beschützen«, stellte Sofie nüchtern fest. Und sie wunderte sich fast selbst darüber, dass der Gedanke an die Liebe, die zwischen den beiden bestand, kaum mehr in ihrer Brust schmerzte.

»Kannst du reiten?«, wechselte die Countess mit entschlossenem Ton das Thema. Sofies Frage ließ sie offen im Raum stehen. Diese nickte gequält, als sie sich ihrer Reitkünste besann. Sie hatte es schnell lernen müssen. Noch immer schmerzte ihr Körper, wenn sie daran dachte, auf dem Rücken eines Pferdes zu sitzen. Dann bemerkte sie, wie die Blicke der Countess auf ihr ruhten. Bedächtig musterten sie Sofies Körper und letztendlich begann sie ihren Kopf zu schütteln. »Du bleibst hier. Joanne soll dich verarzten und ein Gemach herrichten, in dem du dich erholen kannst. In diesem Zustand wirst du nirgends hin reiten.«

Sofie war ganz erstaunt über die warme Stimme der Countess, die nun endlich ihre Besorgnis laut aussprach. Und ein Gefühl der warmen Dankbarkeit überflutete ihre Sinne. Doch sie konnte nicht hier bleiben. Nicht solange sie nicht wusste, dass es Rhona gut ginge. Energisch schüttelte Sofie ihren Kopf und die Countess bemerkte sogleich ihren eisernen Willen. »Gut, ich brauche nur einen Moment, dann werden wir Rhona aus den Fängen des Widerlings retten und ihn dem obersten Gericht überstellen. Sein Leben wird keinen Wert mehr haben.«

Sofie nickte hoffnungsvoll und blieb wartend in der Bibliothek zurück, als die Countess mit schnellen Schritten den Raum verließ. Erschöpft hielt sie sich an der Lehne des Sessels fest, auf dem die Countess zuvor noch gesessen hatte, und atmete tief durch. Wie gern würde sie sich hinsetzen und einen Moment ausruhen, doch ihr gepeinigter Rücken ließ noch keine Berührungen zu. Jeder Druck, und sei er auch noch so leicht, ließ ihren Körper zusammenzucken. Also blieb ihr nichts anderes übrig, als stehen zu bleiben und zu warten, bis Lady Elizabeth sie holen würde. Ein leises Klopfen riss Sofie aus ihren Gedanken. Verwundert beobachtete sie die junge Zofe, die sich damals als Joanne vorgestellt hatte, wie sie gekonnt ein Tablett mit Getränken und kleinen Broten in die Bibliothek balancierte. Sofie hatte durch den ganzen Aufruhr ihr Hunger- und Durstgefühl verdrängt und einfach nur versucht, irgendwie zu überleben. Jetzt, als sie die köstlich hergerichteten Brote sah, bemerkte sie auch wieder den krampfenden Schmerz im Bauch und vor allem den Schwindel, der auf den Mangel an Flüssigkeit zurückzuführen war. Erleichtert dankte sie Joanne, die das Silbertablett auf den Sekretär abgestellt hatte, und griff nach der Karaffe mit dem kalten, klaren Wasser. Ohne einmal abzusetzen leerte Sofie ihr Glas und schnappte sich dann eifrig die appetitlichen Brote, die sie sich genüsslich auf der Zunge zergehen ließ.

Nach einer Weile konnte sie die entschlossene und dunkle Stimme der Countess hören, die den Befehl gab, dass zwei Pferde gesattelt werden sollten. Dann erschien sie selber, gekleidet in einer bequemen Reitgewandung, und nickte Sofie als Zeichen zum Aufbruch zu. Rhona hatte den Brief vor drei Tagen geschrieben. Und in zwei Tagen sollte die Hochzeit im Manor der McLeods stattfinden. Wenn sie sich beeilten, könnten sie wohl möglich ein Unglück verhindern. Auch wenn das hieße, die ganze Nacht bis zum ersten Morgenrot durchzureiten.

છછ્

Trotzig starrte Rhona auf das weiße Kleid vor ihr. Sie würde es niemals tragen, das schwor sie sich nicht zum ersten Mal. Und sie würde auch niemals Lord O'Doherty heiraten, der seit dem ersten Morgenrot ungeduldig vor der Tür auf und ab ging, und genervt wartete, bis seine zukünftige Braut angekleidet war. Auch Rhona begann im Ankleidezimmer auf und ab zu gehen, geflissentlich ihre Mutter ignorierend, die eindringlich auf sie einredete und sie mit aller Macht zu überzeugen versuchte, über ihren Schatten zu springen und ihrer Hochzeit entgegenzugehen.

»Du hast doch auch aus Liebe geheiratet, Mutter. Warum nötigst du mich zu einer Hochzeit, deren Grundfeste weder aus Achtung noch aus Liebe bestehen?«, fragte Rhona leidenschaftslos. Endlich hatte sie ihre Stimme wieder gefunden. Ihr Plan für den heutigen Tag gab ihr die Kraft und Gelassenheit. Die Wut und Raserei, die sie nach außen hin zeigte, waren pure Schauspielerei und dienten bloß der Tarnung ihrer Pläne. Niemand sollte ahnen, was sie wirklich vorhatte. Und das brauchte eine große Portion Ruhe und Gelassenheit.

Rhona horchte einen Moment auf, als sie vor der Tür einen lauten Tumult hörte, wandte sich dann aber wieder ihrem Schauspiel zu. Was interessierte es sie schon, was vor der Tür vor sich ging. »Wenn du mich aus dem Haus haben möchtest, sprich es offen aus. Dazu musst du mir keinen Mann suchen, den ich sowieso nicht lieben, schon gar nicht respektieren werde. Ich gehe sofort, ohne ein weiteres Wort zu verlieren.«

»Rhona, versteh doch«, bat die Baroness mit ruhiger Stimme, »es ist doch nur zu deinem Besten!«

»Zu meinem Besten? Ich denke, ich bin alt genug, um zu wissen, was gut für mich ist. Sind es nicht *deine* Ängste, die dich zu dieser Maßnahme treiben, Mutter? Warum gibst du es nicht einfach zu?«, gab Rhona beherrscht zurück. Nie zuvor hatte sie es gewagt, so zu der Baroness zu sprechen. Doch sie hatte nichts mehr zu verlieren. Ihr Entschluss stand fest.

»Von welchen Ängsten sprichst du, Kind?« Mit zusammengekniffenen Augen musterte Lorraine ihre Tochter, die wie ein gefangenes Tier durch den Raum schritt.

»Caîthlin – Mutter. Ich spreche von deiner Schwester Caîthlin. Ich kenne die Wahrheit. Und deine Angst, dass sich das Schicksal wiederholen wird. Doch ich bin nicht sie! Ich bin ... deine Tochter. Rhona. Und du wirst den Weg, den ich gehen werde, akzeptieren müssen. Ob du willst oder nicht!« Rhona sah, wie sich ihre Mutter ergriffen an die Brust fasste und nach Luft schnappte. Ja, sie hatte den wunden Punkt getroffen. Und zur Not würde sie in der Wunde stochern, bis die Baroness klein beigeben würde.

»Woher ... woher weißt du von Caîthlin?«, fragte die Baroness erschüttert. In ihren Augen konnte Rhona das blanke Entsetzen und all den Schmerz sehen, den ihre Mutter all die Jahre über verdrängt hatte. Doch sie ließ sich nicht mehr erweichen.

»Ich weiß alles, Mutter. Ich kenne die ganze Geschichte. Denkst du, am Schicksal deiner Schwester würde sich etwas ändern, wenn ich an ihrer Stelle heirate und mein wahres Naturell verrate? Das würde weder sie lebendig noch mich glücklich machen. Willst du das wirklich?«

Lorraine schluckte ihre Tränen hinunter, richtete ihre Schultern auf und sah mit festem Blick zu ihrer Tochter. »Du wirst dieses Kleid jetzt anziehen und hinaus zu deinem zukünftigen Ehemann gehen. Die Hochzeit wird stattfinden. Das ist mein allerletztes Wort.«

Herausfordernd sah Rhona in die eisblauen Augen der Baroness und lächelte still in sich hinein. »Dann bleibt mir keine andere Wahl, Mutter.« Mit ihrer rechten Hand griff sie in ihre kleine Tasche und lächelte der Frau vor ihr ein letztes Mal zu, bevor sie ihre Hand wieder hervor zog, die ihren letzten Ausweg fest umklammert hielt.

☙❦☙

»Sofie, komm. Lass die Pferde!«, rief Lady Elizabeth besorgt, als sie von ihrem Irish Hunter hinunter sprang und die Treppen zum Hauseingang hinauf stürmte. Jede Sekunde war kostbar. Es würde sich schon jemand finden, der die Tiere versorgen und notfalls auch einfangen würde, sollten sie davonlaufen. Ohne jegliche Form von Etikette riss die Countess die Tür auf und starrte einen Augenblick auf das irritierte Personal, das im feierlich arrangiertem Empfangsraum stand und gerade dabei war, die letzten Vorbereitungen für die Hochzeit zu treffen.

»Rhona!«, blaffte Lady Elizabeth mit aufgeregter Stimme, ohne weitere Erklärungen abzugeben. Ein Dienstbote deutete mit seiner Hand nach oben, die Treppe hinauf und Elizabeth rannte, als ob der Teufel hinter ihr her wäre. Erstaunt sah der Diener der Lady im Hosenanzug hinterher, die von einer jungen Frau und zwei Männern in Uniform verfolgt wurde. Im oberen Stockwerk angelangt, öffnete sich eine Tür und Lord Dorrien trat in den Flur, um dem lauten Geschehen Einhalt zu gebieten. In seinem eleganten Aufzug sah der Hausherr sehr würdevoll und dem feierlichen Anlass angemessen aus. Elizabeth packte den verwunderten Mann an den Schultern und fragte aufgebracht: »Dorrien, wo ist Rhona?«

»Im Ankleidezimmer. Mit Lorraine. Am Ende des Flures nach links, das dritte Zimmer«, antwortete Dorrien verwirrt und sah der Countess fassungslos hinterher, die ohne weitere Erklärungen den Flur entlang eilte. »Was geht denn hier vor sich?«, sagte er mehr zu sich selbst, und kam aus dem Staunen nicht heraus, als er Sofie vor sich sah.

»Mylord.« Sofie räusperte sich und grüßte ihren ehemaligen Hausherren mit einem respektvollen Kopfnicken. Dann schob sie ihn in den Raum zurück, um ihm alles zu erklären. Elizabeth schoss derweilen um die Ecke und sah Lord O'Doherty in seiner besten Aufmachung unruhig im Flur umherwandern. In Sekunden erhellte sich sein zuvor noch düsteres Gesicht, und Elizabeth sah ihn breit lächelnd und mit weit ausgebreiteten Armen vor sich stehen. »Ah, M'Lady Elizabeth. Ich wusste nicht, dass Ihr der Hochzeit beiwohnen würdet. Wo ist Euer Verlobter Lord Damian?« Seine Stimme troff vor vorgetäuschter Verzückung. Er schien nichts davon zu ahnen, in welcher Situation er sich befand. Elizabeth atmete erleichtert auf. Er hatte also von Fitzpatricks Tod noch gar nichts erfahren. Das Blatt schien sich gewendet zu haben. Vielleicht würde das Glück doch noch auf ihrer Seite stehen. Langsam schritt sie auf Callen zu, setzte ein ebenso gespieltes Lächeln auf und nahm ihn fest in die Arme. »O'Doherty, dein Spiel ist aufgedeckt. Fitzpatrick ist tot und du wirst ihm folgen. Auf geplanten Mord eines Aristokraten steht die Hinrichtung durch Enthauptung.«, raunte sie höhnisch in Callens Ohr.

»Außerdem kommt noch Mord an einem Verbündeten des Parlaments hinzu, auch wenn es in deinen Augen nur ein *Rebell* gewesen ist und du ausnahmsweise mal nicht die ausführende Hand warst. Aber Mittäterschaft wird genauso geahndet. Ebenso wie die Unterdrückung des einfachen Volkes, zu dessen Sicherheit du eigentlich abgestellt wurdest.«

Callen stieß Elizabeth von sich und verzog irritiert sein Gesicht. »Ich weiß nicht, wovon Ihr redet, M'Lady. Und Ihr habt auch keinerlei Beweise für Eure Behauptungen.« Sein siegessicheres Grinsen verschwand augenblicklich, als er Sofie und ihr uniformiertes Gefolge entdeckte. Callens Gesicht wechselte augenblicklich die Farbe, von Zornesrot zu Kalkweiß. Aufgeregt sah er sich nach einer Fluchtmöglichkeit um, doch war er von der Countess, Sofie, den zwei Soldaten und Lord Dorrien eingekreist. Mit einem schnellen Sprung versuchte Callen den Ring seiner Gegner zu durchbrechen, und sich aus seiner Lage zu befreien, doch gegen die Übermacht hatte er keine Chance. Nach einigen heftigen Schlägen der zwei uniformierten Wächter und

Sofies ungebremsten Tritt in sein Gemächt gab Lord O'Doherty schließlich auf und ließ sich gekrümmt vor Schmerzen abführen. In dem Augenblick, als Callen mit festen Stricken gefesselt wurde, trafen auch der junge Anführer der, von Sofie befreiten, Rebellen und ein paar weitere Männer der Füchse ein, die sicheres Geleit beim Abführen O'Dohertys anboten.

»Woher ...?«, hörte Elizabeth Sofie verwirrt stammeln.

Zofe, war die einsilbige Antwort des jungen Fuchses gewesen, als Sofie die Hand des Rebellenführers schüttelte. Für die Countess war hier alles getan und so ließ sie Sofie ruhigen Gewissens zurück und eilte los. Schwungvoll riss sie die Tür zu Rhonas Ankleideraum auf und erstarrte augenblicklich, als sie Lorraine flehend am Boden kniend vorfand. Geschockt wanderte ihr Blick von der Baroness zu Rhona hinüber, die sich, ohne eine Miene zu verziehen, eine Pistole an die Schläfe hielt.

ඥ৪ට

Kaum waren die Füchse aus ihrem Sichtfeld verschwunden, sank Sofie zu Boden. Ein Schwindel erfasste sie und ihr wurde für einen Moment schwarz vor Augen. Die letzten Stunden, die Folter und der wilde Ritt hatten sie ihre ganze Kraft gekostet. Und jetzt, nachdem alles vorbei war, fühlte sie sich abgekämpft und bis zur Gänze verausgabt. Doch sie empfand auch Glück. Ja, sie war glücklich darüber, noch am Leben zu sein. Glücklich darüber, dass Megan sie nicht verachtete und von sich stieß. Und dass Damian tot war. Dass sie nichts mehr vor Callen zu befürchten hätte und die Füchse ihr Wort gehalten hatten, obwohl sie erst durch Sofies Verrat in diese missliche Situation geraten waren. Sofie konnte nicht verstehen, wie die Füchse ihr noch hatten trauen und sogar helfen können. Der Anführer war ihr ohne

Hass gegenübergetreten. Entschuldigend berichtete er, dass sie aufgehalten worden waren. Und dann hatte er ihr seine Hand gereicht. Sie erinnerte sich an eine Tätowierung auf seinem rechten Handrücken: eine kleine Fuchspfote. Auf Sofies Frage, wie sein Name lautete, kam lächelnd über seine Lippen: McGearailt.

Und da wusste Sofie, wer die ganze Zeit an ihrer Seite gewesen war. Es war Maël, der Bruder Sir Walthers, für dessen Tod sie verantwortlich war. Sie würde immer in seiner Schuld stehen. Aber sie war am Leben. Vielleicht bekäme sie eines Tages die Gelegenheit, den Füchsen helfen zu können. *»Ich werde nie eine Heldin sein, aber ich kann auf der richtigen Seite stehen.«* Sofie lächelte zufrieden in sich hinein, bis sie plötzlich den ängstlichen Schrei der Countess vernahm.

CREW

»Rhooona – nein!« Teilnahmslos wanderte Rhonas Blick zu Elizabeth, die schreiend in der Tür stand. Einen Augenblick später erreichte Sofie ängstlich die Kammer, wobei sie die Countess in ihrer Aufregung versehentlich in den Raum hineinstieß. Noch immer lächelte Rhona, während sie sich die Mündung an die Schläfe hielt. Ein Gefühl des ewig währenden Friedens machte sich in ihrer Brust breit. Ein letztes Mal durfte sie alle sehen, die ihr etwas bedeutet hatten. Ein letztes Treffen, um sich endgültig zu verabschieden.

Sie hätte so gern noch einmal die pittoreske Küste gesehen. Das Kreischen der wilden Möwen hoch über ihrem Kopf gehört. Die kalte Gischt in ihrem Gesicht gespürt. Und den stürmischen Wind in ihrem Haar. Aber Rhona wusste, dass man nicht alles haben konnte. Die Erinnerung an all die unvergesslichen Momente ließ sie schließlich beruhigt mit allem abschließen. »Wie schön, euch alle noch mal sehen zu können. Aber warum so traurige Gesichter? Heute soll doch gefeiert werden«, sagte Rhona leise. Ein Hauch von Spott lag in ihrer Stimme, den sie sich einfach nicht verkneifen konnte. Mit grimmiger Genugtuung sah Rhona in die vor Entsetzen sprachlosen Gesichter vor ihr.

Vorsichtig wagte sich die Countess einen Schritt auf Rhona zu, kniete sich zu Lorraine nieder und half ihr vom Boden auf, ohne dabei den Blickkontakt zu Rhona zu verlieren, die sie mit Argusaugen beobachtete. Behutsam schob sie Lorraine zu Sofie, die die aufgelöste Baroness am Arm nahm und schweigend aus dem Raum führte. Ungerührt verfolgte Rhona das Geschehen, bis sie die leise, dunkle Stimme der Countess hörte, die sie von Anfang an verzaubert hatte: »Bitte Rhona – leg die Waffe weg. Es gibt immer eine andere Lösung. Du musst das nicht tun.«

Doch Rhona schüttelte nur traurig ihren Kopf. *Ich bedaure... es war ein Fehler... kann deine Gefühle nicht erwidern ... Ich werde heiraten ...*

Diese Worte quälten Rhona, seit sie diese zum ersten Mal gehört hatte. Doch heute würde es vorbei sein mit dem Leid. Für immer. Einmal noch blickte sie in die großen Augen Lady Elizabeths, welcher der Schreck ins Gesicht geschrieben stand. *Das hat sie nun davon ...*

»Rhona, nein! Bit...« flüsterte die Countess kaum hörbar, als sie auch schon von Rhona unterbrochen wurde.

»Erkennt Ihr diese Waffe? Ich habe sie nach Eurer Abfuhr aus Eurer Bibliothek gestohlen. Erinnert Ihr Euch an die Pistole, M'Lady? Damit hat sich schon meine Tante erschossen. Wie es scheint, wird es zur Tradition. Und noch etwas: Die Kugel wird weniger schmerzen als Eure Worte.« Rhona liebte diese Pistole. Schon seit sie diese Waffe das erste Mal in der Bibliothek gesehen hatte, fühlte sie diesen starken Sog, diese unerbittliche Anziehungskraft, der ihren Blick immer wieder zu der Steinschlosspistole hingezogen hatte. Sie war einfach wunderschön. Der Nussholzschaft lag angenehm in ihrer Hand, der achtkantige Lauf und die silberne Garnitur waren mit eingravierten, floralen Rankenornamenten verziert. Die Pistole war in ihrer ganzen Erscheinung meisterhaft, ein Genuss für die Sinne. Unglücklicherweise würde es wieder genau jene Pistole sein, die ein Leben auslöschte, das eng mit den Leben der Baroness und dem der Countess verbunden war.

»Bitte. Rhona. Gib mir die Waffe!«

Rhona sah die Countess, die mit inbrünstig flehendem Gesichtsausdruck auf sie zu kam, sah, wie sie die eine Hand erwartungsvoll nach der Waffe ausstreckte, während sie sich mit der anderen die Tränen wegwischte. Rhonas eigene Hand begann, bedingt durch die lange, starre Haltung, bereits zu kribbeln. Doch das störte sie nicht. Bedächtig bannte sie das liebliche Antlitz der Countess auf ihre Netzhaut. Dann schloss sie die Augen, löste die Sicherung der Pistole, und zog mit ihrem Zeigefinger den kleinen metallenen Abzug durch. Den Bruchteil eines Herzschlages später, spürte sie, wie ihr der Boden unter den Füßen weggerissen wurde.

Während des Sturzes hörte Rhona das mechanische Klicken des Feuersteins, der direkt auf die Zündpfanne schlug, die das Schwarzpulver entzünden sollte. Die Pistole jedoch wurde ihr zeitgleich aus der Hand gerissen und schlug mit einem lauten Krachen am Boden auf. Mit Verzögerung ertönte der ohrenbetäubende Knall des abgefeuerten Schusses und erzeugte einen schrillen Widerhall, als die Kugel eine der Fensterscheiben mit voller Wucht durchschlug und splittern ließ. Der Rauch, der aus der Pistolenmündung schwelte, verbreitete einen beißenden Geruch. Ein stechender Schmerz fuhr durch Rhonas Körper, als sie auf dem Boden aufprallte und die Countess spürte, wie sie sich an ihrer Gewandung klammerte und schluchzend auf ihr lag. Tausend Gedanken schossen durch ihren Kopf, als sie realisierte, dass sie noch am Leben war. *Wie kann das sein? Ich lebe noch?*

Blinzelnd öffnete sie ein Auge und versuchte, sich stöhnend aufzurichten. Doch Lady Elizabeths Körper hielt sie fest zu Boden gedrückt, so dass sie zu keiner Bewegung mehr fähig war. In ihrer Panik umklammerte die Countess Rhona so fest, dass diese ihren keuchenden Atem spüren konnte. Rhona fühlte das unkontrollierte Zittern Elizabeths und sah die kleinen Tropfen, die von ihrer Haut abperlten. Mit Tränen in den Augen, ließ die Countess ein Stück weit von Rhona ab und sah besorgt zu ihr herunter. »Bist du verletzt?« Die Countess hauchte die Worte mehr, als dass sie sie sprach.

»Ich denke, nicht«, stotterte Rhona benommen. Reflexartig schloss sie ihre Augen und zuckte zusammen, als sie blitzartig Elizabeths Ohrfeige kommen sah. Und neben dem brennenden Schmerz auf ihrer Wange, spürte sie Elizabeths zarte Lippen, die sich verzweifelt auf die ihren pressten. Rhona konnte all die Sehnsucht in ihren Küssen schmecken, und das Salz der Tränen. Für einen Moment war ihr Kopf seltsam leer. Nichts war mehr wichtig. Nichts außer den Armen, die sie endlich wieder hielten, nichts außer diesen Lippen, die sie endlich wieder spüren konnte. Eine gewaltige Woge des Glücks durchflutete ihren Geist, als sie schließlich ihren Mund öffnete und den Kuss erwiderte.

»Mach das nie wieder. Hörst du?«, schluchzte die Countess zwischen all ihren Liebkosungen. Doch einen kurzen Moment später war alles wieder da. *Ich bedaure ... es war ein Fehler ... kann deine Gefühle nicht Erwidern ... Ich werde heiraten ...*

Verwirrung breitete sich in Rhona aus. Diese währte jedoch nur kurz, dann gewann die Wut die Oberhand. Mit einem Ruck riss sie sich los und starrte Lady Elizabeth mit funkelnden Augen an. »Nennt mir einen triftigen Grund!« Ihre Stimme klang zischend. »Für Mutter, war ich von je her nur das Spiegelbild ihrer tiefsten Ängste. Vor der Tür wartet ein Mann, mit dem sie mich verheiratet sehen will. Einen Mann, den ich nicht liebe, den ich verabscheue und niemals lieben werde. Aber das ist noch nicht einmal das Schlimmste. Denn für die Frau, die ich von Herzen liebe und der ich, ohne zu zögern, meinen letzten Atemzug schenken würde, bin ich nichts weiter als ein Fehler. Sagt mir, welchen Grund hätte ich noch, mich dem Leben zuzuwenden? Was soll ich in einer Welt, in der es einfach keinen Platz gibt, an dem ich jemals glücklich sein könnte?« Plötzlich spürte Rhona, wie nun auch ihr die Tränen über das Gesicht liefen.

»Rhona, das ist nicht wahr. Du warst nie ein Fehler für mich. Niemals! Ich sprach diese Worte nur, um dich zu schützen. Verstehst du denn nicht? Ich wurde von Fitzpatrick erpresst. Und dein Leben stand auf dem Spiel. Was hätte ich denn tun sollen?«

Lady Elizabeths Stimme brach sich in ihrer Verzweiflung und wurde mit jedem Wort, was sie sprach, ein wenig hysterischer.

»Fitzpatrick ist tot. Er und O'Doherty hatten unsere Ermordung geplant. Doch Sofie hat uns beiden das Leben gerettet und O'Doherty wurde soeben verhaftet. Ihm droht die Hinrichtung. Du musst ihn nicht heiraten. Es ist alles vorbei. Rhona, hörst du? Es ist alles vorbei!« Hemmungslos weinend brach die Countess über ihr zusammen. So verzweifelt hatte sie Elizabeth noch nie erlebt. Elizabeth, die Rhona bislang stets so stark und selbstbewusst erschienen war, die Selbstbeherrschung in Person …

Sie spürte, wie die Arme der Countess sie mit aller Kraft umschlangen. Sie konnte kaum noch atmen, doch das machte ihr nichts aus. Denn in diesem Augenblick war es, als ob die versiegelte Mauer in Stücke zerbrach, die sie um ihr Herz gebaut hatte und der zähe Schatten sich lichtete, der ihre Seele in bleierne Dunkelheit getaucht hatte.

Mit zittrigen Bewegungen strich Rhona über Elizabeths Rücken, um sie, aber auch sich selbst zu beruhigen.
»Meine Seele wäre mit dir gestorben«, flüsterte Elizabeth. »Was sollte sie noch hier auf Erden – ohne dich?«

EPILOG I

WIE DAS LEBEN SO SPIELT

»Sagt mir, liebt Ihr mich wirklich?«, murmelte Rhona fassungslos in Elizabeths Halsbeuge. Sie konnte es noch immer nicht glauben, dass sie am Leben war und nun neben der anmutigen Countess lag, die sie nach ihren unzähligen Liebesspielen fest im Arm hielt. Für sie grenzte es an ein Wunder, dass sie wieder zu einander gefunden hatten.

»Weißt du es denn noch immer nicht, meine Königin?«, neckte Elizabeth ihre junge Geliebte, und leckte zärtlich an Rhonas Ohr entlang, bis diese vor Wonne, wie eine kleine Katze schnurrte. »*Ich* liebe *dich*, Lady Rhona Caîthlin McLeod, Baronentochter von Kilkenny. Ich habe mich doch schon bei unserer ersten Begegnung in dich verliebt. Du warst so verletzlich und schwach, und doch hatten deine Augen voller Stolz und wachsamer Klugheit gestrahlt. Du hast mich mit deinem Charme eingewickelt, noch bevor du dir deiner eigenen Gefühle mir gegenüber bewusst warst. Aber ich spürte es, las es in deinen Gedanken, deinen Blicken – vom ersten Moment an. Und ich werde gerne die nächsten Jahrzehnte so oft wiederholen, dass ich dich liebe, bis du nie wieder an meinen Gefühlen zweifeln wirst.«

Rhona schämte sich ein wenig. Wie hatte sie nur nach jenem unseligem Neujahrsfest denken können, dass Elizabeth sie nicht mehr lieben würde? Die Countess war nie eine launische Frau gewesen. Es hätte ihr doch klar sein müssen, dass etwas nicht mit rechten Dingen zuging.

Die geplante Hochzeit hatte nun doch stattgefunden. Nur wurde sie, zu Rhonas ganzem Glück, nicht mit Lord Callen vermählt, sondern mit der faszinierendsten Frau, die Rhona je gekannt hatte. Es war nur eine ganz kleine – eine heimliche – Hochzeit gewesen, eine, an der nur zwei Menschen teilgenommen hatten: Rhona und Elizabeth. Mehr waren auch gar nicht notwendig gewesen. Niemand außer Elizabeth hatte Rhonas drei so unendlich zärtlich gesprochene Worte hören können: »Ja, ich will.«

Ihre Verbindung war nicht von einem Priester gesegnet worden. Bedauerlicherweise. Nichtsdestoweniger musste Rhona grinsen, als sie an den untersetzten Erzdiakon dachte, der sie einige Tage später aufgesucht hatte, um sie ob ihres skandalösen Lebensstils zu ermahnen, sich der Unmoral doch tunlichst zu enthalten. Elizabeth hatte nur mit einer trockenen Gegenfrage geantwortet: »Hochwürden, entschuldigen Sie bitte, wenn ich nachfrage, aber welcher Unmoral sollen wir uns denn eigentlich enthalten? Ich möchte doch nicht annehmen, dass sie uns Unzucht unterstellen wollen.«

Die stotternde Antwort des rot angelaufenen Kirchenmannes hatte die Countess huldvoll zur Kenntnis genommen und ihn dann höflich hinaus gebeten – keinen Augenblick zu früh, bevor Rhona sich nicht mehr hatte beherrschen können und vor Lachen fast zusammengebrochen war. Der Gedanke an Callen jedoch ließ Rhona noch immer erschauern. Er war nur wenige Wochen zuvor gehängt worden. Zum Glück hatten sie der Hinrichtung nicht beiwohnen müssen. Zu diesem Zeitpunkt befanden sich beide bereits auf hoher See in Richtung Süden. Und als ob Elizabeth ihre Gedanken lesen konnte, zog sie Rhona fester in ihre Arme. »Du bist in Sicherheit, meine Liebste.«

Mit Tränen in den Augen nahm Rhona zärtlich Elizabeths Gesicht in ihre Hände und küsste jede Faser ihrer weichen Haut. Und mit jedem Kuss spürte sie erneut das Verlangen in sich auflodern. Doch auch die Müdigkeit forderte ihren Tribut, da sie seit ihrem Aufbruch aus *Le Havre*, einer kleinen Küstenstadt Frankreichs, keine Minute geschlafen hatten. Erschöpft wiegten sie ihre nackten Leiber zu den gleichmäßigen Schwingungen der seichten Wellen, die den Schiffsrumpf friedlich umspielten. Sie ließen sich in andere Länder tragen, um diese Welt gemeinsam zu entdecken.

»Ich liebe dich, Lady Elizabeth Grace O'Callahan, Countess von Wexford«, murmelte Rhona beruhigt, bevor sie in den redlich verdienten Schlaf fiel. Endlich hatte sie ihren Platz in dieser Welt gefunden.

⊂⊃

»Müssen wir wirklich aufstehen?« Sofie zog einen Schmollmund und kuschelte sich enger an Megan, die mit ihren Fingerspitzen einige ihrer Narben auf dem Rücken nachfuhr. Sofie wollte nur ungern die Wärme und die Geborgenheit, die ihr die junge Frau neben ihr schenkte, verlassen. Wenn es nach ihr ginge, könnten sie ewig hier liegen bleiben und die Tage mit dem Austausch von Zärtlichkeiten verbringen. Aber andererseits freute sich Sofie auf das Treffen mit ihren Freunden. Es war schon eine Weile vergangen, seit sie sich zuletzt gesehen hatten, auch wenn die Häuser nicht allzu weit entfernt voneinander lagen. Allerdings hatte es immer etwas zu tun gegeben.

Also raffte sich Sofie auf und floh seufzend aus Megans Armen. Nackt, wie Gott sie schuf, tapste sie über den weichen Teppich hin zum angrenzenden Boudoir, um sich frisch zu machen. Noch immer kam es ihr wie ein Traum vor, hier sein zu dürfen. Nach Damians Tod hatte sie eine gute Stellung im Hause O'Callahan bekommen, damit sie in Megans Nähe bleiben konnte. Dank ihr war es Sofie leicht gefallen, ihren Frieden mit Rhona, aber auch mit sich selbst zu machen. Während Joanne und Evan nach der *Hochzeit* auf dem Landgut geblieben waren und sich weiterhin um die hiesige Pferdezucht kümmerten, waren Sofie und Megan in das große Stadthaus von Lord Damian gezogen, das in den Besitz der Viscountess gefallen war.

Sofie wollte dieses Haus eigentlich nie wieder betreten, aber als erste Verwalterin gehörte es zu ihren Aufgaben, das Manor zu bewirtschaften. Und es war die beste Position, die sie je in ihrem Leben gehabt hatte. Mit Megan an ihrer Seite hatte sie einige Wochen und anstrengende Arbeitstage damit zu tun gehabt, das hinterhältige Karma Lord Fitzpatricks aus dem ganzen Haus zu vertreiben. Doch nun erstrahlte es in neuem Glanz. Jetzt sollte ein neuer Lebensabschnitt für sie beginnen. Für sie alle.

»Träumst du wieder? Komm, Niall wird dich sicherlich noch sehen wollen, bevor er zum Kindermädchen geht.« Megan hatte sich von hinten an Sofie herangeschlichen und fuhr ihr mit den Fingern sanft durch das kurze Haar. Sie hatte es sich wieder kurz schneiden lassen. Es war praktisch und inzwischen gefiel es ihr. Auch ihre Gewohnheit, Beinkleider zu tragen, hatte Sofie nicht abgelegt. Diese zu tragen, verlieh ihr ein Gefühl von Freiheit, auf die sie nicht mehr verzichten wollte. Außerdem sah sie es als Zeichen an. Die letzte Tarotkarte mit dem Symbol des Todes, hatte es vorausgesagt: Die alte Sofie war gestorben. Ihre Naivität dem Leben gegenüber hatte sie abgelegt.

Eine neue Sofie wurde geboren. Eine Frau mit Verantwortung, mit ungeahnten Handlungsfreiheiten. Mit neuen Stärken und Durchsetzungsvermögen. Und mit einer wundervollen Frau, sowie einem aufgeweckten Kind an ihrer Seite, von denen sie bedingungslos geliebt wurde. *Niall*. Sie hatte den Jungen vor einem Monat zu sich geholt, als sie erfahren hatte, dass seine Tante verstorben war. Eowin hatte es zwar bedauert, dass der Junge soweit fort sollte, aber auch er war alt geworden. Und Sofie kümmerte sich nun hingabevoll um ihren kleinen Ziehsohn, den sie mit all ihrer Liebe einhüllte. Lächelnd streifte sich Sofie ihr Gewand über, und ging dann zu ihrer Liebsten zurück, um ihr mit dem Kleid zu helfen. Während sie den Rückenteil von Megans Kleid verschnürte, dachte sie an das Tarot zurück. Die alte Frau hatte recht gehabt: *Die Karten lügen nie!*

おきお

»Auf das Schicksal, die Liebe und den Platz in dieser Welt.« Lächelnd erhob die Viscountess ihr Rotweinglas und prostete ihren Gästen glücklich zu. Ein Strahlen blitzte aus ihren tiefgrünen Augen hervor, als ihr Gatte sie verliebt von der Seite betrachtete und lautlos die Lippen bewegte. Neugierig beugte sie sich zu ihrem Mann, der ihr besorgt ins Ohr flüsterte: »Liebes, denk an Janey oder Rory.«

Ein Hauch von Röte überzog Margarets Wangen, als Aedan still in sich hineinlachte und heimlich unter dem Tisch ihren gewölbten Bauch streichelte. Sie konnte ihr Glück noch immer nicht fassen. Aber das Schicksal hat es gut mit ihr gemeint.

In Aedan hatte sie einen liebevollen Mann und Vater ihrer zukünftigen Kinder gefunden. Ihre Eltern waren sofort angetan gewesen von dem jungen Mann, der einfühlend um ihre einzige Tochter geworben hatte. Ihr Vater hatte bei der Vermählung Tränen der Freude in den Augen gehabt. Sein Meisterstück von einer Predigt war bis zur Ansprache sein großes Geheimnis geblieben. Margaret war nie seliger gewesen, als an jenem Tag, an dem sie von ihrem Vater zum Altar geführt worden war. Auch wenn es ihm sichtlich schwer gefallen war,

Margaret gehen zu lassen. Doch nach der Zeremonie sah sie Aedan in seinen Armen wieder, wohlwollend in die Familie der Maguires aufgenommen.

Und nun konnte jeder, der hier am Tisch saß sehen, in welchem unfassbaren Hochgefühl sie schwelgten. Auf Margarets Einladung hin waren alle gekommen: Ihre Eltern Geoffrey und Isabelle, die intensiv mit ihrer neuen Schule beschäftigt waren; Lady Lorraine und Lord Dorrien, die extra aus Kilkenny angereist waren; Joanne und Evan, die sich im Frühjahr das Ja-Wort geben wollen. Auch Sofie und Megan waren ihrer Einladung gefolgt. Für Margaret waren sie nicht nur einfaches Dienstpersonal. An erster Stelle, waren sie zu guten Freunden geworden. Besonders Sofie strahlte ausgelassen. Hatte sie doch endlich eine Frau gefunden, die sie so sehr liebte, wie sie es verdiente. Margaret hatte sie sofort ins Herz geschlossen und hoffte, dass diese junge Liebe Sofie all die schrecklichen Zeiten vergessen lassen würde, die sie hatte erleben müssen.

Fast ein Jahr war seit dem überstürzten Aufbruch aus Kilkenny und den darauf folgenden Höhen und Tiefen des Lebens verstrichen. Und seit mehreren Wochen befanden sich Rhona und Elizabeth auf Reisen. Endlich hatte Margaret es geschafft, ihre Familie und Freunde an einem Tisch zu versammeln. Und welcher Ort hätte dafür geeigneter sein können als Wexford Manor, in dem sie nun als Viscountess lebte und Lady Elizabeths Hab und Gut verwaltete, bis sie und Lady Rhona sich entschließen würden, aus ihren Flitterwochen zurückzukehren. Irgendwann.

Die Abschiedsfeier, die die beiden adeligen Ladies gegeben hatten, war das Schönste, was Margaret je erleben durfte. Zwar war es nicht offiziell gewesen, aber natürlich hatte sie gewusst, was an diesem Tage eigentlich gefeiert worden war. Im Frühjahr, noch bevor sich Rhona und die Countess das Ja-Wort gegeben hatten, war Rhona zu Sofie gekommen, um es ihr freudestrahlend zu erzählen. Margaret war schon bei einigen Hochzeiten zugegen gewesen, aber diese eine Feier hatte alles in den Schatten gestellt.

Dieser besondere Tag war bar jeglichen Prunks und jedweder Dekadenz gewesen, aber dafür reich an tiefen Gefühlen, die Lady Elizabeth und Rhona füreinander empfanden. Und zu aller Überraschung hatte Rhona ihrer Geliebten ein besonderes Geschenk gemacht: Sie hatte in einer kurzen Zeit eine wundervolle Ballade für Lady Elizabeth geschrieben. Lächelnd erhob die Viscountess ihr Rotweinglas und prostete ihren Gästen glücklich zu. »Auf die Liebe, auf Lady Elizabeth und Lady Rhona,« prostete die vergnügte Gesellschaft zurück.

EPILOG II

DAS ENDE KRÖNT DAS WERK

»Und ihr wollt wirklich gehen?« Rhona und Elizabeth tauschten einen tiefen Blick, fassten sich zärtlich an den Händen und nickten mit einem glückseligen Lächeln.
»Aber die Welt da draußen ist gefährlich«, begehre ich auf.
Bleibt doch bei mir, möchte ich sagen. Aber ich beiße mir auf die Lippen und schweige. Ihr Platz ist nicht an meiner Seite. Sie müssen sich ihren eigenen suchen, wie auch ich es Jahre zuvor getan habe.
»Verzeiht Mylady, aber die Welt steckt überall voller Gefahren – oder Abenteuer, je nachdem, aus welchem Blickwinkel Ihr es betrachtet«, höre ich Lady Elizabeth leise und höflich auf meine Bedenken antworten. Diese Art, wie sie zu mir spricht, ist mir völlig fremd, aber ich muss gestehen, diese höfische Etikette gefällt mir. Mit einem süffisanten Lächeln sieht sie mir tief in die Augen, und ich werde das Gefühl nicht los, dass Elizabeth mir, mit ihrer charmanten Art die Augen öffnen möchte. Mir, die die Welt dort draußen kennt. Besonnen betrachte ich die beiden verliebten Frauen: ihre stolze Haltung, ihre Eleganz und ihre kraftvolle Ausstrahlung. Ich seufze leise auf. Die ganze Zeit habe ich beide durch die Höhen und Tiefen in ihrem Leben

begleitet. Habe mit ihnen gekämpft, gelacht, gebangt, gehofft, geweint ... und geliebt. Denn ich habe sie erschaffen. Und sie sind mir so nah ans Herz gewachsen, dass es mir schwer fällt, sie ziehen zu lassen. Aber alles muss einmal ein Ende haben. Und als ob die beiden meine Gedanken lesen könnten, kommen sie bedächtig auf mich zu. Mit einem kecken Lächeln überreicht mir Rhona ein kleines Päckchen. Neugierig löse ich das hauchfeine weiße Seidenpapier, natürlich nachdem ich mich bedankt habe, und staune überrascht, als ich ein Buch in meinen Händen halte. Das eingeprägte Wappen des Hauses McLeods ziert die Vorderseite des ledernen Einbandes: Ein Gebirge mit einer Höhle und ein stilisierter Stern. Ich kenne diese Wappen nur zu gut. Vorsichtig öffne ich den Einband. Auf der ersten Seite kann ich Rhonas geschwungene, gleichmäßige Schrift erkennen: *Bittersüßes Vermächtnis*.

Mir ist, als könne ich noch immer den Duft der längst getrockneten Tinte riechen. Ehrfürchtig streiche ich mit meinen Fingerspitzen über die dunklen Lettern, spüre das raue Papier und presse dann das Buch mit feuchten Augen fest an mein Herz.

»Falls Eure Sehnsucht zu groß wird ...«, murmelt Rhona leise, als sie mich in den Arm nimmt und sich von mir verabschiedet. Auch Lady Elizabeth tritt lächelnd auf mich zu, umarmt mich herzlich und haucht einen Kuss auf meine Stirn, bevor beide die Bibliothek verlassen, in der ich mich stets aufzuhalten pflege. »Lebt wohl«, kam es wehmütig über meine Lippen. »Ich wünsche euch alles Glück der Welt!« Aber das konnten sie nicht mehr hören.

☙❧

SOMMERNACHTSTRAUM

BALLADE EINER LIEBE

In Junos mondenheller Nacht,
zur Sommersonnenwende,
halten Elfen stille Wacht,
mystisch leise und behände.

Sinnlich tanzen sie im Kreise,
an der Liebe reiner Quelle,
singen der Choräle leise,
über's Meeres raunender Welle.

Schillernde Hymnen über zwei Frauen,
die den Weg des Herzens gehen,
gemeinsam ihr Land der Träume bauen,
und jeder Zeit zueinander stehen.

An der Klippen Berggestein,
sie mit Küssen Treue schworen,
zusammen wollen sie nur sein,
ein Versprechen ward geboren.

An diesem Ort, wo Elfen leis' singen,
haben sie ergeben und mit Bedacht
sich ihre Liebe zum Geschenk gemacht,
verbunden nun mit goldenen Ringen.

Im seichten Flackern der lichten Kerzen,
unter des Mondes schützendem Schein,
verschmolzen zu einem ihre Herzen
und ihr Schwur war zärtlich rein.

In diesem magischen Gefilde,
unterm Sternenhimmel klar,
strich der Wind sanft und milde,
durch der Liebenden weiches Haar.

Und über fest verbundene Hände,
halten Elfen schützend Wacht,
nicht nur zur Sommersonnenwende,
in Junos mondenheller Nacht.

PERSONA THEATRALIS

Alle Personen in diesem Roman sind frei erfunden. Jegliche Ähnlichkeit mit lebenden oder realen Personen ist rein zufällig.

Aedan Stuart	*Diplomatensohn niederen Adels, Margarets Zukünftiger*
Caîthlin Maguire	*Ältere Schwester von Lorraine McLeod und Geoffrey Maguire*
Callen O'Doherty Lord	*junger englischer Lehnsherr, Sheriff von Flemingstown, Vetter von Sofie Collins, Verlobter von Rhona*
Connor	*Rebell*
Damian Fitzpatrick Lord	*Viscount von Wexford, Vertrauter Lord Callens*
Dorrien McLeod Lord	*Baron von Kilkenny, Gatte von Lorraine McLeod*
Elinor Grace O'Callahan Lady	*Mutter von Elizabeth Grace O'Callahan, Ehefrau von Lord Gavin O'Callahan, Geliebte von Caîthlin Maguire*

Elizabeth Grace O'Callahan Countess, Lady	*Gräfin vom County Wexford, enge Vertraute von Lady Lorraine*
Evan Donovan	*Sohn von Fionn und Olivia, Kutscher und Pferdezüchter im Hause O'Callahan*
Fionn Donovan	*Vater von Evan, Gatte von Olivia, Haushofmeister im Hause O'Callahan*
Gavin O'Callahan Count, Lord	*Gatte von Elinor Grace, Vater von Elizabeth Grace, Graf vom County Wexford*
Geoffrey Maguire Pater	*jüngerer Bruder von Lorraine und Caîthlin, Vater von Margaret, Gatte von Isabelle, Pfarrer in der Gemeinde Cromwellsfort, Wexford*
Georg III. König	*George William Frederick, König des Vereinigten Königreichs von Großbritannien und Irland*
Georg IV. Prinz	*George Augustus Frederick, Sohn des Königs, Prinzregent*
Isabelle Maguire	*Frau von Geoffrey Maguire, Mutter von Margaret*
James Hayes Lord	*Vater von Lady Elinor Grace O'Callahan*
Dr. Sullivan	*Hausarzt im Hause O'Callahan*

Jayden Hanratty	*Schmied im Anwesen O'Callahan, Vater von Joanne*
Joanne Hanratty	*Zofe im Anwesen O'Callahan, Zukünftige von Evan*
Kieran	*Rebell*
Leander	*Rebell*
Lorraine McLeod Lady	*Baronin, Gattin von Dorrien McLeod*
Margaret ‚Mag' Maguire	*Tochter von Geoffrey und Isabelle, Cousine Rhonas*
Megan Dwyer	*Dienstmagd im Anwesen O'Callahan*
Miranda Emerson	*Alias von Sofie Collins, Unterhändlerin von Lord Callen*
Niall Moran	*Botenjunge Lord Callens*
Nolann Keane	*Kutscher im Anwesen der McLeods*

Olivia Donovan	*Frau von Fionn, oberste Köchin im Anwesen O'Callahan*
Rhona Caîthlin McLeod Lady	*Tochter von Lord Dorrien und Lady Lorraine, in der Grafschaft Kilkenny*
Rhyan McLeod Lord	*Sohn von Lord Dorrien und Lady Lorraine, Bruder Rhonas*
Sean (und Mutter)	*Bauer und Rinderzüchter in der Grafschaft Kilkenny*
Sofie Collins	*Zofe im Anwesen der McLeods*
Thomas O'Reilly Count, Lord	*Graf von Kilkenny, Vertrauter von Baron Lord Dorrien McLeod*
Walther McGearailt Sir	*Anführer der Rebellen im County Wexford*

SCHAUPLÄTZE

Die ganze Geschichte spielt um 1814 im Vereinigten Königreich von Irland und Großbritannien. Irland bestand früher aus vier Provinzen, die in 32 Grafschaften (Counties) aufgeteilt wurden.
Das Hauptaugenmerk dieser Geschichte liegt auf der Provinz Leinster, in den Grafschaften Kilkenny und Wexford, deren gemeinsame Grenze der Fluss Barrow River bildet.

Kilkenny Stadt	*Hauptstadt County Kilkenny, Verwaltungssitz von Count O'Reilly, Anwesen der Baronie McLeod*
Flemingstown Gemeinde	*County Kilkenny Verwaltungssitz von Lord O'Doherty, Geburtsort Sofie Collins*
Wexford Stadt	*Hauptstadt County Wexford, Verwaltungssitz von O'Callahan, Anwesen vom Viscount Lord Fitzpatrick*
Cromwellsfort Gemeinde	*County Wexford Landhaus von Countess O'Callahan (Hauptwohnsitz), Pfarrei der Maguires*

ZEITLICHER VERLAUF DER GESCHICHTE

1814

08. Nov.	Die letzte gemeinsame Nacht (Rhona und Sofie)
09. Nov.	In flagranti und Abreise aus Kilkenny (Rhona und Sofie)
11. Nov.	Auf dem Weg gen Süden (Sofie), Überfall der Kutsche und Rhonas erster Kampf
12. Nov.	Nächte in freier Wildnis (Sofie), Die Countess und erste Rätsel (Rhona)
13. Nov.	Die Diebin und Ankunft in Glenmore (Sofie) Ankunft in Cromwellsfort (Rhona)
14. Nov.	Eine Zuflucht mit Menschlichkeit (Sofie) Abschied der Baroness nach der Predigt (Rhona)
15. Nov.	Endlich in Flemingstown und Verhör vom Sheriff (Sofie)

17. Nov.	Dinner bei der Countess (Rhona)
31. Nov.	Gespräche unter Schwestern (Rhona)
01. Dez.	Ein Punsch mit Walzer (Rhona) Das Treffen im Wald (Callen) Das Haus, Verträge und Miranda wird geboren (Sofie)
02. Dez.	Offenbarungen und Einladung zum Ball (Rhona) Ein neuer Haarschnitt und der erste Auftrag (Sofie)
03. Dez.	Im Fuchsbau (Sofie)
21. Dez.	Wintersonnenwende und Hiobsbotschaften (Sofie)
24. Dez.	Weihnachten in Einsamkeit (Sofie) Weihnachten in Familie (Rhona)
25. Dez.	Mord am Alphafuchs (Sofie) Eine Nacht in Ewigkeit (Rhona)
26. Dez.	Auf den Weg gen Untergang? (Sofie) Schlittenfahrt (Rhona)
27. Dez.	Ein neuer Herr (Sofie) Ballvorbereitungen (Rhona)
31. Dez.	Der Ball beginnt und ein ereignisreicher Abend (Sofie und Rhona)

1815

01. Jan.	Von unbekannten Stärken (Sofie) Und unbekannten Schwächen (Rhona)
17./18. März	Geschmiedete Pläne (Rhona) Nachts in den Katakomben (Sofie)
19. März	Die Folterkammer und Aufbruch nach Kilkenny (Sofie)
21. März	Rettung in letzter Sekunde (Sofie und Rhona)

ÜBER DIE AUTORIN

C.R. Forster, 1983 geboren, ist der Künstlername einer in Österreich lebenden Autorin, die bereits in jungen Jahren ihre Liebe zum Schreiben entdeckt hat. C.R. Forster malt leidenschaftlich gern mit Worten Bilder in den Kopf und schenkt somit ihren Träumen und Gefühlen Form und Gestalt. Auch heute noch, mit beiden Beinen fest am Boden stehend, schwebt sie mit ihrem Kopf weit in den Wolken.

Etliche ihrer Gedichte wurden bereits in Sammelbänden veröffentlicht. **Bittersüßes Vermächtnis** ist ihr Debütroman, dessen Anfänge nostalgisch mit Füllfeder und Tinte auf Papier lebendig wurden, bevor das rhythmische Klicken der Tastatur erklang ...

Mehr über die Autorin: http://www.cr-forster.at/
oder unter https://www.facebook.com/forster.cr

DANKSAGUNG

Ich bedanke mich bei meinen Leserinnen und Lesern:
für ein Stück eurer Lebenszeit!

Auch geht mein besonderer Dank an Volker S.
Er ist der wahr gewordene Traum einer jeden Schriftstellerin. Und er hat die seltene Gabe zu verstehen, was man meint und einem zu helfen, die richtigen Worte dafür zu finden. Mit Begeisterung ertrug er nicht nur tapfer die Korrekturprozesse, die ich ihm aufgebürdet habe. Er schaffte es immer wieder, meine eigenen Gedanken zu hinterfragen und mich auf neue Wege zu führen. Es war mir eine Ehre, mit ihm zu arbeiten.

Von ganzem Herzen danke ich meiner Frau Sylvia.
Meiner Muse, meiner puren Quelle der Inspiration. Die mir nicht nur den Rücken gestärkt, sondern immer wieder mit mir die Fäden meiner Phantasie weitergesponnen hat. Alle Worte der Welt könnten nicht annähernd sagen, was sie mir bedeutet.
»Ich liebe dich ∞!«

C.R. Forster, Juni 2014

Ebenfalls im Butze Verlag erschienen:

Lina Kaiser
Im Abseits der Lichter
erhältlich als Buch, Hörbuch & eBook

Die 17-jährige Katinka führt ein geordnetes Leben: ihre Familie ist intakt, sie spielt leidenschaftlich gern Fußball und macht bald ihr Abitur. Alles scheint bestens, bis der unerwartete Kuss einer Mannschaftskameradin Katinkas Welt erschüttert. Plötzlich glauben alle, sie sei lesbisch!

....

Svantje Lund
Das Nichtraucher-Hörbuch für Anfänger
gesprochen von Peter Bieringer

Der Weg aus der Sucht war schon immer da, womöglich können Sie ihn nur nicht sehen, weil er hinter einer undurchdringlich wirkenden Dornenhecke verborgen ist. Küssen Sie Ihr inneres Dornröschen wach und erlösen Sie es von seinem Nikotin-Fluch.

Mit Selbstironie und Humor kann aus der quälenden Nikotin-Sucht ein seichter Furz werden, der sich für immer in Luft auflöst.

Ebenfalls im Butze Verlag erschienen:

Lisa und Carmen, zwei Frauen, wie sie unterschiedlicher nicht sein könnten. Und doch verbindet die Beiden mehr, als sie vielleicht glauben. Ein Klassentreffen nach 15 Jahren wirft die mittlerweile verheiratete Lisa vollständig aus der Bahn. In Ihr erwachen fast vergessene Gefühle ... für eine Frau – Carmen.

Sabine Brandl
Und täglich grüßt die Erinnerung
erhältlich als Buch & eBook

»Hatten Sie schon mal ein Blind Date? Kennen Sie das Gefühl jemanden zu verlieren oder dass einfach alles schief läuft?
Diese vier Kurgeschichten gehen ans Herz. Lassen Sie sich, mal auf heitere, mal auf feinsinnig melancholische Weise in die lesbische Welt entführen ...«

Monika Mühldorfer, Celia Martin, Corinna E. Leyh, Carina Bögerl
Lesbisches Allerlei
Audio-CD · gesprochen von Eva Rahner (geb. Gaigg)

Erhältlich als Buch, eBook & Audiobook:

Celia Martin
Lesbisch für Anfängerinnen:
Willkommen in der WG!

Tina ist auf der Suche. Sie braucht keinen Kerl, sondern ein Dach über dem Kopf. Als sie in die nette Frauen-WG einzieht, ahnt sie nicht, dass dort alle lesbisch sind.

....

Celia Martin
Lesbisch für Anfängerinnen 2:
Cappuccino-Küsse

Tina ist frisch verliebt, bis Astrids Ex-Geliebte auftaucht und folgenschwere Missverständnisse auslöst.

....

Celia Martin
Lesbisch für Anfängerinnen 3:
Damenwahl

Neues von Tina, Astrid und der WG-Frauen-Clique, die mal wieder heftig vom Leben durchgeschüttelt werden.